KB059012

미완의 극 1

일러두기

1. 모본의 발간 당시의 내용을 그대로 살리되 편집상의 오류를 바로잡고 기본 맞춤법은 오늘에 맞게 수정했다.

2. 인명·지명·서명·식물명 등은 원문의 것을 그대로 살리되, 독자의 이해를 위해 현대식으로 표기하거나 현대식 표기를 병기한 경우도 있다.

이병주 장편소설

미완의 극 1

이병주 지음

바이북스
ByBooks

왜 지금 여기서 다시 이병주인가

탄생 100주년에 이른 불후의 작가

백년에 한 사람 날까 말까 한 작가가 있다. 이를 일러 불세출의 작가라 한다. 나림 이병주 선생은 감히 그와 같은 수식어를 붙여 불러도 좋을 만한 면모를 갖추었다. 그의 소설은 『관부연락선』, 『산하』, 『지리산』, 『그해 5월』 등을 통하여, 한국 현대사를 매우 사실적이고 설득력 있게 문학이라는 그릇에 담아낸다. 동시에 「소설·알렉산드리아」, 『행복어사전』 등을 통하여, 동시대 삶의 행간에 묻힌 인간사의 진실을 '신화문학론'의 상상력을 활용하여 문학의 그물로 걸어 올린다.

그의 소설이 보여 주는 주제 의식은 그야말로 백화난만한 화원처럼 다양하게 펼쳐져 있다. 『예낭 풍물지』나 『철학적 살인』 같은 창작집에 수록되어있는 초기 작품의 지적 실험성이 짙은 분위기와 관념적 탐색의 정신으로부터, 시대와 역사 소재의 작품에서 볼 수 있는 숨겨진 사실들의 진정성에 대한 추적과 문학적 변용, 현대사회 속에서의 다양한 삶의 절목(節目)과 그에 대한 구체적 세부의 형상력 등을 금방이라도 나열할 수 있다.

더욱이 현대사회의 삶을 주된 바탕으로 하는 작품들에서는, 천차만별의 창작 경향을 만날 수 있다. 1980년대 이후에는 『허망의 정열』, 『그 테러리스트를 위한 만사』 등의 창작집에서 역사적 사건과 현실 생활을 연계한 중편이나 함축성 있는 단편들을 볼 수 있는데, 여기에까지 이르면 이미 그의 작품에 세상을 입체적으로 바라보는 원숙한 관점과 잡다한 일상사에서 초탈한 달관의 의식이 깃들어 있다.

이병주는 분량이 크지 않은 작품을 정교한 짜임새로 구성하는 능력이 뛰어나지만, 그보다 부피가 장대한 대하소설을 유연하게 펼쳐 나가는 데 훨씬 더 탁월하다. 일찍이 그가 도스토옙스키의 『죄와 벌』을 읽고 그 마력에 사로잡혔다고 고백한 것도 이 점에 견주어 볼 때 자못 의미심장하게 여겨진다. 길다면 길고 짧다면 짧은 한국 현대문학사에서 이병주와 같은 유형의 작가는 좀처럼 다시 발견되지 않는다.

그 자신이 소설보다 더 파란만장한 생애를 살았던 체험의 역사성, 박학다식과 박람강기를 수렴한 유장한 문면, 어느 작가도 흉내 내기 어려운 이야기의 재미, 웅혼한 스케일과 박진감 넘치는 구성 등이 그의 소설 세계를 떠받치고 있다면, 그에게 '한국의 발자크'라는 명호를 부여해도 그다지 어색할 바 없다. 발자크가 19세기 서구 리얼리즘의 대표 작가일 때, 이병주는 20세기 한국 실록 대하소설의 대표 작가다. 그가 일찍이 책상 앞에 "나폴레옹 앞에는 알프스가 있고 내 앞에는 발자크가 있다"고 써 붙였던 사실은 널리 알려져 있다.

거기에다 그가 남긴 문학의 분량이 단행본 1백 권에 육박하고 또 이들이 저마다 남다른 감동의 문양(紋樣)을 생산하는 형편이고 보면, 이는 불철주야의 노력과 불세출의 천재가 행복하게 악수한 사례에 해당한다. 그럼에도 불구하고 그는 우리 사회의 고질적인 학연이나 지연, 그리고 일부 부분적인 '태작(駄作)'의 영향으로 정당한 평가를 받지 못했다. 요컨대 그는 그렇게 허망하게 역사의 갈피 속에 묻혀서는 안 될 작가이며, 그에 대한 정당한 평가는 한 작가가 필생의 공력으로 이룩한 문학적 성과를 올곧게 수용해야 마땅한 한국문학의 책무이기도 하다.

그래서 지금 여기서, 다시 이병주인 것이다. 마치 허만 멜빌의『모비딕』이 그의 탄생 1백 주년 기념행사를 통해 다시 세상에 드러났듯이, 우리는 그가 이 땅에 온 지 꼭 100년, 또 유명(幽明)을 달리한 지 29년에 이르러 그의 '천재'와 '노력'을 다시 조명해 보아야 한다. 진보와 보수의 이념적 성향이나 문학과 비문학의 장르적 구분, 중앙과 지방의 지역적 차이를 넘어 온전히 그의 문학을 기리고 사랑하는 마음을 앞세워서 '이병주기념사업회'가 발족 되었던 것은, 바로 이러한 당위적인 일들을 감당하기 위해서였다.

미상불 그의 작품세계가 포괄하고 있는 이야기의 부피를 서재에 두면, 독자 스스로 하루의 일을 마치고 귀가하는 발걸음을 재촉할 것이다. 더 나아가 물질문명의 위력 앞에 위축되고 미소한 세계관에 침몰한 우리 시대의 갑남을녀(甲男乙女)들에게, 그의 소설이 거대담론의 기개를 회복하고 굳어버린 인식의 벽을 부수는 상상력의 힘, 인간관계의 지혜와 처세의 경륜을 새롭게 불러오리라 확신하는 바이다.

2021년 나림 탄생 100주년 기념사업의 일환으로 지난해 7월부터 진행해온 '이병주 문학선집' 발간 준비작업이 여러 과정을 거쳐 작품 선정 작업을 완료하고 대상 작품에 대한 출간 작업에 들어갔다. 작품 선정은 가급적 기 발간된 도서와 중복을 피하고, 재출간된 도서들이 주로 역사 소재의 소설들임을 감안하여 대중성이 강한 작품에 중점을 두기로 했다. 이를 위해 한길사 전집 30권, 바이북스 및 문학의숲 발간 25권을 기본 참고도서로 하여 선정 및 편집을 진행했다.

그동안 지원기관인 하동군의 호응과 이병주문학관의 열의, 그리고 편찬위원 및 기획위원들의 적극적인 작품 추천 작업 참여, 유족 대표인 이권기 교수 및 기념사업회 운영위원 고승철 작가 등 여러분의 충심 어린 조언과 지원에 힘입어 이와 같은 성과를 얻게 되었다. 역사 소재의 작품들에 이어 대중문학의 정점에 이른 작품들을 엄선한 '이병주 문학선집'이 독자 제현의 기대와 기쁨이 되기를 기원한다.

이병주기념사업회에서는 이 선집 발간을 위하여 〈편찬위원회〉를 구성하고 편찬위원장에 임헌영(문학평론가, 민족문제연구소 소장) 씨를 모시고, 편찬위원으로 김인환(문학평론가, 전 고려대 교수), 김언종(한 문학자, 전 고려대 교수), 김종회(문학평론가, 전 경희대 교수), 김주성(소설가, 이병주기념사업회 사무총장), 이승하(시인, 중앙대 교수), 김용희(소설가, 평택대 교수), 최영욱(시인, 이병주문학관 관장) 제 씨를 위촉했다. 이와 함께 기획위원으로 손혜숙(이병주 연구자, 한남대 교수), 정미진(이병주 연구자, 경상대 교수) 두 분이 참여했다.

이 선집은 모두 12권으로 구성되어 있으며, 선정 작품 목록은 다음과 같다. 중·단편 선집 『삐에로와 국화』 한 권에 「내 마음은 돌이 아니다」(단편), 「삐에로와 국화」(단편), 「8월의 사상」(단편), 「서울은 천국」(중편), 「백로선생」(중편), 「화산의 월, 역성의 풍」(중편) 등 6편의 작품이 실려 있다. 그리고 장편소설이 『허상과 장미』(1·2, 2권), 『여로의 끝』, 『낙엽』, 『꽃의 이름을 물었더니』, 『무지개 사냥』(1·2, 2권), 『미완의 극』(1·2, 2권) 등 6편 9권으로 되어 있다. 또한 에세이집으로 『자아와 세계의 만남』, 『산을 생각한다』 등 2권이 있다.

이병주기념사업회와 편찬위원들은 이 12권의 선집이 단순히 한 작가의 지난 작품을 다시 볼 수 있도록 재출간한다는 평면적 사실을 넘어서, 우리가 이 불후의 작가를 기리면서 그 작품을 우리 시대에 좋은 소설의 교범으로 읽고 즐거워할 수 있는 하나의 본보기가 되었으면 한다. 역사적 삶의 교훈과 더불어 일상 속의 체험들에 의미를 부여할 수 있는 유익한 길잡이로서의 문학이 되었으면 하는 것이다. 이 선집이 발간되기까지 애쓰고 수고한 손길들, 윤상기 군수

님을 비롯한 하동군 관계자들, 특히 이 일이 진행될 수 있도록 막후에서 모든 지원을 아끼지 않으신 이병주기념사업회의 이기수 공동대표님, 어려운 시절에 출간을 맡아주신 바이북스의 윤옥초 대표님께 깊이 감사드린다.

2021년 나림 탄생 100년의 해에

이병주 문학선집 편찬위원회 일동

1

이설(異說) 다이아몬드

인생에서 가장 중요한 것은 무엇일까.

만남이다.

사람과 사람의 만남.

인생의 지류(支流)를 합쳐 대하(大河)를 이룬 역사도 결국 사람과 사람의 만남으로써 비롯된 드라마의 전개가 아닌가.

소크라테스와의 만남을 전제로 하지 않고 플라톤을 상상할 순 없다.

소하(蕭河)를 만나지 않았다면 패현(沛縣)의 건달인 유방(劉邦)이 한 고조로서 역사에 그 이름을 새겼을 까닭이 없다.

시저가 클레오파트라를 만나지 않았다면, 로마 제국의 운명은 달라졌을 것이다.

존 포스터 덜레스를 만나지 못했더라면 아이젠하워가 대통령이 될 수 없었던 것은 결코 그보다 키가 작지도 않았고, 얼굴이 못생기지도 않았고, 훈공이 덜하지도 않았고, 야심이 부족하지도 않았던 맥

아더 원수가 일개 상사 회사의 회장으로서 그 인생의 경력을 끝내지 않을 수 없었던 사례로써 충분한 증명이 된다.

그런데 만남의 중요성을 설명하기 위해서 이처럼 동서고금을 설쳐 댈 필요가 없을 것 같다. 바로 당신이 그 결정적인 증거다. 당신의 아버지와 어머니의 만남이 없이 당신이란 존재가 가능했겠는가.

당신에게 있어서 당신 이상으로 소중한 것은 아마 없을 것이니 인생에 가장 소중한 것은 만남이라고 할 수 있다는 얘긴데, 이렇게 쓰고 보니 약간 쑥스럽지 않은 바가 아니다. 유한일(柳漢一)과 나와의 만남을 얘기하기 위한 서두로선 지나치게 거창하다는 느낌이 없지 않기 때문이다.

그러나 한편으로 이런 서두를 달아야 하게끔 하는 그 무엇이 그와 나와의 만남엔 있는 것이다.

나는 아직껏 그처럼 강렬한 개성을 만난 적이 없다. 아니 그처럼 해괴한 인물을 만난 적이 없다. 아직도 그는 하나의 사람이기보다 풀수 없는 수수께끼의 더미, 불가사의한 문제로서 남아 있다.

좋은 뜻으로이건 나쁜 뜻으로이건 한국인 가운데 이런 이색적인 분자(分子)가 있다는 사실만으로도 긍정해 둘 만한 일이 아닐까 한다. 민족이란 다양성의 집합이라고 생각할 때, 특별한 이색분자는 그 이색성만으로써 민족의 폭을 넓힌 것으로 된다.

세계에서 제일 키가 큰 소녀가 중공에서 나타났다. 중공인에겐 그 사실이 큰 자랑일 게다. 그까짓 무슨 자랑이겠느냐고 할지 모르지만 천만에 말씀이다. 그 자랑은 제일 키가 큰 사람이 나타날 수도 있으니 눈에 보이지 않는 세계 제일도 많을 것이란 자부로 이어지는 것이다. 한데 유치하다고도 할 수 있는 이런 단순 명쾌한 자랑이 강력하다는 것은 우리 권투 선수가 세계 타이틀을 땄을 때의 열광적인 분위기를 봐서도 짐작할 수 있지 않는가. 이혼 직전의 남녀가 김태식이 타이틀을 따는 바람에 재결합했다가 김태식이 타이틀을 잃자 이혼해 버린 걸 나는 보았다. 도무지 영문 모를 일이지만 세상사엔 그런 일도 있는 것이다.

그러나저러나 유한일이 우리를 열광케 하는 존재는 아니다. 어쩌다 그의 이색성을 얘기하려다 보니 난데없이 김태식의 이름까지 튀어나오게 된 것인데…….

10년 전의 일이다.

그때 나는 뉴욕에 있었다.

가을이었다.

한국에선 '으악새 슬피 울면' 가을이 온 것이지만, 뉴욕에선 센트럴 파크의 산책로에 낙엽이 밟히면 가을이 온 것으로 된다.

나는 그 낙엽을 밟으며 'O. 헨리'의 주인공들이 별장으로 가야 할 계절이구나 하는 생각을 했다. 'O. 헨리'의 주인공들이란 그의 작중에 나오는 부랑자들을 뜻하는 것이고, 별장이란 경찰서의 유치장을 말한다. 뉴욕의 부랑자들은 여름 동안은 센트럴 파크의 숲속에서 매미처럼 살다가 가을이 깊어 가면 안전하게 겨울을 지낼 곳을 찾아야 하는데 그곳이 바로 경찰서의 유치장이다.

그런 까닭에 겨울이 가까워 오면 좀도둑이 부쩍 늘어난다. 유치장으로 가기 위한 티켓을 얻으려는 것인데 경찰관들에게 붙들리면 목적을 달성하는 셈으로 되고, 붙들리지 않으면 도둑질한 물건으로 싸구려 여관에서 지내다가 다음 기회를 노리면 되는 것이다. 이를테면 땅 짚고 헤엄치기. 뉴욕의 거지들은 그래서 천사들처럼 쾌활하다.

그날, 그런 생각을 하며 센트럴 파크를 한 바퀴 돌아 해가 저물기를 기다려 맨해튼의 단골 술집에 들렀다.

'엘·도라도'란 이름의 그 술집은 그다지 넓은 장소가 아닌데도 삼인조로 된 흑인의 재즈 밴드가 있었다. 세 사람 모두 초로(初老)에 접어든 사나이들이었는데 하나는 트럼본을 불고, 하나는 트럼펫을 불고, 하나는 드럼을 쳤다. 트럼펫을 부는 사나이는 루이 암스트롱을 닮아 있었다.

나는 재즈를 좋아하지 않았지만 뉴욕에 가기만 하면 재즈 밴드가 있는 술집을 찾아다녔다. 트럼펫은 외치고 트럼본은 신음하고 드럼은 광란한다. 그것은 음악이라고 하기보다 상처받은 맹수의 포효라고 하는 편이 옳다.

구석진 자리에 앉아 버번을 홀짝며, 그 맹수의 포효하는 소리를 듣고 있으면 뉴욕이란 밀림 속에 사로잡혀 있다는 실감이 난다. 유배된 황제의 슬픔을 안다. 아프리카의 비극이 바로 우리의 비극이며, 흑인의 비애가 바로 우리의 비애, 인류의 비애를 대표하고 있다는 사실을 뼈저리게 느낀다. 영락없이 나는 시인이 되어 버리고 있었다.

이때였다.

"혹시 이 선생님이 아니십니까?"

하는 소리가 바로 옆에서 났다.

반사적으로 고개를 들었다.

"절 모르시겠습니까?"

하며 웃는 청년의 얼굴이 있었다.

모른다고 할 수도 없고, 안다고 자신 있게 말할 수도 없는 얼굴이었다. 어두운 술집의 조명이라서 얼른 판별할 수가 없어 망설이는데

"저 유한일입니다."

하고 비어 있는 내 앞자리에 앉았다.

"유한일!"

그때야 나는 그를 확인할 수 있었다. 몇 해 전 그만두었지만 나는 한동안 W대학에 출강을 한 적이 있었다. 유한일은 그때 내 교실에 나온 학생이었다.

자주 접촉은 없었으나 그는 꽤 선명한 인상을 준 학생이었는데 4, 5년의 시간이 그처럼 내 기억을 흐려 놓은 것이로구나 싶으니 그에게 미안한 마음이 들었다.

그럴 경우 있을 수 있는 인사말이 오가고 각각 버번 한 잔씩을 비웠을 때 유한일이 물었다.

"시간 있으십니까?"

“있지.”

“그럼 다른 곳으로 자리를 옮깁시다. 어디 조용한 곳으로 가서 말씀을 들었으면 합니다.”

“그렇게 하지.”

둘이는 '엘·도라도'를 나왔다.

택시를 잡았다.

택시 안에서 유한일이

“어디 가시고 싶은 데가 없으십니까?”

하는 말에 '제4막'이란 술집으로 가자고 하려다가 그곳도 역시 시끄러운 곳이란 생각이 들어, 유 군 좋을 대로 하라고 했다.

“선생님이 유하시는 호텔이 어디십니까?”

“코모도어.”

“타임 스퀘어 근처로군요. 그럼 그 근처로 갑시다.”

하고 유한일은 운전사에게 행선을 일렀다.

뉴욕의 밤거리, 그 휘황한 불빛 속을 자동차로 달리고 있으면 언제나 솟아나는 상념이 있다.

'지리산 밑에서 뉴욕에까지. 뉴욕에 있어서 나의 의미가 무엇일까……'

유한일은 담배를 꺼내 나에게 권하고 라이터 불을 붙여 주더니 물었다.

“선생님은 뉴욕에 오시면 코모도어 호텔에 드십니까?”

17

"대강."

"무슨 특별한 이유라도 있으십니까?"

"중앙역이 바로 거기고 타임 스퀘어가 가깝고 편리해서."

"지금은 삼류 호텔 정도밖에 안 되지만 유명한 호텔입니다, 코모도어는."

"뭣이 유명한가?"

"닉슨을 대통령으로 만든 호텔 아닙니까?"

"닉슨을 대통령으로?"

"닉슨이 초선 하원 의원으로 있을 때 루즈벨트의 보좌관 앨저 히스의 목덜미를 잡은 것이 바로 그 호텔에서 아닙니까?"

"그래?"

유한일은 차근차근 설명하기 시작했다. 캘리포니아의 어느 시골에서 하원에 진출한 닉슨은 비미(非美) 행동 조사 위원회의 위원이 되자, 루즈벨트의 외교 보좌관이었던 앨저 히스를 소련의 스파이로 몰았다. 학생 시절의 히스가 공산주의자였다는 데 착안한 행동이었다. 히스는 닉슨이 쳐놓은 교묘한 함정에 빠져들어 드디어 5년 형을 받았다. 그 사건으로 인해 닉슨은 일약 전국적인 유명 인사가 되어 다음 해 상원에 진출, 이윽고 부통령이 되고 그 기반으로 대통령이 되었다.

"닉슨이 히스의 덜미를 잡았다고는 하나 사실은 긴가민가하는 것이었거든요. 코모도어 호텔이 아닌 다른 장소에서 사문(査問)을 했더라면 어떻게 되었을지 모르는, 다분히 분위기적인 문제였다고 해요. 그래서 닉슨을 대통령으로 만든 곳, 코모도어 호텔이다, 이렇게 되는 겁니다."

"우리를 해방시킨 은인은 일본의 동조(東條)다 하는 논법이군."

"진실은 그런 논법에 있을지 모르지 않습니까?"

하고 유한일이 웃었다. 그리고 운전사에게 자동차를 세우라고 했다. 타임 스퀘어의 일각이었다.

타임 스퀘어의 번화가에서 동편 뒤쪽으로 돌아간 거리에 둥그런 가등이 하나 단출하게 걸려 있는 아래쪽의 육중한 문을 유한일이 두드렸다.

문은 소리도 없이 열렸다. 그 순간 달콤한 무드 음악이 새어 나왔다. 문 옆에 누군가가 서 있는 흔적만 있고 보이지 않더니, 어둠에 눈이 익자 거구의 흑인이 검은 양복 차림으로 서 있다는 것을 알 수 있었다.

유한일을 따라 들어가자 흑인의 눈 흰자위가 반짝 했다. 턱을 휘두른 방향이 내 얼굴이었다.

"이자는 선생님이 넥타이를 매지 않았다는 겁니다."

하곤 유한일이 흑인에게

"와이셔츠와 넥타이를 구해 오라."

고 일렀다.

흑인은 알아들을 수 없는 말로 중얼중얼하더니 어디론가로 갔다.

"영국인을 본따 괜히 재보는 겁니다. 가장 비신사적인 곳인데 차림만 신사적으로 하라니 우스꽝스럽죠."

"비신사적이라니 무슨 소린가?"

"들어가 보시면 아실 겁니다."

이런 소릴 주고받고 있는데 흑인이 나왔다. 손엔 하얀 와이셔츠와 넥타이가 들려 있었다.

나는 스웨터 위에 와이셔츠를 입고 넥타이를 매었다. 메스꺼운 내음이 풍기는 것 같았지만 견디지 못할 정도는 아니었다.

또 하나의 도어를 밀고 들어가는 유한일의 뒤를 따랐다. 음악 소리가 높아졌다. 장내는 어두웠다. 조명이란 탁자 위에 각각 놓인 반딧불 모양의 램프였으니 어두울 수밖에 없었다. 벌써 스팀을 쓰고 있는지 공기는 훈훈했다.

한데 안내하는 여자를 보고 깜짝 놀랐다. 실오라기 하나 걸치지 않은 알몸인 것이다.

자리에 앉아 혹시 투명색의 팬티라도 입지 않았을까 하고 탁상의 램프를 이용해서 관찰한 결과 노팬티란 것을 알았다. 무성한 음모가 손에 잡힐 듯한 곳에서 고슴도치처럼 꿈틀거렸다.

술은 버번을 하기로 했다.

"음모가 저렇게 무성할 수가 있을까? 배꼽 아래부터 시작해서 허벅다리의 반쯤을 덮고 있는 음모란 생전 처음인데."
하고

"시바의 여왕이 퍽이나 무성하고 길었다고 하더라만."

하며 내가 감탄하자, 유한일이 빙그레 웃으며 한다는 말이

"국산품입니다 저것."

"국산품? 미국 국산품?"

"아닙니다. 메이드 인 코리아."

"그럼 가발이란 말인가?"

"가발입니다. 아마 저건 S통상 제품일 겁니다."

나는 기겁을 할 만큼 놀랐다.

"선생님, 이런 데 처음입니까?"

"처음이지 않구."

"뉴욕엔 몇 번짼데 그렇습니까?"

"이번으로 네 번짼가?"

"필요하시다면 저 편으로 들어가면 됩니다."

하고 유한일이 빨간 램프가 켜져 있는 벽을 가리켰다.

"유 군은 아는 것도 많군."

"아직 저도 뉴욕 유치원생입니다. 한데 생각 없으십니까?"

"없어."

"제 앞이라고 사양하실 건 없습니다."

"차츰 생각이 나실지 모르니까 우선 술이나 드시죠."

유한일의 말에 나는 버번을 마셨다. 그리고 잔을 든 채 장내를 살폈다. 눈이 익숙해지자 실오라기 하나 걸치지 않은 여자들이 이곳저곳으로 움직이고 있었다. 심해의 어족군(魚族群)을 보는 느낌이었다.

그런데 그 여자들은 하나같이 밀생한 폭 넓은 음모를 하고 있었다. 빛깔이 각각 달랐을 뿐이다.

"저게 모두 메이드 인 코리아인가?"

"예외도 있겠죠. 대강 국산품입니다."

램프를 유한일이 들었다.

나녀가 몸을 꼬는 듯하고 다가왔다. 동작이 마릴린 먼로를 닮아 있었다. 그 체격까지 닮아 있었다.

"옆에 앉힐까요?"

여자와 가까이에 와 서자, 유한일이 내게 물었다.

"한 번 앉혀 보지."

약간의 호기심이 동했던 것이다. 여자가 내 옆에 앉았다. 조명의 탓인지 여자의 얼굴이 잘생겨 보였다. 마릴린 먼로 이상일지도 몰랐다.

술을 권했다.

"노 땡큐."

하는데 보조개가 피었다.

그 대신 코카콜라는 마시겠다고 했다. 마시라고 했더니 그녀는 일어서서 카운터 쪽으로 갔다.

"이곳의 여자는 전부 셀프 서비스를 합니다."

유한일이 설명하고 이어

"코카콜라도 이런 집에선 되게 비싸게 치입니다."

라고 했다.

"그럼 마시라 소릴 하지 말걸."

"앉으라고 해놓고 콜라 한 잔도 안 사줄 수 있겠습니까?"

"되게 비싸다며?"

"돈 걱정은 마십시오. 선생님이 혼자 오실 때를 위해 참고로 말
씀드린 겁니다."

"유 군과 같이 오면 돈 걱정 말란 말인가?"

"대강 그렇습니다."

"그럴 테지, 재벌의 아들이니까."

유한일은 한국에서 4, 5등 안에 드는 재벌의 아들인 것이다.

유한일이 찌푸린 얼굴을 했다. 그리곤 뚜벅 말했다.

"아버지와 저를 관련시키지 마십시오. 돈에 관해선 그 어른의 신
세를 지고 있지 않습니다."

"정말이야?"

"전 제가 만든 이외의 돈은 절대로 쓰지 않습니다."

"그렇다면 아버지의 도움을 전연 받지 안 했단 말인가?"

"도움을 받은 건 없습니다. 정정당당하게 요구한 것은 있습니다
만."

"아들로서의 권리를 요구한 건가?"

"그런 것은 아닙니다."

"뭐가 뭔지 모르겠군."

"꼭 알고 싶으시면 언젠가 기회를 만들어 말씀드리겠습니다."

여자가 콜라의 잔을 들고 내 옆에 앉았다. 유한일과의 대화를 놓고 여자의 이름을 물었다.

"림미."

"림미?"

"림미, 예스."

"고향은?"

"플로리다."

"되는 대로 지껄이는 겁니다."

하고 유한일이 말을 끼웠다.

"어떻게 그런 걸 알지?"

이 물음엔 대답을 않고 웃고만 있더니 유한일이

"선생님, 그 여자더러 직업이 뭐냐고 물어보세요."

했다.

"직업이 뭐지?"

"무비 액트리스."

여자의 서슴없는 대답이었다.

"무비 액트리스면 영화배우란 말이 아닌가?"

우리말로 유한일에게 물었다.

"이 근처에 포르노 영화관이 많지 않아요. 거기서 상영되는 포르노 영화에 출연하는 애들입니다."

나는 눈을 둥그렇게 뜨고 림미라는 여자의 얼굴을 살폈다. 그 얼굴엔 구김살 없는 천진함이 있었다. 홀딱 옷을 벗은 나신을 부끄러워하는 기색이란 조금도 없이 탐스러운 유방 끝을 빨갛게 매니큐어한 손톱으로 긁고 있었다. 가려운 모양인가 보았다.

"말하자면 포르노 영화에 출연하는 계집아이들의 풀이라고 할 수 있죠. 이곳은 일종의 클럽 조직으로 되어 있는데 멤버십이 꽤나 까다롭습니다. 돈도 비싸구요."

유한일이 쉬엄쉬엄 설명을 했다.

"유 군은 이곳의 멤버인가?"

"그렇습니다. 멤버가 아니면 들어올 수가 없죠. 멤버와 같이 오는 사람에 한해서 둘까지 허용합니다."

"그럼 나 혼자 오고 싶어도 못 오겠군."

"한 번 온 손님은 멤버의 소개장만으로 올 수가 있죠. 단, 동반자는 허락하지 않습니다."

이 때 또 하나의 여자가 나타나더니 주저 없이 유한일의 무릎에 덜썩 앉았다. 림미라는 아이보다 훨씬 글래머였다.

"저 쪽으로 앉아. 선생님이 계신다."

하고 유한일이 그 여자를 밀어내렸다.

"단골인가 보지?"

유한일의 어색함을 덜어 줄 양으로 내가 한 말이다.

"댈리라고 하는 아이입니다. 마음은 퍽 좋습니다."

유한일이 겸연쩍게 웃었다. 그리고 덧붙인 말은 ──

"이 애들에게 있어선 섹스가 생활 그 자체일 뿐만 아니라 예술입니다. 누가 누구와 관계를 했다느니 어쨌다느니 하는 건 문제도 안 됩니다. 남자의 평가도 누가 자길 가장 만족시켜 주었느냐에 따라 결정되는 거죠. 그러니까 누구나 신청만 하면 OK 하는데 단 미리 물어보죠. 당신은 나를 만족시킬 자신이 있느냐구요. 있다고 하면 즉석에서 응하지만 해봐야 알겠다는 정도면 노입니다. 돈이나 몇 백 불 쥐어 주면 모를까."

그 말을 듣자 단번에 위축하는 스스로를 느꼈다. 유한일이 뭐라고 댈리에게 귓속말을 하자 댈리가 무어라고 했다.

"지금 라이브 쇼를 하고 있답니다. 보실래요? 보시고 싶으시면 저 방으로 가면 됩니다."

나는 필요 없다고 손을 저었다. 그리고 공기가 탁하다는 이유를 들어 나가자고 했다.

"벤티레이션은 아주 잘 되어 있는 곳인데요."
하면서도 유한일이 일어섰다.

그 집을 나오면서 유한일이 한 말.

"뉴욕에선 섹스에 자신이 없으면 알코올 중독자가 되든지 자살하든지 해야 합니다. 이곳에서의 자기 증명은 섹스밖엔 없는 것 같애요."

"한 군데쯤 더 가보실 생각 없으십니까?"

유한일의 말이었지만 나는 호텔로 돌아가기로 했다. 유한일은 그냥 헤어지기가 아쉬운 모양으로 나를 따라왔다.

그곳에서 내가 묵고 있는 코모도오까진 세 블록, 사람들이 붐비는 사이로 천천히 걸었다.

형형색색, 다채다양한 사람들!

그러나 이 사람들은 인수분해하면 식욕과 성욕과 금욕, 세 가지의 항으로 묶을 수 있는 점에선 모두 공통적일 것이란 생각을 해 보다가 문득 아까의 유한일의 말이 상기되어

'유 군은 섹스의 능력 없으면 알코올 중독이 되거나 자살할 수밖에 없는 곳이 뉴욕이라고 했지만 내 의견은 조금 다르다.'
고 전제하고 다음과 같이 말해 보았다.

"구경하는 재미만으로도 충분히 살 수 있는 곳이 뉴욕이다. 방관자의 레종 데트르(生存理由)라는 것은 뜻밖에도 강력한 것이니까."

"그럴까요?"

유한일이 납득이 가지 않는 투였다.

"가령 좋은 연극이나 영화가 있으면 극장이 만원이 되지 않는가. 뉴욕은 연극으로 치면 가장 드라마틱하고 복잡하고 게다가 콤팩트되어 있는 연극 무대 같잖은가. 허무를 느끼고 자살하는 사람도 물론 있겠지만 다음 장면이 마음에 걸려 자살을 포기하는 사람도 있을 거야."

"전 거세된 사람, 개성이 없는 사람, 의지가 약한 사람은 사람으로

27

치지 않고 말하는 겁니다."

"그럼 자네는 영웅이 되어야만, 아니 영웅 의식을 가진 사람만이 사람으로 친다, 이건가?"

"그렇게 추상해 버리면 곤란합니다. 다만……."

"자네의 말뜻은 알 것 같네. 그러나 명념해 두게. 누구나 다 영웅 되길 원하고 영웅을 숭배할 거라고 생각하면 그건 오해야. 세상엔 절대로 영웅이 되지 않겠다, 나는 방관자로서 족하다고 생각하며 사는, 그러면서도 충분히 의지력이 강한 사람들도 있다는 것을."

"결국 소시민 근성으로만 사는 사람들이 많다는 얘기가 아닙니까?"

"소시민 근성이면 어때. 소시민 근성이 나쁜가? 꼭 나폴레옹이 되어야 하나?"

"글쎄요. 아무튼 전 소시민 근성 싫습니다. 얼마간의 월급, 하찮은 직장, 그리고 가정을 대단한 것처럼 지키고 그것에 연연하는…… 그건 곤충이지 어디 사람입니까? 실패를 하더라도 라스콜리니코프쯤은 되어야죠. 적어도 인간이 되기 위해선요."

"방관에 철(徹)하는 것은 곤충이 아냐. 곤충은 방관할 줄 모를 테니까."

"선생님은 방관자로서 족하다, 이 말씀입니까?"

"그렇지. 나는 방관자이며 기록자라는 각오를 가지고 있어. 그렇다고 해서 사마천(司馬遷) 같은 오서독스한 기록자가 되겠다는 건 아니지만."

"좋습니다."

하는 그의 말투에 그가 무슨 아이디어를 찾아 낸 것이라고 느꼈다.
아니나 다를까 유한일의 말이 있었다.

"피로하시지 않으시다면 한 잔만 더 하십시다. 드릴 말씀이 있
습니다."

"그렇다면."

하고 나는 호텔 근처의 스낵바로 그를 데리고 갔다. 붐비고 있었지
만 구석진 자리를 찾아 앉을 수가 있었다.

얼음을 섞은 버번 잔을 들고

"술 맛은 역시 이런 데가 좋군. 아까 그 장소에선 웬지 압도당하
는 기분이었어."

"선생님이 늙으셨다는 얘깁니다."

"그럴는지도 모르지. 그러나 늙는다는 것도 과히 나쁜 일은 아냐.
가을의 태양 아래 전개되는 풍경엔 그런대로의 매력이 있거든. 단풍
이 든 잎사귀가 꽃만큼 아름답지 못할 바도 아니구."

유한일은 술잔을 만지작거리며 귀를 기울이고 있더니 말투를 바
꿔 물었다.

"선생님은 혹시 옛날 제가 교실에서 집념에 관해 질문한 일을 기
억하고 계십니까?"

"글쎄."

"어쩌다 마농 레스꼬가 화제에 올랐을 때입니다. 선생님은 긍정적으로 마농 레스꼬 얘기를 하셨습니다."

"그랬던가?"

"그때 제가 이렇게 물었습니다. 체관(諦觀)이 집념보다 낫지 않겠느냐구요. 그랬더니 선생님이 체관은 곧 패배라고 하셨어요. 인생에 패배하지 않고, 인생에서 뭔가를 획득하려면 집념을 가져야 한다며, 집념이 사랑을 만든다, 집념이 천재를 만든다, 집념이 성공을 이룬다, 체관을 해서 지레 인생에 패배하느니보다 집념을 관철하려다가 좌절하는 편이 훌륭하다고 하셨어요."

그렇게 듣고 보니 기억이 되살아났다.

나는 고개를 끄덕였다.

"그래서, 그래서라고 하면 약간 지나친 말이 됩니다만 전 하나의 집념을 가꾸기로 했습니다."

유한일이 혼잣말처럼 중얼거렸다.

"그 집념이 무엇인지 말해 줄 수 있겠나?"

"얘기 못 할 것도 없죠. 그러나 그 얘긴 차차 하기로 하고 선생님, 전 다이아몬드를 지구의 집념이 만들어 놓은 것이란 생각을 하게 되었어요. 지구의 스스로를 완벽하게 아름다운 것으로 만들기 위한 집념이 다이아몬드가 된 것이 아닌가 하구요. 지구의 그 집념이 수억 년을 경과하는 동안에 그 이상으로 어떻게 할 수 없을 정도로의 경도(硬度)를 갖게 되고 동시에 정수화(精粹化)된 바람에 다이아몬드의 광휘를 얻게 된 것이 아닌가. 그런 까닭에 다이아몬드는 그걸 보는 사람의 마음에 그걸 갖고자 하는 집념의 씨앗을 뿌리고 일단 그 집념에 사로잡히기만 하면 벗어날 수 없게 되는 마력을 지닌 것이라구요."

"마력이란 그것에 사로잡힐 수 있는 사람에게만 마력이지 관심이 없는 사람에겐 넌센스가 되는 것이 아닐까? 중독자에 대해선 아편이 마약이지만 그렇지 않은 사람에게 대해선 아무것도 아니듯이 말이야."

유한일의 표정에 빙그레한 웃음이 돋아났다. 술잔을 놓고 나를 정면으로 보았다.

"이상합니다. 선생님, 전 지금 선생님의 사상을 말하고 있는 겁니다. 4, 5년 전의 선생님의 사상을. 선생님은 그때 한국인의 최대 결점은 집념을 갖지 못하는 데 있다고 했어요. 집념을 갖는다는 건 행동자가 되어야 한다는 것 아닙니까? 선생님은 어느 사이 행동자이길 포기하고 방관자가 되기로 한 겁니까?"

나는 약간 당황하지 않을 수 없었다. 유한일의 말이 잇따랐다.

"그러나 전 선생님을 책망할 작정으로 이런 말을 꺼낸 건 아닙니다. 아까 선생님이 절 당장 알아보시지 못할 때 전 느끼고 있습니다. 내게 대해서 선생님은 결정적인 의미를 가지신 분인데 선생님께 대해서 나는 기타 등등에 속하는 존재밖에 안 된다는 것을. 그렇다고 해서 선생님을 탓할 마음은 조금도 없습니다. 단, 그다지 피곤하시지 않으시다면 오늘 밤 제 얘기를 들어주셔야 하겠습니다."

나는 잠자코 그의 다음 말을 기다렸다.

"선생은 금명희(琴明姬)란 여학생을 아시죠?"

"……."

"러시아 문학을 전공한 머리를 길게 기르고 있는 여학생, 키가 크고. 선생님은 물론 아실 테죠."

내가 금명희를 모를 까닭이 없다. 순간 가슴을 쥐어짜는 것 같은 아픔을 느꼈다.

내 대답을 기다리지 않고 유한일이 얘기를 계속했다.

"6년 전 눈이 오는 날의 오후였습니다. 저로선 비상한 각오를 하고 러시아 문학과의 강의실에서 조금 떨어진 계단에 서 있었습니다. 금명희를 기다리기 위해서였죠. 명희가 교실에서 나옵디다. 잠깐 드릴 말이 있으니 근처 다방이나 학생 식당으로 가자고 했죠. 그랬더니 명희의 대답이 선생님의 강의를 들으러 가야 하기 때문에 안 된다는 거였습니다. 선생님이 맡은 과목은 필수 과목이 아니고 선택 과목이었지 않습니까? 그래 그까짓 강의 한 시간쯤 빼먹으면 어떠냐고 했죠. 그랬더니 명희의 눈빛이 단번에 싸늘하게 변해 버렸습니다. 그리곤 아무 말 없이 선생님의 강의실로 가 버리더면요. 솔직한 얘기로 무역학을 전공하고 있는 전 그때 선생님의 존재도 몰랐던 겁니다. 명희의 뒤를 밟아 선생님의 강의실로 들어가 보았습니다. 필수도 아닌 선택 과목인데 큰 교실이 꽉 차 있었습니다. 19세기 말의 프랑스의 문예 사조를 강의하고 계시더구면요. 문외한이지만 한두 번쯤 들어 두어 나쁠 것이 없다고 생각했죠. 그것이 계기가 되어 한 학기는 수강 신청 없이 선생님의 강의를 들었고, 이듬해엔 정식으로 수강 신청을 하고 들었습니다. 그런데 알고 보니 그 금명희란 학생은 1년만 들으면 학점이 나오는 그 강의를 3년 연속해서 듣고 있었습니다. 그 사실을 알곤 금명희에게 대한 저의 비상한 결심을 포기했던 겁니다. 선생님께 집념에 관한 질문을 한 것은 명희에게 대한 관심을 포기하고도 상당한 시일이 지난 후였습니다."

"단적으로 말하면 나 때문에 금명희에게 대한 사랑을 포기했단 말인가?"

"솔직하게 말하면 그렇게 된 것이지요. 그러나 지금 제가 선생님께 말씀드리려는 요점은 그게 아닙니다. 다소의 관련이 있기 때문에 미리 금명희의 얘기를 해 두는 것뿐입니다. 명희는 제가 선생님의 강의를 듣게 한 계기로써 의미가 있다고 하겠습니다. 아무튼 선생님에게만은 얘길 해 두어야겠고, 앞으로도 그렇게 해야겠다는 생각을 하게 된 것은 오늘 밤 뉴욕에서 선생님을 만났다는 인연의 탓이지 무슨 이유가 있는 것은 아닙니다."

다음은 유한일의 얘기를 요약한 것이다. 유한일은 한국 굴지의 재벌인 유 씨가 젊었을 때 경주(慶州)의 기생과 사귀어 낳은 아들이다.

경주에서 하던 사업에 실패하자 유 씨는 서울로 갔는데 2년 동안 소식이 없었다. 아이의 호적 문제도 있고 해서 가슴을 태우던 차에 유 씨가 서울에서 꽤 형편이 좋아졌다는 소문을 듣고 기생은 두 살

난 한일을 안고 서울 유 씨의 사무실로 찾아갔다.

유 씨의 태도는 차가왔다. 격분한 기생은 이 아인 당신이 키우라며 한일을 소파에 놓고 나왔다. 아이는 불이 붙은 듯 울음을 터뜨렸다. 유 씨는 우는 아이를 안고 복도로 달려나와 계단을 내려가는 기생에게

"이 아이 데리고 가라."

고 고함을 질렀다.

그래도 뒤돌아보지 않자, 유씨는

"그럼 던져 버릴 테니 알아서 하라."

고 번쩍 아이를 치켜들었다.

아이는 겁에 질려 비명을 올렸다.

기생이 뒤돌아보았다. 그 찰나 유 씨는 아이를 기생을 향해 던졌다.

기생은 엉겁결에 아이를 받아 들긴 했으나 발이 미끄러져 넘어졌다. 다행히 아이를 단단히 안고 있었기 때문에 다른 부위는 무사할 수 있었는데 아이의 무릎이 시멘트 바닥에 부딪쳐 크게 다쳤다. 병원으로 가서 응급 치료를 하고 계속 손을 썼지만 이윽고 한일의 오른쪽 다리는 병신이 되고 말았다.

"덕택으로 절뚝거리며 온 세계를 돌아다니게 되었지요. 엠파이어 스테이트 빌딩도 제가 그 앞에 서면 비스듬히 기울어듭니다."

한 것은 유한일의 표현이다.

그 사건이 있은 후로 기생은 유 씨와 말을 나누지도 않았다. 미안하다는 사과도 들으려고 안 했다. 치료비를 비롯해서 양육비 교육비라고 보내오는 돈이 있었지만 악착같이 되돌려 보냈다. 기생은 조그마한 술집을 차려 거기서 오른 수입으로 생활을 하고 한일을 키웠다.

한일이 중학교 2학년 때에 그 어머니가 죽었다. 외인(外人)을 피한 단 둘로만 된 임종의 자리에서 어머니는 손수건에 싼 작은 상자 하나를 한일에게 건네며

"내가 네게 남겨 줄 것은 이것뿐이다."

하고

"먼 훗날 네가 가장 좋아하는 사람에게 주라."

고 했다.

그리고 덧붙이길 ──

"누구에게도 이걸 보이지 마라. 가장 요긴할 때를 위해서."

어머니가 죽고 난 뒤 유한일이 상자를 열어 보았다. 조그마한 유리알이었다. 아니 유리알이라고만 생각했다. 그것이 다이아몬드란 걸 안 건 고등학교 시절 광물을 배우면서였다. 그땐 유한일이 아버지집으로 옮겨 와 있었는데 그 다이아에 붙어 있는 증명서는 5캐럿으로 되어 있었다. 그러나 그뿐이었다.

5캐럿의 다이아가 1억 원 이상의 값을 지녔다는 사실을 안 것은 대학 1학년 때. 유 씨의 장녀, 그러니까 한일에겐 배 다른 누님이 결혼하게 되었는데 결혼 선물로써 3캐럿 다이어 반지를 남자 쪽으로

부터 받고 그것이 적어도 5천만 원 이상 하는 것이라고 자랑하는 바람에, 5캐럿의 다이아몬드면 얼마나 될까 하고 농담 삼아 물어보았던 것이다. 그러나 유한일은 그것을 재산이라고 생각하진 않았다.

'이 다이아몬드를 누구에게 줄까. 이 다이아몬드를 주어 아깝지 않을 사람이 나타나기라도 할까?'

이런 생각을 할 때만은 유한일이 자기가 다리병신이란 사실을 잊을 수가 있었다. 그 때문도 있어 한일은 '어머니는 병신이 된 나에게 보상하는 마음으로 값비싼 다이아몬드를 마련한 것일 게다.' 하며 눈물을 흘리기도 했다.

회고하면 어머니는 항상 돈에 쪼들렸다. 꽤 장사가 잘 되었는데도 항상 돈에 쪼들리는 어머니를 보고 어머니의 친정어머니나 오빠들, 즉 한일에겐 외삼촌뻘이 되는 사람들이

"넌 도대체 어떻게 된 사람이냐. 번 돈 다 어쨌느냐. 혹시 너 어느 놈팽이 뒷돈 대주는 건 아니렷다."

하고 이른바 기생오라비 근성을 가끔 노출하는 장면을 한일은 어린 마음으로도 안타깝게 생각하곤 했었다.

'어머니는 그런 수모를 나 때문에 견디어 냈다. 어머닌 나를 위한 일념 외엔 아무것도 없었던 것이다.'

사실, 경주라고 하는 좁은 바닥에서 작은 술집을 차려 장사가 썩잘 되었기로서니 1억 원을 호가하는 다이아몬드를 마련한다는 건 엄두도 내지 못할 일이 아닌가.

유한일은 또 이렇게도 생각했다.

'어머니가 다이아몬드를 마련하게 된 데는 그것을 갖고 싶어 하는 집념 외에 다른 형태로 재산을 남겨 보았자, 이리 떼나 다를 바 없는 오빠들 등살에 내 몫으로 남을 아무것도 없으리란 짐작에서였을 게다'

아무튼 그 다이아몬드엔 유한일의 어머니의 설움에 맺힌 집념이 간직되어 있는 것이다.

"네가 가장 좋아하는 사람에게 주어라."

유한일은 유언이나 마찬가지인 어머니의 마지막 말을 잊을 수가 없었다.

그런데 어느 날 돌연 그 대상이 유한일 앞에 나타났다.

고등학교 2학년 때였다.

아침 학교엘 가는데 사잇골목에서 여중 1학년으로 보이는 귀여운 여학생이 나타났다. 아직 감동을 표현하는 어휘가 모자랐을 무렵이라 유한일은 그 소녀를 '천사처럼 아름답다'고 느꼈다.

유한일은 그 소녀가 며칠 전 그 마을로 이사 온 집의 딸이란 걸 알았다. 무척 가난해서 집을 사 온 것이 아니라, 세 들어 왔다는 사실도 알았다.

그 소녀에게 관심을 쏟고 지내는 동안 유한일은 일방적인 감정으로 '내 다이아몬드를 줄 사람은 그 소녀다.' 하고 결정해 버렸다.

소녀의 이름은 윤숙경(尹淑景).

그 미모는 동네 사람들의 입에 자주 오르내렸다. 학교의 성적도 비범하다고 했다. 세상이 세상 같으면 왕비나 여왕이 될 여자라고 말하는 사람도 있었다. 유한일의 마음은 '윤숙경을 두고 내 다이아몬드를 줄 사람은 없다.'로 굳어졌다.

그런데다 요행이 있었다.

버스에서 내리자마자 소나기를 만난 윤숙경과 양산을 같이 쓰고 돌아오는 영광이 있었던 것이다. 윤숙경은 한일의 절름발이를 이상한 눈초리로 보지 않았다. 그리고 그것은 유한일의 마음의 탓만은 아니었다.

유한일은 다리를 절름거리는 결점을 제외하고는 미장부(美丈夫)라고 할 만한 체격과 용모를 가지고 있었다. 게다가 지적(知的)인 분위기마저 감돌고 있었다. 한편 출생의 불행에서 오는 우수가 그의 얼굴에 알맞을 정도로 그늘을 지우고 있어 보기에 따라선 그게 또한 매력일 수가 있었다.

게다가 유한일은 말이 없고 조용했다.

윤숙경은 소녀다운 감수성으로 어느덧 유한일을 사모하는 한 가닥의 마음을 갖게 되었다. 다른 사람은 몰라도 자기들 사이에만 통하는 텔레파시를 유한일도, 윤숙경도 같이 느끼고 있었다.

유한일은 다이아몬드를 선사할 날을 공상했다.

'대학에 입학한 날을 택했으면 좋겠다. 그때 나는 그녀의 입학을 축하하는 동시 다이아몬드를 선사한다. 그러면 그녀는 평생 변치 않을 사랑을 맹세한다. 우리는 4년을 더 기다리기로 하고 그동안 플라토닉한 사랑을 가꾸어 나간다. 아아…….'

유한일은 이러한 공상에 황홀했다가도 미리 다이아몬드를 주는 것은 매수 행위란 오해를 받을 염려가 있다는 사실에 생각이 미치고 질끔 했다.

'요컨대 열심히 사랑을 가꿔야지. 그러나 중학교 학생을 상대로 어떻게…….'

유한일은 고민하기 시작했다.

한데 그 고민은 멋없는 것이었다.

유한일이 대학에 입학한 해의 봄 어느 날, 신문마다의 연예란은 '은막(銀幕)에 등장한 청초한 여고생'이란 타이틀 아래 포즈를 취하고 있는 윤숙경의 사진을 큼지막하게 신곤 그녀의 등장으로 영화계에 신풍이 불 것이라고 떠들썩하게 보도하고 있었다.

'세상에 이럴 수가…….' 싶었지만 윤숙경은 이미 유한일의 손이 이르지 못할 곳으로 가 버렸다.

윤숙경은 학교를 퇴학하고 집도 다른 곳으로 이사해 버렸다. 구용택(具容澤)이란 젊고 돈 많은 영화사 제작자가 거금을 들여 집까지 사 주었다는 후문이었다.

유한일은 한 번이라도 만나 윤숙경의 마음을 알고 싶었다. 그러나 만날 방도가 없었다. 그러는 동안에도 윤숙경의 인기는 상승일로였다. 얼마 지나지 않아 명실 아울러 은막의 여왕이 되어 버렸다.

구용택과의 스캔들러스한 뉴스가 나돌더니 이어 두 사람의 결혼을 알리는 기사가 나타났다. 구용택이 28세, 윤숙경이 18세라고 했다.

유한일은 구용택을 아직 나이 어린 윤숙경을 수단 방법 가리지 않고 유혹한 악한이라고 보았다. 그 악한의 손으로부터 윤숙경을 탈취해야 한다는 것이 그의 고정 관념처럼 되어 버렸다.

'아아, 주인을 잃은 다이아몬드!'

밤중 다이아몬드를 꺼내 검은 벨벳 바닥 위에 굴려 놓고 유한일은 울었다.

그 다이아몬드를 윤숙경에게 줄 수만 있었더라면 어머니께서도 얼마나 기뻐하실까 싶으니 갈래갈래 찢어지는 느낌이었다.

금명희가 유한일의 시야에 나타난 것은 이 무렵의 일이다. 금명희는 윤숙경처럼 화려한 미모의 소유자도 아니며, 화장이나 치장에 관심이 있는 여자도 아니었다. 그런데, 윤숙경이 가지고 있지 못한 것을 가지고 있었다. 이를테면 강렬한 개성이 풍겨 내는 지성미가 그녀에겐 있었다.

윤숙경으로부터 받은 상처를 무마하기 위해서 관심을 금명희에게로 돌렸다고 하면 금명희로선 모욕을 느낄 일이지만, 금명희에게 대한 관심이 커짐에 따라 윤숙경으로부터 받은 상처가 아물기 시작한 것은 사실이었다.

다신 실수해선 안 된다는 마음으로 유한일은 신중을 기했다. 첫째 금명희에게 애인이 있느냐 없느냐를 살펴야만 했다. 한 달 넘어

조사를 해 보기도 하고 눈치채지 못하게 뒤를 밟아 보기도 한 결과 애인이 없다는 것을 알았다.

그렇게 되면 남은 문제는 자연스러운 접촉이었다. 그런데 학교가 다른 까닭으로 얼마간의 공작 없인 접촉이 불가능하다는 것이 난점이었다. 지나가는 금명희를 대담하게 불러 세워 말을 걸어 보면 될 일이었지만, 자기가 절름발이란 콤플렉스 때문에 다른 학생이면 예사로 할 수 있는 동작도 태연하게 할 수가 없었다.

주저하곤, 주저를 하는 자신을 미워하기도 하다가 드디어 어느 눈 오는 오후 최후의 결단을 내렸다. 성불성(成不成)을 막론하고 부딪쳐 보기로 했다. 그런데 결과는 아까 유한일이 말한 그대로였다. 금명희는 내 강의를 들어야 한다는 핑계로 유한일의 제안을 거절해 버린 것이다.

유한일은 내 교실에 나오기 시작하면서부터 나와 금명희 사이에 무엇인가 있다는 것을 알아차렸다. 그리고 무엇인가 있었다는 것은 사실이었다. 물론 남녀 간에 있을 수 있는 육체관계라든지 하는 그런 것은 아니었지만 서로가 서로에게 끌려 있었던 것이다.

금명희는 러시아 문학을 좋아했다. 나도 러시아 문학을 좋아했다. 이렇게 같은 것을 좋아한다는 사실이 두 사람을 맺는 인연이 되었다. 그리고 러시아 문학을 이해하는 깊이에 있어선 내가 월등했지만, 러시아의 원어를 읽을 줄 아는 점에 있어선 금명희가 월등했기 때문에 피차 보충하는 편리가 있었다. 가령 번역만으로는 납득이 가질 않는 부분에 부딪치면 그걸 금명희에게 물어 원어를 통해 살펴보고 충분히 이해하게 되는 그런 이점이 있었던 것이다. 사상적 이론적으로 명희가 이해 못 할 부분은 내가 가르쳐 주었으니 명희 쪽으로서도 이점이 있었다.

그런 관계가 되고 보니 자주 상종하게 되었고 서로 교수와 학생과의 관계를 살큼 넘는 사랑을 느끼기도 했다. 만일 내게 가정이나 애인이 없었더라면, 두 사람의 관계가 어떻게 되었을지 모를 일이다. 금명희와 나와의 교제는 그녀가 학교를 졸업한 후에까지 계속되었지만 선을 넘어서진 않았다. 명희는 본격적인 러시아 문학 연구를 하겠다며, 프랑스로 떠났다. 그때 내 가슴에 충격이 있었던 것은 사실이었다.

아무튼 유한일은 금명희와 나 사이에 끼어들 수 없다는 것을 절실하게 느꼈다. 그래서 다이아몬드는 여전히 그의 수중에 남게 되었던 것이다.

"이렇게 해서 저는 두 번 과녁을 놓친 겁니다. 그러니 부득이 세 번째의 좌절을 얘기해야 할 순서가 되었습니다만 그 얘기를 하기에 앞서 아버지와 나와의 관계를 간단하게 설명해 두어야겠습니다." 하고 내 잔이 비어 있는 것을 보자, 유한일은 웨이터를 불렀다. 나는 묵묵히 그의 얘기를 기다릴밖에 없었다.

"아버지와 나 사이엔 같은 집에 살면서도 전연 교섭이 없었습니다. 워낙 바쁜 탓도 있었겠지만 절름거리는 내 꼴을 보는 것은 바로 정신적이라고 하기보다 육체적인 고통이었겠지요. 아버지가 나를 의식적으로 피하고 있다는 것을 알자, 나도 아버지를 피하게 된 거죠. 학비나 용돈은 전부 아버지의 비서를 통해서 처리했구요. 아버지의 부인, 세상의 상식에 따르면 큰어머니가 되는 거죠. 그분하고도 전연 관련이 없었습니다. 큰어머니는 나를 보면 아버지의 외도가 자연히 연상될 테니까 불쾌한 것 아닙니까? 집이 넓고 사용인이 많았으니까 무리하지 않아도 접촉을 피할 수 있었지요."

이렇게 전제한 유한일의 얘기를 간추리면 졸업이 가까웠을 때 유씨가 유한일을 불렀다.

다음은 그때 부자간의 대화다.

"넌 무슨 공부를 했니?"

"무역학과에 다녔습니다."

"공부는 쓸모가 있는 걸 했군."

"별로 쓸모가 있는 것 같진 않습니다."

"아무려나 취직을 해야 할 것 아닌가?"

"취직할 생각 없습니다."

"취직을 하지 않고 어떻게 살 텐가?"

"그럭저럭 살아가죠 뭐."

"그럭저럭?"

"……."

"그런 생각 말고 다른 무역 회사에 시험 봐서 들어가기가 힘들거든 우리 무역 회사에서 일해라."

"안 할랍니다."

"왜?"

"취직할 생각이 없다고 하잖았습니까?"

"취직하지 않아도 내가 널 먹여 살려 줄 것이라고 생각하나?"

"그런 것 기대하지 않습니다."

분노가 터질 것처럼 얼굴이 벌겋게 되더니 유 씨는 가까스로 참고 타이르기 시작했다.

"내가 가지고 있는 회사가 스물 몇 개나 된다. 장차는 너희들이 맡아서 운영해야 할 것 아닌가. 다행히 넌 무역학과를 나오게 되었다니 장차 무역 회사의 사장이 될 요량을 해라. 그러기 위해선 지금 말단 사원으로 들어가 실무를 익혀 두는 게 좋을 것 아닌가. 네 기분을 모르는 바는 아니다. 내 시키는 대로 해라."

"……."

"시키는 대로 하겠지?"

"장차 무역 회사의 사장이 될 생각도 없고 지금 무역 회사에 취직할 생각도 없습니다."

"정 그러냐?"

"그렇습니다."

"애비의 말을 안 듣겠다, 이건가?"

"그렇진 않습니다."

“그런데 왜?”

“취직만은 안 하겠다는 겁니다.”

“너도 결혼을 해서 가정을 가져야 할 것 아니냐?”

“…….”

“그리고 이 집에서 하루라도 빨리 나가야 할 것 아니냐. 나는 네가 이 집에서 아주 부자유하게 거처하고 있다는 것을 안다. 네가 취직만 하면 그 부자유를 견딜 필요가 없어지지 않겠나.”

유 씨의 말은 어디까지나 부드러웠다. 특히 다음의 말은 한일의 가슴을 찔렀다.

“한일아, 나도 너에게 애비 노릇 한번 해 보자꾸나.”

“한일아.”

하고 유 씨가 이름을 불러 본 것도 그때가 처음이었다. 게다가

“애비 노릇 한번 해 보자꾸나.”

하는 말은 한일의 가슴을 에는 듯했다.

유한일은 그 국면에서 굴복할 뻔했다가 입을 악물었다.

“꼭 아버지 노릇을 하고 싶으시거든 제 소청을 들어주십시오.”

“뭔가?”

“아버지가 제 소청을 들어주시기만 하면 앞으론 절대로 아버지의 신세도 지지 않으려니와 아버지께 걱정을 끼치지도 않겠습니다.”

“글쎄 그 소청이란 게 뭔지, 그 얘기부터 해봐라. 들어줄 만하면 들어주고 들어줄 형편이 못 되면 안 되는 거구.”

45

"제 소청은 죽은 어머니가 제게 남겨 주신 것과 꼭 같은 것을 아버지께서도 제게 주십사 하는 겁니다."

"에미가 네게 남겨 준 것이 있다구?"

"예."

"그게 뭔데?"

"이를테면 재산이라고 할 수 있습니다."

"얼마나 되는 재산인데?"

"그건 아버지가 약속하시기 전에 말씀 드릴 수 없습니다."

"애비를 상대로 흥정을 하자는 거냐?"

"천만에 말씀입니다. 제가 이런 소청을 드리는 것은 어머니의 마음을 편하게 해드렸으면 하는 충정에서입니다. 많건 적건 어머니는 자기가 가지신 모든 것을 제게 남겨 주었습니다. 만일 아버지께서 어머니가 제게 남기신 꼭같은 액수만을 주시면 전 어머니의 무덤 앞에 그걸 내놓고, 어머니, 아버지도 어머니가 주신 것만큼 주셨습니다. 어머니 기뻐하십시오, 편히 눈감으시고 주무십시오, 하고 보고를 드릴 작정입니다. 대학을 졸업한 바로 이튿날 저는 어머니 산소엘 갈 작정으로 있습니다. 아버지, 그러니 제 소청은 저 자신을 위한 것만이 아닙니다. 아버지께 품고 있던 어머니의 원한을 씻어 드리고자 하는 마음에서 우러난 소청입니다."

유 씨는 이마에 손을 대고 눈을 감았다. 그 침묵이 한참 동안 끌었다. 철제(鐵製)로 된 심장을 가진 그도 유한일의 그 말엔 동요를 느끼지 않을 수 없었던 것이다.

이윽고 유 씨가 입을 열었다.

"네 에미가 죽을 때 내게 관해 무슨 말을 하더냐?"

"아무 말도 없으셨습니다."

"그럼 어머니로부터 받은 것을 네가 지금 가지고 있느냐. 재산의 표적이 될 만한 것을 말이다."

"지금 제 호주머니에 들어 있습니다. 표적이 아니라 어머니가 제게 준 것은 물건입니다."

유 씨는 그게 무슨 대단한 것이겠느냐 하고 생각한 모양이다.

"네 어미가 준 것과 꼭같은 것을 주면 앞으로 내 신세를 지지 않겠다는 말은 경솔했다고 생각하지 않느냐?"

"전 어머니는 죽어도 눈을 감지 못하시고 있을 것 같은 기분이 듭니다. 그래서 제가 한 소청은 아까 말씀 드렸듯이 내 자신을 위한 것이기도 하지만 아버지의 정표를 증거 삼아 어머니의 명복을 빌어드리기 위한 것이기도 합니다. 그렇게만 해주시면 앞으론 절대로 신세 끼치지 않겠습니다."

"그런 걸 고집이라고 하는 거다. 네 에미가 네게 남긴 것만한 액수를 주는 것은 간단한 일이다. 그러나 네 장래는 그처럼 간단하지가 않다. 그러니 네가 네 에미의 산소를 찾을 만큼은 해줄 터이니 취직 문제에 신중히 생각해 보도록 해라."

이 대목에서 또 유한일의 마음이 다소 흔들렸지만, 그는 결연하게 말했다.

"아버지 제 소청만 들어주신다면 그 즉시 저는 이 집에서 떠날 작정입니다. 취직을 하건 안 하건은 그 뒤에 생각할 문제입니다. 앞으로 아버지의 신세를 지지 않겠다는 것과 걱정을 끼치지 않겠다는 것은 어머니의 마음을 풀어주신 아버지에 대한 저의 감사를 그렇게 실행하겠다는 뜻입니다. 어머니의 한만 풀리면 제가 바랄 것은, 아버지께 바랄 것은 없습니다. 제 생활은 제게 맡겨 두어도 걱정하실 것 없습니다. 대학을 나온 놈이 무슨 짓인들 못 하겠습니까?"

"네 뜻이 꼭 그렇다면 할 수가 없구나. 그렇다면 나도 네게 주는 것이 있어야 되지 않겠는가? 좋다, 네 어미가 네게 남겨 준 재산의 열 배를 주지."

유한일은 어머니가 자기에게 남긴 재산을 아버지는 백 만 원쯤으로 짐작하고 있는 것 같아서 얼른 반대했다.

"어머니가 남기신 것과 꼭같은 액수면 됩니다. 그 이상은 소용없습니다."

"이놈, 나도 애비 노릇 한번 해 보자고 하는 것 아닌가? 네 에미가 곤궁 속에서 얼만가를 남겨 너에게 주었는데 네가 앞으로 내 신세를 지지 않겠다는 맹세까지 한 소청을 듣고 네 에미의 열 배쯤 주겠다는 게 뭣이 대단하다고 그러느냐?"

"그러나 당장 주서야 합니다. 졸업한 이튿날 산소엘 갈 작정이니까요."

"애비를 깔보지 말라. 네 정성이 그런데 내가 무슨 까닭으로 천연하겠느냐?"

"고맙습니다."

유한일이 처음으로 이 말을 유 씨 앞에서 발음했다.

"그럼 네 에미로부터 물려받은 것을 내놔 보아라."

유 씨에겐 호기심이 없지 않았던 것이다. 유한일이 안 포켓에서 어머니의 손수건에 싸인 다이아몬드 상자를 꺼내 뚜껑을 열었다. 순간 커튼 사이로 흘러든 아침 햇살에 5캐럿의 다이아몬드가 5백 캐럿만큼의 광휘를 발산했다.

유 씨는 아연했다.

"이걸 네 에미가 네게 남겨 주었단 말인가?"

유 씨의 입에서 말이 나온 건 줄잡아 4, 5분은 지난 후였다.

유한일은 입을 열 수가 없었다. 언제나 밤중에만 보아 오던 다이아몬드여서 아침 햇살을 받은 그 찬란한 광휘는 처음으로 보는 장관이었기 때문이다. 유한일은 비로소 다이아몬드의 신비를 알았다는 느낌으로 그저 황홀하기만 했다. 주위의 광선에 따라 무궁무진하게 변하는 그 신비로운 빛깔. 다이아몬드가 지구의 집념이란 유한일의 철학은 그때 비롯된 것이라고 했다.

유한일의 아버지 유 씨의 뺨에서 줄줄이 눈물이 흐르고 있었다. 아들을 위해 마련한 그 다이아몬드를 보고 그 여자가 자기에게 품었을 원한의 깊이와 너비를 비로소 실감한 것이리라. 그날 밤 유 씨는 20억 원이 예금된 통장과 도장을 유한일에게 건넸다. 한 마디 말도 없이.

유한일의 이야기가 한 단락 지어졌을 때 내가 물었다.

"그런데 유 군은 뉴욕에서 무슨 일을 하고 있지?"

"그건 당분간 밝힐 수가 없습니다만, 신분은 학교에 다니는 것으로 되어 있습니다."

"학교면 컬럼비아 대학?"

"아닙니다."

"그럼?"

"대학은 대학이라도 조그마한 사숙(私塾) 같은 것이죠. 시메온이라고 하는 유대계의 인류학자가 주재하고 있는 학교입니다."

"인류학을 연구한단 말인가?"

"인류학이라고 하기보다 제가 공부하고 있는 것은 점성술에 근거를 둔 인간학이라고 말할 수 있을 겁니다."

"점성술?"

나의 그 말이 어이가 없다는 말투로 된 모양이었다.

"점성술은 신비로운 과학입니다."

"우주여행 시대에 점성술이 과학이 될 수 있다니 신기한 소릴 유 군으로부터 듣는 셈이로군."

"돌멩이의 위치 하나로써 우주의 신비를 설명할 수 있을 것이란 말은 피히테의 말 아닙니까? 별이 어째서 돌멩이 하나만한 가치를 가지고 있지 못하겠습니까? 그러나 이 얘긴 그만 합시다. 점성술에 제 인생을 걸고 있는 건 아니니까요."

조금 어색한 침묵이 흘렀다. 그 침묵을 깨고 유한일이 물었다.

"금명희 씨완 어떻게 되었습니까?"

"편지가 끊어진 것도 수삼 년 되었는 걸."

"그렇다면 선생님이 나쁜 것 아닙니까?"

"내가 나쁘다기보다 내게 용기가 없었던 거야. 어줍잖지만 내겐 가정이 있거든."

"용기의 부족도 죄악의 하나라고 생각하시지 않습니까?"

"어쩌면 최대의 죄악일는지 모르지. 그런데 자넨 나와 명희 사이를 오해하고 있는 것 같군. 우리 사이는 결백하네. 나 때문에 자네의 마음에 제동을 걸어야 할 아무런 이유도 없어. 마음이 내키면 파리로 가 보게나. 대사관에 들르면 명희와 연락이 될 테니까."

"지나간 얘깁니다. 금명희를 잊은 진 이미 오래입니다. 선생님을 만나 우연히 회상하게 되었다는 그런 정도일 뿐입니다."

"그럼 지나간 일은 모두 말살하겠다는 얘긴가?"

"그러고 싶습니다. 그러나 그게 잘 되질 않아요. 집념은 가꾸고 싶대서 가꾸어지는 것이 아니고 저절로 자라나는 것인가 봅니다."

나는 유한일이 말하는 집념이 영화배우 윤숙경과 관련이 있는 것이 아닌가 했지만 입 밖으로 내지 않았다. 유한일이 중얼거렸다.

"남의 것이 되어 있는 여자에게 미련과 집착을 갖는다는 것은 쑥스러운 노릇이죠. 그래서 달리 찾고는 있습니다. 잡힐 듯 잡힐 듯합니다만……."

"그래 그 사람은 지금 뉴욕에 있나?"

"아닙니다. 엊그제 이라크의 바그다드로 갔습니다. 돌아오겠지요. 돌아오면 서슴없이 다이아몬드를 주어 버릴 작정입니다. 어머니가 하마나하마나 하고 기다리고 있는 것 같애서요."

'어떤 여자를 만났단 말인가.'

솔깃하게 호기심이 일어 유한일의 다음 말을 기다렸지만, 유한일은 그 이상 얘기를 계속하지 않았다.

그 대신 그는 나의 호텔 방의 번호를 묻곤 메모를 하고서

"너무나 많이 시간을 뺏은 것 같습니다."

하고 일어섰다.

호텔 앞에서 헤어질 때

"이 다음 서울에 가면 꼭 찾아뵙겠습니다. 몸 성히 하십시오."

하는 간단한 인사말이 있었을 뿐이다.

방으로 돌아와 목욕을 하고 침대에 누워 책을 펴들었으나 생각은 유한일을 중심으로 맴돌았다.

아버지로부터 20억 원이란 거액을 받았다고 하니 돈 걱정은 없겠지만 왠지 위태위태한 느낌을 그로부터 받았다. 무슨 일을 저지를지 모르는 그런 기분이었던 것이다.

호텔로 들어서며 힐끗 돌아봤을 때는 유한일이 인파에 몰려들

직전이었는데 그 절뚝절뚝한 뒷모습이 안타까우리만큼 고독하게 보였다. 그 고독한 모습이 망막에 새겨진 듯한 느낌이어서 나는 폈던 페이퍼백을 팽개쳐 버리고 눈을 감았다.

가끔 극장의 간판에 나타나곤 하던 영화배우 윤숙경의 모습이 뇌리를 스치는가 하면, 눈언저리에 드리워진 긴 머리칼을 걷어 올리며 체호프를 읽은 감상을 열심히 얘기하고 있는 금명희의 모습이 나타나기도 했다.

금명희!

'내 마지막 청춘의 상징이 아니었던가.'

용기의 결핍이 최대의 죄악일 수 있다는 아까의 내 말은 결코 건성으로 한 말은 아니었던 것이다.

'그러나 누구에게 죄악인가?' 하고 물으면 '누구보다도 내 자신에게 대한 죄악이라고 할밖에 없다.' '파리의 하늘 밑에 명희는 있다.'고 생각하니 내일이라도 짐을 꾸려 파리로 날아가고 싶은 충동이 무럭무럭 일었다.

그러다가 어느덧 잠이 들었다.

꿈을 꾸었다. 주먹 크기만 한 다이아몬드가 칠흑의 하늘을 지내며 눈부신 광망(光芒)을 발산하고 있는 광경이었다. 그 바람에 잠을 깨고 말았는데 선뜻 유한일이 한 말이 떠올랐다.

'다이아몬드는 우주의 집념이다.'

나는 유한일의 어머니를 상상했다. 그리고 아들에게 준 다이아몬드의 의미를 생각해 보았다. 분명 그것은 집념일 것이었다.

여자의 그 집념이 자기를 배신한 남자로 하여금 거액의 돈을 아들에게 내게끔 작용한 것이 아니었을까. 그 집념이 또한 앞으로도……

전화벨에 잠을 깼다.

프런트에서 누가 나를 찾는다는 전갈이었다. 옷을 챙겨 입고 내려가 보았다.

일견 유대인이란 것을 알 수 있는 검은 옷, 검은 구레나룻을 기른 중년의 사나이가 내게 봉투를 전하곤 말없이 떠나 버렸다. 그 봉투는 유한일이 보낸 것이었다.

방으로 돌아와 뜯어보니 돈 5천 불과 한 장의 쪽지가 있었다. 쪽지엔 ——

"여비에 보태 쓰세요. 전 지금 바그다드로 떠납니다."

바그다드!

아라비안나이트의 도시이다.

십 년 전만 해도 바그다드는 다마스커스, 니니베, 두바이, 테헤란 등과 더불어 신비의 안개에 싸여 있었다.

그런데 요즘은 제주도의 서귀포나 바그다드나 별반 다를 바가 없다. 비행기를 타면 언제나 갈 수 있는 곳이기 때문이다. 이른바 국력(國力)이 그렇게 만들어 놓았다. 이란, 이라크, 사우디아라비아는 아라비안나이트의 베일을 벗고 돈벌이가 좋은 중동(中東)이란 이름으로 탈바꿈을 했다.

그 옛날 일본 북해도(北海道)로 간 남편의 편지를 받고 슬피 울었던 아낙네들의 딸들, 손녀(孫女)들이 지금은 테헤란과 사우디아라비아의 스탬프가 찍힌 남편의 편지를 받곤 맨션아파트에 들어갈 날을 꿈꾸며 가슴을 설레는 시대가 되었다.

그러나 이 얘기는 지금의 얘기가 아니고 10년 전의 얘기다. 나는 유한일이 바그다드로 떠났다는 쪽지를 받고 잠시 어리둥절했다.

어젯밤의 얘기가 상기되긴 했다.

유한일은 자기의 다이아몬드를 선사할 만한 대상(對象)의 여자가 바그다드에 있다고 했다. 그렇다면 그는 그 여자를 찾아 바그다드로 떠난 것일 게다. 아무튼 바그다드란 지명이 끼어든 바람에 어젯밤의 그와의 만남마저 꿈속의 일처럼 느껴졌다. 그런데 5천 불이란 돈은 뚜렷한 현실이었다. 동시에 꺼림칙한 느낌이 없지 않았다. 아무리 돈이 많은 사람이기로서니 꼭같이 여행자(旅行者)의 처지로써 5천 불을 내놓는다는 것은 의례에 속하는 일일 뿐 아니라, 옛날의 시간 강사(時間講師)에게 대한 호의로썬 지나친 것이라고 아니 할 수 없었다.

덕택으로 그 후 나는 디럭스한 여행을 할 수 있었고 '뉴욕 바 나이트'를 내 나름대로 만끽할 수도 있었다.

한 달 후 나는 서울로 돌아왔다. 그리고 얼마 후 영화배우 윤숙경을 만나는 기회가 있었다. 윤숙경은 스크린에서 보는 것보다는 그 실물이 훨씬 우아하고 고상했다. 그 까닭은 연기(演技)라고 하는 부자연한 기교적인 행위를 지워 버리고 윤숙경 자신만의 행동을 할 수 있다는 데 있었을지도 모른다.

몇 마디 말을 건넬 수 있는 찬스가 왔을 때 나는

"뉴욕에서 유한일 군을 만났는데요."

하고 그녀의 눈치를 보았다.

"그랬어요?"

하는 그녀의 눈이 동그랗게 되었다.

"그래 그분 잘 계셔요?"

"잘 있습니다."

그리곤 장난스럽게 덧붙였다.

"유 군은 윤숙경 여사를 퍽이나 사모하고 있는 모양이던데요."

윤숙경은 말없이 고개를 숙였다. 나는 그러한 윤숙경을 보고 유한일이 윤숙경에게 관해서 한 얘기엔 많은 생략이 있었다는 것을 알았다. 그는 자기만의 짝사랑인 것처럼 말했지만 윤숙경도 유한일에게 대한 만만찮은 감정을 가지고 있다는 것을 확인하는 셈으로 되었다.

"언제쯤 서울로 오신다던가요?"

"그건 모르겠습니다. 그는 바그다드로 갔습니다."

"바그다드?"

이렇게 중얼거리고 있을 때 누군가 윤숙경 가까이로 왔다. 나는 그 자리를 떠났다.

2

로맨스와 뉴스

우연이 없으면 소설은 성립될 수 없다는 얘기가 있다. 그것은 인생이란 바로 우연의 연속일 수밖에 없다는 얘길 뿐이다.

한데 여행은 우연 가운데서도 우연을 찾기 위한 노릇으로 된다. 콜럼버스가 무슨 필연을 찾아 태평양을 횡단한 것은 아니다. 우연의 우연 그 연장점에 미주가 있었던 것이고, 그는 자기가 도착한 곳이 신대륙인 미주인 줄을 모른 채 죽었다. 그것은 또한 우연이 아니었던가.

여행하는 사람에겐 다소나마 콜럼버스를 닮은 데가 있다. 우연에 대한 기대라는 점에서 그렇고, 그가 겪은 사실의 의미를 완전히 파악하지 못하는 점으로서도 그렇다. 이런 사실을 새삼스럽게 느끼게 된데는 물론 계기가 있다.

뉴욕에서 유한일을 만난 지 1년이 지났다. 그때쯤 나는 유한일을 까마득히 잊고 있었다. 아니 윤숙경에 관한 기사가 있든지 하면 가끔 생각할 정도였지만, 그밖엔 그를 두고 생각할 만한 일이 없었다. 그랬던 것인데 어느 신문사의 청탁으로 파리에 머물러 있는 동안, 그땐 6월 하순이었다. 거리에서 신문 한 부를 사들었는데 그 신문이 이상했다.

'소련의 신예 전투기, 이스라엘 네게브 공군 기지에 착륙.'
이란 타이틀은 그런 문제에 깊은 관심이 없는 사람에겐 대단할 수 없는 일이었지만, 그 타이틀 아래에 지면의 반쯤을 차지하여 비행기를 찍은 사진이 있었는데 그 사진의 한 구석에 유한일의 얼굴이 떠올라 있었던 것이다.

근처의 카페에 들어가 그 신문을 펴놓고 뚫어지게 보기 시작했다. 비행기체를 빼곤 사람의 그림자라곤 없었는데 어떻게 된 영문인지 기미(機尾)의 저편에 깔린 어두운 공간에 유한일의 얼굴만이 아슴푸레 찍혀 있었다. 한데 보면 볼수록 유한일이 아니란 느낌이 강해 갔다.

그런 곳에 그 사람이 있을 까닭이 없다는 논리적인 추측이 작용한 때문이었다. 그런데다 그처럼 희미한 사진을 놓고 이것이 누구다 하는 단언은 실지로 어려운 일이기도 하다. 그러나 나는 첫눈의 직감을 존중하고 싶은 심정을 어떻게 할 수가 없었다. 기사를 읽기 시작했다.

"불시착인지, 계획에 의해 비래한 것인진 아직 확인할 수 없으나 네게브 공군 기지에 착륙한 소련의 전투기는 최근 소련이 이라크에 제공한 신예기이며 바그다드로부터 날아온 것만은 확실한 것 같다."

이런 기사도 있었다.

"최근 소련이 개발한 미그 전투기 21호에 대해선 서방 각국이 비상한 관심을 쏟고 있다. 그런 까닭에 어느 관측통은 서방 어느 나라의 정보기관이 계획적으로 그 비행기를 납치한 것이 아닌가 하는 견해를 표명했다. 소련은 미국 CIA가 개재한 것이라고 공격을 개시하고 있다. 이에 대해 미국도 이스라엘도 아무런 반응을 보이고 있지 않다. 아무튼 이 문제는 불원 국제적 분쟁의 이슈가 될 것이다."

만만치 않은 사건이 생겼구나 하는 마음의 바닥엔 바그다드와 유한일을 연결시키는 기억이 작용했다.

'이건 유한일일지 모른다.'며 나는 다시 그 사진을 살펴보기 시작했다. 만일 이것이 유한일이라면? 등에 땀이 솟았다. 6월의 파리가 더웠기 때문만은 아니었다.

그 이튿날부터 파리의 일간지와 주간지는 일제히 네게브 공군 기지에 도착한 소련의 전투기를 중심으로 광분하기 시작한 것 같았다.

당시의 기사를 순서 없이 나열해 보면 ——

"미국·프랑스·영국 등 서방 제국의 군사 전문가들은 소련제 미그 21호를 구경시켜 달라고 압력을 가했지만, 이스라엘 당국은 단호히 이 제안은 거절하고 있다……."

"소련은 언제나 새로 개발된 미그 전투기는 그것이 외국에 나가 있고, 또는 외국에 제공된 것이라도 KGB에 의해 엄중하게 경비되어 있다고 고언(古言)하고 있었던 만큼 이번 사건은 결정적인 군사적 실패다. 지금 이스라엘이 그 공개를 거절하고 있기는 하지만, 미구에 미그 21호의 비밀은 서방 제국에 알려질 것이기 때문이다."

"소련은 모스크바와 예루살렘에서 당장 그 비행기를 돌려보내라고 강경하게 위협하고 있다……."

미그 21호를 바그다드에서 타고 온 비행사의 이름이 무닐 레드파라고 밝혀진 것은 수일 후의 일이다. 그때 어느 신문은 다음과 같은 보도를 했다.

"바그다드 방송은 무닐 레드파가 평형감각을 잃은 미숙한 사관후보생이어서 순간적인 실수로 이스라엘의 영공을 침해하게 된 것인데 그 기회를 이스라엘이 이용하여 강제 착륙케 한 것이 틀림이 없다고 발표했다."

그러자 다른 신문은 바그다드의 방송을 "평형감각을 잃은 미숙한 사관후보생에게 어떻게 해서 중요한 비행기를 맡겼는지가 의심스럽다. 뿐만 아니라 정확한 소식통에 의하면 무닐 레드파는 이라크에서 제1류에 속하는 비행사이며 그런 비행기를 맡을 만한 특권 계급의 일원으로 승진하기 전 소련과 이라크의 치안 당국으로부터 철저한 신상 조사를 받았다는 사실이 밝혀졌다……"면서 반박했다.

며칠 후 주간지 《르 · 포앵》에 비교적 상세한 기사가 나타났다. 무닐 레드파의 사진이 처음으로 나타난 것도 그 주간지에서였다. 이에 따르면 무닐 레드파는 이라크 최우수의 비행사일 뿐 아니라 얼마 전 비행 중대의 대장보(隊長補)의 지위에 승진했다고 하고

"이라크와 이라크의 소련인 고문단은 무닐의 행동은 결코 우발적인 것이 아니며 사전에 치밀하게 계획되고, 최고의 기술로써 수행된 것이라고 보고 철저한 조사를 착수했다"고 덧붙이고 있었다.

그리고 또 이어 다음과 같이 기록하고 있었다.

"소련의 최신예기 미그를 입수하고자 한 것은 이스라엘의 숙망(宿望)이었다. 1960년대 이래 미그가 중동에 등장하면서부터 이스라엘의 군 정보기관은 그 목표를 추구하는 데 여념이 없었다. 이스라엘 군 사령부는 언제나 적이 사용할 가능성이 있는 모든 병기에 관해서 알아내는 데 특별한 관심을 두고 있었다. 이것을 최초로 강조한 것은 1950년대에 이스라엘의 공군을 창설한 사령관 단 툴코스키 장군이다. 툴코스키는 입버릇처럼 말하고 있었다. 적이 가지고 있는 병기를 안다는 것은 적을 굴복시킬 수 있는 방법을 아는 것과 마찬가지다."

《르 · 포앵》의 기사를 좀 더 인용한다.

"……이스라엘에 있어서 그들이 입수하는 정보가 나라의 방위에 결정적으로 중요하다는 것은 그들이 그 정보를 직접적으로 이용할 뿐 아니라, 미국과의 기밀 교환을 위해서도 중요하다. 즉 이스라엘은 스파이를 통해서 알아낸 정보를 미끼로 미국에서 신형 무기를 얻어 왔던 것이다. 그만큼 이스라엘이 얻어낸 병기 정보는 미국의 군부에 대해서도 중요하다. 미국은 모처에 소련군의 병기로써 완전 장비된 순(純)소련식 군용기 중대 2개를 배치하고 있다. TOP, GUN이란 암호명을 가지고 있는 이 두 부대를 미국은 공중전의 모의실험에 사용하고 있다. 그런데 TOP, GUN의 장비는 거의가 이스라엘을 통해 입수한 것이다. 1950년대 전반에 이스라엘이 탐낸 것은 당시의 소련 신예기였던 미그 17호였다. 툴코스키 장군은 어떤 방법으로써건 미그 17호를 입수하라고 군 정보부에 요구했다. 그러나 이건 난제 가운데의 난제였다. 엄중하게 경호되어 있는 비행기를 어떻게 탈취한단 말인가…….”

갖가지의 안(案)이 검토되었다고 《르 · 포앵》은 쓰고 있다. 비행사를 매수할 계획도 세웠다. 비행기가 이집트에 도착했을 때 탈취하는 게 쉽지 않을까 하는 의견도 나왔다. 비행기를 이스라엘 영내로 유인해서 격추하든지 무전 유도(無電誘度)로써 착륙시키든지 할 수 없는가도 검토되었다.

그런데 이 문제는 조그마한 행운으로 해결되었다. 1956년의 수에즈 동란 때 이스라엘은 시나이 반도에 잠입했었는데 그때 적들이 포기하고 철수한 비행장에, 그들이 노리고 있던 소련제 미그 17이 방치되어 있는 것을 발견한 것이다. 이집트군은 엉겁결에 철퇴해 버리고 비행기는 조금도 상한 데 없이 그냥 남아 있었다. 이스라엘은 이것을 착복했다.

다시 《르 · 포앵》의 기사는 “수에즈 동란이 지나고 5년. 소련은 새 비행기를 개발했다. 이스라엘의 군 수뇌부는 정보부에 대해 그새 비행기, 즉 미그 21을 입수해 달라고 요구했다. 소련은 그 신예기를 이집트, 시리아, 이라크에 도입해선 수를 불려 나가고 있었다. 이스라엘은 그들의 자위상(自衛上) 그 비행기의 성능을 알아야만 했다. 새 공군 사령관 에체르 바이츠만은 전임자 툴코스키와 마찬가지인 압력을 정보부에 가하기 시작한 것이 아닐까. 그 결과가 이번의 사건으로 나타난 것이 아닐까."

주간지의 추측 기사라고 쳐 버리면 그만이지만 기왕의 사례에 바탕을 둔 것인 만큼 허황하다곤 말할 수 없다. 그런데 이스라엘은 "무닐 레드파는 진로를 잃은 데다가 연료가 부족해서 네게브에 불시착했다."고 아무렇지 않은 투로 말하고 있을 뿐이었다.

나는 미그 21을 찍은 사진의 한 구석에 유한일의 얼굴이 나타나 있듯, 그런 기사의 어느 행(行)에 유한일의 이름이 나오지 않을까 하여 거의 매일 매일처럼 그 기사를 찾아 읽고 있었다. 그러나 유한일의 이름은 나타나지 않았고 내가 귀국할 일자만 가까워졌을 뿐이다.

파리를 떠날 날을 3일 앞둔 어느 날, 나는 일간지 주간지 할 것 없이 무닐 레드파와 관계되는 기사가 실린 것이면 모조리 사들고 언제나 단골로 다닌 소르본 1번지의 카페에 들어섰다.

7월도 반이 지난 그 무렵의 카페는 한산하다. 이른바 바캉스 계절이라서 파리 시민 반쯤은 파리를 떠나 버려, 중심가의 음식점은 대개 한산한 것인데 내가 들어갔을 무렵의 그 가게엔 저편 구석에 단한 사람이 앉아 있었을 뿐이었다.

자리를 잡고 아이스커피를 주문해 놓곤 신문을 펴들었다. 단 한 사람 앉아 있던 청년이 내 옆으로 와서 신문을 하나 빌자고 했다.

　　나와 그는 마주 앉아 신문을 읽었다. 그러다가 그는 내가 무닐 레
드파의 기사만 찾고 있다는 것을 눈치챈 모양으로

　　"그 사건에 흥미가 있습니까?"

하고 물었다.

　　"흥미가 없지 않군요."

했더니 그는 빙그레 웃으며

　　"유대인에 대해서 어떻게 생각하느냐?"

고 물었다.

　　"동양인인 나에겐 유대인이고 프랑스인이고 영국인이고 간에 다
마찬가지요."

　　그러자 그는 또 물었다.

　　"유럽에 살고 있는 지가 얼마나 되느냐?"

　　"나는 여행자요. 유럽에 산 적은 없소."

　　"그래도 유대인에 관해서 듣거나 읽은 것은 있지 않겠소?"

　　"그야 있지."

　　"거게 따른 감상은 있을 테죠?"

　　그 질문을 받고 내 염두에 떠오른 것은 사르트르의 말이었다.

　　── 유대인이 없으면 프랑스인은 유대인을 만들어 내기라도 할
것이다.

　　나는 이 말을 들먹여 놓고

"퍽이나 인상에 남는 말이었소."

했더니 청년의 눈이 순간 빛났다. 그리고 또 물었다.

"그 말뜻을 어떻게 생각했습니까?"

초면의 사람에 대해 약간 지나친 질문이다 싶었지만, 학생인 것 같은 청년의 질문엔 진지하게 대해야겠다고 마음먹었다.

"사태의 본질을 파악하고자 하는 성의도 능력도 없는 사람들은 어떤 통념에 부화뇌동하게 마련인데 일부 프랑스 사람들이 유대인을 얕잡아 봄으로써, 자기의 우월을 느끼는 그런 버릇이 있는 모양이죠? 그런 버릇에 대한 사르트르의 충고라고 나는 보는데……."

청년은 펴들고 있던 신문을 조심스럽게 접어 탁자 위에 놓더니, 단정히 자세를 고치곤 말했다.

"내 이름은 리샬 랄루라고 합니다. 소르본의 학생입니다."

"그래요?"

나는 덤덤히 대답했다.

그는 내가 어느 나라 사람이냐고 물었다. 나는 순순히 대답했다. 그러자 그는 자기가 유대인이라면서

"그러나 나는 유대인임을 자랑으로 안다."

고 덧붙였다.

"내가 어느 인종이다 하는 것을 자랑하는 것은, 나는 어느 인종이다 하고 비굴한 마음을 먹는 거나 마찬가지로, 정상적이 아닌 콤플렉스의 작용이 아닐까?"

하고 나는 웃어 보였다. 그러자 그의 얼굴에도 활짝 웃음이 피었다. 그 순간 우리는 친구가 되었다.

　이런 말 저런 말끝에 내가 물었다.

　"파리 사람들은 모두 바캉스로 떠나갔는데 리샬이 파리에 남아 있는 까닭이 뭐지?"

　리샬이 반문했다.

　"무슈 리는 파리가 견딜 수 없을 정도로 더워요?"

　"그렇진 않아."

　"나도 억지 피서를 해야 할 만큼 파리가 덥다고는 생각하지 않아요. 그러나 그 때문에 바캉스 여행을 안 한 것은 아닙니다. 난 돈을 벌어야 하는데 그 때문에 남아 있는 겁니다."

하고 학생이 목돈을 버는 덴 이 무렵의 파리가 가장 좋다고 했다.

　나는 그에게 맥주 한 잔을 사주고 프랑스의 대학생, 특히 유대인 학생들의 동향을 물었다. 리샬은

　"인종은 유대인이지만 나는 조금도 하자가 없는 프랑스인입니다."

하는 전제를 해놓곤, 이스라엘이 자위상(自衛上)을 갖가지 무리를 하는 것을 심정적으론 이해하지만 이성적으론 납득할 수 없다며 대부분의 유대 계통의 학생들은 그 딜레마에 고민하고 있다고 했다.

　그의 말에 힌트를 얻어 나는

　"갖가지 무리를 한다고 했는데 대강 어떤 것을 말하느냐?"

고 물었다.

"여러 가지가 있죠. 헌데 그 가운데서도 두드러진 것은 이스라엘의 정보 활동입니다."

하고 리샬은 다음과 같이 설명했다. 이스라엘의 정보기관은 세계 제일이다.

영국의 기관, 미국의 기관, 소련의 기관도 있지만 이스라엘에 비견할 바가 못 된다. 영국과 미국은 남아돌 만한 돈을 쓰며 정보활동을 하지만 이스라엘은 그렇지가 못하다. 그런데도 이스라엘의 정보기관은 그 위장도 철저하거니와 목적을 달성하기 위한 노력에도 철저하다. 공작 도중 더러 붙들린 이스라엘 정보원이 있었겠지만, 내가 이스라엘의 정보원이다 하고 자백한 사람은 아직 한 사람도 없다…….

"정보기관이 그만하면 최고가 아닌가?"

나는 우선 찬사를 끼웠다.

"그런데 그게 문제란 말입니다. 이스라엘의 정보기관이 완벽하면 완벽할수록 그게 바로 치명상이 된다는 건 이스라엘은 지독하다, 이스라엘인 모두가 스파이다, 저런 사람들을 끼워 두었다간 커뮤니티의 방해가 된다는 통념을 외국인들이 갖게 한다, 이겁니다. 그러다가 무슨 파국을 당하기만 하면, 철저한 보복을 받을 뿐 아니라 와해하고 만다, 이겁니다. 그 영화롭던 솔로몬의 왕국이 왜 망했는지 아십니까? 당시의 이스라엘이 너무나 지독했기 때문에, 철저하게 배타적이었기 때문에 일단 파국을 당하자 수습할 방도가 없어진 것입니다.

그런데 지금의 이스라엘이 그때의 그 본을 닮아 가려고 하고 있습니다. 일례를 들어 이스라엘이 그 정보기관처럼 완벽하게 되어 간다는 것은 결정적인 파국을 준비하고 있는 거나 다를 바가 없습니다. 지금의 세계는 고립해서 독존적(獨尊的)으로만 살아갈 수 없는 것 아닙니까? 더욱이 이스라엘 같은 작은 나라가……."

"하지만 현재의 처지로선 어떻게 할 수 없는 것 아닐까?"

"바로 그 점입니다. 그러니까 심각한 딜레마라고 하는 거죠."

리샬의 고민은 세월을 앞질러 생각하며 사는 자의 고민이라고 할 수 있었다. 그리고 그의 의견은 그의 나이를 물어보고 싶은 충동을 갖게 할 정도로 어른스럽기조차 했다.

유럽을 여행하고 있으면 가끔 눈이 번쩍 뜨일 만큼의 젊은 지식인을 만나는 경우가 있는데 리샬도 그런 종류의 하나라고 할 수 있었다.

그런 만큼 나는 거리낌없이 나의 의견을 말할 수가 있었다. 우리들 사이엔 꽤 심각한 문제를 둘러싼 대화가 진행되었다. 나는 그에게 이런 말을 해보았다.

"나라를 잃은 유대인이 수천 년 만에 자기들의 고지(故地)를 찾아 조국을 건설한 심정과 명분과 노력에 공감도 하고 존경도 하고 있지만, 바로 어제까지 자기들의 국토인 줄 알고 살아 온 아랍인들이 돌연 셋방살이 신세처럼 되어 버린 형편에도 동정을 금할 수가 없는데, 이 딜레마를 당신은 어떻게 생각하느냐?"

이 질문에 대한 리샬의 대답은 솔직했다.

"지금의 팔레스타인 사태가 바로 그 딜레마의 표현 아니겠어요? 누가 옳고, 누가 옳지 않다는 판단이 개재할 수가 없는 거죠. 딜레마는 딜레마대로 자기 운동(自己運動), 자기 전개(自己展開) 되어 어떤 파국에까지 이르러야 하는 거죠. 일단 그 파국에서 해결의 실마리가 잡힐 겁니다. 그 결과 이스라엘이 이 지상에서 말살될지도 모르죠. 반대로 굳건한 토대를 닦을지도 모르구요. 아무튼, 서투르게 안이하게 딜레마를 해결하려고 했다간 실수할 겁니다. 그렇게 해결될 까닭도 없구요."

"요컨대 힘이 해결한다, 그 말 아닌가?"

"힘만이 아니겠죠."

"그럼 또 뭣이?"

"운명이죠, 운명."

하고 리샬은 웃었다.

"숙명론자이군, 당신은."

"영국사람 제외하고 숙명론자 아닌 사람이 있겠습니까?"

"영국인을 제외한다는 건?"

"별로 의미도 없는 농담입니다. 이 지구 위에 숙명론자 아닌 민족도 있어야 할 것 아닙니까? 그렇다면 그건 영국인일 수밖에 없겠죠."

"그건 영국인을 높이는 말인가, 낮추는 말인가?"

"그저 농담이라니까요. 니체의 말에 이런 게 있잖습니까? 행복을 생각하는 건 영국인이나 할 노릇이라고."

"당신은 이스라엘을 돕기 위해 생명을 내던질 각오가 되어 있소?"
하고 내가 화제를 바꿨다.

"그런 거창한 말은 싫습니다. 이스라엘이 나를 필요로 한다면 나
름대로 봉사할 의사는 있지요."
하며 리샬은 다시 어두운 표정이 되더니 중얼거렸다.

"이러나저러나 걱정입니다. 남의 나라의 비행기를 가로챌 정도의
이스라엘의 극한 행동은 불가피한 자위 수단일 수도 있지만, 그런 자
위 수단이 자멸을 준비하는 노릇이 되기도 하는 거니까요. 어느 때
어쩌다가 조그마한 이스라엘 하나를 살리려다가 전 세계가 자멸할
지도 모른다는 위기의식이 휩쓸지도 모르는 일 아니겠어요? 그 화근
만 없애면 세계는 정상화될 것이란 엉뚱한 통념을 만들어 낼 계기를
이스라엘은 너무나 많이 가지고 있는 셈이거든요."

리샬은 자기의 걱정이 단순한 기우가 아니라는 것을 증명하기라
도 하려는 듯 나치스에 의한 유대인의 학살 사건을 언급하곤

"나치스는 그랬다고 치고, 어째서 전 세계는 그런 인종 정책이 시
작되었을 때 학살의 현장이 감추어져 있어도, 그 정책의 선전은 공공
연했는데 왜 모르는 척했을까요? 어째서 세계의 대부분이 나치스의
간접적 공범이 되었을까요? 그런데 그런 일을 있게 한 일종의 기류
(氣流) 같은 것은 아직도 남아 있거든요. 그 기류가 언제 이스라엘을
말살하는 방향으로 작용할지 모른다, 하는 것이 나의 의견입니다."

"그러니까 이스라엘은 견고한 전투태세를 갖추고 있는 것이 아니오. 이스라엘의 정보기관이 우수하다는 것도 당신과 같은 생각 때문이 아니겠소."

"딜레마야, 딜레마. 딜레마의 더미로서의 나라, 하기야 그런 딜레마가 없으면 이스라엘이 오늘 같은 접착력을 갖고 뭉칠 수도 없었겠죠. 유대인에게 가해진 박해가 없었더라면 유대인은 벌써 분해되고 말았을 테니까요."

그러다가 말투를 바꾸어 리샬이 물었다.

"한데 당신은 이번의 사건에 일반인이 가진 것 이상의 관심을 쏟고 있는 모양인데 그 이유가 뭡니까?"

그의 질문에 나도 솔직하지 않을 수 없었다.

나는 네게브에 착륙한 미그 21을 찍은 사진에 내가 잘 아는 사람 비슷한 얼굴이 나타나 있다는 얘길 했다.

그러나 리샬은 포켓에서 수첩을 꺼내더니 그 수첩 사이에 접어 끼워 놓았던 신문 조각을 내 눈앞에 펴곤

"이 사진 말입니까?"

하고 물었다.

바로 그 사진이었다. 신문도 《프랑스 스와르》. 내가 본 그 신문이었다. 그런 만큼 나는 놀람을 금할 수가 없었다.

"어떻게 이 신문 조각을 간수하고 있는 거죠?"

하는 질문이 저절로 나왔다.

"대단한 사건이었으니까요. 미그 21의 얼굴을 익혀 둘 필요도 있었구요."

하며 리샬은 그 신문 조각에 시선을 떨구었다.

나는 손가락으로 유한일을 닮은 얼굴을 짚었다.

"이 얼굴이오."

그때서야 리샬은 그 사진에 사람의 얼굴이 있다는 것을 처음으로 발견한 모양으로

"이게 사람의 얼굴인가?"

하고 눈을 끄느었다. 아닌 게 아니라 나 자신도 그것이 유한일의 얼굴을 닮은 윤곽이 아니었더라면 희끄무레한 반점(斑點)쯤으로 보아 치웠을지 모른다는 생각을 했다.

"그렇게 들으니 사람 얼굴 같군요."

리샬이 고개를 끄덕였다.

"그게 내 아는 사람의 얼굴을 닮았단 말이오. 공교롭게 그는 그 무렵 바그다드에 있었던 모양이거든요."

"필요하다면 확인해 볼 수 있을 겁니다."

"그럴 수만 있으면!"

"2주일 동안만 여유를 주십시오. 알아보지요."

리샬의 말이었으나 나는 그렇게 오랫동안 파리에 머물러 있을 순 없는 형편이었다. 그런 뜻을 말하자 리샬이

"그럼 당신의 주소를 써 주시오. 내가 알아 본 결과를 통지해 드

리겠소."

했다.

파리를 출발하는 전날의 오후, 나는 거리의 매점에서《폭로》라는 이름의 주간지를 샀다. '미그 21호 사건의 진상'이란 표제가 센세이셔널한 자체(字體)로 커버에 인쇄되어 있었기 때문이다.

그 주간지는 반유대계의 삼류 주간지로서 그다지 평판이 좋질 않았다. 기사의 대부분이 엉터리 추측 기사로써 메워져 있다는 악평조차 듣고 있기도 했다. 그러나 그런 평에 상관할 바 아니었다. 나는 미그 21호에 관한 기사면 어떤 것이건 좋았던 것이다.

그 기사는 기사라고 하기보다 추리 소설을 방불케 하는 필치로 씌어 있었다. 다음에 그 기사를 간추려 본다.

1966년의 이른 봄 금발의 소녀가 바그다드 공항에 방금 도착한 비행기의 트랩을 내렸다. 그레이스 켈리의 소녀 시절을 닮은 그 여자의 미모는 공항의 직원들뿐 아니라 일반 여객의 관심을 끌었다. 출입국 관리소의 관리는 그녀의 이름이 아나벨라 피셔이며 연령은 18세, 미국 여성임을 확인했다.

"어떤 목적으로 이라크에 오셨습니까?"

하는 관계자의 질문에 아나벨라는

"관광."

이라고만 짤막하게 대답했다.

그런데 아나벨라는 바그다드에서 제일가는 관광호텔에서 이틀 밤을 묵은 뒤, 바그다드 대학을 찾아가 유학생으로서의 등록을 마쳤다. 학과는 고고학과, 주로 모세가 사막에서 방황하던 시대의 사정을 연구할 목적이라고 했다.

며칠 후 그녀는 석유 부호 무스타파의 별장을 빌어 그리로 이사하고 열정적인 연구 생활을 시작하였다. 처음엔 미국 부호의 딸이 허영심 반 호기심 반으로 그런 연구를 하게 된 것이고, 그 연구 자체도 일종의 장난 비슷한 것일 거라고만 보았는데 곧 그렇지 않다는 것을 주위의 사람들이 알게 되었다. 바그다드 대학의 고고학 과장 바르잔 박사는 아나벨라의 고고학적 기초 실력이 확고하며 풍부하다는 사실을 알고 탄복했다. 그녀는 아랍의 고문서(古文書)를 해독하는 데도 뛰어난 재능을 보였다.

"혹시 무슨 불온한 목적으로 이라크에 온 것이 아닐까?"

하고 의심을 갖기도 한 이라크의 정보기관은 이윽고, 그녀의 목적이 학문 이외에 있을 수 없다는 결론을 내렸다.

만일 그녀가 다른 목적을 가지고 이라크에 왔다고 하면 그녀의 미모가 너무나 뛰어나 사람의 이목을 끈다는 것, 그녀만한 아랍 고문서 해독력을 익히려면 줄잡아 7, 8년의 학습 기간이 있어야 할 것인데 하나의 스파이를 양성하기 위한 준비로썬 너무나 우원(迂遠)한 것이라는 것, 조사한 바 미국의 대부호의 딸인데 스파이가 되어야 할 아무런 이유가 없다는 것, 이곳저곳 많은 곳을 돌아다니긴 하지만 가는 곳마다 전부 고고학적인 의미가 있는 곳이란 것, 게다가 외견으로 보아도 유대 계통의 인종과는 전연 관계가 없다는 것, 순진하고, 명랑하며 구김살이란 조금도 없는 그런 천성의 소녀가 불순한 목적을 가질 까닭이 없다는 것 등이 이라크의 정보기관을 안심케 한 요소들이었다.

이윽고 아나벨라 피셔는 바그다드 상류 사회의 여왕으로 군림하게 된 것이었다. 아나벨라 피셔는 자기의 거처에서 매주 1회 파티를 열었다. 그런데 그 파티에 초청되는 사람은 각 영역에 걸친 학자와 학생들에게 국한되어 있었다. 그러다가 가끔 젊은 장교들만을 초청하기도 했는데, 미모의 젊은 여성이 씩씩한 청년 장교들과 놀고 싶어 하는 마음은 당연한 것이라서 누구도 의혹의 눈으로 그 파티를 바라보는 사람은 없었다. 그 파티엔 젊은 정보 장교들도 빼놓지 않고 초청하기도 했으니까 말이다.

젊은 장교들은 한 달에 한 번 있을까 말까 한 아나벨라의 초대를 손꼽아 기다릴 정도가 되었다. 그들은 서슴없이 아나벨라에게 '여왕'이란 칭호를 바쳤다. 그리고는 그들 자신이 아나벨라를 초청하게까지 되었다. 그 무렵엔 바그다드의 상류 사회는 무슨 파티가 있기만 하면, 아나벨라를 초청하고 싶어 안달할 정도가 되어 있었다. 그러나 아나벨라는 학문 연구에 지장이 있다는 정중한 이유를 내세워 세 번의 초청에 한 번 응하는 정도를 유지했다.

이러한 사정이었으니 아나벨라가 무닐 레드파에게 접근한 사실이 남의 눈을 끌 까닭이 없었다. 극히 자연스러운 접근이었던 것이다.

그런데 무슨 까닭으로 아나벨라가 무닐 레드파를 유혹의 대상으로 삼았을까. 우연이었을까? 천만의 말씀이다.

이스라엘 정보기관은 아랍 제국의 장교들의 신상을 죄다 파악하고 있다. 그들에 관한 파일은 아마 그들의 본국 참모 본부가 비치해 놓고 있는 이상으로 소상하다. 더욱이 공군 파일럿의 신상에 관해서는 그 미세한 부분까질 이스라엘 정보기관은 알고 있었다. 그런 까닭에 이스라엘 정보기관은 무닐 레드파를 가장 적당한 인물이라고 보고 아나벨라에게 지령을 내린 것이다.

이스라엘 정보기관이 무닐 레드파를 지명한 것은 그가 이라크 공군의 우수한 장교라는 이유만이 아니다. 무닐에게는 던진 낚싯바늘에 걸릴 만한 요건이 있었다.

무닐은 아랍인으로서 누구에게도 지지 않을 애국심의 소유자였다. 그런데 그는 이라크 북부의 소수 민족 쿠르드족의 출신이었다. 쿠르드족은 산악 민족으로서 이라크인의 생활과 문학의 본류(本流)에 완전히 융합되지 않아 기회 있을 때마다 이라크 정부에 반항했다.

이라크 정부는 최근 쿠르드족의 반란을 진압하기 위해서 미그 비행기를 비롯한 최신 무기의 사용을 주저하지 않았다. 그러니 머잖아 쿠르드족은 전멸당할 운명에 있었다. 자기는 이미 그곳에서 떠나 이라크 상류 사회에 속하는 신분이 되었지만, 자기의 출신 족이 당하고 있는 고통에 무닐 레드파는 무관심할 수가 없었다. 무닐 레드파는 고민하고 있었다.

이스라엘 정보기관은 바로 이 점에 착목한 것이다. 이라크의 정보기관이 파악하고 있지 못한 그 미묘한 사정을 파악하고 있었다는 바로 그 점이 이스라엘 정보기관의 특징이며, 우수성이다.

이라크의 비행사로 하여금 미그 21을 가져 오게 하자는 데 이스라엘 정보기관이 의견의 일치를 보았을 땐 벌써 무닐 레드파가 물망에 올라 있었다. 그 무닐을 유혹하기 위해 파견된 여자가 다름 아닌 아나벨라 피셔였던 것이다.

아나벨라 피셔 같은 아름다운 여성이 젊은 장교의 마음을 사로잡는다는 것은 어린애의 팔을 비트는 거나 다를 바 없이 수월한 노릇이다. 그러나 아나벨라는 쉬운 방법을 쓰지 않았다.

무닐 레드파에 대한 아나벨라의 태도는 다른 장교에 대한 태도와 조금도 다를 바 없었다. 되려 무관심한 듯 꾸미기조차 했다. 그러면서도 무닐 쪽에서 적극적으로 접근해 오도록 은근한 기교를 쓴 것은 물론이다.

일단 무닐이 적극적인 태도를 보이자 아나벨라는 그것에 상응한 열정을 나타냈다. 그리곤 단 둘만의 시간을 갖고자 하는 눈치를 보였다. 그러나 파티 이외의 장소에서의 만남을 극도로 경계하기도 했지만, 서로의 호의가 합치면 자연스런 기회를 만들 수 있는 것이 남녀 간의 관계다.

무닐 레드파는 젊고 지성적인 아나벨라의 관심을 보다 강하게 끌기 위해 쿠르드족으로서의 고민을 스스를 털어놓았는지 모른다. 아니 아나벨라가 그 문제를 화제에 올리도록 유도했다는 것이 정확할 것이다.

무닐은 자기의 옛날 동족이 살고 있는 쿠르드족의 산간 촌락을 공습할 때의 고민을 호소하기에 이르렀다. 아나벨라는

"견디기 힘들 거예요. 우리의 부조(父祖)가 아메리카 인디언을 학살한 사실이 지금껏 나의 고민거리가 되어 있는 걸요."

하고 무닐 레드파의 감정을 자극했다.

두 사람은 학대받는 인종과 민족에 대한 동정으로 친밀도를 더하게 되고 드디어는 다수자에 항거하는 소수자를 존경하는 기분을 나눠 갖게 되었다.

다수자에 대한 소수자의 항거를 존경한다면, 필연적으로 이스라엘을 칭찬하는 결과가 되지 않을 수 없다. 이스라엘은 소수의 인구로써 다수의 회교도에 대항하고 있는 나라이기 때문이다.

아나벨라와 무닐의 사이는 급속도로 가까워졌다. 무닐은 부인과의 사이에 두 아들을 둔 행복한 가정인이었지만, 아나벨라에서 다른 여성에겐 결코 발견할 수 없는 대화의 상대자를 발견한 셈이며, 다른 여성으로부턴 맛볼 수 없는 감미로운 기분을 맛볼 수 있게 되었으니 무닐의 심리를 대강이나마 상상할 수가 있다.

그러는 동안 아나벨라는 무닐 레드파에게 동족의 학살에 참가하는 길보다 다른 인생의 길이 있지 않을까 하는 회의를 불어넣었다.

그렇게 해서 두 사람이 만난 지 수개월 후인 어느 날 기회가 왔다고 느낀 아나벨라는 무닐에게

"어때요, 같이 유럽 여행을 하면."

하는 제안을 하곤 눈물을 글썽거렸다.

"당신에겐 휴식이 필요해요, 정신적으로나 육체적으로나. 로마, 파리, 런던, 코펜하겐, 오슬로 등지를 한 바퀴 돌고 나면 새로운 세계관, 새로운 인생관, 새로운 생의 의욕을 느끼게 될지도 모르지 않아요?"

아나벨라의 제안은 솔깃했다.

무닐은 동의했다. 그 무렵 그는 휴가를 얻을 수 있는 시기에 있었던 것이다.

1주일 후 휴가를 얻은 무닐은 파리로 갔다. 아나벨라는 미리 파리에 와서 무닐을 기다리고 있었다. 두 사람의 밀월이 시작되었다.

이틀 동안 두 남녀는 환락의 극을 다 했다.

무닐은 황홀경에 있었다. 그러나 아나벨라는 면밀한 계산을 하고 있었다. 꼬박 2주야의 환락이 지난 아침, 밀실에서 커피를 마시며 아나벨라가 말을 꺼냈다.

"무닐, 같이 이스라엘에 갈 생각은 없으세요?"

"이스라엘에?"

하고 무닐은 놀랐다.

"당신은 이스라엘을 존경한다고 하잖았어요? 감쪽같이 비밀이

탄로나지 않게 보장해 줄 테니까 이스라엘로 갑시다. 이스라엘서 며칠을 지내는 것도 좋은 경험이 될 거예요."

무닐은 아나벨라 제안을 거절할 수 없다고 직감했다. 무닐은 그녀의 정체를 알았다.

아나벨라는 핸드백에서 가명으로 된 여권과 항공권을 끄집어냈다.

"이걸 사용하면 안전해요. 이 사실을 아는 사람은 나와 당신 그리고 또 하나의 친구가 있을 뿐예요."
하고 여행 계획을 소상하게 설명했다.

완벽한 것이었다.

무닐은 그 제안을 거절하기엔 너무나 깊이 아나벨라에게 빠져 있다는 사실을 느꼈다. 겨우 다음과 같이 물어보았다.

"당신은 이 목적만을 위해서 나에게 접근한 거요?"

"무닐, 내 임무는 물론 중요해요. 그러나 스파이에게도 감정이 있고 사랑이 있는 거예요. 나는 당신을 사랑해요."

"이스라엘에 갑시다."

무닐은 간단히 승낙했다.

그리고 24시간이 채 지나기도 전에 무닐 레드파는 이스라엘 네게브 군사 기지의 귀빈이 되었다.

네게브에서 이스라엘의 정보원은 단도직입적으로 물었다.

"당신은 이라크로 돌아가서 비행기와 같이 이스라엘로 오겠소?

그렇게만 하면 충분한 액수의 돈을 주겠소. 당신과 당신 가족의 안전은 절대로 보장하겠소. 우리는 당신에게 이스라엘의 시민권, 주택 그리고 평생 하고 싶은 일만 하고 살 수 있도록 만전을 다하겠소."

무닐은 가족에 대한 걱정이 가슴을 억눌렀다.

그래서 다음과 같이 말했다.

"나는 아내와 아이들의 안전이 보장되지 않는 한 모처럼의 제의를 받아들일 수가 없소. 당신들도 아는 바와 같이 바그다드에선 예사로 교수형이 집행되고 있소. 아내는 교수형을 받을 것이고 아이들의 죽음도 확실하오."

"그럼 좋소. 당신은 당신의 가족이 안전한 보장을 받았다고 스스로 확인하기까진 행동하지 않아도 무방하오. 당신 가족의 안전 보장을 위해서 우리가 최선을 다하겠소"

"그렇다면 문제없습니다. 나는 비행기를 가지고 오겠소."

피차의 약속이 이루어진 뒤 이스라엘의 공군 사령관 몰도셰 호드 장군이 무닐 레드파를 방문했다.

"당신의 결심을 높이 평가하오. 당신은 쿠르드족의 섬멸 작전에 종사하는 것보다도 이스라엘을 돕는 것이 당신의 출신족(出身族)을 위해서나 당신 개인을 위해서 유익할 것이오."

몰도셰 호드 장군은 지도를 펴 놓고 무닐 레드파의 탈주 계획에 관한 조언을 하기 시작했다.

"이곳과 이곳에 이라크의 레이다가 있고 여긴 요르단의 기지가 있소. 그러니 지그재그 코스를 취해야 할 것이오. 하나 어떤 위험이 있을지 모르오. 비행 거리는 100킬로. 만일 당신의 동료가 당신의 의도를 알아차리면, 공중에서 당신을 격추하려고 들 것이오. 중요한 일은 어디까지나 냉정하게 이 루트를 따라야 한다는 사실이오. 이 루트만은 그들이 알 까닭이 없소. 이성을 잃게 되면 당신은 죽소. 이 루트를 벗어나면 만사는 끝장이 나는 것이오."

레드파는 호드 장군의 말뜻을 알아차렸다. 그래 짤막하게 대답했다.

"어김없이 비행기를 가지고 오겠습니다."

네게브에 머무르고 있는 동안, 레드파와 이스라엘 공군 장교들은 탈주 계획에 관한 세밀한 검토를 했다.

레드파가 놀란 것은 이스라엘의 공군 장교들이 이라크의 공군 기지에 관해 너무나 잘 알고 있다는 사실이었다. 그들은 소련과 이라크의 모든 관계자들의 이름뿐만 아니라, 기지(基地) 전역의 배치까질 알고 있었다. 게다가 훈련 비행의 예정에 관해서, 어느 날이 장거리 비행을 하는 날이며 어느 날이 단거리 비행을 하는 날인가 하는 사실도 알고 있었다. 소련의 고문관이 비행기에 특별 연료 탱크의 부착을 명령하는 것은 장거리 비행을 예정한 날이었다.

그 특별 연료이면 레드파를 이스라엘까지 운반하는 데 충분했다. 그러니까 그는 장거리 비행이 예정되어 있는 어느 날에 결정해야 하는 것이었다.

비행 중의 각 단계에서 대기 중인 이스라엘에 보낼 신호도 결정했다. 그 신호를 통해 이스라엘은 레드파의 소재 지점을 정확하게 파악하며 실수 없이 그를 영입할 수 있게 될 것이었다.

이스라엘의 정보기관원들은 레드파에게 경고하는 뜻으로 이집트의 파일럿인 마프무드 힐미의 얘기를 했다.

힐미는 1964년 소련제 연습기 야크를 타고 이스라엘로 도망한 사람이다.

이스라엘은 그를 크게 환영했다. 야크 비행기 자체는 쓸모가 없었지만 이집트 비행사가 이스라엘로 도망했다는 사실이 가진 선전 효과가 컸기 때문이다. 힐미는 라디오를 통해 그가 이집트를 버린 이유를 설명했다. 그런데 힐미는 이스라엘에 머물러 있기를 원하지 않고 부에노스아이레스에 가고 싶어했다. 이스라엘의 정보원들은 이집트의 기관이 반드시 복수할 것이라고 경고했지만 힐미는 듣지 않았다. 이스라엘은 힐미에게 부에노스아이레스의 민간 항공 회사에 취직자리를 마련해 주었다.

힐미는 이집트의 우편 검열에 걸려 이스라엘에 있지 않다는 사실을 증명하고 말았다. 그리고 얼마 후 부에노스아이레스의 레스토랑에서 만난 어떤 여자의 유혹에 빠져 그녀의 집으로 같이 갔다가 숙박 중 10명의 사나이에 끌려 이집트 대사관으로 연행되었다. 그 후 이스라엘 정보기관이 탐지한 바에 의하면 연행된 1주일 후 힐미는 이집트의 화물선에 실려 카이로로 돌아왔다. 그리고는 비밀 재판을 통해 총살형을 받았다.

요컨대 생명이 아깝거든 일을 결행한 뒤 이스라엘을 떠나지 말라는 얘기였다.

레드파는 이집트의 조종사 마프무드 힐미를 개인적으로 잘 알고 있었다. 그리고 비참한 그의 최후도 듣고 있었다. 그런 까닭에 이스라엘의 정보원이 말하는 힐미의 얘기는 그에겐 교훈 이상이었다.

아나벨라는 그가 네게브에 머물러 있는 동안엔 옆에 없었다가 모든 혐의가 끝난 뒤 나타났다. 두 사람은 일단 유럽으로 돌아갔다가 같이 이라크로 향했다.

이스라엘의 정보기관은 약속을 지켰다. 레드파가 바그다드로 돌아간 지 얼마 되지 않아 레드파의 아들이 발병했다.

주치의는 레드파의 아들이 특별 치료를 받아야 하는데 그 치료를 받을 수 있는 곳은 영국 런던이란 진찰을 내렸다.

유능한 공군 장교의 아들을 등한히 할 수 없었던 이라크 당국은 그 아이의 런던행을 허가하는 동시 레드파 부인의 동행도 허가했다. 동시에 또 하나의 아이도 혼자 남겨 둘 수 없어 그 어머니와 동행하게 되었다.

그들은 먼저 이란으로 날아갔다. 이란 당국자는 치료를 위해 유럽으로 가려고 하는 이라크인 가족에 아무런 이상도 발견할 수가 없었다.

그들은 테헤란에서 런던 행 비행기를 탔다. 한데 그들은 런던에 도착하지 않았다. 어느 도중의 공항에 내려 수 시간 후엔 텔아비브에 있었다. 그들은 변성명을 하고 자취를 감췄다.

이 시점에서 무닐 레드파의 시련은 시작되었다.

네게브 사막에서 몰도세 호드 장군과 작별한 지 27일 만에 레드파는 미그 21을 타고 이륙했다. 그 비행기엔 장거리 비행을 위한 특별 연료의 탱크가 부착되어 있었다.

지난 6월 말 이스라엘의 공군은 이 무렵에 레드파가 날아올 것이라고 기대하고 있었던 터였다. 그날 아침 레드파는 소련인 고문들의 동향을 응시하고 있었다. 그는 소련인이 싫었다. 소련인은 이라크인을 경멸하고 있어 같이 식사도 하지 않았다. 이라크인들이 소련인을 싫어하는 건 당연했다.

레드파가 특별 탱크에 수월하게 급유할 수 있었던 것도 소련인들에게 대한 이라크인들의 증오 때문이었다.

원칙대로라면 소련인의 사인을 얻어야만 급유할 수 있게 되어 있었던 것인데 소련인은 그때 아침 식사 중이었다. 지상 정비원들은 그들의 장교인 무닐 레드파의 명령에 흔연히 응했던 것이다.

레드파가 조종하는 미그는 굉음과 더불어 지상에서 날아올랐다. 그 순간의 그의 기분이 어떠했던가는 누구도 짐작할 수가 없다.

그는 이륙하자마자 평상 비행대로 바그다드의 상공을 날아 지상에서 그의 기영(機影)을 볼 수 없게 된 거리에서 방향을 서남으로 돌려, 요르단을 거쳐 이스라엘로 지그재그 비행을 하기 시작했다.

라디오에서

"당장 돌아오라. 돌아오지 않으면 격추한다."

는 경고가 흘러나왔다.

레드파는 라디오의 스위치를 꺼 버렸다.

이윽고 미그 21은 요르단 상공에 진입하고 있었다. 요르단의 전투기가 공격할지 몰랐다. 후세인 국왕의 비행사들은 정평이 있는 유능한 비행사들이었다.

레드파의 눈에 핏발이 섰다.

수백 마일 저 편에 있는 이스라엘의 레이다가 고독하게 날아오는 비행기를 포착했다. 정통적인 비행 방식으로 사전에 약속된 대로의 고도(高度)로 날아오고 있었다.

몇 분 후 이스라엘 공군의 미라지 전투기 중대가 레드파를 엄호하기 위해 국경선 너머까지 날아갔다. 레드파는 이스라엘 전투기의 편대를 보았을 때, 흥분과 공포로써 가슴이 철렁했다. 레드파는 스스로의 신분을 확인시키기 위한 비행 동작을 실시했다. 그러자 미라지 한 대가 쏜살같이 그를 향해 일직선으로 날아오더니 바로 가까이에서 반전(反轉)했다. 레드파는 이스라엘 비행사의 그 기막힌 반전 기술에 탄복하는 동시 비로소 안도의 숨을 쉬었다.

그의 네게브 공항에의 착륙은 완벽했다. 이곳저곳에서 조용한 환호성이 있었다.

그 후 수일간 무닐 레드파는 탈진한 상태로 있었다. 그의 얼굴에 웃음이 돌아오기 위해선 2, 3일이 걸렸다.

지금 무닐 레드파는 이스라엘의 시민으로서 그의 가족들과 더불어 무사 안온한 생활을 시작했다. 그는 막대한 보상금을 받았을 뿐만 아니라 남의 눈에 띄지 않을 직장도 얻었다. 그의 소재를 아는 사람은 극히 드물다.

이라크는 예상했던 대로 그에게 배신자란 낙인을 찍었다. 그러나 무닐 레드파는 자기는 결코 배신자가 아니며, 그의 탈출 이유는 쿠르드족을 학살하는 이라크 정부에 대한 항의에 있었다고 주장하고 있다.

한편 아나벨라 피셔는 최근까지도 바그다드 대학 고고학과의 학생으로서 처신하고 있었는데, 이 기사가 준비되고 있다는 사실을 모를 까닭이 없으니 지금쯤은 피신을 했을지 모른다.

멍청하게도 이라크와 소련은 무닐 레드파를 조종한 것이 아나벨라라는 사실을 아직까지 모르고 있었던 것이며, 만일 아나벨라가 무사히 안전지대로 피신해 버렸다면 영원히 그들은 아나벨라의 정체를 알 수 없게 될 것이다……

나는 이 기사를 단숨에 읽고 한동안 멍청했다가 그야말로 이것은 '보고 온 것 같은 거짓말'이라고 고쳐 생각하고 웃었다. 설혹 귀신 같은 능력의 소유자라고 해도 그 은밀하게 공작된 내막을, 사건 발생 후 2주일이 지났을까 말까 한 시점에서 이처럼 소상하게 밝혀 낼 순 없을 노릇이었기 때문이다.

나는 이튿날의 아침을 기다렸다. 파트타임 택시 운전사로서 아르바이트를 하고 있다는 리샬이 나를 공항까지 데려다주기로 약속이 되어 있었기 때문이다. 《폭로》지의 기사에 관해 그가 무슨 소릴 할 것인지 기대해볼 만도 했다.

내일 파리를 떠나게 되어 있는 여행자의 마음이란 복잡하고 미묘한 감정의 무늬로써 엮어진 유동적인 태피스트리와도 같다.

나는 판테온 뒤쪽의 이 골목 저 골목의 동굴 술집을 헤매며 실컷 술에 취했다. 파리는 정녕 비정한 도시이다.

짝사랑하는 여자를 모처럼 찾아왔다가 심중에 있는 말은 한 마디도 못하고 떠나가야 할 사나이의 심정을 아는가!

끝내 금명희를 만나지 못하고 돌아간다는 슬픔까지 겹쳐 나는 그날 밤 호텔로 돌아와서 어줍잖게 눈물까지 흘렸다. 짐은 뒷좌석에 싣고 나는 리샬의 옆자리에 앉았다. 시동을 걸면서 시계를 보더니 리샬은

"시간은 충분해요."

하고 웃었다.

우리는 어느덧 백년의 지기(知己)처럼 되어 있었다.

"되도록 붐비지 않는 길을 골라 가자."

고 해놓고 나는 어제 저녁나절에 읽은 주간지 《폭로》의 기사 얘기를 꺼냈다.

"그런 것까지 다 읽었소?"

하곤 리샬은 수줍게 덧붙였다.

"나도 읽었지만."

"그래 그 기사, 신빙성이 있는 건가?"

내가 물었다.

"소설이죠, 소설."

해놓곤 리샬은 정색이 되며 말했다.

"《폭로》지엔 기막힌 소설가가 있는 모양이오. 대강 황당한 얘기를 꾸미는데 어제의 기사는 비록 허구일망정 박진감이 있던데요."

"아나벨라라는 여자는 실재 인물일까?"

"소설이라니까요."

하곤 리샬이 껄껄 웃었다.

"그러나 사건의 그늘엔 여자가 있다고, 혹시 그런 여자가 있었을지도 모르는 일 아닐까?"

"없었다고는 단언할 수 없죠. 이스라엘의 정보요원 가운덴 각양각색의 여성이 끼어 있으니까요."

"아무튼 그럴 듯하게 꾸몄드만."

"이스라엘 정보기관의 내막을 대강은 알고 있는 사람이 쓴 것일 테니까, 상상으로 허구한 것이라고 해도 적중되는 부분은 적지 않을 겁니다. 무닐 레드파가 쿠르드족인 것만은 사실이고, 그의 탈출 이유 가운덴 분명히 이라크 정부의 쿠르드족에 대한 정책에 반대하는 기분이 있었을 테니까요."

"힐미란 이집트 비행사 얘기는 사실인가?"

"그건 사실입니다."

"그렇다면 《폭로》지의 기사를 전연 무시해 버릴 순 없는 것 아 닌가?"

"그럴 듯하게 쓰자면 사실인 부분을 많이 끼워 넣어야 할 것 아 닙니까?"

하고 리샬은 무닐 레드파가 미그 21을 가지고 오게 된 경로의 설명 은 되지 않지만 대강의 분위기를 전한 것으로는 된다며, 다음과 같 은 말을 보탰다.

"요컨대 그런 사건 같은 덴 일종의 공식 같은 것이 있는 것 아닙 니까? 그 공식에 따라 살을 붙인 것에 불과한 것인데, 문제는 그것 을 상상에 의해 꾸민 얘기라고 내세우지 않고 사실 기사처럼 발표했 다는 데 있는 것 아니겠습니까? 《폭로》지는 이미 악명이 높아 있는 주간지니까 그것으로 일반이 현혹당할 염려는 없지만, 세론(世論)이 란 것은 그런 허위 기사의 작용을 받는 것이거든요. 유쾌한 일은 아 닙니다. 읽어 보셨으니까 알 터이지만 그 기사를 보면 유대인은 그 런 음모만 하고 있다고 느껴지지 않았어요? 그게 바로 그 잡지가 노 린 겁니다."

이어 리샬은 유대인은 자기가 저지른 일보다 남의 악의가 꾸며 놓은 술책 때문에 더 많은 고통을 당하게 되었고, 지금도 고통을 당하고 있고, 앞으로도 그럴 것이란 사실을 실례를 들어가며 차근차근 설명했다.

공항에 도착하여 그와 헤어질 때 나는,

"지스카르 데스댕 대통령의 전송을 받은 것보다도 당신의 전송이 기쁘다."는 말과 함께 그 사진의 인물을 확인해 달라고 신신당부했다.

리샬로부터 편지를 받은 것은 내가 귀국한 후 1개월쯤 지나서였다.

그는 미그 21을 찍은 사진 속에 나타나 있는 사람을 확인할 수 없었다는 사과부터 시작하고 있었다. 그 이유로서

"뒤에 안 일이지만 《프랑스 · 스와르》에 게재된 미그 21의 사진은 네게브 공군 기지에 착륙한 무닐 레드파의 비행기가 아니고, 이집트나 이라크의 기지에 서 있는 미그 21을 찍은 것이었습니다. 그리고는 그것이 네게브에 착륙한 미그 21인 것처럼 설명을 붙인 것입니다. 그렇다고 해서 항의할 일은 아닙니다. 무닐 레드파가 타고 온 비행기는 이런 비행기다 한 것이지, 그것이 바로 그 비행기라고 한 것은 아니라고 변명할 수 있을 테니 말입니다. 네게브 공군 기지에선 누구에게도, 더구나 신문 기자에게 이제 도착한 미그 21를 사진 찍게 했을 까닭이 없지 않느냐고 완강하게 부인했는데 듣고 보니 그게 당연하다는 생각이 들기도 했습니다. 그러니 그 사진에 나타나 있는 얼굴의 주인을 이스라엘에서 확인할 방도는 없는 것이 아니겠습니

까? 그 사진을 들고 바그다드나 카이로에 가서 찾으면 혹시 가능할지 모르겠습니다만 그런 방법은 나로선 가지고 있지 않습니다……." 하는 대목이 있었다.

그런데 내 흥미를 끈 것은 편지의 뒷부분이었다.

"…… 차츰 밝혀진 바에 의하면 귀하가 읽은《폭로》지의 기사 3분의 2쯤이 사실과 일치하고 있다는 것을 알려 드립니다. 바그다드 대학 고고학과엔 미국인 여자 학생이 분명히 재학했고, 아나벨라란 이름만 다를 뿐 그 여성이 그 사건에 깊숙이 관계되어 있었다는 사실이 밝혀졌습니다. 물론 그 여성은 지금 바그다드에 있지 않고 안전지대로 피신하고 있는 모양입니다. 그 미국인 여학생은 전용 운전사를 고용하고 있었는데 그 운전사가 동양 청년이었다고 합니다. 귀하가 아는 한국 청년이 바그다드에 있었다고 하니 혹시 그 청년이 운전사가 아니었던가 하는 추측을 해 볼 수 있지 않겠습니까? 물론 그 동양인 운전사도 미국인 여학생과 함께 이라크를 탈출했다고 합니다. 미국인 여학생이 이스라엘의 정보요원이면 그 운전사도 이스라엘의 정보요원일 것이 분명합니다. 정보요원이 아닌 운전사에게 중대한 임무를 수행하고 있는 정보요원의 생명을 맡겨 둘 까닭이 없으니까요. 이러한 추측대로 귀국의 청년이 이스라엘의 정보기관을 위해 활약하고 있다면 정말 미묘한 인연이라고 아니 할 수 없습니다. 귀하를 알게 된 것만도 내겐 대단한 인연이었구요……."

리샬의 편지를 덮어 놓고 나는 잠시 생각했다. 유한일이 사랑한 여자가 이스라엘의 정보요원이고 그 여자가 유한일을 바그다드로 불러 운전사 노릇을 시킨 것이 아닐까. 지역적으로나 인종적으로 확연히 다른 동양인 운전사를 고용하고 있는 것이 이스라엘의 정보원으로선 일종의 미채(迷彩)로 될 수 있을 것이니 말이다.

이런 추측은 다음다음으로 공상을 불러일으켜 흥미롭긴 했지만 그의 신변에 대한 불안감이 일기도 했다. 그러나 이것마저 잠깐 동안의 센티멘털리즘에 불과했다. 유한일은 나의 생활에서 먼 존재가 되었다.

3
미스테리가 있는 간주곡(間奏曲)

3년이란 세월이 흘렀다.

나는 미그 21 사건, 무닐 레드파, 바그다드에 관한 일들을 거의 잊었다.

그 동안에도 미국과 유럽에 각각 한 차례 여행을 했지만 유한일을 찾을 생각은 하지 않았다. 유한일의 모습은 내 기억 속에서 흐려져 갔다.

물론 가끔 생각나지 않는 바는 아니었다. 지금 어디에서 무엇을 하고 있을까, 하는 정도의 생각이었을 뿐이지만. 어느 이른 봄의 아침이었다.

꽃봉오리를 맺기 시작한 뜨락의 목련을 쳐다보고 있는데, 전화가 왔다는 전갈이어서 서재로 들어가 송수화기를 들었다.

"선생님이십니까? 유한일입니다."

하는 소리가 흘러나왔다.

나는 어찌나 반가웠던지

"언제 왔는가? 지금 어디에 있는가?"

하고 두서없는 말로 대응했다.

"그 동안에도 몇 번 한국엘 왔다갔다했습니다만 하두 바빠 짬을 낼 수 없어 결례를 했습니다. 그런데 이번엔 꼭 만나 뵈어야겠습니다."

"좋아, 당장에라도 만나자. 내가 자네 있는 곳으로 갈까?"

"아닙니다. 오늘은 안 되겠습니다. 내일 아침 댁으로 방문하겠습니다."

나는 소상하게 내 집이 있는 곳의 지리를 알려 주었다.

전화를 끊고 난 뒤 나는 소년처럼 흥분해 있는 스스로를 발견했다. 그도 그럴 것이 바그다드에서 있었던 일을 들을 수 있게 되었으니 말이다.

그리던 친구를 반기는 들뜬 기분으로 유한일을 기다리고 있었는데 낯선 사람이 대신 나를 찾아왔다.

정금호라고 자기소개를 한 50세를 넘어 보이는 그 사나이는

"유 사장께선 급한 볼일이 생겨 오늘 아침 비행기로 뉴욕으로 떠났습니다. 절더러 이걸 갖다 드리라고 해서."

하고 한 개의 꾸러미를 내 앞에 밀어놓았다. 끌러 보았다. 다섯 권의 책이 나왔다. 두 권은 레온 유리스의 소설이고 한 권은 이름으로써 유대인이란 것을 짐작할 수 있는 사람이 쓴 심령 과학에 관한 책이었고, 한 권은 텔아비브 신문의 편저로 되어 있는 『이스라엘, 어제 ·

오늘·내일』이란 책이었고, 한 권은『방황하는 유대인』이란 제목이
붙어 있는 책이었다.

　커피를 권하고 나도 한 모금 마시곤 물었다.

　"무엇을 한다고 유 군은 그처럼 바쁩니까?"

　"사업의 성질상 바쁘지 않을 수 있겠습니까?"

　정금호 씨의 말이라서

　"사업이라뇨. 유 군이 사업을 합니까?"

했더니 정금호 씨는 이상하다는 표정을 지었다.

　"선생님은 유 사장이 뭘 하고 계시는질 모르십니까?"

　"내가 알 까닭이 있습니까? 그 사람 만난 지가……."

하고 마음속으로 햇수를 헤아렸다.

　3년이나 지나 있었다.

　"핫하."

　정 씨는 어이가 없다는 듯 웃었다. 그리고는 정중한 말투가 되더
니 ──

　"유 사장은 한국의 경제 발전을 위해서 대활약을 하고 있습니다."

　"경제 발전을 위해서 대활약을 한다구요?"

　전연 뜻밖인 일이라서 이렇게 되물었던 것인데, 정 씨는 한국 경
제 발전을 위한 외자 도입 중요성을 강조하고 나선

　"유 사장이 노력하고 있는 것은 바로 그 외자 도입입니다. 민간 베
이스로 들어오는 외국 차관은 거의 전부가 유 사장을 통한 것이라고

해도 과언이 아닙니다. 정부 베이스로 들어오는 것도 아마 그럴 겁니다. 말하자면 유 사장은 큰 공로자라고 할 수 있죠."

하며 사뭇 유한일을 존경하고 있다는 말투였다.

불과 3년 전에 뉴욕에서 점성술을 배우고 있다던 사람이 어떻게 그렇게 변모한 것일까? 도무지 납득이 가질 않는 일이었다.

정금호 씨는 나의 의혹을 눈치챈 모양으로 다음과 같이 설명을 보냈다.

"유 사장이 사이에 들면 차관에 관한 한 어떤 난문제도 즉시 해결됩니다. 뿐만 아니라, 저편에서 유 사장이 승낙하면 차관을 줄 터이니 유 사장을 사이에 넣으라고 지명을 해 오기까지 합니다. 신기할 정도입니다."

"어떻게 해서 유 군이 그런 실력을 갖추게 되었을까요?"

하는 질문을 안 해 볼 수가 없었다.

"글쎄요. 저도 그건 모릅니다. 요는 그분의 덕망과 신의에 원인이 있는 거겠지요."

"덕망과 신의라고 하지만 유 군은 아직 30세 전의 청년 아닙니까?"

"나이가 덕망을 만드는 건 아니니까요."

"헌데 그 차관이란 게 어떻게 되는 겁니까?"

이 기회에 그런 지식이라도 얻어 두어야겠다는 마음으로 물었다.

정금호 씨는 차관의 종류에도 갖가지가 있다는 것과 상환 조건

97

에도 여러 가지가 있다는 것, 이자도 종류에 따라 다르다는 것 등을 설명하고, 차관이 한 건 성립되자면 복잡한 예비 단계가 있어야 하고 정부의 지불 보증이 있어야 한다는 등 소상하게 설명하고 나서 덧붙였다.

"유 사장이 사이에 서서 알선한 차관이 가장 유리합니다. 거치 기간이 길 뿐만 아니라 상환 기간도 장기이고 이자도 쌉니다. 그러니까 도입한 업체엔 큰 이익이 되는 거죠. 지금 상승일로에 있는 신흥 재벌들은 거의 유 사장의 신세를 지고 있다고 해도 과언은 아닙니다."

"그렇게 무턱대고 외국 차관을 써도 되는 겁니까?"

나는 경제의 문외한답게 이런 질문을 했다.

"무턱대고 외국 차관을 쓸 수도 없거니와 무턱대고 차관을 주지도 안 합니다. 외국 차관이 성립된다는 것은 그만큼 국제적인 공신력이 있다는 말도 되는 것이니, 우리 경제 성장력의 바로미터가 되기도 합니다. 개인 간의 거래와 마찬가지죠. 돈을 빌려 주는 사람이 부실한 상대라고 보면 어디 차관에 응하겠습니까?"

"정부의 지불 보증이 있으니까 주는 측이야 손해 볼 것 있겠소."

"그러니까 정부가 세밀한 체크를 하는 것 아닙니까?"

"차관을 갚기 위해 차관을 하는 그런 경우도 있지 않겠습니까? 그래서 자꾸만 빚이 불어 나라 전체가 파산 지경이 될 수도……."

"그건 걱정 없습니다. 개인 사이에도 빌려 준 돈을 받기 위해 자금을 더 융자하는 경우가 있듯이 국가 간에도 마찬가지입니다. 게다가 차관을 많이 썼기 때문에 유리하다로 되는 경우도 있으니까요."

"그건 어떤 경우입니까?"

"가령 미국이 한국에 투자를 많이 했다고 합시다. 그럴 때 전쟁이 나면 자기들의 돈을 살리기 위해서라도 적극적으로 우리를 돕지 않겠습니까? 그러니 외국 차관이 많을수록 유리한 거지요."

정금호 씨는 외국의 경제적 식민지가 되어도 좋다는 말을 스스로 느끼고 있는 것인지, 어떤지 싶었지만 나는 화제를 바꿨다.

"그렇게 차관 브로커를 하면 유 군에게 이익 되는 게 있습니까?"

"있다마다요. 커미션 3%라도 1백억 불을 취급한다면 3억 불 남는 게 아닙니까? 유 사장은 한국만을 상대로 하는 게 아닙니다. 동남아를 비롯해서 아프리카에까지 영향력을 가지고 있으니까요."

"그럼 꽤 많은 돈을 벌었겠군요."

"꽤 많다니, 어떻다니 할 정도가 아니겠지요."

정금호 씨는 이어 유한일을 찬양하는 데 말을 아끼지 않았다.

호기심이 일었다.

"대강 얼마나 벌었다고 추측합니까? 수백억 원?"

"잘은 모르지만 원화로 쳐서 수천억은 될 걸요."

나는 바보스럽게 웃었다. 하두 엄청난 얘기였던 것이다.

"왜 웃으십니까?"

정금호 씨의 얼굴에 약간 불쾌하다는 빛이 있었다. 자기의 말을 믿어 주지 않는 데 대한 불쾌감일 것이었다.

"하두 엄청난 얘기가 돼서요."

"엄청나도 사실인 걸 어떻게 합니까?"

하고 정금호 씨는

"선생님 반도호텔에 가 보십시오. 2, 3, 4층엔 책상 하나와 전화통 하나, 그리고 전화 받는 사환 아이 하나만 둔 사람들의 사무실로써 꽉 차 있습니다. 그게 뭘 하는 사람들인 줄 압니까? 모두 외국 차관을 알선하는 브로커들입니다. 헌데 알짜 돈은 그들이 가지고 있습니다. 줄잡아 그들은 기억(幾億)부터 기십 억은 예사로 가지고 있습니다. 푼돈 커미션을 받아서 말입니다. 백만 불의 커미션이면 5억 원 아닙니까? 그 브로커들은 전부 유 사장의 에이전트라고 볼 수 있습니다. 유 사장의 말 한마디에 수억 원의 돈이 왔다갔다 한다 이겁니다. 그런 처지인데 유 사장의 재산이 수천억이 안 되겠어요?"

하며 열을 올렸다.

정금호 씨가 아무리 열을 올려도 실감이 나질 않아 내가 물었다.

"그렇게 수월하게 돈을 벌 수 있다면 공장을 차려 생산업 하는 자는 어리석기 짝이 없는 것 아닙니까?"

"차관 브로커를 하고 싶다고 해서 누구나 할 수 있는 일은 아니거든요. 외국어를 잘 하고, 눈치 빠르고, 민첩하고, 능력이 있어야 하니까요. 그 사람들에 비하면 생산업에 종사하는 기업인들은 어리석다고 할 수 있죠. 그러나 어떻게 합니까? 모두 자기 나름대로 살아야지."

"정 선생도 브로커를 하십니까?"

"전 유 사장의 심부름을 하고 있을 뿐입니다."

"사무실을 가지고 있습니까?"

"방금 제가 드린 그 명함에 적혀 있습니다."

나는 탁자 위에 놓인 명함을 집어 들었다. 반도호텔 ××× 호실
이라고 적혀 있었다.

"유 사장에게 연락하실 일이 있으면 언제이건 제게 연락을 하십
시오."

하는 정씨의 말이어서 나는

"고맙소."

하고 물었다.

"헌데 유 군은 그 많은 돈을 어디에 쓸 작정인가요?"

"그걸 제가 어떻게 압니까?"

"불로소득으로 그 많은 돈을 벌었다면."

하자 정금호 씨가 발끈했다.

"어째서 불로소득입니까? 비행기를 타고 동분서주하는 것도 고된
일이거니와 한 건을 성사시키는 데도 대단한 노력이 필요합니다. 유
사장의 경우는 그 재능과 노력에 대한 정당한 보수가 되는 겁니다."

"아무튼 그런 능력을 유 군은 어디서?"

"제가 추측하기론 유 사장의 일이면 의무적으로 도와야 한다고
된 조직체 같은 것이 미국에도 유럽에도 있는 것 같습니다."

"흠!"

하고 내가 중얼거렸다.

"어쩌면 유 군이 자기 아버지보다 많은 돈을 가지고 있겠군."

그러자 정 씨가 물었다.

"유 사장에게 아버지가 있습니까?"

"그걸 몰랐수?"

"몰랐습니다."

"R재벌의 회장이 유 군의 아버집니다."

정금호 씨의 깜짝 놀라는 표정이 우스울 정도였다.

정금호란 사람이 돌아가고 난 뒤 나는 담배를 피워 물고 멍청하게 뜰을 바라보고 앉았다가 탁자 위에 놓인 책을 집어 들었다. 이 책, 저 책 뒤지고 있다가 문득 그 책들이 유대인이 쓴 유대인에 관한 것이란 데 마음이 쏠렸다. 유한일은 유대인과 깊은 관계에 있는 것이라고 짐작하지 않을 수 없었다.

리샬의 말에 의하면 바그다드에서 이스라엘 여자 정보원의 운전사가 동양인이었다고 하는데 그것이 바로 유한일일지 모른다는 추측이 굳어지기만 했다. 이스라엘을 위한 그때의 활약에 대한 일종의 보상 또는 반대급부로, 전 세계의 유대인 재벌들이 유한일을 차관에 있어서의 마스터 에이전트로서 대접하고 있는 것인지도 모른다.

내 생각은 점점 그런 방향으로 기울어 들었다. 그런 이유라도 없고서야 하늘의 별을 따는 기술을 가진 사나이들이 경쟁을 벌이고 있는 국제 금융시장에서 유한일이 어떻게 그처럼 신통력을 발휘할 수 있겠는가 말이다.

'사정이 그와 같다면 그것이 유한일을 위해 좋은 일일까, 나쁜 일일까? 혹시 유한일은 이스라엘 정보원의 자격으로서 그 기능을 다하며 한편 브로커 역할을 하고 있는 것은 아닐는지?'

그러다가 어느덧 나는 공상에 빠져 들었다. 유한일이 수억 불을 가지고 있는 부호라면 하는 전제로써 시작된 공상이다.

'이번에 만나면 한국의 문학인이나 화가를 위해 돈을 쓸 용의가 없느냐고 물어보자. 기성인도 좋고 신인도 좋다. 파리나 뉴욕에 아무런 과업을 맡기지 말고 자유롭게 생활할 수 있도록 역량 있는 학자나 예술인들에게 2, 3년 동안의 기회를 주면 우리의 문학이나 예술은 그만큼 살찔 수 있지 않을까? 적어도 안목이 국제적으로 가꾸어져 문학과 예술의 세계를 넓힐 수가 있으련만……'

파리에서의 한 달 생활비를 2천 달러로 잡으면 1년엔 2만4천 달러, 약 5만 달러면 2년 동안은 견딜 수가 있다. 나는 나 스스로 파리에서 2년 동안만 머무를 수 있었으면 하는 소망에 사로잡혔다.

'한 살이라도 젊을 때, 이 이상 늙기 전에 파리에 2년, 그것이 안 되면 1년 동안만이라도 가 있고 싶다. 파리에서 진행되고 있는 갖가지 예술적 실험 현장에서 실컷 단련을 받아 보고 싶다. 청년처럼, 그렇다 청년처럼……'

그러다가 나는 얼굴을 붉혔다. 유한일이 돈이 많다는 소식을 들고 그의 호의에 미리 편승해서 이런 공상의 날개를 펴고 있는 자신이 밉살스럽게 느껴졌던 것이다.

그런 공상을 하고 있는 나 자신을 용서할 수 없는 기분이 되어, 들었던 책을 놓고 나는 바깥을 나왔다. 나는 유한일을 경멸하기로 작정한 것이다.

한국을 외국의 경제적 식민지로 만들려고 광분하고 있는 인간, 유대인 여자에 홀딱 빠져 바그다드에까지 날아간 인간, 혹시 그 꾐에 빠져 이스라엘 정보기관의 개 노릇을 했을지도 모르는 인간……

그러면서도 나는 가령 수천억 원이란 돈을 가졌을 때 어떻게 할까, 하는 공상을 키우고 있었다.

맑은 하늘이었다. 저 하늘에서 헬리콥터로 수천억의 돈을 마구 뿌리면? 르네 클레르가 감독한 어느 영화의 장면이 눈앞에 펼쳐졌다.

그 해의 겨울은 무척이나 추웠다. 사람이 추운 것은 물론 기후의 탓만은 아니다. 이런저런 이유로 그 해의 겨울은 내게 있어서 특히 춥게 느껴지게 되어 있었다.

그러한 어느 날.

그러니까 정금호란 사람이 나를 찾아온 일이 있고 반년쯤 지났을 무렵이다.

전화벨이 울리기에 수화기를 들었더니 난생 처음으로 듣는 아름다운 음성이 흘러나왔다.

"이 선생님이세요?"

"네, 그렇습니다만."

하면서 나는 우리 한국말이 이처럼 아름다울 수가 있을까 하고 놀랐다.

"저 윤숙경이에요."

하는 말이 내 심장에 무딘 동통을 남겼다.

"윤숙경 씨가 웬일로?"

이렇게 어름어름하는 것만도 겨우였다.

"선생님을 봬야 할 일이 생겼어요."

"나를?"

"예."

"그럼 어떻게 할까요. 만날 장소와 시간을 말하십시오."

"……."

나는 어떤 호텔의 커피점을 들먹였다.

"그런 덴 안 되겠어요."

그럴 테지, 하는 생각이 곧 잇따랐다.

대스타가 그런 장소에 나타나면 혼란을 빚을 염려가 있었다.

"그럼 어떻게 할까?"

하다가 대담한 제의를 했다.

"내 집으로 오십시오."

잠깐 생각하는 눈치더니

"그렇게 하겠어요."

하는 답과 아울러 지리를 물었다.

소상하게 설명을 하자 윤숙경의 아름다운 말이 있었다.

"그럼 곧 떠나겠어요. 30분 안으로 도착할 거예요."

북극의 신설(新雪) 빛깔을 그대로 모아 만든 털코트도 윤숙경의 우아한 얼굴빛을 짓누르지 못했다. 나는 윤숙경이 황량한 우리 집의 겨울 뜰에 들어섰을 때 불시착한 천사의 모습을 연상했다.

가끔 영화에서도 보고 언젠가 직접 만나기도 해서 말을 건네 본 적이 있었는데도 윤숙경의 아름다움은 새로운 발견이었다. 볼수록 아름다워지는, 볼 때마다 새로운 매력을 느끼게 되는 것이 미녀다운 자질이라고 할 것이었다.

나의 아내는 윤숙경의 아름다움에 황홀했는지 인사말도 제대로 할 수 없어 우물쭈물했다.

서재로 안내하자 윤숙경은 코트를 벗었다. 진홍색 드레스를 바탕으로 하고 네 겹으로 된 진주목걸이가 찬란히 빛났다. 그런데 찬란한 광택도 윤숙경의 기막힌 얼굴과 몸매가 있었기 때문에 광휘라고 나는 보았다.

너절한 소파에 앉히기가 민망스러웠다. 그래도 거리낌없이 앉아주는 윤숙경이 고맙기만 했다.

"폐가 안 될지 모르겠습니다."

하고 윤숙경이 서재의 한쪽 벽에 시선을 흘렸다.

"폐라니 무슨 그런 말씀을 하십니까? 누추한 곳에 모시게 돼서 한편 영광스럽고 황송합니다."

나는 무의식중에 여왕에게 공봉(供奉)하는 신하로서의 공경을 다 하고 있었다. 미녀는 미신(美神)의 천사가 아닌가. 나는 나의 공경한 태도를 당연하다고 생각했다.

"유한일 씨를 만났습니다."

하고 윤숙경이 눈을 아래로 깔았다.

"유 군이 한국에 왔었나요?"

"아녜요. 스페인에서 만났습니다."

"스페인에서?"

"정확하게 말씀드리면 마드리드에서, 로마로 가는 비행기 안에 서 만났습니다."

"그럼 우연히 만난 거로구먼요."

"예, 우연이었어요."

나는 윤숙경의 다음 말을 기다렸다.

윤숙경은 망설이는 듯 머뭇머뭇했다.

"말씀하시죠. 미안해하실 것 없습니다."

그러자 벗은 장갑을 오른손으로 꽉 쥐면서 입을 열었다.

"유한일 씨 말이 선생님께 의논을 드리라고 해서…… 땅을 10만 평 가량 샀으면 합니다."

"윤숙경 씨가 땅을 10만 평 사시겠다는 말씀입니까?"

"예, 제가 사는 거죠. 제가 사는 건데……."

"그런데?"

"돈은 유한일 씨가 지불하겠다는 겁니다."

나는 잠자코 다음 말을 기다렸다.

"그 땅을 사는데 선생님과 의논해서 하라는 말이었습니다. 누구에게도 말하지 말고 선생님에게만 의논해서 하라구…… 그래서."

"나는 부동산에 밝은 사람도 아니고, 뿐만 아니라 그런데 영 소질이 없는 사람인데 유 군은 무슨 까닭으로……."

"서울 근교가 좋다고 했어요. 장차 지하철이나 교외 전철이 부설되면 서울의 중심지에서 30분쯤 걸려 갈 수 있는, 그리고 역 예정지에서 걸어서 5분 내지 10분쯤이면 갈 수 있는 그런 곳에 10만 평, 가능하면 20만 평도 좋다고 했습니다."

"그 땅을 사서 집을 지을 건가요? 공장을 할 건가요? 아니면 농장?"

"장차 종합적인 예술 학원을 만들었으면 한다고 했더니 유한일 씨가……."

그때사 나는 어렴풋이 얘기의 윤곽을 잡을 수가 있었다.

"윤숙경 씨가 장차 예술 학원을 창설했으면 하니까, 미리 그 대지를 사두는 것이 좋지 않겠느냐고 하고 유한일 군이 돈을 내겠다는 얘기 아닙니까?"

"그렇습니다. 그러나 제가 유한일 씨에게 땅을 사달라고 부탁한 건 아닙니다."

"그럴 테죠. 유 군이 자발적으로 한 제의겠죠."

"전 끝내 사양했어요. 그러나 말을 듣지 않아요."

"유 군의 성격으로선 그럴 겁니다."

"그런데 살 땅을 선택하는 덴 선생님과 의논해서 해야 한다고 못을 박았어요."

"내가 뭘 안다구."

"장차 예술 학원이 될 곳이니까 아무래도 선생님 같으신 분이……."

"복덕방을 불러 말을 해 두시오. 적당한 곳이 있다고 하면 그때 가 보도록 하시오."

"뿐만 아니라 일체의 매매 과정에서도 선생님과 의논하라고 하던데요."

나는 유한일의 진의가 어디에 있을까, 하고 생각했지만 짐작만으로 알 수 있는 일은 아니었다.

"사정이 꼭 그렇다면 의논 상대는 되어 드리죠. 그러나 뾰족한 도움은 되지 않을 겁니다."

하고 나는 애매한 답을 했다.

"고맙습니다."

윤숙경이 가볍게 고개를 숙였다.

"지레 고마울 게 있습니까? 보다도 여행 도중 많은 재미를 보셨겠죠? 그 얘기나 해 보시구려."

나는 넌지시 이렇게 말해 보았다.

"재미라고 하면 유한일 씨 덕택이었죠."

하고 윤숙경은 ——

"플로렌스, 밀라노, 베니스, 폼페이, 그리고 북부 이태리까지 골고루 다 돌았습니다."

"그럼 꽤 시간이……."

"17일 동안이었어요."

"유 군이 그동안 쭈욱?"

"예."

"대단히 바쁜 사람이라고 하던데 용케 짬을 냈군요."

"아닌 게 아니라 17일 간의 짬을 내기 위해서 꼬박 이틀 동안을 전보치고, 전화하고 하느라고 유한일 씨는 분주하게 서둘렀어요."

"윤숙경 씨를 위해 성의를 다한 거겠지."

"그래서 어찌나 미안한지."

슬그머니 호기심이 일었다. 17일 동안을 단 둘이 이국땅을 여행했다면 갈 데까진 가버린 거로구나 하고.

"윤숙경 씨 이번 여행은 단독 여행이었수?"

"아녜요. 비서를 데리고 갔어요."

"비서?"

"권수자란 저보다 두 살 위인 비서가 있습니다."

"그럼 그 비서도 함께 돌았나요?"

"물론이죠."

나는 노골적인 호기심을 나타낸 것을 후회했다.

"그래 어느 도시가 가장 흥겨웠습니까?"

"뭐니뭐니해도 로마였어요."

"그럴 테죠. 로마는 역사적인 유적도 많지만 뭐니뭐니해도 밤이 좋죠? 이를테면 로마 바이 나이트는…….'

"아무튼 유한일 씬 혼이 났을 거예요."

"왜요?"

"카바레 같은 데 가면 자연 춤을 추게 되잖아요? 헌데 나 혼자하고만 춤을 출 수 있나요? 권 비서 상대도 해줘야지 않아요. 여자 둘을 상대로 춤을 추자니 퍽 힘들었을 겁니다."

"힘들긴, 여왕과 시녀를 상대로 유 군은 환희의 절정에 있었을 텐데."

"그렇지도 않은 것 같았어요. 유한일 씨 자신의 입으로 아르바이트 딘스트라고 했을 정도였으니까요."

아르바이트 딘스트란 근로 봉사, 또는 무상 봉사를 뜻하는 독일 말이다.

"그렇다면 비서를 그런 곳에 꼭 데리고 갈 필요가 없지 않았습니까?"

나는 이렇게 시침을 떼 보았다.

"비서라고 해도 엇비슷한 나이의 친구인데 그럴 수가 있어야죠.

게다가 권 비서가 있었기 때문에 마음놓고 놀 수도 있었어요. 권 비서가 없었더라면 어림도 없는 일이었죠."

나는 윤숙경의 말뜻을 알 것 같았다.

윤숙경은 또한 데시카 감독과 펠리니 감독을 만난 얘기를 했다. 그 유명한 사람들과 만나게 된 것도 유한일의 주선이었다고 하고서 ──

"이상도 해요. 우리가 면회 신청을 하면 번번이 거절했던 그 사람들이 유한일 씨가 연락을 하니 즉석에서 응했으니까요. 아무래도 그 분에겐 무슨 신통력이 있는 것 같아요."

그렇게 다녀간 지 열흘쯤 지났을까. 윤숙경으로부터 전화가 왔다.

과천(果川) 근처에 방불한 땅이 나왔다면서 같이 가 줄 수 없겠느냐는 내용이었다.

한국 제일의 아름다운 스타와 드라이브를 하는 것도 나쁠 것이 없다고 생각한 나는 간단히 승낙했다.

윤숙경이 베이지색 바카드를 타고 나를 데리러 왔다. 내 빈약한 지식으로써도 바카드는 자동차에 관해 꽤나 세련된 취미를 가진 사람이 선택하는 차종이다.

운전자석에서 내린 젊은 여자가 내게 인사를 하자, 윤숙경의 말이 있었다.

"권수자 언니예요."

그러자, 권수자가

"언니가 아니라 비서예요."

하고 말을 고쳤다.

교양미가 없지도 않은, 윤숙경과는 다른 의미로 매력이 있는 여자인데 어딘지 어두운 그림자가 있었다. 그렇다고 해서 불쾌한 인상은 아니었지만 보통 사람은 못 할 짓을 예사로 할 수 있는, 꼬집어 말하면 쉽게 마음을 터놓을 수 없는 여자란 느낌을 받았다.

그러나 그것이 내게 상관될 바는 없었다. 나는 윤숙경의 근황을 물으며 드라이브를 즐길 수 있었다.

미리 대기하고 있던 부동산 소개업자의 말에 의하면 그곳은 한말의 어떤 고관이 별장을 지을 양으로 마련한 땅이어서 교육 기관의 자리로선 안성맞춤이라고 했다.

서북으로 완만한 경사를 이룬 산을 등지고 동남으로 펼쳐진 15만 평의 땅은 미상불 학교 부지로선 적지라고 할 수 있었다. 배후의 산은 두 군데 습곡(褶曲)을 이루고 있고 그 골짜기마다 꽤 수량이 많은 개울이 있었다. 그 물을 이용하면 수영장도 만들 수 있고 아담한 못[池]을 만들어 풍경에 이채를 보탤 수도 있을 것이다.

"어떻습니까? 선생님."

윤숙경이 나를 쳐다봤다.

"좋습니다."

나는 일언하에 이렇게 대답하고

"값을 조정하는 것도 중요하겠지만 법률적인 요건을 살펴야 할 것."이란 주의를 주었다.

하자 있는 땅을 잘못 샀다가 법정으로까지 문제가 번져 만만찮은 곤욕을 치른 사람을 알고 있기 때문에 한 소리였다.

부동산 소개업자의 말로는

"법률문제에 관해선 충분한 납득이 가도록 무슨 요구에도 응하겠다."는 것이었고

"값은 평당 8만 원 이하는 절대로 안 됩니다." 하고 못을 박았다.

15만 평에 평당 8만 원이면 12억 원을 내야만 살 수 있는 땅이었다. 장당 2, 3천 원의 원고를 써서 살아가고 있는 소설가의 처지로선 천문학적인 숫자라고 할밖에 없다.

"법률문제는 선생님이 살펴 주셔야죠."

윤숙경이 어느덧 어리광하는 말투로 되어 있었다. 그처럼 친숙함을 보여 주는 건 나쁜 기분이 아니었지만 법률문제를 책임진다는 건 거북했다.

"남편 되시는 분하고 의논하면 어때요?"

하고 나는 우리들의 말에 주의를 쏟고 있는 듯한 권수자의 얼굴을 보았다.

"물론 남편허구 의논을 할 겁니다만."

하고 윤숙경이 말을 끊었다가 개울 쪽으로 발을 옮겨 권수자와의 거리를 만들곤 나직이 속삭였다.

"남편관 전연 상관없이 전 이 땅을 샀으면 해요."

"남편에게 비밀로 할 수야 없지 않소."

"비밀로 하려는 건 아닙니다. 비밀로 하자는 건 아니지만 땅을 사는 일엔 남편을 개재시키고 싶지 않다는 얘기예요."

유한일과의 사이에 무슨 약속이 있었던 거로구나 싶었지만, 그런 걸 따져 묻고 싶진 않았다.

"그럼 믿을 만한 변호사를 소개해 드리겠소. 법률문제는 뭐니뭐니해도 변호사가 잘 알고 있을 테니까."

"꼭 소개해 주세요."

하며 윤숙경이 내 손을 잡았다.

다소곳한 정감이 흐르는 동작이었다.

변호사를 동반하여 다시 소개업자와 만나기로 약속하고 권수자를 끼운 일행은 서울로 돌아왔다.

과천에서 본 땅이 윤숙경을 흥분시킨 모양으로 그녀는 그곳에 펼쳐 놓을 꿈의 설계를 다음다음으로 얘기하기 시작했다.

윤숙경은 그곳에 발레 학교를 짓겠다고 했다. 음악 학교를 짓겠다고도 했다. 미술 학교, 영화 학교를 짓겠다고도 했다. 이를테면 예능에 관한 종합 대학을 만들어 과천 그 일대를 예술의 화원(花園)으로 하겠다는 계획이었다.

그 얘기는 C호텔의 커피점에서도 계속되었는데 얘기가 잠깐 끊어진 사이를 노려 권수자의 말이 끼였다.

"숙경 씨의 꿈도 좋고, 과천의 그 땅도 좋은데 평당 8만 원에 15

만 평이면 12억 원의 돈이 있어야 할 것 아녜요? 그 돈 숙경 씬 어디서 마련할 참인가요?"

"구 사장더러 내라지 뭐."

숙경이 자르듯 말했다.

구 사장이란 윤숙경의 남편을 두고 하는 말이었다.

"구 사장에게 그런 돈이 있을까?"

권수자의 얼굴에 시니컬한 웃음이 지나는 것을 나는 놓치지 않았다.

"내가 벌어다 준 돈만 해도 그 정도는 될 거야."

윤숙경이 아무렇지 않게 말했다.

"그야 숙경 씨가 딴 회사에 출연해서 번 돈, 구 사장 회사에서 찍은 영화에서 번 돈을 합치면 그 정도야 넘겠지만 요즘 회사 사정은 숙경 씨가 더 잘 알고 있을 것 아냐?"

권수자가 내 앞에서 그런 얘기를 꺼내 놓은 의도를 나는 짐작할 수 있었다. 윤숙경이 괜한 백일몽(白日夢)을 꾸고 있는 거니까 상대하지 말라는 뜻일 것이었다.

"회사 사정 보다가 내 하고 싶은 것 한 가지도 못했지 않우? 이번 이 일은 꼭 성취시키고 말 테야. 회사가 어떻게 되었건 돈을 만들도록 강요할 테니까."

"강요한대서 12억을 만들어 낼 수 있다면 구 사장은……."

하고 말끝을 흐리고 권수자는 나에게 묘한 눈짓을 했다.

"두고 봐요. 내가 그 땅을 사는가, 못 사는가? 모자라면 선생님이 빌려 주시겠죠?"

윤숙경의 표정이 너무도 단호했다. 나는 속절없이 그 쇼에 한 역할을 담당할 수밖에 없었다.

"빌려 드리죠."

하고 보니 권수자의 눈이 번쩍했다.

권수자의 표정엔 아랑곳없이 윤숙경이 어리광을 하는 아이처럼 눈동자를 굴리며

"제게도 얼만가의 저축이 있어요. 우리 그 사람도 지금 벅차 하긴 한 모양이지만 무리를 하면 다소 보탤 수가 있을 거예요. 그래도 모자라면 선생님이 빌려 주시겠죠?"

하고 다시 한 번 다짐을 했다.

어색한 표현을 쓰면 필유곡절(必有曲節)한 윤숙경의 태도였다.

"빌려 준대두."

나는 애매하게 웃었다.

"이왕이면 빨리 계약을 했으면 해요. 변호사를 소개해 주세요."

그 서두르는 양이 경박하게 느껴지지 않는 바 아니었지만, 윤숙경에겐 그렇게 해야 할 까닭이 있는 것으로 짐작되었다.

나는 김민규라는 변호사 이름을 들먹였다. 학과는 달랐지만 나완 대학 동창일 뿐 아니라 평소에 접촉이 있기도 했던 것이다.

"그럼 그리로 갑시다."

윤숙경이 일어서려고 했다.

"숙경 씨, 너무 서두르는 것 아냐? 구 사장과 의논해 보구 변호사를 찾아가도 늦지 않을 텐데요."

권수자가 부드럽게 핀잔을 주었다.

"의논할 필요 없이 난 그 땅을 사기로 했어."

"구 사장이 응해야 땅 살 돈이 준비될 것 아뇨?"

"내가 하겠다면 그인 돈을 만들어줄 거야. 만들어주겠지."

그러자 권수자가 피식 웃었다.

"그 웃음 별루 달갑지 않은데요."

숙경이 살큼 이맛살을 찌푸렸다. 찌푸린 표정이 또한 아름다웠다. 옛날 양귀비가 찌푸리니 그것을 교태로 알고 궁중의 여자가 모두 얼굴을 찌푸렸다는 얘기가 남아 있는데, 절색의 미녀가 지어 보이는 표정은 전염성이 있을 것이란 증거 같은 것을 얻었다.

"지금 구 사장은 수표가 부도날까 봐 전전긍긍하고 있는 판인데, 숙경 씬 너무 수월하게 생각하고 있는 듯해서."

권수자는 변명조로 말했다.

"권 여사, 그런 걱정은 마세요. 나와 구 사장 사이의 얘기니까."

하곤 일어섰다.

"선생님, 가십시다."

호텔 현관을 나왔을 때 자동차가 미끄러져 들어오자 숙경이 싸늘하게 말했다.

"그럼 권 여사는 바로 회사로 가세요. 난 선생님과 변호사 만나러 갈 테니까."

권수자는 뭔가 말을 하려다가 말고

"선생님, 안녕히 가십시오."

하고 내게 인사를 했다.

자동차가 움직이자 숙경이 운전사에게 일렀다.

"이 선생님 댁으로 가요."

그리고 무슨 말이 있을까 했는데 윤숙경은 입을 다문 채 있었다.

내 집 앞에 왔을 때 윤숙경이

"선생님 댁에 조금 들렀다 가도 되죠?"

하기에 나는 좋다고 했다.

윤숙경이 내 서재에서 그때 비로소 구체적인 얘기를 꺼냈다. 땅을 사기 위해 20억 원의 돈을 유한일로부터 받아 놓았다는 것이며, 그것을 비밀로 하기 위해선 선생님으로부터 얼만가를 빌린 것으로 해야겠다는 것이었다. 요컨대 남편 구용택에겐 비밀로 할 뿐 아니라 일절 그 사람을 개재시키지 않고 땅을 사겠다는 얘기였던 것이다.

윤숙경의 말을 그대로 믿기엔 석연치 않은 구석이 한두 군데가 아니었지만, 천사와 같은 얼굴과 몸매를 가진 그녀가 내게 거짓말까지 해 가며 허황된 일을 꾸밀 까닭이 없는 것이다.

그러나 나는 묻지 않을 수가 없었다.

"20억 원이라고 하면 적지 않은 돈인데 그걸 어떤 명목으로 받

있습니까?"

"명목도 없어요. 제가 꿈 얘길 했더니, 그 꿈 소중하게 하라면서 돈을 준 거예요."

"아무런 조건도 없이?"

"그렇습니다. 그래서 전 끝까지 거절했어요. 그런 돈을 받을 까닭이 없다구요. 그래도 막무가내이대요. 하는 수 없이 받았지요."

"실례입니다만 앞으로 달리 유 군과 무슨 약속 같은 것을 하신 건 아닙니까?"

"별다른 약속 없습니다."

"……."

"좋은 땅을 사두어 손해 갈 것은 없잖아요? 그래서 전 유한일 씨를 대신해서 땅을 사겠다는 기분으로 응한 거예요. 하두 권하기도 해서요. 제 꿈대로 그곳에 예술 학원을 짓게 된다면 그 운영 책임은 유한일 씨에게 맡길 생각이구요. 그것이 잘 안 되면 고스란히 돌려 드리기도 하겠구요."

"일단 유 군이 숙경 씨에게 준 돈이라면 그 돈을 어떻게 쓰건 상관할 유 군은 아닙니다. 그러니까 유 군에 관계되는 부분은 신경 쓸 것도 걱정할 것도 없겠지요. 그런데 내가 걱정하는 것은 유 군의 돈으로 숙경 씨가 그런 방대한 땅을 샀다는 사실을 남편 되시는 분이 알게 된다면 문제가 생기지 않을까요?"

"그러니까 유한일 씨의 이름을 내놓지 않기 위해서 선생님에게 빌린 것으로 하려는 겁니다."

"누가 그걸 믿을까요? 2백자 원고용지를 한 칸 한 칸 메워 그 한 장에 불과 2, 3천 원씩 받아 살고 있는 소설가가 그런 돈을 빌려 주었다고 하면 그 사실 자체가 뉴스거리가 될 겁니다. 그러니 어색한 트릭은 쓰지 않는 게 좋을 듯한데요."

"그래도 선생님 이름을 좀 빌려야 하겠어요. 누가 남의 사정을 알 수 있나요? 그럴 수도 있겠지 하고 생각할밖에요. 누가 믿건 믿지 않건 선생님의 이름을 빌려 주셔야겠어요."

"……."

"유한일 씨의 체면을 보아서두요."

"그렇게 한다고 비밀이 영구히 보장될 순 없을 텐데."

"어느 시기가 지나면 탄로가 나도 무방해요. 구용택이 무슨 소릴 해도 상관없어요."

"그러나……."

하고 나는 걱정스러운 얼굴을 했다.

윤숙경은 구용택과 자기와의 사이는 벌써 냉각되어 있다고 말했다. 그리고는

"이것이야말로 비밀이에요. 선생님 이외의 사람에겐 누구에게도 이런 말을 해 본 적도 없고 그런 눈치를 보인 적도 없으니까요."

"그럼 이혼할 각오도 있습니까?"

"거기까진 아직."

하고 윤숙경이 망설이는 태도였으나 그녀의 심중을 꿰뚫어본 기분으로 되었다. 윤숙경의 구용택에 대한 애정은 전연 없다고 판단할 수 있었기 때문이다.

김민규 변호사가 알아 본 결과 과천(果川)의 그 땅엔 법률적인 하자가 전연 없을 뿐 아니라 앞으로도 있을 염려가 없다는 것으로 확인되었다.

그러자 1주일 후 윤숙경으로부터 전화가 왔다.

"내일 계약하기로 되었는데요. 선생님이 입회해 주시면 반갑겠어요."

나는 완곡하게 거절했다. 바빠서 몸을 빼낼 시간이 없을 뿐만 아니라 변호사가 입회하면 그만이 아니냐는 이유로써 그녀를 납득시켰다.

그 이튿날 오후의 전화로 계약을 체결했으며, 계약금조로 전체 가격의 1할을 지불했다는 사실을 알았다.

그리고 사흘이 지난 후 나는 뜻밖에 윤숙경의 비서인 권수자의 방문을 받았다.

사전 연락도 없이 찾아온 데 대한 변명을 하고 난 뒤, 권수자는 이렇게 말을 꺼냈다.

"선생님은 윤숙경 씨에게 돈을 빌려 줄 작정이세요?"

나는 얼른 대답할 수가 없어 되물었다.

"왜 그런 질문을 하시죠?"

"지금 그 댁에 난리가 나 있어요."

"그 댁이라니 누구의 댁……"

"윤숙경 씨의 가정 말예요."

"왜?"

"윤숙경 씨가 그 땅 중도금을 치르겠다고 남편인 구용택 씨에게 돈을 만들어 달라고 요구하지 않았겠습니까?"

하고 권수자는 보리차로 목을 축이더니 말을 이었다.

"제가 사정을 잘 알지만 지금 구용택 씨는 오늘 내일 수표 부도를 낼 처지에 있습니다. 윤숙경 씨는 당장 5억 원을 만들어 내라고 추상같은 요구를 하고 있지만 구용택 씨는 5억 원은커녕 5백만 원, 아니 50만 원에도 쩔쩔맬 형편에 있습니다. 그러니 윤숙경 씨의 말이 통하겠어요? 구용택 씨는 지금 노발대발하고 있어요. 사전의 승인도 없이 떨꺼덕 계약부터 해놓고 중도금 치를 5억 원을 내놓으란 게 될 말이냐고 화를 낸 거지요. 구 사장으로선 화를 낼 만큼도 되어 있지 않습니까? 계약금을 1억2천만 원 치렀다고 하는데 지금 구 사장에게 그만한 액수만 있으면 형편이 풀리고도 남을 거예요. 윤숙경 씨가 제정신이 있다면 그 돈으로 땅을 사요? 남편 사업이 잘 되기만 하면 그만한 땅 언제든지 살 수 있을 텐데 말예요. 구 사장이 그 돈 만들긴 어림이 없으니 계약금 1억2천만 원만 떼이고 마는 거예요."

"그래선 안 되지."

해놓고 보니 이편으로도 저편으로도 걸릴 수 있는 말이라서 나

123

는 속으로 웃었다.

"선생님은 숙경 씨에게 돈을 빌려 주실 작정이에요?"

"글쎄요."

"숙경 씬 잔뜩 믿고 있는 모양이던데요. 구 사장이 5억 원을 내면 선생님이 나머지를 빌려 주게 되어 있다구요."

"숙경 씨가 믿고 있다면……."

"그런데 구 사장의 사정은 천지가 뒤바뀌는 일이 있어도 5억 원 만들긴 절대로 불가능합니다. 그렇다면 선생님이 5억쯤 보태 보았자……."

"땅을 살 수 없다, 이 말씀이시로군요."

"선생님이 10억을 몽땅 빌려 주시면 가능하겠죠."

"허나 내가 그런 돈을 어찌……"

"그러니까 말씀입니다."

하고 권수자가 궁둥이를 소파 끝으로 끌고 나왔다. 이어진 권수자의 말은 다음과 같았다.

"구 사장이 5억을 내지 않으면 땅 사는 일은 성사되지 못하는 것 아녜요? 그렇다면 선생님이 굳이 돈을 빌려 줄 필요가 없는 것 아녜요? 아니 돈을 빌려 줄 수가 없게 되잖겠어요?"

"빌려 줄 필요가 없어지면 빌려 주지 않으면 되는 거죠."

"그러니까 말씀 드립니다. 혹시 윤숙경 씨는 선생님의 돈으로 중도금을 치르려고 할지 모르잖아요? 십중팔구 그럴 겁니다. 우선 그

래 놓고 구 사장을 쪼아 붙일 작정으로 말입니다. 그러나 아까 말씀
드린 대로 구 사장으로부턴 단돈 50만 원도 나올 수 없는 사정이다,
이 말씀예요"

"그래서 절더러 어떻게 하라는 겁니까?"

"숙경 씨가 와서 부탁을 해도 거절하세요. 중도금을 내고도 뒷돈
을 치를 수 없으면 어떻게 되겠어요. 그러니……."

"윤숙경 씨가 달리 돈을 구할 수 있다면 문제는 다르지 않아요?
윤숙경 씨 정도이면 돈을 만들 수도 있을 테니까요."

"그건 천만의 말씀이에요. 영화배우의 인기와 돈을 만드는 공신
력과는 전연 다른 거예요."

"내가 돈을 빌려 주건 안 빌려 주건, 그건 형편 따라 할 일인데 권
여사가 모처럼 오셔서 부탁하는 의도는 뭡니까?"

"하두 딱해서 그래요. 선생님이 돈을 빌려 주지 않겠다고 작정을
하시면 숙경 씨가 구 사장을 조르는 일을 그만둘 게 아녜요? 이러나
저러나 성사되지 못할 것을 알고 숙경 씬들 구 사장을 조르겠어요?
못 살게 굴어도 소용없다는 걸 알게 되지 않겠어요?"

나도 권수자의 위치를 안 느낌이었다. 권수자는 윤숙경의 비서
라고 하지만 윤숙경의 편이 아니고 구용택의 편이었던 것이다. 다음
과 같이 물어보았다.

"이러나저러나 윤숙경 씨가 구용택 씨에게 그런 돈을 요구할 수
있는 무슨 근거라도 있는 겁니까?"

125

"남편이란 근거겠죠 뭐."

"상대가 남편이라고 해서 그런 요구를 할 수 있는 걸까요? 나는 상당한 근거가 있을 거라고 보는데. 기왕에 숙경 씨가 남편에게 거액의 돈을 준 것이 있었든지? 또는……."

"숙경 씨 짐작으로는 그럴 겁니다. 숙경 씨가 많은 돈을 벌어 구용택 씨에게 제공했을 뿐만 아니라 숙경 씨 덕택으로 돈을 벌기도 했으니까요."

"그런데 그 돈을 어떻게 하고 지금 부도가 날 지경일까?"

"영화계는 지금 불황이에요. 심각한 불황이에요."

"그럼 지금 사정으론 구용택 씨가 숙경 씨에게 미안한 처지에 있는 게 아닙니까?"

"그렇지도 않지요. 윤숙경 씨가 의논도 없이 터무니없는 짓을 한 거니까요. 뿐만 아니라 윤숙경 씨가 기왕에 돈을 많이 벌었다고 하지만 따지고 보면 남편 덕택 아니겠어요? 숙경 씨를 대스타로 만든 건 구용택 씨니까요."

"그건 저와 의견이 다릅니다. 윤숙경 씨는 구용택 씨가 아니라도 대스타가 될 수 있는 소지와 소질을 가진 분입니다."

내 이 말엔 대꾸를 않고 권수자는 내게서 윤숙경에게 돈을 빌려 주지 않겠다는 언질을 얻으려고 했다. 그러나 나는 바람 속에 수양버들처럼 흔들흔들했을 뿐 확답을 피했다.

원체 빌려 줄 돈이 없는 사람이 빌려 주겠느니 안 빌려 주겠다느니 하고 말하는 것 자체가 쑥스러운 노릇 아닌가.

권수자가 계속 졸랐지만

"형편대로 할 수밖에 없지요."

하는 애매모호한 대답을 할 수밖에 없었는데 그것으로써 권수자는
만족한 모양으로

"선생님도 사리를 아실 테니."

운운, 밑도 끝도 없는 요령부득의 말을 하며 일어섰다.

그리고 바깥으로 나가며

"제가 왔다는 얘길 윤숙경 씨에게 비밀로 해주세요. 전 숙경 씨를
위해서 선생님을 찾아온 거예요."

하는 말을 남겼다.

며칠인가 지났다. 윤숙경이 나를 찾아왔다. 그리고는 장난스러운
얼굴을 하며 이런 말을 했다.

"땅을 샀다고 하고 돈을 만들어 달라고 했더니 구 사장은 노발대
발 야단을 하더군요. 그래도 아랑곳없이 돈을 만들라고 했지요. 있
을 턱이 있나요?"

"없는 줄 알면서 조르면 무슨 소용이 있다고 그러우?"

"항복을 받아 놓기 위해서죠. 뒤에 꿈쩍도 못 하게요. 내가 어떤
돈을 끌어당겨 땅을 샀건 말을 못 하도록 하기 위한 술책이에요."

"미녀가 술책을 쓸 줄 알면 천하도 삼킬 수 있을 걸?"

"선생님, 절 그렇게 보지 마세요. 이번의 경우는 특수해요."

"하기야 아무리 순진한 여자라도 속에 백여우를 여남은 마리는 기르고 있다니까."

윤숙경은 입을 가리고 우아하게 웃었다. 그리고 물었다.

"남자는 속에 뭣을 기르고 있나요?"

"늑대를 기르고 있겠지."

"참 재미나는 표현이네요. 여자는 백여우를 기르고 남자는 늑대를 기르구, 그렇다면 여우와 늑대의 싸움이로군요."

"그러니까 판판이 늑대가 지지. 일시적으론 늑대가 이겼다 싶어도 결과적으론 여우에게 늑대가 패배하고 있는 기록, 그것이 이를테면 인류사라고 할 수 있거든."

"그건 너무했다."

"너무하긴, 사실인걸."

"어떻게 그걸 증명해요?"

"과학적, 수학적인 증거가 있지."

"그게 뭔데요?"

"평균 연령. 세계 어느 나라를 보아도 여성 평균 연령이 남자보다 두세 살 내지 서너 살 높지 않아?"

"그건 생리학적인 상태이구요. 승패의 기록은 아니잖아요?"

"아무튼 오래 산다는 게 이기는 것 아닐까? 세상을 생존 경쟁의 무대라고 생각하면 말야."

"억지예요, 선생님."

"난 억지라고 생각하진 않아. 그 근처에서 시작하면 남자와 여자의 상관관계를 알 것 같애. 나는 소설 속에 여자를 등장시킬 땐, 이 여자가 백여우를 몇 마리쯤 기르고 있나 하는 계산으로부터 시작하지."

"남자의 경우는요?"

"그저 남자라고만 취급하지."

"늑대는 빼구요?"

"늑대는 지혜가 없는 동물이거든. 지혜 없는 동물이 소설에 등장할 순 없는 것이니까."

"너무하세요, 선생님."

윤숙경과 더불어 이런 씨알머리 없는 소리를 하고 있는 것이 왜 그렇게 즐거운지 몰랐다. 예쁘고 영리하다는 것은 확실히 천여(天與)의 은총이란 생각이 들기도 했다.

이 얘기 저 얘기하며 시간 가는 줄을 몰랐는데 윤숙경이 핸드백을 열어 수표 한 장을 꺼냈다.

액면이 6억 원으로 된 보증수표였다.

그리고 한다는 말이 ──

"선생님, 이걸 선생님 구좌에 넣어 두세요. 3일 후 중도금을 치르게 돼 있는데 그때 보증수표로 바꾸기로 하구요."

얼떨떨한 기분이었지만, 윤숙경의 속을 읽고 있는 터라 그것에 관해선 별 말 하지 않고 승낙하는 결과가 되어 버렸다.

"자금의 출처가 선생님의 구좌라고 하면 그 이상의 추궁은 안 할 것이에요."

하고 윤숙경이 말을 보탰다.

"구 사장의 추궁을 거게서 끝날지 모르지만 세무서의 추궁은 있을걸?"

"거기 따른 문제는 제가 해결하겠어요."

윤숙경이 비즈니스 라이크하게 말했다.

"그래 놓고 또 구 사장을 조를 셈인가?"

"물론이죠. 계약금, 중도금 다 치르고 잔금이 5억 정도 남았는데 그걸 어떻게 할 거냐고 족쳐야죠."

"그래도 결과가 없으면?"

"어음이라도 쓰게 해야죠, 반년쯤 기한을 하고 어음을 받아 낼 작정이에요."

"어음도 안 쓰겠다면?"

"안 쓸 순 없겠죠. 그때 가서 형편이 안 되면 기한을 연장해 주겠다고까지 하고 쓰게 할 참인데 어떻게 그것마저 거절하겠어요."

"흠."

"5억 원의 어음을 쓰게 하려는 덴 그만한 근거가 있어요. 제가 영화계에 나온 지 벌써 10년 가까워요. 그동안 번 돈은 생활비 기타를 제외하곤 전부 구 사장의 사업 자금으로 들어갔으니까요. 그걸 합하면 아마 7, 8억 원은 될 거예요. 그런데 제가 꼭 필요할 때 5억 원쯤도 돌려주지 않는다고 해서야 말이 되겠어요? 그것도 현찰도 아니고 어음이며, 그 어음도 얼마든지 연장시켜 준다는 조건인데요. 만일 그 제의에 응하지 않는다면 사람이라고 볼 순 없죠."

"그래도 응하지 않으면?"

"끝장내는 거죠 뭐."

"끝장을 내다니."

"그 사람과 저와의 관계를 청산한단 말예요."

"그렇게 해서야 쓰나."

"도리없지 않아요?"

나는 세상을 그처럼 만만히 보아선 안 된다는 설교를 하기 시작했다. 윤숙경의 인기가 계속 이 나라 영화계의 정상을 차지하고 있는 것은 남녀 간에 스캔들이 성행하고, 이혼을 장난처럼 하고 있는 세계에서 얌전하게 부덕(婦德)을 지키고 있는 바로 그 점일 것이라고 강조하고 경거망동을 삼가라고 일렀다.

윤숙경은 고개를 떨구고 듣고만 있더니

"사랑이 없는 가정을 지키고만 있는 것이 부덕일까요?"

하고 고개를 들고 중얼거렸다.

"참는 것도 한계가 있잖을까요?"

우아하고 처량한 윤숙경의 모습을 침울하게 하는 건 나의 본의가 아니었다. 화제를 바꾸었다.

느닷없이 모 주간지 기자의 방문을 받았다. 젊은 패기를 느끼게 하는, 최창선이란 이름의 기자는 의례적인 인사말을 몇 마디 하더니 대뜸 다음과 같은 질문을 했다.

"윤숙경 씨와 구용택 씨가 이혼하게 되었다는 사실을 아시죠?"

"그게 무슨 소린가? 내가 어떻게 그런 일을 알겠소."

나는 다소 불쾌감을 느끼면서 이렇게 말했다.

"이미 보도로 되어 있는 사실인데 선생님이 모르신다니 웬 말씀이십니까?"

기자의 얼굴에 시니컬한 웃음이 있었다.

"이미 보도가 되었다니?"

윤숙경의 이혼은 전연 짐작을 못 한 사실은 아니었지만, 이미 보도가 되었다는 사실은 모르고 있어서 한 말이었다.

"주간지마다 보도가 되어 있습니다."

그 말투엔 왜 알고 있으면서 딴전을 피우느냐는 핀잔이 살큼 섞여 있었다.

"난 주간지를 보지 않았소. 그러니까 모를밖에."

내 대답도 퉁명스럽게 되었다.

"선생님 그러질 마십시오. 윤숙경 씨는 선생님과 가장 가까운 사이가 아니세요?"

최 기자는 능글능글했다.

가장 가깝다는 말이 귀에 거슬렸지만, 그러한 말꼬리를 붙들고 시비를 벌일 생각은 없었다.

"모르니까 모른다고 한 것뿐이오. 그 문제를 물으려고 오신 거면 이만하구 돌아가시오."

나는 점잖게 말했다.

그래도 최 기자는 자리를 뜨지 않을 뿐 아니라 또 엉뚱한 말을 했다.

"윤숙경 씨의 이혼 문제엔 선생님이 개재되었다고 모두들 보고 있는데요."

"뭐라구?"

나는 정말 화를 내지 않을 수가 없었다. 그래도 꾸욱 참고 조용히 말했다.

"쓸데없는 말 그 정도로 하고 돌아가시오."

"어차피 밝혀질 것을 선생님 왜 이러십니까?"

최 기자는 얼굴에서 웃음을 지우지 않고 버텼다.

"최 선생, 최 선생이야말로 왜 이러십니까?"

"꼭 그러시다면 묻겠습니다."

"또 물을 게 있소?"

"들은 풍문입니다만 선생님은 윤숙경 씨에게 5억 원이란 돈을 빌려 주었다면서요?"

나는 아연했다. 말문을 닫을 수밖에 없었다.

"보통의 관계로서 적지도 않은 그런 거대한 돈을 빌려 줄 수 있는 겁니까?"

"……."

"윤숙경 씨는 장차 이번에 사들인 토지를 이용해서 거대한 사업을 할 모양인데 선생님과 동업할 약속이 되어 있는 것 아닙니까?"

"……."

"윤숙경 씨는 남편인 구용택 씨를 따돌리고 선생님과 그런 약속을 했다 이겁니다. 이 사실은 부정할 수 없을 것 아닙니까?"

나는 잘못 걸려들었다고 후회하지 않을 수 없었다. 그러나 사실을 털어놓을 순 없었다. 하지만 뭔가 대답이 있어야만 했다.

"어떤 일에도 깊은 사정이 있는 것이오. 말 못 할 사정이란 게 말이오."

"말 못 할 사정이란 게 있겠지요."

최 기자는

"하여간 윤숙경 씨에게 5억 원을 빌려 주었다는 건 사실이지요?"

하고 다짐을 받으려 했다.

"그 질문엔 대답을 못 하겠소."

내 말투도 거칠게 되었다.

"그건 부정하시는 겁니까? 긍정하시는 겁니까?"

나는 최 기자의 그 집요한 공세를 감당할 수가 없었다.

"내가 대답하기 싫으면 그만인 것이지 왜 대답을 강요하는 거요?"

"강요하는 건 아닙니다. 강요하는 건 아닙니다만."

하고 다시 물고 늘어지는 최 기자에게 내가 되물었다.

"저널리즘은 그런 사실이 있었다는 것만 알리면 되는 것이지 남의 사생활을 그처럼 파고들어야 하는 겁니까?"

"이를테면 심층 보도라는 것 아닙니까?"

최 기자의 젊은 사람다운 활달한 답변이었다.

"심층 보도?"

"그렇습지요. 일간지의 보도와 주간지의 보도는 달라야 할 것 아닙니까?"

"그건 댁의 사정이겠지만 나로선 별로 유쾌한 일이 아닌데."

"그러실 겁니다. 그러나 우리로선 최선을 다하지 않을 수 없습니다. 문제의 인물이 이 나라의 대스타이고 경솔하게 취급할 수 없는 일 아니겠습니까?"

"그건 그렇고 내가 알고 싶은 게 있소. 윤숙경 씨의 이혼 문제는 정말 금시초문인데 이혼이 결정적 사실인가요?"

"선생님, 왜 이러십니까?"

"아닙니다. 정말 금시초문입니다."

최 기자는 내 태도에 진지함을 느꼈던 모양으로 고개를 갸우뚱했다.

"이상한데요."

"뭣이 이상하단 말이오?"

"모두들 선생님과 윤숙경 씨의 사이가 이혼 문제를 야기하게 한 원인이라 보고 있으니까요."

나는 어이가 없어 크게 웃어 버렸다.

그러자 최 기자는 이혼 문제가 발생한 경위를 차근차근 설명했다. 그 핵심은 과천의 땅 문제였다. 윤숙경이 땅을 사려는데 구용택 씨가 출자를 거부하자, 윤숙경이 별거를 결심했다는 것이다. 그러나 구용택이 별거를 승인하지 않을 뿐 아니라 이혼에 동의하지 않고 있다는 얘기까지 나왔다.

"그렇다면 이혼 운운은 너무나 성급한 추측 아니오?"

"성급한 추측은 아닙니다. 이미 깨진 그릇인 걸요. 윤숙경 씨의 태도는 강경합니다."

"그러나 한 편이 응하지 않으면."

"법적 문제만 남을 뿐입니다. 사실상으론 이혼한 거나 다름이 없지요."

"당신들은 그들의 이혼을 억지로라도 기정사실로 만들려고 하는군."

"억지가 아니죠."

"억지가 아니면 뭔가?"

이에 대한 해명은 없이 최 기자는

"윤숙경 씨의 장래를 위해선 구용택과 헤어져야 할 겁니다. 구용택과 같이 있어 갖곤 예능인으로서도, 생활인으로서도 별 볼일이 없을 테니까요."

하고 중얼거렸다.

이런저런 얘기를 나누고 있는 도중, 최 기자는 기자라고 하는 거북한 태도를 버리고 활달한 청년으로 변해 갔다.

"사실 이런 취재라는 건 성미에 맞질 않아요. 선생님의 글에 그런 것이 있잖아요? 패서디나의 청년들은 우주 여행을 계획하고 있는데 우리들이 하는 짓은 뭐냐구요. 똑바로 말해 영화배우가 이혼하건 말건 그게 무슨 상관입니까? 너무나 구질구질해서 자기혐오에 빠질 때도 있습니다."

이런 말을 들으면 나도 가만있을 수 없다.

"직업으로서의 저널리스트가 우주 공학자보다 못할 까닭이 없지. 영역은 각각의 의미를 가지고 있는 것이 아닐까? 정치계를 그 영역으로 하건, 예능계를 그 영역으로 하건 우열이 있을 까닭이 없지. 요는 인간으로서의, 또는 직업인으로서의 성실이 문제가 되는 거라고 보는데."

하고 그를 위로하는 말이 되어 버렸다.

"일반론으로선 그렇게도 되겠죠. 그러나 감정론으로썬 어디 그렇게 됩니까?"

"이왕 직업으로 선택한 바에야 최선을 다해야지."

"그건 그렇습니다. 그런데 취재를 하다가 보면 괜히 미운 사람이 나타나거든요. 이번의 경우, 윤숙경의 남편 같은 사람 말예요."

"그건 안 되지, 취재도 공정해야 하거니와 기사도 객관성이 있어야 되는 것 아냐?"

"그런데 그게 그렇게 안 되니 고민이란 말입니다. 이번의 사건도 그렇습니다. 부부라고 하는 관점에서 볼 때 아내가 남편의 뜻을 거역하고 거대한 토지를 일단은 여자를 불가하다고 해야 옳지 않겠습니까? 그런데 무슨 까닭인지 윤숙경 씨의 편을 들고 싶어지거든요. 하기야 구용택이란 자가 워낙 악질이니까 할 수 없는 일이지만."

"구용택이 왜 악질인가?"

"그 사람은 영화 제작자, 영화감독이라고 하기보다 깡팹니다. 깡패. 예능인으로서의 양심이 조금도 없는 사람입니다. 윤숙경 씨와의 관계만 해도 그렇습니다. 구용택은 윤숙경을 최대한으로 이용하고 있는 거죠. 아내로서, 배우로서, 돈 버는 수단으로써, 이권(利權)을 따내기 위한 미끼로써. 윤숙경 씨는 구용택이라고 하는 마수에서 벗어나려고 몸부림치고 있는 걸 우리는 잘 알고 있습니다. 그러나 그게 어려운 일이었죠. 깡패에게 덜미를 잡힌 살롱의 호스티스 같다고나 할까요. 아마 생명의 위험마저 느끼고 있는 모양이죠. 이번에 윤숙경과 구용택의 이혼설을 대대적으로 취급하는 의도는 윤숙경을 성원하는 뜻도 있을 겁니다. 사건이 공개되면 구용택인들 마음대로 못 할 것이니까요. 그런데 한 가지 의심스러운 것은 윤숙경에게 어떻게 그런 거액의 돈이 있었을까 하는 겁니다. 우리가 알기론 윤숙경이 번 돈은 전부 구용택의 손아귀에 쥐어 있다고 되어 있었거든요. 선생님이 5억 원이나 보태 주었다는 것도 수수께끼구요. 그러나 걱정 마십시오. 선생님을 더 이상 추궁하진 않을 테니까요……."

그러고도 나는 최 기자로부터 많은 얘기를 들었다. 헤어질 무렵쯤엔 우리들은 친한 친구가 되어 있었다.

최 기자가 돌아가고 난 후 나는 윤숙경에게 전화를 걸었다. 벨 소리는 울리는데 받는 사람은 없었다. 혹시 다이얼을 잘못 돌렸을까 하고 다시 조심스럽게 다이얼을 돌렸지만 역시 마찬가지였다.

나는 한참 동안 수화기에 손을 댄 채 공허하게 울리는 벨 소리를 들었다.

'누가 있어도 있을 텐데. 전화를 받을 사람 하나도 남겨 놓지 않고 집을 비워 놓은 까닭이 뭘까?'

나는 그 울리는 벨 소리에 일종의 흉조(凶兆)를 느끼기까지 했다.

'혹시 윤숙경이 감금당한 것이 아닐까?'

아까의 최 기자의 말에 촉발된 상념이기도 했는데, 최 기자의 말 그대로라면 구용택인 윤숙경을 감금하길 예사로 할 인간인 것이다.

일단 송수화기를 놓고 권수자가 놓고 간 명함을 찾았다. 찾아 낸 권수자의 명함엔 전화번호가 세 개 병기(倂記)되어 있었다. 하나는 윤숙경의 전화번호이고, 하나는 권수자의 자택, 또 하나는 사무실 전화라고 되어 있었다.

먼저 권수자의 집 전화번호를 돌렸다. 그 전화도 벨 소리만 울리고 반응이 없더니 세 번 다이얼을 돌린 후 노녀(老女)의 목소리를 들을 수 있었다.

"뉘기시우."

하고 기침 소리가 잇따랐다.

"권수자 씨 안 계십니까?"

"없수."

"사무실에 있을까요?"

"모르갓수."

나는 사무실 전화번호를 돌렸다.

"권수자 없소. 당신은 누구요?"

하고 퉁명스러운 소리에 나는 얼른 송수화기를 놓아 버렸다.

'필시 무슨 변고가 있는 것이로구나.'

일말의 불안이 뇌리를 스쳤다.

그러나 한편 나는 지금 무슨 걱정을 하고 있는 거냐, 하는 생각을 하지 않을 수 없었다. 빌려 주지도 않은 돈을 빌려 주었다고 한 게 마음에 걸릴 뿐, 그 이상 내가 신경을 써야 할 문제는 아닌 것이다.

굳이 이렇게 마음먹고 책상 앞에 앉아 보았으나 일이 손에 잡히질 않았다. 잡상(雜想)만 무럭무럭 뇌리를 채울 뿐이었다.

시계가 오후 세 시를 가리키고 있었다. 창밖엔 맑은 하늘이 있었다. 거리를 걸어 보고 싶은 충동이 일었다. 앙드레 지드의 어느 책 말미에 적혀진 귀절이 기억 속에 떠올랐다.

—— 책을 덮어라! 그리고 바깥으로 나가라.

이윽고 나는 바깥으로 나와 30분 후엔 종로의 인파 속에 있었다.

'넉넉잡고 백 년 후면 이 세상에서 온데간데없게 될 사람들이 이루고 있는 인파. 이슬과도 같고 거품과도 같은 사람들이 이루고 있는 파도! 이 슬픔을 당신들은 아는지 모르는지!'

나는 붐비는 사람들의 틈에만 끼이면 어설픈 시인이 되는 것이다.

한데 어설픈 시인의 눈앞에 다가서는 여인의 얼굴이 있었다. 주간지의 표지에 커다랗게 나붙어 있는 윤숙경의 사진이었다. 그 주간지를 사들었다. 윤숙경의 사진 좌편에 '윤숙경 부부의 파경설'이란 주홍색의 타이틀이 있었다. 파경! 시답잖은 표현이다. 이혼을 파경이라고 하려면 얼마간의 로맨티시즘이 있어야 할 것이 아닌가.

'윤숙경의 파경설'을 읽기 위해선 조명이 밝은 다방을 필요로 한다. 그런데 서울의 다방은 예외 없이 어둡다. 나는 부득이 S호텔의 커피점을 택하지 않을 수 없었다.

호텔의 커피점에서 신문을 읽을 만한 자리를 얻기란 힘든 노릇이지만 젊은 여인이 둘 앉아 있는 건너편 자리를 잡을 수가 있었다. 안면이 있는 웨이터의 호의였다.

커피를 주문해 놓고 주간지를 펴들었다. '계절풍처럼 있어 오던 윤숙경 부부의 파경설! 이번 바람의 귀추는 관심거리'라고 4호 활자로 뽑아 놓은 리드가 선뜻 시야에 들어 왔다.

내용의 대략은 윤숙경이 과천의 부동산에 투자한 것이 부부간의 위기를 조성한 것이라고 되어 있고 윤숙경과 구용택의 담화를 싣고 있었다.

윤숙경은

"내가 하고자 하는 일에 전연 비협력적인 사람하곤 같이 살 수 없다. 당분간 별거를 하다가 이혼 문제는 신중히 생각할 작정이다." 라고 했고, 구용택은

"한 사람의 아내로서 용서할 수 없는 짓을 했지만 나는 용서할 작정이다. 지금 흥분 상태에 있어 윤숙경이 마음에도 없는 소리를 한 것으로 안다. 나는 별거나 이혼을 생각한 적이 없다. 나는 지금도 그녀를 사랑하고 있다." 고 했다.

그런데 마지막에 측근인 권수자 씨의 의견이라며

"부부 싸움은 칼로 물 베기라고 하잖아요. 이번 일도 결국은 사랑 싸움이에요. 두 분은 서로 헤어져선 못 살아요. 이번 일은 괜히 기자 여러분이 과대하게 기사화한 데서 크게 된 거예요. 이를테면 일종의 유명세죠. 그분들이 유명하지만 않았다면 흔하게 있는 평범한 부부 싸움에 불과한 거예요." 하는 말을 인용해 놓고서 기자는

'측근과 구용택 씨는 이렇게 말하고 있지만 이번의 사태는 단순한 파경설로만 끝날 것 같지는 않다.' 란 코멘트를 붙여 놓고 있었다.

기자의 이름은 최창선, 아까 나를 찾아 왔던 최 기자였다.

그 기사를 읽곤 주간지를 접어 놓고 커피를 마시고 있는데 바로 앞자리에 있던 젊은 아가씨가 물었다.

"혹시 소설 쓰시는 이 선생 아니세요?"

"그렇습니다만."

그러자 같이 앉아 있던 옆의 아가씨가

"선생님 윤숙경 씰 좋아하시죠?"

하고 물었다.

나는 멍청히 그녀를 쳐다보는데 그녀는 다시 한 마디 했다.

"선생님이 윤숙경 씨를 사랑한다는 기사가 주간지에 나 있어서 물어 본 거예요."

"뭐라구? 어디에 그런 게 있다는 거요?"

하고 나는 주간지를 펴려고 했다.

"그 주간지는 아녜요. K주간지에 그런 기사가 나 있어요."

내 얼굴이 질린 표정으로 되었던 것 같다.

먼저 말을 걸어 온 여자가 말했다.

"노골적으로 그렇게 써 있진 않아요. 그런 암시를 받도록 애매하게 돼 있을 뿐예요."

나는 그 자리에 버티고 있을 수가 없어 일어서 바깥으로 나와 K주간지를 샀다. 거기엔 내가 윤숙경에게 상당한 액수(5억 원이라고 명시하진 않고)를 빌려 주었다는 기사가 있었다.

'G영화 회사 사장 구용택 씨 3억 원 수표 부도'란 타이틀을 단 기사가 신문의 사회면 톱으로 실린 것은 그 다음날의 아침이었다. 서브타이틀과 중간 타이틀이 있었는데 다음과 같았다.

'부인 윤숙경 씨는 10여억 원 들여 땅을 사고……'

'최근의 이혼설은 재산 도피의 수단이었던가.'

'구용택 씨 피신, 윤숙경 씨도 행방 불명.'

기사 안엔 "영화계의 불황으로 구용택 씨는 얼마 전부터 수표 부도의 위기에 있었지만 채권자들의 아량으로 그냥저냥 파국을 면해 왔던 것인데 구용택 씨의 부인 윤숙경 씨가 과천에 십수 억 원 상당의 토지를 매입한 사실이 밝혀지자, 채권자들이 격분하여 최후 수단을 행사한 것으로 알려졌다."는 내용의 것이 있었다.

알고도 모를 일이란 알쏭달쏭한 표현은 이런 경우에 필요할는지 모른다.

신문의 기사 그대로 윤숙경과 구용택은 재산 도피를 위해 연극을 꾸민 것일까? 그러나 그럴 까닭은 없었다. 윤숙경이 과천의 땅을 산 돈이 유한일로부터 나왔다는 것은 의심할 여지가 없다. 부도 직전에 있는 구용택이 그런 연극까지 해서 윤숙경에게 돈을 주었을 까닭이 만무하다.

그렇다면 윤숙경이 구용택과 함께 종적을 감춘 이유는 무엇일까? 윤숙경이 구용택과 같이 도피행을 할 수 있을 정도로 애정이 있었다면 구용택이 수표 부도를 내게 하지 않게끔 할 돈이 윤숙경에게 있었던 것이다. 과천의 땅값 12억 원을 치르고도 유한일로부터 받은 돈이 8억 원이 남아 있을 계산이었으니까.

아무튼 이번의 사건으로 구용택의 장래는 물론이거니와 윤숙경의 예능인으로서의 경력은 끝이 난 거나 다름이 없다고 생각하지 않을 수 없었다.

'그러나저러나 윤숙경은 어디에 있는가?'

쓰디쓴 입맛으로 아침 식사를 할 생각마저 잃고 신문을 뒤적거리고 있는데 전화벨이 울렸다.

송수화기를 집어들었다.

권수자였다.

"선생님 댁으로 가겠어요."

밑도 끝도 없는 말이라서

"왜 그러느냐?"

고 물었더니

"가서 뵙고 말씀 드리겠어요."

하고 저편에서 전화를 끊어 버렸다.

손님이 온다니 잠옷 바람으로 있을 수도 없었다. 일어나서 양치를 하고 세수를 하고 옷을 갈아입고 서재에서 기다렸다.

각본도 읽어 보지 않고 대뜸 드라마 속에 끼어든 것 같은 야릇한 흥분과 종잡을 수 없는 탐정 소설의 귀결을 기다리는 것 같은 호기심이 뇌리에 교차했다.

대문 밖에서 클랙슨 소리가 난다 했더니 초인종이 울리고 이어 권수자가 나타났다. 스포티한 슬랙스 차림에 위쪽은 암색(暗色), 아래쪽은 밝은 색의, 그 모양만으로 사람을 불안하게 하는 안경을 쓴 권수자가 그 안경을 벗으려고도 하지 않고 서재의 소파에 풀썩 주저앉더니 대뜸 한다는 소리는 ——

"선생님 윤숙경 씨를 만나게 해 주세요."

나는 멍청하게 권수자를 바라보았다. 말뜻을 알아듣지 못했던 때문이다.

"그러시질 마시구 빨리 윤숙경 씨를 만나게 해 주세요."

권수자는 몸을 뒤틀었다.

"권 여사, 무슨 말을 하고 있는 거요?"

가까스로 내 입에서 나온 말이다.

"왜 이러시죠? 선생님. 전 윤숙경 씨의 비서예요. 비서에게도 못 만나게 하세요?"

"기가 막히는군."

"급한 일이 있거든 선생님에게 연락을 하라고 했어요, 윤숙경 씨가. 제가 거짓말을 하는 줄 아세요? 전화를 걸어 물어보세요."

딴으론 넘겨짚으려고 하는 모양이구나 싶었지만, 넘겨짚고 앞질러 댕기고 할 건덕지가 없는 것이다.

차분히 말했다.

"권 여사, 엉뚱한 말 그만하고 도대체 어떻게 된 거요?"

"얘기는 나중 하구요. 먼저 윤숙경 씨를 만나야 해요."

"윤숙경 씨가 어디에 있는데 날더러 그런 말을 하시우?"

"선생님, 농담이 아녜요. 빨리 만나게 해 주세요."

"내 자신 숙경 씨가 어디에 있는 줄 모르는데 권 여사는 무슨 소리를 하고 있는 거요?"

자연 성난 말투가 되었다.

권수자의 몸이 꿈틀하는 것 같았다.

"정말 선생님이 모르세요?"

"모른다니까요."

"그럴 리가 없을 텐데요."

"그런 엉뚱한 소린 마슈. 나도 어제부터 윤숙경 씨를 찾고 있소. 어제 오후 숙경 씨 집으로 몇 번이나 전화를 했는데 아무도 전화를 받지 않습디다. 하는 수 없이 권 여사의 댁에도 전화를 했지요. 병중인 듯싶은 할머니가 전화를 받데요. 사무실에도 했죠. 거게도 없습디다. 그런데 내가……."

권수자는 나를 말끄러미 바라보았다. 숙경의 집과 자기 집에 전화를 했다는 얘기를 듣고서야 나도 숙경이 있는 곳을 모른다는 사실을 확인한 모양 같았다.

"그럼 숙경 씨는 어디로 갔을까요?"

권수자의 얼굴이 핼쑥한 느낌으로 변했다.

"이 신문을 보시오. 구용택 씨와 같이 피신한 것으로 되어 있지 않소."

"그건 거짓말입니다. 윤숙경은 어제 새벽에 집을 나갔어요. 그저께부터 수표 부도가 난다고 야단이었는데도, 채권자들로부터 협박 전화가 빗발치듯했는 데도 아랑곳없이 자취를 감추어 버린 거예요. 세상에 그런 냉혈 동물이 어디 있겠어요? 남편이 죽을 판인데 말예요. 자기 때문에 남편이 궁지에 몰렸다는 걸 번연히 알고 있으면서…… 과천에 땅만 사지 않아도 이런 일이 일어나지 않았을 거예요. 세상에 그런 냉혈 동물이…….”

권수자는 한바탕 지껄이고 나더니

“어딜 가서 찾는다?”

하고 숨을 내쉬었다.

그리고 물었다.

“윤숙경이 어디에 있는지 짐작 가는 데가 없으세요?”

“권 여사도 짐작 못 하는 일을 내가 어떻게 짐작하겠소.”

“아아, 큰일인데. 그럼, 이 일을 어쩐다?”

“지금 숙경 씨를 찾으면 어쩌겠다는 거요?”

“구 사장을 구해야죠, 늦기 전에. 붙들려서 구속되기 전에 말예요.”

“숙경 씨가 나타나면 구 사장을 구할 수가 있을까요?”

넙죽 물은 내 질문에

“있다마다요. 구 사장님을 구할 사람은 숙경이밖에 없어요.”

하고 권수자는 숨을 할딱였다.

“어떻게요?”

“은행 지점장이 귀띔을 해 주었어요. 숙경이만 나타나면 만사가 해결된다구요."

"숙경 씨가 그런 신통력을 가지고 있을까?"

"은행 지점장이 한 말이니까 틀림이 없어요. 숙경 씨가 은행에 나타나서 한 마디만 하면 당장 해결해 주겠다고 했어요."

"은행 지점이 어딘데요?"

"H은행 J지점이에요."

그 말로써 윤숙경이 토지를 사고 남은 돈을 거기다 맡겼구나 하는 짐작을 했다. 하지만 권수자와 구용택이 그런 사실까지 알고 있을까? 그래서 물었다.

"구용택 씨의 거래 은행이 그곳인가요?

"거래 은행의 하나예요."

"지점장의 말을 구체적으로 해 보세요."

"구체적이구 뭐구, 윤숙경만 데리고 오면 된다고 했어요. 해결책은 그것뿐이라고 했어요. 그렇게 간단한 일인데, 윤숙경이 가 주지 않겠어요? 그런 사실을 안다면 말예요. 아무리 냉혈 동물이기로서니 남편을 위해 얼굴을 뵈고 한 마디 잘 부탁한다고만 하면 된다고 하는데 말예요?"

이쯤으로 나는 사태의 맥락을 알았다. 윤숙경이 은행에 나타나기만 하면 지점장은 맡겨 둔 돈 가운데 얼만가를 내어 구용택을 도와 주라고 간청할 참인 것이다. 혹시 그 은행에선 구용택을 위해 대월(貸越)을 해 주었거나 편타(便他)를 봐 주었을지도 모른다. 지점장으로선 그 부분만이라도 해결해야 할 입장에 놓여 있는지 모른다. 그런 까닭에 권수자를 시켜 윤숙경을 빨리 데리고 오도록 한 것일 게다. 짐작한 사태의 맥락이란 대강 이런 것이다.

"그렇다면 여기서 시간을 보내고 있을 게 아니라 빨리 윤숙경 씨를 찾아보도록 하세요."

"하지만 통 감이 잡히지 않는 것을 어디에 가서 찾죠?"
하고 울상이 되더니 전화를 빌리겠다고 했다. 쓰라고 할밖에 ──

맨 처음 건 곳이 구용택이란 짐작이 갔다.

"사장님, 어쩌지요. 숙경은 거겐 없어요…… 아니 아니 참말이에요…… 틀림없다니까요…… 난 바보가 아녜요. 눈치만으로 살고 있는 나예요…… 올 리 없어요. 아무튼 어떡허죠?"

내용은 분간할 수 없었지만 수화기가 왕왕 울리고 있었다. 구용택이 극도로 흥분해서 지껄이고 있는 게 분명했다.

권수자는 다음다음으로 전화를 걸었다. 윤숙경이 그곳에 없느냐, 있는 곳을 모르느냐는 말이었지만 대답은 한결같은 모양이었다. 모른다는 또는 알 수 없다는. 광분하고 있는 권수자의 꼬락서니를 곁눈으로 보며 나는 생각했다.

'숙경은 이런 사태가 있을 줄을 알고 미리 피신한 것일 게다. 그러니 쉽사리 나타날 까닭이 없다. 나에게마저 행방을 감추었다는 사실을 보더라도 얼마나 신중했느냐는 것을 알 수 있지 않느냐? 그러나 그 얼굴과 이름이 널리 알려져 있는 윤숙경이 감쪽같이 숨어 살

수 있을까……'

권수자를 대문간에까지 전송하고 대문 옆 귓문을 내 손으로 잠
그고 서재로 돌아와 이 사건에 있어서의 내가 취할 바 행동을 생각해
두려고 책상 앞에 앉았는데 정면의 도어가 소리 없이 열렸다.

'누굴까?'

할 쩜도 없었다. 그 도어로부터 나타난 사람은 윤숙경이었다. 나
는 유령을 보는 것만큼이나 놀랐다.

"선생님, 미안해요."

하고 살큼 다가서는 그녀를 보고서

"어떻게 된 일이냐?"

고 묻기까진 줄잡아 2, 3분은 걸리지 않았을까.

"권수자가 돌아가기까지 기다리고 있었던 거예요."

윤숙경은 사뿐하게 소파에 앉았다.

"기다리고 있었다니?"

"사모님 방에서요."

"언제 왔는데?"

"어제 왔어요."

"어제?"

"사모님께 부탁을 드렸죠. 권수자가 찾아왔다 돌아가기까지엔 제
가 온 것을 비밀로 해달라구요."

"그건 또 왜?"

"제가 댁에 있다는 걸 알면 권수자가 왔을 때 선생님이 당황하실 것 같아서요. 권수자란 여자는 내음 맡는 데 셰퍼드 이상이거든요. 눈치가 빠르긴 번개 이상이구요. 제가 와 있는 것을 선생님이 미리 알고 계셨더라면 거의 백 퍼센트 탄로가 났을 거예요."

그랬을는지 모른다는 생각이 들었다. 윤숙경이 가까이에 있는 데도 없는 것처럼 연기를 해낼 자신이 나에겐 없었다.

"그렇다고 치고 권수자가 내 집에 올 줄은 어떻게 알았지?"

"저에게도 눈치와 코치는 있거든요. 권수자의 십분의 일 정도밖엔 되지 않지만요."

"귀신이 탄복할 노릇이군."

"귀신까지 등장할 필요는 없어요. 선생님, 한 번 생각해 보세요. 구질구질한 사전 설명, 또는 구구한 부탁을 전제로 하지 않고 제가 감쪽같이 숨을 수 있는 곳이 어디겠어요?"

"……."

"호텔? 노. 친구 집? 어림이 없어요. 친정? 더더구나 말이 안 되구요. 선생님댁 말곤 하늘 아래 제가 감쪽같이 숨어 있을 곳은 없어요. 권수자가 그만한 걸 모르겠어요?"

"그렇다면 권수자 씨와 윤숙경 씨는 피장파장이군."

"그 정도는 못 돼요. 권수자는 여우, 전 토끼. 토끼라도 다소의 꾀는 있거든요. 게다가 선생님 댁을 택한 또 하나의 이유가 있어요."

"그건 또 뭔데?"

"주간지 보셨죠? 혹시 사모님께서 엉뚱한 오해나 안 하실까 해서 빨리 그 의혹을 풀어 드릴 겸 제 보호자로 만들 작정이었죠."

"그건 오버 센슨데. 주간지가 뭐라고 썼건 숙경 씨와 나와의 사이를 오해할 정도로 아내는 나를 평가하고 있지 않거든, 추남(醜男) 콘테스트에 출품할 정도의 사나이쯤으로 생각하고 있을 테니까."

"그것도 선생님 자신의 과대평가예요."

"그러나저러나 속절없이 내가 공범이 되었군."

"스캔들의 공범이란 뜻이죠? 하지만 안심하세요, 선생님. 언젠가 말쑥하게 누명을 벗겨 드릴게요."

—— 카타스트로프는 이렇게 준비되는 것이다.

하는 상념이 일순 뇌리를 스쳤다. 파국이나 비극은 처음 아무렇지 않게 시작되는 것이니까.

그러나 어떠한 파국이건 비극이건 겁나진 않았다. 원체 실감이 없으니까. 이상한 건 윤숙경이었다. 남편의 파산, 이혼에 따른 복잡한 일들, 떠들어대고 있는 저널리즘의 문제 등, 암울하게 기분을 물들일 원인과 조건이 있음에도 불구하고 윤숙경은 종달이처럼 쾌활했다.

"제가 읽을 만한 책을 좀 골라 주세요. 이런 기회에 책이나 읽어야지."

"숙경 씨가 직접 찾아 봐요. 숙경 씨의 취향을 모르는데 내가 어떻게……."

"추리 소설이면 좋겠어요."

153

"추리소설?"

"영국의 귀족들은 추리소설만 읽는다면서요? 총리대신도 추리소설만 읽구요."

"그런 얘긴 어디서 들었지?"

"기억이 삼삼하네요."

"보다도 앞으로 어떻게 할 것인지 그거나 연구해 봐요."

"연구하건 말건 될 대로 될 수밖에 없는데 연구해서 뭣하게요?"

나는 헤프게 웃음을 터뜨릴밖에 없었다.

우리는 그렇게 씨알머리 없는 말을 주고받으며 한나절을 지내게 되었는데 돌연 전화벨이 울렸다. 하기야 전화벨은 돌연 울리는 것이지 예고하고 울리는 것은 아니다. 서너 번 신호가 울리고 나서 송수화기를 집어들었다.

"저 정금홉니다."

"정금호 씨?"

얼른 생각이 나질 않았다.

"일전 유한일 사장님 심부름으로……."

"아아 그렇군요. 안녕하십니까?"

그런데 정금호 씨의 다음 말이 ——

"혹시 윤숙경 씨의 거처를 아시는지요."

"집 말입니까?"

"아녜요. 집은 알고 있습니다만 연락이 되질 않아서요."

나는 송화통 쪽을 막아

"숙경 씨에 관한 전화야."

해놓고 저편에게 물었다.

"왜 그러십니까?"

"뉴욕의 유한일 사장으로부터 전화가 왔습니다. 그런데 빨리 윤숙경 씨에게 연락하라는 분부입니다."

"무슨 연락입니까?"

"윤숙경 씨의 남편 되시는 분이 수표 부도를 낸 모양이지요?"

"그런가 봅니다."

"그런데 유 사장의 분부는 그 부도난 수표를 윤숙경 씨가 빨리 청산해 주도록 하라는 거였습니다. 돈이 없으면 저더러 마련하라는 거였는데 만나봐야 알 것 아닙니까? 제가 얼마쯤의 돈을 마련해야 할지."

"그건 그렇구. 엊그제 일어난 사건을 유 군이 어떻게 그처럼 빨리 알았을까요?"

"제가 매일 서울 사정을 보고하게 되어 있습니다. 특히 윤숙경 씨에 관한 일을 빼놓지 않고 보고하게 돼 있지요."

"흐음."

하고 나는 신음 소릴 냈다.

"연락이 안 되겠습니까?"

"한 30분쯤 뒤에 다시 전화를 주십시오. 그 동안에 연락이 되도록 노력해 보겠습니다."

"그럼 그렇게 꼭 부탁합니다. 유 사장님의 분부로선 되도록 최단 시간 안에 그 문제를 해결하라는 것이었으니까요."

전화가 끝나자 윤숙경이

"무슨 내용이어요?"

하고 눈을 동그랗게 하고 나를 쳐다봤다.

"뉴욕에서 유한일 군의 전화가 있었는데 구용택 씨가 부도낸 수표를 빨리 청산해 주라는 말이 있었대."

"나더러요?"

"그렇다는군."

"이상도 해라."

윤숙경의 표정이 시무룩하게 되더니 생각하는 눈빛으로 변했다. 종달이가 생각하는 여인의 모습으로 변한 것이다. 나는 천성의 연기자를 발견한 느낌이었다.

"무슨 까닭으로 나더러……."

윤숙경이 중얼거렸다.

"돈이 없으면 정금호란 사람에게 돈을 마련하라고 하더라던데."

"……"

"아무튼 정금호란 사람을 이리로 오라고 하지."

"……"

"빨리 결론을 내야 할 것 아닐까?"

"전 최후의 각오를 하고 있는데 제가 그 사람의 빚을 갚아 줘야 할 까닭이 어디에 있을까요?"

"내가 그런 걸 어떻게 알겠소."

"아무리 돈이 많기로서니 그런 까닭 없는 돈을 유한일 씬 왜 쓰려고 할까요?"

윤숙경은 아무래도 납득이 안 간다는 시늉으로 시선을 창밖으로 보냈다. 한데 나에겐 짐작이 가지 않는 바 아니었다.

윤숙경과 구용택의 사이를 청산하려면 그러고도 말썽이 없게 하려면 그만한 파인 플레이를 필요로 하지 않을까 하는 짐작이었다.

어김없이 30분 후에 정금호로부터 전화가 왔다. 정금호는 유한일의 충실한 대리인인 것이다.

송수화기를 집어들고 상대방이 정금호라는 것을 확인하자 송화구를 막고 윤숙경에게 물었다.

"이리로 오라고 할까?"

숙경이 말없이 고개를 끄덕였다.

정금호가 도착한 것은 전화가 있은 지 20분쯤 후이다. 그는 복잡하게 서두를 달지 않고 단도직입적으로 윤숙경에게 물었다.

"돈을 얼마쯤 준비하면 남편 되시는 분의 일을 처리할 수 있겠습니까?"

이엔 대답하지 않고 숙경이 되물었다.

"무슨 까닭으로 그 일을 두고 유한일 씨가 서두르는지 그걸 알

157

고 싶군요."

"까닭도 이유도 없습니다. 나는 유한일 사장님의 명령대로 하겠다는 것뿐입니다."

"꼭 그렇게 해야 하나요?"

"꼭 그렇게 해야 합니다."

"그렇다면."

하고 윤숙경이 응접 탁자 위에 있는 메모지에 구용택의 회사 이름과 주소를 적었다. 그리고 정금호에게 그걸 내밀며

"이 곳으로 찾아가서 전무나 상무를 찾아 선후책을 강구하세요. 절 대리해서 왔다구 하구요. 그리고서 거래 은행과 의논하면 필요한 액수를 알 수 있지 않겠어요? 헌데 돈을 건네실 땐 제 앞으로 어음을 받아 두시도록 하세요."

하고 또박또박 일렀다.

"그런 문제는 내가 알아서 하겠습니다."

정금호는 메모지를 쥐고 일어섰다.

산술(算術)의 소양밖에 없는 사람이 고등 수학의 문제를 앞에 한 것처럼 얼떨떨한 뿐이었다.

요컨대 나는 유한일의 속셈을 짐작할 수가 없었다. 만일 유한일이 윤숙경과 결합할 의사가 있는 것이라면, 이번 기회에 구용택과 윤숙경의 사이에 결판이 나도록 방치해 두었어야 마땅할 것이었다. 그렇지 않다면 단순한 호의로선 너무나 엄청난 출비(出費)를 유한일이

하고 있는 셈 아닌가.

나는 그 뒤의 경위를 주간지를 통해서 알았다. 어느 주간지는 윤숙경의 파경설을 '태풍일과, 비가 와서 땅이 굳어졌단 얘긴가' 하는 표현으로 보도하고 있었는데 그 내용인즉 ——

윤숙경이 구용택의 채무를 말쑥이 변제해 줌으로써 회사를 파국에서 구제했을 뿐 아니라 부부의 사이도 정상화되었다는 것이다.

그런데 그 기사는 개운찮은 뒷말을 남기고 있었다. 윤숙경이 그만한 돈을 어떻게 마련했을까 하는 것이고, 혹시 탈세 문제로 번질 가능성이 있다는 얘기였다. 그러나 그것은 기자의 지나친 추측일 뿐이며 별 문제 될 것이 없다는 것을 나는 알고 있었다. 재원(財源)을 캐들어가면, 유한일의 이름이 나타날 테니까 말이다.

아무튼 윤숙경과 구용택의 이혼은 성립되지 않고 만 것 같았는데 얼마 후 나는 윤숙경으로부터 전화를 받았다.

"선생님, 저 아파트로 이사를 했어요."

하는 말에 이어

"대강 정리가 되면 선생님을 한 번 초대하겠어요."

하고 명랑하게 웃었다.

"아파트로 이사를 했다면 남편과 같이?"

"아녜요, 저 혼자예요."

"주간지엔 태풍일과라고 했던데."

"태풍일과 한 후니까 산천의 모양이 다소 변했을 것 아녜요."

159

"별거한단 말인가?"

"결과적으론 그렇죠. 그러나 외부의 사람들에겐 그런 사실을 알리지 않기로 돼 있어요."

"그럼 결국 이혼한단 말 아닌가?"

"그렇게 되겠지요. 그러나 당분간은 그러지 않기로 한 거예요."

"꽤나 복잡하군."

"복잡할 것 없어요."

"그러길 바라는데."

"참, 저 외국으로 떠날지 몰라요."

"언제?"

"초청장을 받아 봐야 알겠지만 아마 한 달쯤 후가 될 것 같아요."

"누가 초청하는 건데?"

"이스라엘의 영화사예요."

"이스라엘?"

"이스라엘에도 영화사가 있나? 난 이스라엘 영화라는 건 본 적이 없는데."

"그런데 이스라엘에 영화사가 있대요."

나는 짐작적으로 이스라엘 영화사의 배후엔 유한일이 있는 것이라고 짐작했다.

"이스라엘 영화에 출연이라도 할 텐가?"

"구체적인 것은 가 봐야 알겠지요."

"좋은 구경하겠군."

"그래요. 전 몇 번이구 해외여행을 했지만 이스라엘엔 못 가봤거든요."

"이스라엘이란 나라는 보아 둘 만하지."

"선생님은 가 보셨어요?"

"가 봤지. 이스라엘의 예루살렘에 가거들랑 통곡의 벽이란 데 꼭 가봐야 해. 지구(地區)가 다르니까 특별히 유념하고 노력해야 할 거야."

떠나기 전에 한 번 만나자고 하더니 막상 떠날 땐 말이 없었다. 나는 윤숙경이 이스라엘로 갔다는 얘길 권수자의 방문을 받고 나서야 알았다.

권수자는 지나치는 걸음에 나를 찾아왔다고 했지만, 분명히 무슨 목적의식을 갖고 왔다는 짐작을 했다.

"부부 싸움은 결국 칼로 물 베기죠?"

하는 애매한 말부터 시작해서 구용택과 윤숙경은 도저히 서로 헤어질 수 없다는 것을 강조하고 나서

"윤숙경이 대스타가 된 것이 누구 덕택인데."

하고 중얼거리고선 윤숙경이 구용택을 배반하는 건 있을 수 없는 일이라고 언외(言外)의 감정을 풍겼다.

그리고는 내가 쓴 책에 관한 두서없는 말을 지껄이고 나더니 우연히 생각이 났다는 듯 물었다.

"유한일이란 사람 어떤 분예요?"

"글쎄. 권 여사가 잘 알 것 아닙니까? 언젠가 로마에서 만나 보름
동안이나 같이 이탈리아를 돌아다녔다면서요?"

"그랬다고 알 수 있나요 뭐."

"대강의 짐작은 할 수 있었을 것 아뇨."

"그분이 그렇게 돈이 많은가요?"

"글쎄."

"윤숙경이 땅을 산 것도 그분의 돈으로써가 아니던가요?"

"......"

"구용택 사장의 빚을 갚아 준 것도 그분의 돈이었구요."

"나는 모르는 소리야."

"참말로 선생님이 모르세요?"

"몰라."

"이상하네요."

"뭣이?"

"선생님은 알고 계실 줄 알았어요."

"나와 유한일 군의 관계는 옛날 그가 내 강의실에 나온 적이 있
다는 인연밖엔 없어."

"그래도 그분이 돈이 많다는 사실은 알죠?"

"그걸 내가 어떻게 알겠어. 사업을 한다니까 다소의 돈이 있을 것
이란 짐작밖엔. 한데 권 여사는 어디서 유한일 군이 돈을 많이 가졌

다는 사실을 들었어요."

"그것도 제 짐작일 뿐예요."

"짐작도 근거가 있어야 할 것 아닐까?"

"아무리 생각해도 윤숙경에게 그런 돈이 있을 까닭이 없거든요. 그렇다고 해서 돈을 빌린 곳이 있는 것도 아니구."

"그런 짐작을 구용택 씨도 하고 있나?"

"그걸 제가 어떻게 알아요."

"대단히 가까운 사이라고 보았는데."

"사장과 비서니까 가깝긴 하지만 남의 속까지야 알 수 있나요. 그러나 너무해요."

"누가?"

"윤숙경 씨 말예요. 자기가 마음대로 할 수 있는 돈으로 구 사장의 빚을 갚아준 모양인데 정금호란 사람 앞으로 어음을 쓰게 하곤 구 사장의 재산 전부를 담보로 잡았거든요."

"정금호 씨한테서 빌린 돈이면 그게 당연한 일 아닐까?"

"정금호 씨에게 그런 돈이 있을 까닭이 없다는 사실을 알았어요."

"어떻게?"

"그분을 잘 알고 있는 사람을 알고 있으니까요."

"그렇더라도 돈을 주선한 사람은 정금호 씨 아니었소."

권수자의 말투로 보아 윤숙경의 자금 출처를 맹렬히 조사하고 있다는 짐작을 가질 수 있었다.

권수자는 이런 말을 하기도 했다.

"앞으로 구 사장은 윤숙경의 비위를 거슬릴 수 없게 되었어요."

"그건 또 왜?"

"정금호 씨에게 써 준 어음이 발동할 테니까요."

"사랑이 문제였던 것이 아니라 돈이 문제였군."

"요즘 세상엔 돈이 압도적인 힘을 가지고 있는 것 아녜요?"

"글쎄요."

하고 나는 웃었다.

권수자가 엉뚱한 말을 꺼냈다.

"선생님 전 이민을 갈까 해요."

"왜 그런 생각을 하시죠?"

하고 나는 의례적으로 물었다.

"회사에 붙어 있어도 전망이 있을 것 같지 않고 윤숙경 씨로부턴 따돌림을 받고 있으니 비서 노릇도 마지막이구요."

"따돌림을 받게끔 권 여사가 행동하신 것 아뇨?"

"두 사람 사이에 끼어 저도 무척 고민했어요."

"두 사람 사이라면 구용택 씨와 윤숙경 씨 사이?"

"그렇습니다."

"그럴 경우엔 윤숙경 씨의 편을 들어야 하지 않았을까?"

"개인이 문제가 아니라 회사가 문제였으니까요. 구용택 사장의 편을 든다는 건 회사의 편을 드는 것이었으니까요. 윤숙경 씬 회사를 망치려고 하고 구 사장은 회사를 살리려고 하는데, 회사에서 월급을 받고 사는 처지에선 회사 편을 드는 게 당연하지 않겠어요?"

"그보다 더 델리키트한 문제가 아니었을까?"

하고 나는 약간 익살스러운 말을 해 보았다. 그러나 권수자는 그런 덴 관심을 갖지 않은 모양으로

"윤숙경 씨는 아무래도 잘못 생각하고 있는 것 같애요."

하며 묘한 미소를 지었다.

나는 다음 말을 기다렸다.

"윤숙경은 구 사장을 얕잡아 보고 있는 모양인데 그게 잘못 생각한 거라, 이 말입니다. 구 사장은 여간 무서운 사람이 아녜요. 모욕을 받거나 손해를 보거나 하고 잠자코 있을 사람이 아니니까요. 언젠가 윤숙경이 큰코 다칠 거예요. 선생님도 기회 있으면 충고를 하세요. 아예 구 사장을 배반할 생각일랑 말라구요."

"무슨 말씀인지?

"정금호 씨를 이용해서 가혹한 조건으로 구 사장으로 하여금 어음을 쓰게 한 것도 잘못이라구요. 이번 혼자서 이스라엘로 떠난 것도 잘못이에요. 초청장을 보낸다고 하면 응당 수행하는 사람의 초청장도 보내라고 해야 할 건데 윤숙경은 그러지 않았을 뿐 아니라, 제가 이스라엘의 비자를 받으려고 했을 때 협력하지 않았으니까요. 구 사장은 그 점을 의심하고 있거든요. 이런 사정에 있을수록 조심해야 할 것 아녜요?"

이 밖에도 권수자는 알쏭달쏭한 소리를 지껄여 놓고 두 시간 만에야 돌아갔다.

뒤에 생각하니 그건 함축성 있는 경고였다. 나는 그 경고의 의미를 알아차려야 했을 것이었다. 그런데 나는 그 경고를 등한히 함으로써 방지할 수 있었던 비극을 예방하지 못했던 것이다.

4
무지개 속의 여자

여자가 혼자 걷고 있는 것만으로도 뉴스가 된다는 말이 있다.

델리키트하게 인생을 사는 사람의 발언일 것으로 안다.

하물며 미녀일 땐 그 일거수일투족이 뉴스가 된다는 건 당연하다.

내가 뉴욕에서 직접 체험한 일이다. 어느 날 거리로 나갔더니 5번가와 43가가 교차하는 지점 근처에 일대 혼잡이 빚어지고 있었다. 이를테면 차도는 잼을 이루고 있었고, 보도엔 입추의 여지없이 사람들이 붐벼 그 인파가 차도까지에 넘쳐 자동차의 홍수를 정체시키고 있었던 것이다.

—— 무슨 까닭이냐.

고 물어볼 필요도 없었다.

—— 리즈, 리즈, 리즈.

하는 소리가 군중들 사이에 미풍처럼 스치고 있었다. 엘리자베스 테일러가 그 근처 루즈벨트 호텔에 투숙 중인데 곧 거동할 시간이 되었다는 얘기다.

인기라는 것이 얼마나 무서운 것이냐 하는 실감을 나는 그때 얻었다. 모두들 알고 있는 터지만 뉴욕이란 도시는 돌과 시멘트와 철로써 되어 있는 빌딩의 정글이다. 정글이란 밀림이란 뜻으로써만 번역될 수 없는 말이다. 비정(非情)이란 말을 동반해야만 겨우 뜻이 통한다. 비정한 밀림, 그것이 정글이다. 뉴욕은 바로 비정하기 짝이 없는 돌과 시멘트와 철로써 이루어진 정글인 것이다.

그런 비정한 도시가 엘리자베스 테일러의 일거수일투족에 술렁인다는 사실, 그 사실 아니 그 상황 속에 있는 나는 정녕 곤충들 가운데의 하나의 곤충일 수밖에 없다는 사실은 그런 대로 절실한 발견이 아닐 수 없었다.

그래서 나의 결론은 미녀는 그 존재만으로 바람을 안고 있는 것이라고 된 것인데 미상불 미녀는 바람을 몰고 나타났다간 바람을 몰고 간다.

내가 이렇게 말하고 있는 것은 결국 윤숙경의 얘기를 하려는 것이다. 윤숙경의 인기는 엘리자베스 테일러의 인기완 규모는 다를망정 동질의 것이라고 말할 수 있다. 윤숙경 역시 바람을 안고 오간다…….

그녀가 이스라엘로 떠나고 나자, 돌연 내 주변이 잠잠해졌다. 태풍 뒤의 고요라고 하면 과장된 표현일지 모르지만 나는 그렇게 느꼈다. 주간지의 기자가 찾아오는 일도 없고, 권수자가 주변에 얼쩡거리는 일도 없고, 정금호가 전화를 걸어오는 일도 없고, 유한일이 무슨 연락을 해 오는 일도 없고, 친구들이 빈정거리는 일도 없어졌다. 새삼스럽게 이런 말을 해 보고 싶을 정도로 윤숙경이 불러일으킨 바람 속에 한동안 휘말렸다는 얘긴데, 그렇다고 해서 그녀가 떠난 뒤 내 마음의 한 구석에 공백이 생겼다는 것도 아니다.

'무슨 일로 이스라엘의 영화사가 윤숙경을 초대했을까? 그 경위의 배후에 유한일이 있는 것일까? 이번의 이스라엘 여행이 그녀의 운명과 어떻게 상관될 것일까……'

이런 정도의 의혹은 당연히 있었던 것이지만, 나는 차츰 윤숙경을 잊게 되었다. 책과 산책과 술로써 엮어진 루틴으로 나는 되돌아온 것이다.

아시아 주 극동의 반도 한국은 바야흐로 초여름으로 들어서고 있었는데, 어느 지방에선가 주먹 크기만한 우박이 내렸다고 하니 이상 기온이었다.

가을바람과 더불어 윤숙경이 돌아왔다.

"어젯밤 비행기로 왔어요."

하고 화사하게 웃곤 그 동안의 안부를 물었다.

"퍽 오래 있었군."

"이스라엘에 석 달, 유럽에 한 달."

윤숙경은 손가락을 꼽았다.

"이스라엘에 석 달이나?"

하고 내가 놀랐다. 여행자가 석 달이나 지내기엔 이스라엘은 지리한 곳이란 생각이 들어 한 말이었다. 그런데 뜻밖의 말이 나왔다.

　"사실은 좀 더 있고 싶었어요."

　"그래? 무슨 까닭으로?"

　"너무 너무 배울 것이 많았어요."

　"배울 거야 물론 많지."

　"여태껏 무엇하고 살았나 싶어 후회도 했어요."

하곤 윤숙경이

　"이스라엘 사람들 성실하게 살고 있대요. 열심히 살고 있기도 하구요. 그러면서 활달하고 생기가 있구…… 의욕과 희망만으로 되어 있는 나라 같았어요."

하며 감회에 서린 눈빛을 했다.

　그러한 윤숙경을 보리라곤 꿈에도 생각하지 않았던 나는

　"꽤 감동이 컸던 모양이로군."

하고 중얼거렸다.

　"감동이 컸다는 정도가 아니었어요. 인생관이 바뀌었을 정도예요."

　"인생관이?"

하고 나는 웃었다.

　"제가 인생관을 들먹이니 우스우세요?"

　"아니, 그런 건 아니지만."

　"험난한 역사를 딛고 살아 보겠다고 서두르는 모습은 정말 존경할 만했어요."

"키부츠란 곳에도 갔겠지?"

"거기서 한 달 동안 같이 생활했어요."

"뭐라구?"

나는 정말 놀랐다. 영화사의 초대를 받고 간 사람이 키부츠에서 생활을 하다니, 하는 기분이었던 것이다.

윤숙경이 차근차근 설명했다.

이스라엘엔 두 종류의 영화 회사가 있는데 하나는 기록 영화·교육 영화를 만드는 곳이고, 하나는 극영화의 기획을 하곤 그 기획을 미국이나 프랑스·이탈리아의 영화사에 넘겨, 적당한 배우와 제작진을 동원해서 영화를 만들게 하는 이를테면 기획 본부 같은 역할을 한다.

윤숙경을 초대한 회사는 기록 영화를 관장하고 있는 회사였다. 그러나 초대만 그곳에서 하고 비용을 거기서 지출했다 뿐이지 윤숙경의 여행엔 일절 간섭하지 않았다. 램스도프라는 여자의 안내로 이스라엘 전통의 견학과 관광만 했다.

"램스도프라는 여자는 무엇을 하는 여잔데, 영화사의 직원?"

말 도중에 내가 질문을 끼웠다.

"영화사의 직원도 아닌 것 같았어요. 내가 보기엔 휴가를 얻은 직원이 같이 나와 놀아 준다는 그런 기분이었어요."

"그런데 너무너무 예쁜 덴 기가 질릴 정도였어요."

"숙경 씨보다도 예쁘던가?"

"전 그분에게 비하면 말도 안 돼요, 우아하고 단정하고 개성적이구, 제 생각으론 엘리자베스 테일러의 젊었을 때보다도 더 예쁘던데요. 물론 타입은 다르지만요."

"나이는 몇 살?"

"스물 두셋이나 되었을까요."

"이스라엘에서도 그런 미인이 있었나?"

"본인의 말로는 국적은 미국이라고 했어요. 국적은 미국이지만 지금 이스라엘을 위해 일하고 있다는 얘기였는데 무슨 일인가는 말하지 않았어요. 굳이 묻지도 않았구요."

"말은 서로 통했나?"

"아 참, 미스 램스도프는 한국말을 곧잘 했어요. 롯드 비행장에서 내리자, 절 마중 나온 금발의 미녀가 한국말로 윤숙경 씨죠? 하는데 어떻게나 놀랐는지 그러고부턴 연속 놀랄 일만 생기는데, 이번 여행은 참으로 큰 공부가 되었어요."

하고 윤숙경이 먼 눈빛이 되었다.

"램스도프란 여자는 어디서 한국말을 배웠을까?"

"유한일 씨한테서 배웠다고 했어요."

"그럼 유한일 군을 만났나?"

"아녜요, 만나진 않았어요."

"그러나 이번 여행은 유 군의 주선이었군."

"그랬어요."

"유 군하고 그 여자는 어디서 만나 한국말을 가르치고 가르침을 받고 했을까?"

"뉴욕에 있었을 때부터 알았나 봐요. 상당히 친하게 지낸 모양이던데요."

"친하다면 어느 정도."

나는 짓궂게 물었다.

"글쎄요, 제가 남자라면 생명을 걸 만하겠던데요. 여자인데도 전 홀딱 반했으니까요. 한 마디로 말해 엄청난 분이었어요. 영어야 물론이지만 프랑스어, 독일어, 이태리어, 러시아어, 유고슬라비아어, 열 몇 나라의 말을 유창하게 할 수 있다고 했으니까요. 아직 젊은 나이에 말예요. 겪어 보고 안 일이지만 한국말을 할 줄 아는 정도는 놀랄 것도 못 돼요. 도대체 어떻게 된 두뇌일까요?"

"아인슈타인을 낳은 민족 아닌가배."

"재능이 질적으로 다른 것 같애요. 차원도 다르구요."

재능의 질, 재능의 차원 같은 말은 윤숙경이 이스라엘에 가기까진 그녀의 어휘에 없었던 말이 아닐까 했다.

윤숙경은 자기가 이스라엘에서 보고 듣고 느낀 얘기를 하곤 물었다.

"그러한 민족이 어떻게 세계 도처에서 미움을 받았을까요?"

"여러 가지 복합된 이유가 있겠지. 헌데 그 질문을 램스도픈가 하

173

는 여자에게 물어볼걸."

"어떻게 그런 걸 묻겠어요."

"그 정도의 여자 같으면 그런 걸 물어보아도 무방할 건데."

"미스 램스도프는 2차 대전 중 독일, 폴란드를 비롯해 러시아에서 죽은 유대인이 천만 명을 넘을 거라고 하대요. 학살당한 광경, 학살당한 사람들의 유품을 보았는데 어처구니가 없더만요. 그걸 같이 보며, 램스도프는 내겐 등을 돌리고 울고 있었어요. 저도 따라 울었죠. 램스도프는 여기에 올 때마다 울게 된다면서 저더러 미안하다고 했어요."

"그래서?"

"민족의 슬픈 과거를 생각하고 울지 않는다면 사람이 아닐 거라고 하며 위로했지요."

"숙경 씨가 그런 말을 했어?"

"저에겐 입이 없다고 생각하셨어요?"

"그런 건 아니지만."

"입은 있어도 골이 비어 있다고는 생각했을 테죠."

"아냐, 아냐."

하고 나는 손을 저었다.

윤숙경의 말은 다음과 같이 이어졌다.

"그 박물관을 보고 생각했어요. 우리에게도 가서 우는 곳이 있어야 하겠다구요. 슬픈 과거를 지니고 있으면서도 통곡할 줄 모르고 슬퍼할 줄 모른다면, 아니 전 민족이 그곳에 가서 울 수 있는 자리가 없어서야 되겠어요? 전 우리나라에도 통곡의 벽을 만들어야 한다고 생각해요."

윤숙경이 확실히 변했다.

이스라엘이 윤숙경을 변하게 한 원인일까. 램스도프란 여자가 윤숙경을 변하게 한 것일까.

아무튼 나는 윤숙경에게서 나의 토론 상대를 발견했다. 그리고 기뻤다. 만일 윤숙경의 이번 여행을 이러한 변화를 기대하고 유한일이 꾸민 것이라면, 유한일은 대단한 인물이다. 유한일은 자기가 이스라엘로부터 받은 교훈이 너무나 컸기 때문에 윤숙경을 시험해 본 것인지도 모른다.

나는 숙경의 얘기에 귀를 기울이면서도 몇 해 전 이스라엘을 찾았을 때의 질문을 정리해 보는 마음으로 되었다.

"텔아비브의 뒷산이 꽤 무성하게 되었지?"

"무성했어요."

"옛날엔 돌산이었어. 영양실조에 걸린 사람의 대머리처럼 되어 있던 산이라고 했는데 내가 갔을 무렵에도 꽤 나무가 많았거든. 20년간에 1억 주(一億株)의 나무를 심었다더군."

"옛날엔 물도 없는 황무지였다던데, 푸른 밭이 화원보다도 더 예쁘던데요."

"내가 갔을 무렵엔 6일 전쟁(六日戰爭)의 2년 후던가, 3년 후던가.

그 조그만 나라를 포위한 아랍 14개국의 슬로건은 '이스라엘을 지중해에 쓸어 넣어라'는 것이었어. 지금도 변함이 없겠지. 그러니 이스라엘은 지금도 전쟁 상태에 있는 거나 다름이 없어."

"그런데도 사람들은 모두 쾌활하고 인정이 있대요."

"그렇지."

하고 나는 잠시 회상에 잠겼다.

부절한 위험 속에 있고 가혹한 과거를 지녔고 보면, 사람들의 표정은 살벌하고 눈엔 핏발이 서 있을 텐데도 내가 만난 농민은,

—— 돌밭을 일구어 만든 오렌진데 하나 먹어 보라.

고 웃음을 머금었고,

—— 얼마나 고생이 많았느냐.

고 묻는 나에게 노인들은

—— 죽은 사람들이 불쌍할 뿐이지 살아 있는 우리들은 이제 여한이 없는 기분이라.

고 했고, 지식인들은 회의에 사로잡힌 우울한 표정이 아니고 말끝마다에 싱그러운 의욕을 풍겼다.

그리고 또 놀란 것은 그들의 죽음에 대한 투철한 감각이었다.

—— 죽음은 베르사유 궁전 안에도 있고, 버킹검 궁전에도 있고, 대부호의 저택에도 있다. 조국을 지키며, 조국의 이 언덕에서 죽는 것이 두려울 까닭이 없다. 그러나 우린 다시 히틀러나 스탈린 같은 마수에 걸려 죽지는 않을 것이다.

그러면서 그들은 아랍 14개국의 살의 속에서도 늠름하게 사막에 수로를 만들고 잡초를 길러선 모래땅을 굳히며 오렌지를 심고 올리브를 심고 있는 것이었다.

"산다는 것이 그처럼 싱그럽고 그처럼 엄숙한 것인질 이스라엘 가기까진 미처 몰랐어요. 주어진 풍요한 나라에 나태하게 사느니보다 가난한 나라를 풍요하게 만들기 위해 부지런히 사는 것이 얼마나 행복한 것인가를 전 안 것 같았어요."

나는 그 말이 어쩌면 램스도프의 복사판일지 모른다고 생각했지만, 윤숙경을 황홀하게 바라보았다.

"카이로에 가 보았나?"

내가 물었다.

"카이로엔 못 갔어요."

윤숙경의 대답이라서 나는 카이로에 갔을 때의 얘기를 꺼냈다.

6일 전쟁 후 2년인가 3년 후인데도 카이로는 전시 체제가 엄했다. 정부를 비판하는 따위의 언론은 어림이 없고, 정부가 보여 주는 것만 보아야 하고, 정부가 발표한 정보만을 보도해야만 했다. 제한 구역이 많아 구경도 제대로 못했다.

"카이로가 그처럼 삭막해요?"

"스펑크스나 피라미드를 보는 재미지 뭐. 그런데, 꼭 한 가지 볼 만한 게 있었다."

"뭔데요?"

"벨리댄스라고 하는 것, 이를테면 배춤. 허리를 움직이는데 말야 굉장해. 미묘하다고나 할까, 정묘하다고나 할까, 춤추는 여자들의 허벅다리, 허리, 배, 모두 일품이었어. 숙녀 앞에선 말 못 할 기막힌 기분이 되기도 했는데 뭐랄까? 처참한 음탕? 죽이고 죽고 해야만 직성이 풀릴 것 같은 율동과 그것을 반주하는 헝가리 음악과 스페인 음악의 가락, 카이로에서가 아니면 볼 수도 들을 수도 없는 건데."

하고 나는 본론으로 돌아갔다.

꼭같은 전쟁 상태일 텐데 이스라엘은 카이로와 전연 달랐다. 우선 이스라엘에선 모든 신문을 읽을 수가 있었다. 《뉴욕 타임즈》, 《런던 타임즈》, 《르몽드》 등 뭐든 읽을 수 있었다. 그것도 바로 어제 날짜의 것을.

"그런 신문에 이스라엘에 대한 욕설이 있으면 어떻게 하죠?"

윤숙경이 말을 끼웠다.

"무슨 욕설이 있어도 그냥 팔고 있어. 뿐만 아니라 정부의 욕을 마구 쓰는 신문이 있는데 뭐. 외국 기자들이 이스라엘을 비판하고 비난하는 기사를 이스라엘의 전신국을 통해 자유롭게 보낼 수도 있고 말야. 뿐만 아니라 야당이 정부를 공격하고 공산당도 날뛰고……."

"저도 그런 걸 보았어요. 국회에 구경 갔는데 어느 국회의원이 주먹을 휘두르며 고함을 지르고 있기에 물었더니 램스도프가 그 사람이 바로 야당 중에서도 극우파의 베긴이라고 하대요."

전시 상태에 있는 나라는 자본주의 국가이건, 사회주의 국가이건 국민의 정력을 통일하기 위해선 비교나 비판을 금압하고 하나의 목적을 위해서 돌진하는 것은 상식에 속한 일이다.

"그런데 모든 비판을 봉쇄하고 민족의 정력을 철저하게 통일하고 있는 이집트는 언제나 패배하여 장교가 도망을 치는데, 이스라엘에선 정부를 마구잡이 욕할 수 있는 자유가 있고 민심을 통일하기 위한 별다른 방책을 쓰고 있지도 않은데도 장교를 비롯하여 병정들이 일치단결하여 전투마다에서 승리하고 있다는 것은 이상한 일이 아닌가 말야. 인구도, 무기도, 이집트 쪽이 월등하게 많고 우세한데."

"그 원인을 전 알 것 같애요."

"나도 알 것 같애. 그러나 숙경 씨가 먼저 말해 봐."

"이스라엘 사람들의 나라에 대한 사랑은 자기 자신을 사랑하는 것과 조금도 다를 바가 없다, 그것 아닐까요?"

"옳았어. 이스라엘 사람들이 정부를 욕하는 것은 정부보다 자기가 나라를 더 많이 더 깊게 사랑하고 있다는 자부로써 하는 것이지, 권세나 명예를 위해서 하는 짓은 아니거든. 키부츠에 한 달 동안 있었다는데 어디에 있는 키부츠에 있었소?"

하고 내가 물었다.

"게셀 키부츠라고 했어요."

하는 대답에 나는 놀랐다.

내 자신 그 키부츠를 보았고 거기서 큰 감동을 받았기 때문이다.

내가 그곳에 갔을 땐 그 게셀 키부츠는 설립된 지 30년이 되었다고 했다.

숲에 둘러싸인 식당 · 도서실 · 보건실 · 계사 · 작업실 · 주택 등이 곱게 가꾸어진 잔디밭을 사이에 두고 배치되어 있었는데 중앙쯤에 높은 감시탑이 있었다. 그리고 땅 밑으로 거미줄처럼 벙커(塹壕)를 파고 콘크리트로 된 대피호(待避壕)를 만들고 있었다.

"대피호가 굉장하지?"

"굉장했어요. 지하에서 너끈하게 한 달 동안은 생활할 수 있게 되어 있었으니까요."

"스위스가 이스라엘의 그 키부츠를 본따 지하 대피실을 만들었다고 하니까 알아 볼 만하지. 한 손엔 괭이를 쥐고, 한 손엔 총을 든 생활을 수십 년 해 온 셈이니 대단해."

"그곳이 최전선이라고 하던데요."

"그렇지, 거게가 바로 요르단강 강변이 아니던가? 게셀이란 말은 헤브라이말로 다리란 뜻이구. 바로 그 건너가 요르단, 이를테면 적지구니까 바로 그곳이 최전선이 되는 거지."

나는 일순 그 요르단강 강변에 섰을 때의 느낌을 회상했다.

이곳저곳에 동산이 있고 황량한 밭이 있었다. 이편 이스라엘 쪽엔 푸르름이 짙고, 저편 요르단 쪽은 벌겋게 황무해 있었다. 그런데 성서엔 '젖과 꿀이 흐르고 있는 곳'이라고 기록되어 있다. 이 황무한 땅이 젖과 꿀이 흐르고 있는 땅이라며 이 땅을 찾아 4, 5천 년 전, 20만 명이 넘는 유대인들이 모세에 이끌려 40년 동안을 아라비아의 사막에서 헤맨 것이다.

기록에 의하면 모세 당대엔 이곳에 도착하지 못하고 모세가 죽은 뒤 여호수아가 비로소 이곳까지 왔다고 했는데, 그때 유대인들은 이 광경을 어떻게 보았을까? 젖과 꿀이 흐르기는커녕 돌 자갈을 섞은 황무한 땅이 눈앞에 전개되어 있었을 때의 그들의 낙담은 한량이 없었을 것이다. 나는 요르단 쪽의 황량한 풍경을 보며 그런 감상에 젖었던 것인데 게셀 키부츠의 주민들은 지금 언제 죽어도 좋다는 각오로 이 황무지에 나무를 심고 씨앗을 뿌리고 서로 의논하고, 사랑하고, 노래 부르고 살아 왔다는 얘기다.

"제가 감동한 것은 어린이 전용의 대피호였어요. 계단을 밟아 내려가니 고무를 끼운 철문이 있대요. 그걸 밀고 들어가니까요 어린이 침대, 탁자, 의자들이 정연하게 놓여 있었어요. 벽엔 노리개가 걸려 있었구요. 전기는 자가 발전이었고 환기 장치도 썩 잘 돼 있었어요. 구급약품은 물론이고 외부와의 전화기도 있었구요. 간호원이 자는 침대까지 비치되어 있대요. 어린이들에 대해선 꽤 신경을 쓰는가 봐요."

"철문에 고무가 끼워져 있는 이유를 알았수?"

"아랍측에서 독가스를 쓴대요. 언제 그런 일이 있을지 모르니 사전 대책을 그렇게 해놓은 거죠. 우리나라에서도 그 정도의 대비는 있어야 할 건데……."

윤숙경과 더불어 이스라엘 얘기를 하는 것은 유쾌했다.

"게셀 키부츠에서 뭘 했지?

"소녀들과 같이 일하고 놀고 했어요."

"램스도프란 여자는 쭈욱 같이 있었나?"

"키부츠에 있었을 땐 같이 있지 않았어요. 1주일에 한 번꼴로 다녀갔을 뿐예요."

"키부츠에서 생활해 본 결과 느낀 것은?"

"전 과천에 예술 학원을 만들 꿈을 가지고 있었는데 그 꿈에 변화가 생겼어요. 과천에 여자들만의 고아원을 만들어 게셀 키브츠처럼 운영해 보고 싶어요. 돈사·계사·과수원·논·밭을 만들어 자급자족하면서 공부를 하는 거예요. 게셀 키부츠에선 군사 훈련이 꽤 엄했어요. 외출할 땐 모두 자동 소총을 휴대했고 트랙터나 경운기엔 무전 시설까지 되어 있을 정도니까요. 우리는 그 부분의 노력을 예능 방면에 돌릴 수 있거든요. 그래서 예능 소질이 있는 아이는 그 방면으로 키우고 다른 아이는 소질 나름대로 공부를 시키구요. 허황된 예술 학원의 꿈은 버렸어요."

나는 새삼스럽게 윤숙경의 변화에 눈을 부릅뜨는 기분으로 되었다.

"그런 생각을 하게 되었다는 것은 장한 일이야."

하고 감탄하자

"생각하면 여태까지의 저는 세상을 헛산 것 같애요. 아직도 구체적으로 어떻게 해야 할지 모르지만 무엇이 참된 것이고 무엇이 헛된 것인가쯤은 알 것 같애요."

"숙경 씨는 종달이처럼 살아도 무방하다고 보았는데."

"아니에요. 저도 보람 되게 인생을 살아 보고 싶은 걸요."

"대단한 결심이군."

"헌데 참 골다 메이어 여사를 만났어요."

"골다 메이어? 수상?"

"예."

"참으로 대단한 사람을 만났군."

"제가 이스라엘을 떠나기 사흘 전이었어요. 미스 램스도프가 주
선을 했어요. 밤 일곱 신가? 메이어 여사의 집으로 갔어요. 그랬는데
그때 메이어 여사가 무엇을 하고 계셨는가 하면, 빨래를 하고 계셨
어요. 한 나라의 정권을 담당한 수상이 말예요. 칠십 세를 넘은 노인
이 말예요. 제가 그걸 보고 놀라니까 메이어 여사의 말씀이 남의 것
을 빨아 줄 짬은 없지만 자기 것을 자기가 할 정도의 시간은 있다는
거였어요. 자기 것을 자기가 빨면 운동을 겸해 위생에도 좋은데, 그
걸 남에게 맡기면 약간의 정력을 필요로 하는 부담스런 일이 된다
는 얘기였어요."

"메이어 여사는 윤숙경 씨를 보고 뭐라고 말합디까?"

"소녀 시절부터 영화배우는 천상(天上)에나 사는 천사들이라고
만 생각했는데 이렇게 가까이 하고 있으니 꿈만 같다고 하셨어요."

"그 할머니 꽤나 익살꾼이군."

"픽이나 고생을 하며 자랐던 모양이시죠? 보람없이 고생만 하다가 죽은 사람이 많은데 자긴 고생은 했지만 이스라엘의 건국이란 보람을 볼 수 있었으니 이런 행복이 없다고 하시기도 했어요."

윤숙경은 골다 메이어 여사의 영어로 된 자서전을 메이어 여사로부터 서명을 곁들여 선물 받았다고 하며

"영어 공부를 겸해 그 자서전을 열심히 읽을 작정이에요."

하고 화사하게 웃었다.

"좋은 선물을 받았군."

"선생님 그 책 읽으셨어요?"

"읽었지. 감동적인 책이야. 윤숙경 씨가 그 책을 읽고 나면 또 한 치쯤 키가 더 큰 느낌을 가질 거야."

"메이어 여사의 말에 멋진 대목이 있었어요. 지금 이스라엘이란 나라를 만들고 있다기보다 인간의 승리를 만들고 있다는 말이 있었거든요. 그 뜻이 무엇이냐고 물었더니 미스 램스도프가 이런 해석을 하대요. 이스라엘은 지금 역사가 인간을 압살하려고 서두르고 있는 듯한 작용에 반항하여 인간의 생명력이 끝내 그 압력을 극복한다는 증거를 만들고 있으며, 이스라엘은 지금 지정학적(地政學的)인 조건이 이스라엘을 압살하려고 서두르고 있는 가운데서 생로(生路)를 찾고 있는 것이며, 이스라엘은 모든 자연 조건이 빈궁을 불가피하게 하고 있는 환경 가운데서 풍요를 인공적으로 만들어 내려고 하고 있으니, 이스라엘은 자체의 생존을 꾀하는 노력을 통해 역사에 대한, 지

리에 대한, 자연에 대한 인간의 승리를 만들어 낸다는 뜻이라구요."

"숙경 씨는 좋은 선생을 만난 셈이군."

"그래요. 램스도프는 정말 멋진 선생이었어요. 그런데다 이스라엘이라고 하는 살아 있는 교재(敎材)가 있었으니."

"살아 있는 교재라. 숙경 씨의 말이 자꾸만 유식하게 되는군."

"예루살렘의 시가에서 일보 바깥으로 나가면 요르단의 영토 아녜요? 벌거벗은 산, 풀 하나 없는 황무지, 그리고 사막 아녜요? 그런데 이스라엘 쪽의 산은 푸른 빛깔로 덮여 있고, 옛날의 사막이 옥토로 변해 있는데 요르단 측엔 아무것도 없는 거예요. 옛날엔 꼭같은 토지가 지금은 천국과 지옥의 풍경만큼 달라져 있는데, 인간 노력의 중대함을 가르치는 데 있어서 그 이상의 교재가 어디에 있겠어요."

"예리코에 가 보았소?"

"가 봤어요."

"내가 갔을 때는 꽤나 황폐해 있었는데."

"6일 전쟁 전엔 요르단 영토였죠?"

"그렇지."

"그 가까운 곳엔 알렌비 다리가 있죠?"

"있지."

"다리 이편과 저편에 검문소가 있더군요. 그 다리에서 지켜보고 있노라니까, 묘한 현상이 눈에 띄었어요. 서로 적지구라고 하지만 사람의 통행은 자유였는데 요르단에서 빈 트럭이 오고 이스라엘로부턴 양모(羊毛)다, 야채다, 하는 것을 가득 실은 트럭이 가구요. 이스라엘은 완전히 그 다리를 개방해 놓고 있는 모양이던데요. 무기 또는 폭발물이나 체크할 뿐 무엇을 가지고 와도, 가지고 가도 좋다는 방식이었으니까요. 전시 체제에 그만한 자유를 허용할 수 있다는 건 놀랄 만한 일 아닐까요?"

"자신이 있는 거지."

"메이어 여사의 말씀이 그랬어요. 우리에겐 자신이 있다구요."

얘기가 뜸하게 된 기회를 타서 물었다.

"이번 여행에선 유한일 군을 만나지 못했나?"

"파리에 가면 유한일 씨를 만나게 될지 모를 것이라며 램스도프 씨가 호텔을 지정해 주었는데 메시지만 오고 본인은 나타나지 않았어요."

"어떤 메시지?"

"예정이 변경되어 파리로 갈 수 없다는 메시지였어요."

"어디서 보낸 건데?"

"부에노스아이레스."

"유 군은 세계를 자기 집 마당처럼 여기고 있는 거로군."

"그런 것 같았어요."

"언제쯤 온다는 소식은 없구?"

"11월에 온다고 했어요."

"이번에 오면 꼭 한 번 만나 봐야지."

"유한일 씬 참으로 이상해요."

"뭣이?"

"미스 램스도프가 유한일 씬 좋아하나 봐요. 그것도 이만저만이 아닐 정도로."

"결혼이라도 할 정도던가?"

"그것까진 모르겠어요. 그러나 유대인은 타인종과 결혼할 수 없게 되어 있는 것 아녜요?"

"연애도 못 할라구."

"글쎄요."

화제가 이렇게 번지자, 윤숙경의 얼굴은 갑자기 우울하게 물들었다. 나는 얼른 화제를 바꿨다.

"영화는 안 할 참인가?"

"왜요, 해야지요."

"작정된 것이 있어요?"

"두 회사로부터 교섭이 시작됐는데 원작이 마음에 들지 않아요. 직업일 바엔 이것저것 가릴 필요가 없지만 가능하다면 인생의 진실을 표현한 것, 예술적인 감도가 강한 것, 그런 걸 하고 싶어요."

"그것도 이스라엘의 영향인가?"

"그럴지 모르죠. 그처럼 진실되게 열심히 살고 있는 사람들을 보곤, 신파 연극 같은 멜로드라마를 할 기분으론 되잖아요."

"그 기분은 알 것 같군."

"골다 메이어 여사가 어떤 영화에 출연했느냐고 묻기에 당황했어요. 단 한 편도 그 스토리나마 설명 드릴 수 있는 게 없으니까요."

"그래서?"

"바른 말대로 했죠 뭐."

"그랬더니?"

"그처럼 겸손할 필요가 있겠느냐면서 〈엑소더스〉란 영화를 보았느냐고 물으셨어요. 보았다고 하고 큰 감명을 받았다고 하니까 얼굴을 찌푸리시더면요."

"왜?"

"영화라는 건 원래 그런 것인지 모르지만 자기의 마음엔 안 들었다는 거예요. 한 마디로 말해 어색한 드라마를 도입할 필요가 없는데 지나치게 드라마틱하게 꾸민 바람에 되레 박진감이 희박해졌다는 얘기였구요, 주인공이 폴 뉴먼 같은 미남인 게 불만이라고 하셨어요."

나는 골다 메이어의 심정을 이해할 것 같았다. 사건의 하나가 강력한 의미를 가지고 있는데 누상가옥(樓上架屋)식으로 드라마를 보탤 필요가 없는 것이다. 그러나 나는 말했다.

"메이어 여사의 의견은 알 것 같지만, 너무나 강렬한 사건은 드라마를 보태서 그 독기를 완화할 필요도 있는 거니까."

이런저런 말끝에 내가 물었다.

"구용택 씨의 태도는 어때요? 숙경 씨가 이스라엘에서 돌아온 후."

"아직 만나질 않았어요. 제가 이스라엘에서 돌아온 후 사람을 만나는 건 선생님이 처음이에요."

"어차피 만나야 할 것 아닌가?"

"만나야죠."

"별거를 청산할 생각은 없수?"

"없어요."

"결국 이혼을 해야겠다는 건가?"

"구용택 씨가 하자는 대로 할 참예요."

"이혼 안 할 수도 있다는 얘긴가?"

"예."

별거를 청산할 생각은 없고, 이혼을 하지 않을 수도 있다는 말은 야릇했다. 그러나 굳이 따져 물을 수 있는 대목은 아니다. 나는 덤덤히 있었다.

윤숙경이 자기의 심경을 다음과 같이 시작했다.

"전 구를 너무 나쁘게만 생각하고 있었던 것 같애요. 좋은 점도 많은 사람인데. 돈을 벌기 위해선 누구이건 이용한다는 태도, 수단과 방법을 가리지 않는 태도, 그건 구만의 태도가 아니지 않아요? 별다른 교양이 있는 것도 아닌, 특수한 포부가 있는 것도 아닌 사람이 남달리 야심을 가졌을 경우 그런 무리도 할 수 있는 거니까요. 아무튼 성공을 해야겠다는 사람은 누구나 다소의 독기(毒氣)를 가지고 있는

189

것 아녜요? 헌데 그것을 너무나 가까이에서 보고 있으니 진절머리가
날 정도로 싫기도 했는데, 요즘의 저는 그렇게까지 가혹하게 대할 필
요가 없지 않으냐 하고 생각하고 있어요. 그래서 구가 이혼을 싫어한
다면 저도 군이 이혼할 생각은 하지 않기로 한 겁니다."

"별거한 채로?"

"그럼요."

"그게 부자연한 게 아닐까?"

"도리가 없는 걸요. 같은 지붕 밑에서 먹고 자고 하긴 싫거든요.
다만 저와 이혼을 함으로써 그 사람의 사업에 지장이 있을까 봐 그런
일만 없도록 마음을 써 주고 싶다는 것뿐예요."

"모르겠는데."

"모를 거예요. 저 자신 이런 마음이 될 때까진 상당한 동안 고민
을 했으니까요."

"그것도 이스라엘에서 얻은 결론인가?"

"그렇다고도 할 수 있구, 그렇지 않다고도 할 수 있어요."

"애매하군."

"애매하진 않아요. 제 마음 속엔 확고하게 선이 그어져 있으니까
요. 같이 자고 먹고 하는 일 이외엔 부부로서 최선을 다할 작정이에
요. 과천에 고아원을 만드는 데 있어서도 그 사람의 도움이 있으면
진척이 빨라질지도 모르는 일이구요. 건축업자들을 비롯해서 사업
가와 상인들을 상대로 하는 덴 그 사람 이상 갈 사람이 제 주변에 있

을 것 같지가 않으니까요."

"이용 가치도 있다, 그 말씀이군."

"그것만으로는 아니죠. 목적이 어디에 있었건 영화배우로서 절 이만큼 만들어준 데는 그 사람의 힘이 컸고, 게다가 결혼을 한 사이 구, 오랜 시일 같이 사는 동안 고운 정은 다 뭉개져 버렸지만 미운 정 이라고 할까요? 그런 정, 정이라기보다 찌꺼기 같은 것은 남아 있으 니까요. 제 마음이 허용하는 한 잘 해 주고 싶어요."

나의 제 육감은 윤숙경이 유한일과의 사이에 무슨 심리적인 결착 (結着)이 있었던 것으로 보았다. 그러지 않고서야 사업을 하는 데 있 어서의 상대로 구용택을 지목할 까닭이 없는 것이다.

그래서 나는 다음과 같은 질문을 제기해 보았다.

"과천에 산 땅에 관해서 유한일 군으로부터 무슨 참고 의견이나 주문 같은 거 없었나?"

"없었어요."

"전연?"

"로마에서 예술 학원을 했으면 하는 꿈을 말하니까 그것 좋은 아 이디어라면서…… 그런 말이 오고 간 연후 우선 땅을 사라는 권고가 있었고, 그 권고가 시작이 되어 어떻게 그처럼 되어 버린 것이지 다 른 말은 없었어요."

"고아원을 하겠다는 말은?"

"아직 그럴 기회도 없었어요."

"앞으로 고아원이나 기타 무슨 일을 한다면 유한일 군의 도움을 계속 받아야 할 게 아닌가?"

"땅을 사준 것만 해도 대단한데 그 이상 무엇을 바라겠어요. 제 힘으로 해 볼 작정이에요. 그 땅을 이용해서."

"계속 도와주겠다면 도움을 받는 것도 좋지 않을까?"

"글쎄요."

"적극적으로 그에게 의논도 하구."

"그건 불가능할 것 같애요. 무슨 일을 하시는질 모르지만 워낙이 바쁜 분 같애요. 저 같은 것을 상대로 시간을 만들어 낼 짬은 아마 없을 거예요."

"난 그렇게 생각하지 않는데. 이태리에서 보름 동안이나 시간을 만들어 같이 있기도 했고, 구용택 씨의 부도 수표 땐 그처럼 민첩하게 도와주기도 한 사람이니까 숙경 씰 위해서 최선을 다할 거야."

"이태리에선 어릴 때의 친구를 만난 반가움 때문이었고, 구용택의 부도 수표를 도운 건 자기가 개재했기 때문에 저와 구용택의 사이가 파탄이 나는 결과가 되어선 안 되겠다는 일종의 경계 의식이 시킨 노릇이었어요. 유한일 씨의 제게 대한 관심은 그런 정도밖엔 안 돼요."

"그런 정도로써 십수 억의 돈을 낼 수 있을까?"

"돈에 관해선 유한일 씨의 경우는 문제가 되지 않는 것 같애요. 그러니 그걸 갖고 그분의 심리를 측정하는 척도는 되지 못한다고 생각하는데요."

"아무리 돈이 많은 사람이라고 해서, 아니 돈이 많은 사람일수록 돈을 쓰는 데 있어서의 마음이 확고한 것이 있는 법이야. 일시적 기분으로 돈을 쓰는 건, 어쩌다 돈이 생긴 사람이지 돈 많은 사람이 아냐. 돈 많은 사람은 결코 기분만으로 돈을 쓰지 않는 법야. 유한일 군의 마음을 예사로 생각해선 안 될 걸."

"저도 예사로 생각하진 않아요. 제 꿈을 일궈준 고마운 분이라고도 생각하고 있고 언젠가는 그 돈을 갚아 주는 날도 있어야겠다고 다짐하고 있기도 하구요. 그러나 그분을 두고 엉뚱한 꿈을 꾸진 않을 작정이에요. 이번 이스라엘 여행을 시킨 것은 그런 생각을 하지 말자는 유한일 씨의 의지라고 전 믿고 있어요."

"그러나."

하고 내가 못을 박았다.

"당초의 계획을 변경해서 고아원을 하는 것도 좋고, 농장을 만드는 것도 좋지만, 그것을 결정하는 것은 유한일 군을 만나보고 난 연후에 하도록 해요. 아무리 상대방은 그런 태도로 나온다고 해도 출자자(出資者)의 의사를 존중해야 되는 거요."

"물론이죠, 그건."

하고 윤숙경은 유한일을 만나 그의 의사를 들어 보기 전엔 아무런 결정도 내리지 않을 것이라고 했다. 그리고 다시 화제를 이스라엘로 돌렸다.

"미스 램스도프의 말에 의하면요. 이집트를 비롯한 아랍의 대(對) 이스라엘 정책은 '승인하지 않는다' '교섭하지 않는다' '화평(和平)하지 않는다'란 삼 원칙인데, 그토록 이스라엘을 미워하고 말살하려고 애쓰고 있다는 거예요. 그런데 만일 이스라엘이 없다고 하면 어떻게 되겠느냐? 아랍 제국은 그날부터 피바다가 될 거라는 거예요."

"그것은 무슨 소린가?"

"아랍의 나라 안엔 왕정파(王政派)가 있는가 하면 사회주의파가 있어 서로 싸우고, 보수파 진보파가 서로 으르렁거리고, 대국과 소국이 서로 미워하고, 갖가지 이해득실로써 지리멸렬해 있다나요. 그렇기 때문에, 지금은 이스라엘이 존재하니까 공동의 적으로 보고 일단 공동보조를 취하고 있는 형편이지만 이스라엘이 없다고 보면 당장 그들끼리의 전쟁이 터진다는 거예요."

"그럴는지 모르지."

"그럴는지 모르는 게 아니라 확실하대요. 1958년엔 수에즈 운하의 사건이 있었고, 1967년엔 6일 전쟁이 있었고, 그리고 전쟁도 아니고 평화도 아닌 상태가 계속되고 있는데, 이런 상태이기 때문에 아랍의 나라들은 동족상잔의 비극을 겨우 피하고 있는 거고, 형편없는 정치를 하면서도 국민들의 마음을 간신히 붙들고 있다는 얘기였어요. 램스도프의 결론은 비참했지만 멋이 있었어요. 이집트는 이스라엘을 정복하지 못한다. 이스라엘도 이집트를 정복하지 못한다. 그러면서도 서로의 적의를 완화하지도 못한다. 기왕 이런 상태로 30여년을 지내 왔는데 앞으로 또 몇 십 년을 이런 상태로써 살아야 하느냐……."

"우리나라의 사정과 엇비슷하잖나? 우리도 그런 사정에 있거든. 서울이 평양을 전멸시킬 수도 없고, 평양이 서울을 전멸시킬 수도 없을 거구. 그러면서 쌍방의 적의를 완화시킬 수도 없구."

"그렇다면 우리가 더욱 비참하지 않을까요? 이스라엘과 아랍은 이민족이지만 서울이나 평양은 같은 민족이니까요."

"그럴는지도 모르지."

"선생님, 참 '가자'라는 곳에 가보셨어요?"

"아이슬리스 인 가자? '가자에 눈물 어서'란 가자? 난 거기까진 못 가 봤어?"

"전 가 보았어요. 한 마디로 비참하대요. 카이로의 정치가 파산해 있다는 증거를 보듯 하더면요."

"카이로의 정치가 파산해 있다는 말은 램스도프인가 한 그 여자 말이지?"

윤숙경은 수줍은 웃음을 띠었다.

가을이 깊어 갔다.

이스라엘에서 돌아온 즉시 나를 찾아온 이후 그녀로부터 아무런 연락을 받지 못했는데 두 달쯤이 지난 어느 날 윤숙경으로부터 두툼한 우편을 받았다.

팸플릿과 초대권 두 장이었다.

나는 그것을 통해 윤숙경이 두 달 동안에 한 일의 내용을 알았다. 윤숙경은 오리온좌(座)라는 극단을 만들어 공연 준비를 하고 있었던 것이다.

공연 제목은 〈요르단강〉이었고 작자의 이름은 유리 키란이었다. 이스라엘의 극작가임이 틀림없을 것 같았으나 나로선 처음 듣는 이름이었다.

극단 대표로서의 윤숙경의 인사말이 팸플릿의 제 1면에 게재되어 있었는데 ──

'연극을 통해 인생을 생각해 보고 싶은 것입니다. 인생을 통해 연극을 생각해 보고 싶은 것입니다. 극단 최초의 작업으로서 유리 키란의 〈요르단강〉을 택한 것은 내가 이스라엘에서 너무나 많은, 너무나 깊은 감동을 받았기 때문입니다. 나는 이스라엘이 인류의 고민을 대표해서 고민하고 있는 것이 아닌가 하는 생각을 갖기도 했습니다. 세계의 어느 나라, 어느 민족이 인류의 고민을 대표해서 고민하지 않을까만 유독 이스라엘에서 그런 것을 느낀 까닭은 그들이 그 고민을 견디는 태도와 노력이 진지했으며, 그 심각한 상황에선 상상할 수 없을 정도로 그들이 활달했기 때문입니다. 그들이야말로 자유의 의미를 알고 자유의 값을 알며, 나아가 삶이라고 하는 것이 지닌 존엄성, 삶이라고 하는 것이 이룩할 수 있는 보람을 제시하고 있다고 느끼기도 했습니다. '요르단강'은 이스라엘에서의 삶의 일단면을 그려 놓은 사실극의 하나입니다. 나는 이스라엘을 배우는 것이 연극 수업에 있어서도 극히 중요하다고 깨달은 동시, 이스라엘적인 생의 단면을 우리 관중에게 보여 주는 것도 유익한 일이라고 기량의 미숙함을 돌보지 않고 이를 상연할 뜻을 세운 것입니다……."

나는 그 팸플릿을 끝까지 읽고 나서 윤숙경이 사전에 왜 나에게 이에 관한 한 마디 말이 없었을까 하고 섭섭한 마음을 금할 수가 없었다.

그러나 그런 감정도 일시적이었을 뿐 곧 잊고 있었는데 윤숙경으로부터 전화가 왔다.

"팸플릿 받으셨죠?"

하곤

"선생님을 깜짝 놀라게 해 드리려고 가만있었던 것인데, 놀라게 할 자신이 없어요. 선생님은 공연에 안 나오셨으면 해요."

하는 것이어서 나는

"초대권까지 보내 놓고 나오지 말라는 말이 뭔가?"

하고 투덜거렸다.

"다른 사람에게나 주세요. 선생님이 오시면 주눅이 들어 해낼 것 같지가 않아요."

"알았다."

고 했지만 나는 그것을 윤숙경의 장난스런 애교의 하나라고 치고 그 공연을 구경할 참으로 있었는데 공교로운 일이 생겨 그 기회를 놓치고 말았다.

얼마 후 신문에 난 극평은 '멜로드라마의 주역, 윤숙경이 본격적인 배우로서 전신한 기념비적인 연기였다'고 격찬하고 있었다.

그 뒤 나는 〈요르단강〉을 각본(脚本)으로 읽을 수 있었는데 원래가 드라마틱한 소재를 되도록 극적(劇的)인 요소를 배제하고 씌어져 있다는 점에서 감동을 받았다.

무대는 아렌비 다리를 사이에 두고 요르단 쪽과 이스라엘 쪽의 풍경이 대조적으로 보이게끔 마련되어 있었고 극의 진행은 주로 다리에서 행해지는 것인데 배우의 연기 사이사이에 내레이션을 끼운 평범한 수법이었다. 그런데 그런 평범한 수법을 썼다는 데, 비상(非常)한 사건을 상식적인 판단으로, 적대(敵對)된 감정을 평온한 일상적(日常的)인 감각으로 처리하려고 한 작가의 의도가 있는 것으로 짐작되었다.

—— 이 다리는 세계의 어느 곳, 어느 시골에나 있는 그런 평범한 다리에 불과합니다.

한 내레이션으로 시작한 뒤, 초소(哨所)의 병사와 관광객 사이에 다음과 같은 대화가 진행된다.

—— 이편의 들은 이렇게 푸르른데, 저편의 들은 왜 이렇게 황무해 있는지요?

하는 관광객.

—— 우리는 풀과 나무를 심었거든요.

하는 병사.

—— 왜 아랍인들은 나무를 심지 않았을까요?

하는 관광객.

—— 나무를 심는 일보다 중요한 일이 그들에게 있는가 봅니다.

하는 병사.

이렇게 이스라엘 병사의 입에선 아랍인을 경멸한다든지 비난하는 한 마디도 나오지 않는다.

뿐만 아니라 아랍인의 인정을 찬양하는 듯한 장면이 있기도 했다.

관광객이 아랍인 초소의 병사와 대화하는 것으로썬 ——

관광객 : 얼마 전에도 당신들은 이스라엘의 키부츠를 습격했다고 하던데, 왜 그런 짓을 합니까?

아랍의 병사 : 이스라엘인이 거게 있기 때문일 겁니다.

관광객 : 이스라엘인이 여게 있어선 안 되는 것입니까?

아랍의 병사 : 천만에요.

관광객 : 그렇다면?

아랍의 병사 : 이스라엘인은 거게서 살아야 하고 우리는 습격해야 하고, 그렇고 그런 것이 아닙니까?

관광객 : 그럼 결국 어떻게 되는 겁니까?

아랍의 병사 : 알라의 신과 여호와의 신이 무슨 합의를 보아야 할 겁니다.

이러한 대화를 누벼, 다리 위에 또는 이편 쪽, 저편 쪽에서 대수롭지 않은 사건이 생긴다. 새삼스럽게 들먹여 흥미가 없을 그런 사건이다.

그러자 일몰이 가까워진다.

놀이 평화롭고 어디에선가 벌레 소리가 들리고, 이스라엘의 소년들이 부르는 소리, 아랍의 소년들이 부르는 노래가 멀리서 울려 와선 더러는 교차하고 더러는 전후(前後)하다가 뚝 그친다.

이때 내레이터가 나무 밑에 서선 ——

'모래, 모래, 모래, 건조(乾燥)한 청결, 장엄한 낙일. 여자의 허벅다리를 닮은 언덕, 여자의 허리를 닮은 동산. 지금은 소리도 없지요? 내음도 없지요? 그렇게 많이 흘린 피가 어디로 사라졌을까요. 조용합니다 자연은. 뭔가, 왠지 잘못되어 있는 건 인간성, 그렇습니다. 인간성이 잘못되어 있는 것 같습니다.'

그 극 속에서 윤숙경이 맡은 역(役)은 남편을 독일의 강제 수용소에서 잃고, 아들을 '일 전쟁에서 잃은 노파(老婆)역'이었다고 했다.

"되도록이면 추하게 치장해서 자신의 젊음을 깡그리 매장한 분장을 하고 보니, 연극이 무어라는 것을 대강은 알게 되었어요. 이 비참한 역할을 너끈히 해낼 때 전 저의 인생을 발견할 수 있을 거라고 생각했어요."

연극 〈요르단강〉이 화제에 올랐을 때 윤숙경이 한 말이었는데 불과 3개월 동안의 이스라엘 체류(滯留)가 사람을 이렇게 변해 놓았을까 하고 나는 새삼 놀랐다.

"이스라엘에서 감동한 것은 좋지만 이스라엘에 너무나 빠져 드는 것은 좋지 않을 듯한데."

하는 말을 안 할 수가 없었다.

"전 그렇게 생각하지 않는 걸요. 날이 감에 따라 이스라엘에서 얻은 감동이 사라질까 봐 걱정이에요. 제겐 못된 버릇이 있거든요. 빠르게 감동을 하곤 쉽게 잊어버리니까요. 이스라엘에서 받은 감동은 두고두고 잊지 않았으면 해요."

"그런 마음먹기가 나쁠달 순 없지만 아무튼 지나치게 빨려 드는 건 옳지 못해요. 개성을 상실할 위험이 있으니까."

"상실해서 겁낼 만한 개성도 없는 걸요. 헌데, 구도 선생님과 꼭같은 말을 했어요. 이스라엘에 너무 집착하면 개성을 잃게 된다구요."

"같은 남자끼리는 통하는구먼."

"얼굴을 추하게 꾸미는 분장이 싫었나 보죠? 그 사람들은."

"구 사장은 배우이기보다 아내로서의 숙경 씨에게 웨이트를 두고 있을 테니까 그럴 수도 있겠지."

"그 사람은 차츰 절 아내라고 생각하는 의식에서 벗어나고 있을 겁니다. 사회적으로 아내다, 하는 정도로써 만족하고 있는 듯해요."

"그럴 수도 있을까?"

"몇 번인가 하두 추근거리길래 쏘아 주었지요. 절 아내라고 생각하지 말라구요. 사회적인 체면치레는 가능한 해줄 테니 제 가까이 있을 생각은 말라고 따끔하게 쏘았더니 수긍하겠다는 눈치였으니까요."

"그게 그렇게 쉽게 될까?"

"이스라엘에서 돌아온 이후의 제 생활 태도가 변하고 보니 그 사람으로서도 만만히 굴 수 없는가 봐요. 한 번은 빨갱이 세뇌 공작을 받은 여자 같다고 빈정거리기도 했는데 화려한 옷은 입지 않는다, 화장도 극도로 절약한다, 비서를 필요로 하지 않고 내 일 내가 한다는 식으로 나가니까 어리둥절한가 보죠? 제 빨래도 제가 하는데 그런 것도 그 사람을 놀라게 했는가 봐요."

"빨래를 손수 하우?"

"골다 메이어 여사도 자기 빨래 자기가 하는데, 제가 제 빨래를 못 할 까닭 있겠어요?"

그 말을 듣던 내 표정이 미묘했던 모양이다. 숙경이 말했다.

"흠, 얼마나 갈까 하고 속으로 웃으시는 모양이지만 두고 보세요. 전 여태껏 무지개를 딛고 하늘에라도 올라갈 기분으로 있었던 무지개 속의 여자인데 지금은 그렇질 않아요. 피와 땀으로 만든 다리라야 된다는 걸 알고 있는 여자예요."

5

풍운아(風雲兒)

그 해의 겨울은 눈이 많았다.

만상이 은백색으로 변해 있는 어느 날 아침, 유한일이 내 집 대문 안에 들어섰다. 턱까지 닿는 스웨터 위에 암갈색 골덴 상의를 걸치고 쑥색 핸팅을 쓴, 눈 오는 날 집 가까운 델 산책이나 하는 차림으로 돌연 나타난 것이다.

몇 해 만나지도 못하고 갖가지 얘기를 듣고만 있었던 처지로써 나는 유한일의 모습에 신비스런 후광(後光)이 둘러 있었던 것인데, 나타난 그는 학생 시대와 거의 다름없는 평범한 자태로 한쪽 다리를 절름거리며 나를 따라 서재에 들어와 앉았다.

"뵙지 못한 동안에."

하고 잠깐 말을 끊었다가 ——

"더 젊어지신 것 같습니다."

"이 사람아, 듣기 좋은 말이라고 꾸미질 말게. 그런데 자넨 조금 여위어진 것 같구려."

"건강해진 겁니다."

하고 그는 새하얀 이빨을 드러내고 웃었다.

"요즘도 바쁜가?"

"요즘은 그렇지도 않습니다."

"외국 차관에 관한 일을 하고 있다며?"

"그것도 고비가 있는 일이라서. 우리나라에선 한 고비 지난 것 같습니다. 전엔 무턱대고 차관이라고 하면 덤볐는데 요즘은 그렇진 않으니까요."

"차관 망국(借款亡國)이란 말이 있던데 어떻게 되는 건가?"

"망국적인 케이스도 있고 흥국적인 케이스도 있습니다. 그러나 우리나라의 경우엔 걱정할 것 없을 것 같애요. 경제 관료들이 퍽이나 유능해서 망국적인 차관을 경계할 줄 아니까요."

이어 유한일은 차관의 각종 상을 설명하고, 차관이 경제 부흥에 있어서의 활력소(活力素)가 된다는 얘기를 했다.

"그러나 참말로 나쁜 사업가란 게 있습니다. 차관을 재산 도피의 수단으로 쓸 뿐 아니라, 기업이야 망하건 흥하건 아랑곳없이 사리사욕만 취하려고 하는 부류가 있어요."

그러나 그런 화제보다 나는 유한일의 개인 생활에 흥미를 가졌다. 그래 멀찍한 곳에서부터 묻기 시작했다.

"반년 쯤 전엔 부에노스아이레스에 갔더라며?"

"거겐 가끔 들릅니다."

"뭣하게?"

"상사(商社)의 일로 들르는 겁니다."

"아르헨티나까지 사업을 펴놓았나?"

"제가 속한 회사 일이지요."

"무슨 회산데?"

"선박이니 광산물이니 하는 것을 취급하는 회사가 있습니다."

"미국인이 하는?"

"아닙니다. 홀랜드인 사장인데 사주(社主)는 프랑스인입니다."

"그 회사의 지점이 한국에도 있는가?"

"있다고도 할 수 있지요."

"어디 그런 답이 있는가?"

"지점이라고 차려 놓은 데가 없지만, 제가 그 회사 일로 우리나라와 관련을 맺고 일하고 있으니 없다고는 할 수 없는 것 아닙니까?"

유한일의 말은 이처럼 애매했다.

"빙산 같은 비밀을 가지고 있는 사람처럼 얘기를 하는군."

"사람은 누구나 비밀을 가지고 있는 것 아닙니까?"

유한일이 상냥하게 웃었다.

나는 단도직입적으로 묻기로 했다.

"유 군은 수삼 년 전 바그다드에 갔었지?"

"예."

"혹시 아나벨라 피셔라는 여자를 아는가?"

"아나벨라 피셔? 모르겠는데요."

알고 있으면서도 모른다고 하는 그런 표정이 아니라서

"바그다드에 간 용무는?"

"상용입니다."

"그때 내가 듣기론 자네가 좋아하는 소녀가 바그다드에 있다던데. 그 소녀 때문에 간 것은 아니구?"

"선생님의 기억력은 비상합니다. 실은 그 소녀가 거게 있기 때문에 겸사겸사 간 겁니다."

"그 소녀의 이름은?"

"그런 걸 아셔서 무얼 하시려고 그러십니까?"

하고 유한일은 웃어넘기려고 했다.

그러나 나의 호기심이 가만있을 수 없었다.

"혹시 램스도프란 이름이 아닌가?"

유한일의 얼굴이 긴장한 것을 나는 놓치지 않았다. 그런데

"윤숙경 씨가 이스라엘에 있는 동안 그분의 신세를 많이 졌다고 하던데."

하자, 굳었던 표정이 풀리는 듯하더니

"아아, 그 램스도프, 저완 대단히 친한 사입니다. 헌데 왜 그처럼 관심이 많으시죠?"

하고 웃었다.

"나는 그 아가씨가 수삼 년 전 자네로 하여금 바그다드로 가게 한

여성이 아닌가 하는 걸 확인하고 싶었을 뿐이야."

"확인하셔서서 뭣하게요."

"그저 소설가의 호기심일 뿐이지."

"헌데 아나벨라 피셔는 또 누구입니까?"

나는 소련제 비행기 미그 21 호가 이라크로부터 이스라엘로 날아
온 사실을 비롯해서 파리의 《르 포앵》지와 《폭로》지의 기사 내용을
간략하게 설명하고 나서

"그 공작을 담당한 여자가 아나벨라 피셔라는 여자로 되어 있어
서 혹시나 하고 물어본 거다."

하며 그의 눈치를 살폈다.

유한일은 어이가 없다는 듯 웃곤,

"이스라엘의 그 이름난 정보기관이 외국인을 끌어들일 까닭이
있습니까?"

하고 중얼거렸다.

"아나벨라 피셔의 운전사가 동양인이라고 되어 있던데?"

"운전사쯤으론 외국인을 채용할 수 있을지 모르죠. 캄프라치할
필요도 있을 테니까요."

"헌데 파리의 어느 신문에 이라크에서 넘어온 미그 21 호의 사진
이 나와 있던데 그 한 구석에 자네 얼굴을 닮은 얼굴이 아슴푸레하
게 나와 있더란 말이야."

"그럴 리가."

유한일은 일소에 붙였다.

"하기야 그 사진은 나의 착각인 것 같았어."

"보다도 파리에서 읽었다는 기사는 몽땅 조작 기사일 겁니다. 이스라엘의 정보기관에선 형제가 같이 정보원으로 근무하고 있다고 쳐도, 형이 하는 일을 동생이 모르고 동생이 하는 일을 형이 모르게 되어 있습니다. 어떤 공작을 시작할 땐 그 케이스마다 새롭게 팀을 편성해선 끝나면 해산합니다 …… 어떤 임무를 위해 같은 팀에 소속해 있었을 경우라도 그 임무의 전모를 아는 것은 그 계획의 직접 책임자나 그 상위자일 뿐 누구도 알 수 없는 겁니다. 그런데 주간지의 기자가 어떻게 그런 단시일에 미그 21호의 사건 전모를 소상하게 알아 낼 수 있겠습니까? 모두가 그럴 듯하게 꾸민 픽션일 수밖에 없습니다."

이렇게 열을 올리기까지 하며 강조하는 유한일을 멍청하게 바라보며 속으로 웃었다. 그런 태도 자체가 그 조직 속에 있는 사람이란 인상을 짙게 하기 때문이다.

"이스라엘의 정보기관이 얼마나 철저한진 이미 알려져 있는 사실입니다만, 제가 듣고 가장 감동한 얘기를 하나 하겠습니다. 얘기의 주인공은 이미 죽었고 그가 관계한 사건도 역사의 몇 토막으로서 이미 공개된 이야기이기 때문에 하는 것입니다만, 그가 관계된 사실이 종합되어 일관된 스토리가 되기까지 십 년이란 세월이 흘러야 했던 것입니다."

유한일은 이렇게 서두를 꺼내고 엘리 코엔이란 이름을 들먹였다. 다음은 유한일이 말한 엘리 코엔의 일생이다.

엘리 코엔은 1924년 12월 16일 이집트 알렉산드리아에서 탄생했다. 양친은 시리아의 알레포에서 그곳으로 이사 왔는데 주로 파리에서 수입해 온 견직물로써 넥타이를 만들어 생계를 유지했다.

학교에 입학하자 엘리는 비상한 재능을 나타냈다. 특히 수학과 어학에 뛰어났다. 소학교를 졸업할 무렵엔 프랑스의 고등학교에 진학할 수 있는 장학금을 획득했다. 그러나 그는 자기의 재능을 번뜩거리며 뽐내는 그런 얄팍한 사람이 아니었다.

13세 때 선물로 받은 코닥 카메라는 그를 사진에 열중케 했다. 곧 촬영과 현상의 명수가 되었다.

학구적인 그는 카이로의 마이모느데스 스쿨을 거쳐, 미드라슈 람뱀에 입학했다. 이곳은 유대의 성전 탈무드를 연구하는 센터였다. 유대교에 신심이 깊은 그는 장차 랍비(유대교의 성직자)가 될 작정을 한 것이다.

그러다 십대(十代)의 마지막에 그의 관심은 종교로부터 수학과 물리학으로 옮겨 갔다.

1940년 전쟁이 이집트를 휩쓸었을 때 엘리는 병기(兵器), 특히 비행기에 관한 취미를 갖게 되었다. 원래 연구심이 강한 그는 비행기에 관한 전문가가 되었다. 기종(機種)과 성능을 골고루 마스터했다.

1942년 독일의 롬멜 군이 카이로로 진격하고, 영국군이 후퇴하자 이집트 국내엔 당연 나치스를 옹호하는 세력이 대두했다. 이 기회에 이집트가 영국의 속박으로부터 벗어나자는 기운(氣韻)이었다. 엘리는 유대인이었지만 이집트 국민으로서의 자각도 이에 못지않았다. 그도 반영 시위(反英示威)에 참가했다.

그의 양친은 엘리의 이러한 정치적 참여를 좋아하지 않았다. 당시 팔레스타인에선 유대 민족의 나라를 건설하기 위한 투쟁이 진행 중에 있는데, 이집트에서의 안온한 생활을 바라고 있는 엘리의 양친은 그들의 아들이 그 와중에 뛰어 들지 않도록 경계했기 때문이다.

엘리도 이 투쟁은 들어 알고 있었지만 별반 관심을 갖지 않았다. 그는 유대인이긴 했지만, 동시에 이집트 국민이고 알렉산드리아는 그의 고향이었던 것이다.

"그런데 1944년 11월 5일에 발생한 사건이 팔레스타인에 무관심한 엘리에게 커다란 전기(轉機)가 되었던 것입니다."

1944년 11월 5일 사건이란 유대인 결사 가운데서 가장 과격한 '레티'단(團)에 속하는 두 사람의 젊은 멤버, 에리아프 즈리와 에리아프 하킴이 영국의 중동 담당상(中東擔當相)인 모인경(卿)을 암살한 사건이다.

이 암살 사건은 격렬한 비난의 대상이 되었는데 대부분의 유대인들도 그들의 행위를 비난했다.

더욱이 이집트에 살고 있는 30만의 유대인들은 그 사건 때문에 장차 어떤 박해를 받을지 전전긍긍했다.

그들이 소속한 단체에 대해 유대인들은 일체의 원조를 거부했다.

이러한 정세가 두 암살범의 재판이 진행됨에 따라 변질되어 나갔다. 그들의 행동을 극구 비난하고 있었던 사람마저 그들을 존경하는 눈으로 보게 되었다. 마침내 저널리스트들도 그들의 헌신적 용기를 칭찬하는 기사를 쓰게 되었다.

공판은 그들의 연설 때문에 여러 차례 중단되었다. 그들들 주장은

—— 우리들은 애국적인 사명감에 의해 행동했다.

—— 우리들이 폭력에 호소하지 않을 수 없었던 것은 그밖엔 우리의 주장을 명시할 수 있는 어떠한 방법도 없었기 때문이다.

—— 영국 정부는 무슨 까닭으로 유대인이 팔레스타인로 이주하는 것을 방해하느냐.

—— 영국 정부는 수천 수만의 유대인이 독일의 강제 수용소에서 죽어 가고 있는 현상을 방치하고 있지 않았느냐.

하는 당당하고 열렬한 것이었다.

아랍 민족주의자들마저 그들의 민족적 열성에 감동하여, 모인경을 살해한 범인들을 석방하라는 플래카드를 들고 시위운동을 벌였다.

오죽했으면 영국 정부의 공안부장(公安部長)이 이런 말을 했을까.

—— 나는 그들을 체포한 사람으로서 말하지만, 나는 그들처럼 용감하고, 거만하고, 냉혈적이며, 잔인하고, 광신적일 뿐 아니라 끝까

지 지친 꼴을 보이지 않았던 사람들을 아직껏 본 적이 없다.

결국 젊은 두 암살범은 1945년 3월 22일 교수형을 받았다. 그들은 최후의 순간까지 용기를 잃지 않고, 마지막으로 처형대에서 하티크바란 노래를 불렀다. 하티크바란 히브리말로서 희망(希望)이란 뜻이다. 이 노래는 후에 이스라엘의 국가가 되었다.

이러한 정경을 엘리 코엔은 지켜보았던 것이다. 많은 유대인들이 이 사건으로 해서 자극을 받았는데 엘리 코엔도 그 가운데의 한 사람이었다.

엘리는 그 암살범들에게 강력한 유대감을 가졌다. 그들은 그와 같은 나이 또래였다. 그들이 죽음에 임해 보여 준 용기로 해서 엘리는 민족의 대의(大義)에 개안(開眼)했다.

그는 행동하길 원했다. 이윽고 그 희망은 달성되어 엘리 코엔은 모사드 아리아 베스의 이집트 지부(支部)에서 일하게 되었다.

이 조직은 유대인들을 영국 당국의 감시망을 뚫어 팔레스타인에 밀입국시키는 활동을 위해 설립된 것이었다. 이 조직의 창설자는 루스 크리키란 여자이다. 이 여자 또한 대단한 인물이었다. 그녀에 관한 에피소드는 많다.

"이런 얘긴 별루 흥미가 없겠지요."

하고 유한일이 돌연 얘기를 중단했다.

"천만에, 그 엘리 코엔이란 사람 얘긴 더 듣고 싶군. 헌데 유 군이 특히 그 사람 얘길 하게 된 동기라든지 마음의 경향이 궁금하군."

하며 나는 넌지시 유한일의 표정을 살폈다.

"전 언제부터인가 우리나라의 정보기관이 이스라엘만큼은 되어야 한다고 생각하게 되었지요. 더욱이 엘리 코엔 같은 정보원이 절실히 필요한 것 아닐까요? 유능한 정보원 하나가 능히 일개 사단과 맞먹는다는 말도 있으니까요. 북괴라고 하는 호전적이고 교활한 집단을 이웃에 두곤 안심할 수 없는 것이 우리나라의 사정이 아닙니까?"

유한일의 말은 차분했다.

"아직은 비밀 속에 있는 상황이지만, 우리나라의 정보기관도 상당히 우수하다고 들었는데."

"북괴 내부에 어느 정도로 침투해 있는지, 그들의 행동을 사전에 탐지할 수 있게 되어 있는지 그게 문제이다, 이겁니다."

"나는 자네가 경제 문제에만 관심을 쏟고 있는 줄 알았더니 국방 문제에도 관심이 많군."

"세계를 이곳저곳 돌아다니다가 보니 자연 그런 방면에 신경이 쓰이게 되더먼요. 안보 없이 경제의 발전이 있을 수 없을 테니까요. 게다가 세계는 지금 표면상으론 일부의 지역을 제외하곤 조용한 것 같지만 꺼풀을 한 겹만 벗겨 버리면 일촉즉발의 상황이라고 할 수 있으니까요. 제 생각으론 일본에 군국주의가 대두하는 것도 시간문제라고 생각합니다."

"그건 너무 과민한 의식이 아닐까? 일본은 지금 평화 헌법(平和憲法)을 고치려는 데도 만만찮은 저항에 부딪치고 있는 형편 아닌가?"

"표면은 그렇지요. 그러나 선생님, 샌프란시스코 조약 이래의 일본의 정치를 관찰해 보십시오. 자민당 정권의 계속입니다. 일본의 저널리즘과 세론(世論)은 일본의 군비를 반대하고, 동시에 자민당 정권에 반발하고 있는 것 같지만 선거만 하면 자민당이 승리합니다. 자민당은 군국주의적 경향을 다분히 포함하고 있는 정당입니다. 자민당이 다수표를 얻고 있다는 것은, 일본이 평화 헌법을 언제이건 바꿀 수 있다는 잠재력을 가지고 있다는 뜻입니다. 일본의 집권당이 지금 헌법 개정을 서두르고 있지 않은 것은 그만큼 그들이 교묘하다는 증거입니다. 밤이 익어 껍질이 터져 떨어지듯 시기를 기다리고 있는 겁니다. 미국의 압력에 의해 마지못해 자위대를 유지하고 있는 것처럼 꾸미며 일본의 군국주의 대두에 대한 세계의 경계심을 봉쇄해 놓곤 차근차근 내실을 여물게 해 두려는 속셈입니다. 일본처럼 내세운 명분과 속셈을 달리하고 있는 나라는 아마 그 예가 드물 걸요. 평화 헌법을 지지한다는 일본의 세론은 거품이고, 언젠가는 군국주의가 등장하리라는 것이 저류(底流)입니다. 거품은 눈에 보이기엔 거창하지만 결국 거품에 불과한 것이고, 역사의 방향을 결정하는 것은 저류입니다. 일본의 군국주의가 대두되었을 때의 대비, 이것도 우리의 숙제로 되는 겁니다."

유한일은 또한 일본의 집권당이 사회당·공산당 등의 소수파의 의견에 끌려가는 듯하면서도 그들의 목적엔 변함없이 접근하고 있다는 사실을 지적하고

"결국 일본의 국가 목적을 달성하기 위해, 공산당이나 사회당은 자민당의 들러리로서 적당한 연기를 하고 있는 데 불과하다고 볼 수 있습니다."

하는 말에 다음과 같이 덧붙였다.

"자기 나라의 안보마저 미국에 의존하려는 태도를 보임으로써 욕을 얻어먹는 편이, 일본이 군국주의 국가로 탈바꿈을 하지 않을까 하는 위구(危懼)를 유발하는 것보다는 유리하다는 판단에 서서, 일본은 지금 정치적 연극을 하고 있다는 것이 저의 판단입니다."

나는 유한일의 국제 정세에 관한 견식이 나보다는 월등할 것이라고 짐작했다. 나는 서재에 앉아 세계를 기분적, 즉흥적으로 생각하고 있는 것이지만, 그는 세계 각국의 경제 시장을 누비며 세계정세를 피부로써 느끼고 있을 테니 말이다. 경제 시장이란 곧 정치정세의 집중적인 표현이 아닌가. 경제적 알력이 격화되면 거기에 전쟁이 터지는 것이다.

"이러한 정세 속에 살고 있으니 정보활동이 얼마나 중요하다는 것은 말할 나위 없는 것 아닙니까? 그런 점에서 우리는 이스라엘의 정보기관을 배워야 한다는 겁니다. 가령 엘리 코엔의 경우만 본다고 하더라도."

하고 유한일은 다시 화제를 엘리 코엔에게로 돌렸다.

"1960년대, 지금도 마찬가지지만 이스라엘에 가장 큰 위협은 아랍 15개국 중에서도 이집트와 시리아였습니다. 시리아는 그 가운데서도 가장 호전적이며, 국내의 정치 정세를 정돈하기 위해서는 이스라엘과의 적대 행위를 격화시키지 않을 수 없는 상황에 있었던 겁니다. 그런 까닭으로 이스라엘 정보기관은 시리아에 중점을 두지 않을 수 없었지요. 그런데 시리아는 이스라엘에 대한 경계 체제가 엄한 까닭으로 많은 정보원을 침투시킬 도리가 없는 겁니다. 그 필요에 응해 등장한 사람이 엘리 코엔입니다."

이어 유한일은 엘리를 시리아에 침투시키기 위해, 어떤 사전 공작을 시작했느냐를 설명했다.

위장술을 비롯한 스파이로서의 기본 기술을 익힌 엘리는 회교(回敎) 연구를 지망하는 예루살렘 대학 학생의 신분으로서 아랍인이 많이 살고 있는 나자렛으로 갔다.

거기에서 그는 코란의 교리를 배우는 동시, 하루 다섯 번씩 하는 기도 행사의 동작을 익혔다. 금요일엔 이스라엘 전토에 있는 회교 사원을 순례했다.

그는 회교도로서의 위장이 절대로 탄로 나지 않을 만큼 되었다.

엘리의 상사(上司)들은 당초 그를 남아프리카인이나 스페인인으로서의 위장시켜 다마스커스로 파견할 계획이었는데, 그의 외모가 아랍인을 닮아 있는 사실과 아랍어에 숙달하고 있다는 사실을 감안하여 아랍인으로서 위장하기로 했다.

엘리는 시리아의 역사 · 경제 · 행정 · 지리와 시리아 특유의 아랍어 법을 배우는 특별 훈련 코스를 시작했다. 동시에 그는 아르헨티나에 관한 학습도 하게 되었다. 처음엔 그 까닭을 몰랐는데 뒤에서야 그 이유를 알았다. 시리아의 사회는 특히 폐쇄적이어서 특별한 방안이 있어야 했던 것이다.

"엘리를 아랍의 사업가로 만들어 시리아에 침투시킬 계획이었는데 그 사전 준비가 이만저만 치밀한 게 아니었어요."

하고 유한일은 다음과 같이 계속했다.

"먼저 스위스 취리히에 상사를 만들어 놓고 사업을 시작했습니다. 스위스 은행에 돈을 예금하여 당좌 수표를 갖기도 하구요. 이렇게 스위스를 무대로 활약하는 시리아인 사업가로서 엘리는 아르헨티나로 간 겁니다……."

1961년 3월 1일 엘리는 부에노스아이레스에 도착한다. 비행기 내에선 일등석을 차지하고 영어 · 독일어 · 프랑스어 · 스페인어로 된 경제 신문과 잡지를 읽었다.

공항에서 기다리는 사람은 없었다. 그는 택시를 타고 도심으로 향했다. 택시 운전사에게 부탁했다.

—— 가장 좋은 호텔로 데려다 주시오.

택시 운전사가 데리고 간 곳은 아베니다 데 줄리오라고 불리는 거리에 있는 일류 호텔이었다. 숙박자 명부에 기록된 사항은 ——

—— 성명, 카밀 아민 타인레스. 국적, 시리아인. 직업, 사업가.

짐을 호텔에 두고 산책하는 체 이곳저곳을 헤매다가 어느 장소에서 사람 하나를 만났다. 미리 부에노스아이레스에 와 있던 이스라엘의 기관원 아브라함이었다. 아브라함은 앞으로 접촉해야 할 아르헨티나 내의 아랍 유력자의 리스트를 수교하며 충고를 했다.

—— 당신 스페인어엔 아르헨티나 사투리가 없어. 그것을 익힐 때까진 이 리스트에 있는 사람들을 만나지 마시오. 그리고 1주일 후 이 곳으로 옮기시오 하고 쪽지를 주었다. 그 쪽지엔 타크아라 가(街) 에 있는 고급 아파트의 주소가 적혀 있었다.

그리로 이사를 하고 아르헨티나 사투리 스페인어를 충분히 익히고 난 뒤, 카밀이란 가명을 가진 엘리는 아랍인들이 모여드는 레스토랑과 카페를 이곳저곳 들렀다.

아르헨티나엔 약 50만의 아랍인이 살고 있었는데 그 대부분이 부에노스아이레스에 있었다. 그들은 원래 배타적이라서 타인종과의 교제는 거의 없었다. 그들끼리만 모여 독특한 생활 환경을 이루고 있었던 것이다.

그런 만큼 새로 나타난 아랍인에 대해선 다시없이 우호적이었다. 카밀 = 엘리는 멋쟁이였고 총명했고 돈이 많기도 해서 아랍인들의 환영을 받게 되었다.

카밀은 그의 경력을 묻는 사람들에게

—— 나의 양친은 내가 나기 전에 시리아를 떠나 레바논의 베이루트에 살고 있다가, 이집트의 알렉산드리아로 옮겨 거기서 잡화상을 했습니다. 양친은 그곳에서 죽었는데 죽을 때까지 시리아 국적을 포기하지 않았습니다. 임종의 자리에서 나는 언젠가는 시리아로 돌

아가 시리아인으로서 떳떳이 살겠다고 맹세를 했습니다. 아버지가 죽은 후 나는 무역업을 시작했지요. 그래서 한동안 부에노스아이레스에서 산 적도 있습니다. 지금은 취리히에 본거를 두고 사업을 하고 있습니다만 부에노스아이레스에서 정착하고 싶은 생각도 있습니다. 그리고 언젠가 크게 성공하면 시리아로 돌아갈 작정입니다. 시리아의 부흥과 안전, 이것이 나의 지상 목표입니다. 앞으로 잘 부탁합니다.

고 했다.

민족주의적 열정을 가진 젊은 시리아인, 카밀의 소문은 아랍인 사회에 널리 퍼졌다. 그는 누구에게나 친절하고 재미있는 화제를 많이 가지고 있었으므로 그의 아파트에 놀러 오는 사람도 적지 않았다. 그럴 때면 그간 시리아인으로서 성장한 과정을 알리는 앨범을 내놓고 손님들에게 보이며 고향을 회상하는 감상에 젖기도 했다. 아니 젖은 체했다. 앨범은 물론 몽타주 기술에 의해 교묘하게 만들어진 것이었다.

카밀 = 엘리의 목적은 아브라함이 준 리스트 속의 인물에 접근하는 일이었지만, 그는 결코 서두르지 않았다. 자연스럽게 접촉할 수 있는 기회를 기다렸다. 기다렸다기보다 만들었다.

이윽고 그는 아르헨티나에서의 가장 큰 아랍어 신문의 편집장인 아브드라와 친숙하게 되었다. 아브드라는 나이에 비해 깊고 넓은 교양을 가진 카밀을 총애하게 되었다. 심지어는

―― 카밀은 아랍인의 이상, 시리아의 희망이라고까지 칭찬했다.

그리고 아브드라의 소개로 시리아 대사관의 주재 무관(駐在武官)인 아르파페스를 알게 되었다. 아르파페스는 그때 소령(少領)이었지만 수년 후 시리아의 대통령이 된 사람이니, 카밀＝엘리에게 있어선 대수확이라고 할 수 있었다.

아르파페스는 카밀의 민족주의적 열정에 크게 감동하여 그를 신뢰하고 총애하게 되었다. 어느 날 시리아 대사관에서 만찬회가 있었는데 카밀을 초대해 놓고 아르파페스는 이런 말을 했다.

―― 내가 정치 얘기를 하는 건 쑥스럽지만, 카밀 자네에게 꼭 권하고 싶은 것이 있다. 자넨 바스당(黨)에 입당하게. 바스당은 시리아의 근대화를 추진하는 핵심 세력이다. 금년 말로써 이 곳에서의 나의 임기는 끝난다. 임기가 끝나면 다마스커스로 돌아갈 작정이다. 그때 나와 같이 일할 생각이 없는가? 지금 시리아는 자네와 같은 교양과 능력을 가진 애국 청년을 필요로 하고 있다.

이 말에 감격한 카밀＝엘리는

―― 장군 각하의 지도를 받아, 시리아를 위해 일할 수 있게 된다면 다시 없는 영광이겠습니다.

하고 소령인 아르파페스에게 장군과 각하라는 호칭을 사용했다.

이런 대화가 있고부턴 아르파페스는 카밀＝엘리를 만나기만 하면 반기며 물었다.

―― 젊은 친구, 우리를 돕기 위해 자넨 언제쯤 다마스커스로 갈

것인가.

　이럴 때 카밀이 준비한 말은

　── 빨리 사업에 성공해야죠. 그리곤 거액의 돈을 갖고 돌아가

야죠.

하는 것이었다.

　그러나 아르헨티나에 있는 아랍의 정보기관은 아르파페스 같은

요인에게 접근하는 사람을 쉽게 믿지 않았다. 철저한 조사를 했다.

카밀이 아랍인들에게 말한 경력을 일일이 조합(照合)했다.

　그런데 카밀의 말은 전부가 부합되었다.

　이스라엘의 정보기관이 엘리에게 카밀이란 가명을 줄 때, 실제로

레바논에 거주했고 그 뒤 알렉산드리아로 이사한 카밀 타베스의 신

상을 꼭 그대로 뽑아 경력을 만들어 놓았기 때문이다. 카밀 타베스가

한때 부에노스아이레스에서 살았다는 사실마저 일치되어 있었으니

아랍의 정보기관은 더 이상 의심할 수가 없었다.

　"이렇게 카밀은 아르헨티나에 사는 아랍인들의 신뢰를 얻게 되

었죠. 그런 까닭에 그가 1961년 5월 말, 다마스커스로 갈 계획을 발

표했을 때 모두들 시리아 국내에 있는 실업가나 관리들을 알고 있는

사람들은 소개장을 써 주겠다고 나선 겁니다……."

하고 유한일은 카밀 = 엘리가 시리아에 입국하기까지의 경위를 설

명했다.

　카밀은 스위스로 가서 그곳의 기관원과 타합하고, 이스라엘로 돌

아가선 모든 연락 방법을 검토한 후, 다시 스위스로 돌아와 뮌헨 경유 레바논행 비행기를 탔다.

"다마스커스에 도착한 후의 그의 활약은 길게 설명할 필요도 없을 것 같습니다."

하고 유한일은 얼마 후 쿠데타에 의해 정권을 잡은 전 아르헨티나 주재 무관(駐在武官) 아르파페스 대통령 밑에서 국방상이 될 뻔한 것을, 갖가지 구실을 꾸며 겨우 사양했을 정도로 카밀이 시리아 정부의 신임을 얻었다는 것과 그의 정보활동으로 해서 이스라엘은 언제나 선수를 쳐서 시리아의 공세를 사전에 봉쇄했다는 얘기를 했다.

"그런데 엘리는 단 한 번 본국의 지령을 무시하고 독자적 행동을 취하려고 했던 일이 있었던 모양입니다. 그것은 엘리가 아이히만 측근자로서 유대인을 대량 살해한 원흉 라드마하를 시리아에서 만났기 때문이었다고 합니다. 그는 라드마하를 만난 그날 밤, 텔아비브에 무전을 쳤습니다. '다마스커스의 정보기관에 고문 노릇을 하고 있는 전 나치 프란츠 라드마하를 만났다. 이자의 숙청을 제안한다. 그의 숙소는 사하반다 가(街)에 있다'는 내용이었습니다……."

이 발견으로 이스라엘 정부에선 대소동이 있었다. 라드마하는 전쟁이 끝나자 연합국과 각국의 비밀기관의 눈을 속여 도주한 것인데 이제 그 소재가 판명된 것이다. 그러나 라드마하의 처치도 중요하지만 엘리의 존재가 더욱 중요했다.

이스라엘 정부는 늙어빠진 나치에게 보복하기 위해 엘리의 신변을 위태롭게 하기 싫었다.

  —— 라드마하의 처치는 다음 기회로 미뤄라, 하는 지령을 내렸다.
그래도 엘리는 듣지 않고

  —— 라드마하에게 편지 폭탄을 보내면 될 게 아니냐.
고 고집했다. 그러나 이스라엘 정부의 만류로 라드마하 처치는 보
류하게 되었다.

  시리아에 있어서의 카밀 = 엘리의 정보원(情報源)은 시리아 참모
총장의 조카, 마지 대령이었다. 그런 때문에 시리아의 군사 정세를
시리아의 참모총장만큼 그는 알고 있었던 것이다.

  게다가 엘리는 무전의 명수였다. 텔아비브에서 수신한 엘리의 무
전 내용은 빈틈없는 정보였으며 다시 질문을 필요로 하지 않을 정도
로 정확하고 간결하고 명백했다.

  "그러나 이러한 엘리에게도 천려일실(千慮一失)이란 게 있었습니
다. 바로 이 점이 정보 사업에 종사하는 사람으로선 잊어선 안 될 사
실이지요. 나는 언제나 천려일실을 생각합니다. 엘리와 같은 천재적
인 스파이도 범하고만 과실, 정확하게 말하면 엘리의 과실도 아니었
지만……."
하고 유한일은 한숨을 쉬었다.

  이스라엘의 스파이 얘기를 하면서 한숨까지 섞는다는 건 유한일
이 그들과 깊숙한 관계를 맺고 있다는 증거가 아닌가.

  그러나 그런 것을 따질 필요는 없었다. 나는 엘리 코엔에 관한 얘

기가 듣고 싶어 재촉을 했다.

유한일의 얘기를 간추리면 ——

1965년 1월의 어느 새벽. 엘리는 시리아 정부가 팔레스타인 난민들을 일체화(一體化)해서 테러 조직을 만들 계획을 세웠다는 내용의 무전 연락을 해놓고 텔아비브로부터의 회신을 기다리고 있었다.

이때 아파트의 도어를 파괴하는 소리와 함께 권총을 손에 든 8명의 사나이가 뛰어들어와 송신기를 한 손으로 가린 카밀의 머리에 권총을 들이댔다.

책임자는 스파이 대책 기관의 장(長)인 아메드 스웨이다 대령이었다. 이 사람은 대통령 아르파페스의 라이벌이었기도 했다.

스웨이다는 그 뒤 신문 기자 회견에서

—— 카밀을 미행하기도 하고 그의 전화를 도청하기도 하고 그가 사는 집 옥상에 안테나를 세우기도 했다고 했지만 그건 거짓말이었다.

스웨이다가 그 집엘 차고 들어올 때까지 스파이가 누구였는가를 전혀 모르고 있었던 것이니까.

엘리가 체포된 경위는 이러하다.

엘리의 집 근처에 인도(印度) 대사관(大使館)이 있었다. 그 전신계(電信係)가 뉴델리로 보내는 무전 연락이 빈번히 전파 방해를 받는다고 시리아 정부에 항의했다.

시리아 당국은 아무리 해도 그 원인을 찾아 낼 수가 없어 소련인 고문에게 의뢰했다. 소련인 고문은 누군가가 인도 대사관 근처에서 허가 없이 전파를 보내고 있는 것이라고 판단했다.

그리고 세계에서도 가장 정교한 탐지기를 사용해서 그 일대를 탐색한 결과 엘리 코엔의 발신 신호를 포착하게 된 것이다.

체포된 엘리는 아르파페스 대통령 앞에 연행되었다. 아르파페스는 부에노스아이레스 이래 자기의 심복이라고만 생각하고 있던 사나이가 스파이였다는 사실에 놀랐다.

—— 너는 누구냐?

노기를 띠고 아르파페스가 물었다.

—— 나는 텔아비브에서 온 엘리 코엔. 이스라엘의 군인이오.

죽어도 말해선 안 되는 것이었지만 엘리 코엔은 진심으로 자기를 사랑해준 아르파페스에게 대한 처음이자 마지막인 호의를 이렇게 나타낸 것이다.

엘리는 이스라엘 정부의 갖가지 수단에 의한 구명 운동이 있었지만, 이윽고 사형당했다. 구명 운동자 가운덴 로마의 법왕(法王)이 있었고 드골 대통령도 있었다. 아르파페스의 친한 친구로서 시리아 여성과 결혼하고 있는 프랑스 장교는 백만 불의 돈과 많은 물자의 공급을 약속하는 문서를 가지고 오기도 했다.

"엘리가 죽을 때의 나이는 41세. 그의 최후는 참으로 훌륭했다고 합니다. 엘리는 지금 이스라엘에선 전설적인 영웅이 되어 있습니다. 영웅은 물론 엘리뿐이 아니지요. 엘리는 그 많은 영웅 가운데의 하나일 뿐입니다."

그 말이 너무나 감동에 서려 있는 것 같아서 내가 물었다.

"자넨 엘리 같은 스파이가 되지 못해서 안달을 하는 것 같군."

"물론입니다. 가능하면 전 엘리처럼 되고 싶어요. 우리나라를 위해서."

하며 유한일은 수줍게 웃었다.

"스파이가 되고 싶다는 심정을 나는 이해할 수가 없는데?"

하는 질문에

"아마 그럴 겁니다."

했을 뿐 유한일은 그 이상 그 문제에 언급하려 하지 않았다.

"이스라엘에 특수한 관심을 갖게 된 동기는?"

"우연이죠."

"그 램스도푼가 하는 여자 때문?"

"램스도프도 본명은 아닙니다."

덤덤한 침묵이 있은 후 나는 또 씨알머리없는 질문을 했다.

"윤숙경 씨에게 자넨 어떤 감정을 가지고 있는가?"

"남의 마누라가 아닙니까?"

"십 수억 원을 제공한다는 건?"

"있으니까 준 거지요."

"그렇게 간단한 문제인가?"

"내겐 첫사랑이니까요."

"이스라엘 견학을 시킨 덴 무슨 의도가 있었나?"

"예술 학원을 하고 싶다기에, 공상이나 기분으로서가 아니라 무슨 일이건 할 작정이면 수박 겉핥기라도 좋으니 이스라엘을 보고 오는 게 좋을까 해서였죠."

"그 기획은 성공한 것 같애. 윤숙경 씨는 변했어."

"다행한 일이지요."

"앞으로도 그 사람 일을 도와줄 참인가?"

"물론이죠."

"혹시 윤숙경 씨가 현재의 남편과 이혼하면 결혼할 생각이었는가?"

"전 누구하고라도 결혼하지 않을 겁니다."

"그건 또 왜?"

"결혼하는 것만이 사랑하는 게 아니라고 생각하니까요."

"그거야 그렇지만."

"게다가 결혼하지 않으면 전 램스도프도 사랑할 수 있고, 윤숙경도 사랑할 수가 있습니다. 물론 플라토닉한 의미에서 말입니다. 그런데 누군가허구 결혼하면 복수의 플라토닉 러브가 성립될 수 없는 것 아닙니까? 이건 소설가에겐 대문제가 될 듯한데요."

"플라토닉 러브면 복수로서도 가능하다, 이 말인가?"

"플라토닉 러브는 독점을 전제로 하지 않으니까요."

"글쎄, 생각해볼 만한 문제이군."

"이건 혹시 제 억지인지 모르죠. 램스도프는 다른 인종과 결혼하지 못할 사정에 있고, 윤숙경은 남의 아내이구요. 헌데 제가 윤숙경의 이혼을 원하지 않는 것은 우스운 얘기 같지만, 램스도프를 잃을 수 없다는 감정 때문입니다."

미묘한 감정, 복잡한 심리라고밖엔 말할 수 없는 사연이었다. 유한일은 빛깔은 다르지만 램스도프와 윤숙경을 꼭같은 정도로 사랑한다고 했다. 그리고 자기가 하고 싶은 일의 성질상으로도 결혼은 할 수 없다고 했다. 그러면서도 그 일이 무어냐는 나의 질문엔 대답하지 않았다.

유한일은 나와 함께 점심을 먹고도 두세 시간을 더 내 서재에서 놀다가 오후 세 시쯤 돌아갔다.

돌아갈 즈음

"R호텔 703호에 있으니 필요하실 때 전화하세요."

하고 호텔의 전화번호를 내 메모지 위에 적어 놓았다.

늦잠은 나의 버릇이었다. 새벽 두 시, 혹은 세 시까지 깨어 있는 사람으로선 당연한 일이긴 했다. 그러나 그날 아침은 비교적 일찍 잠을 깼다. 정각 아홉 시였다.

안 하던 버릇으로 하루가 시작되면, 다음다음으로 평소엔 안 하던 짓을 하게 마련이다. 저 편 벽 쪽에 먼지를 쓰고 있는 라디오의 스위치를 틀었다.

돌연 튀어나오는 소리가 있었다.

"……범인은 아직 체포되지 않았으나 시간문제로 보고 있습니다."

그러고는 다음 문제로 옮아갔는데

'범인?'

하는 기분으로 다른 방송으로 다이얼을 돌렸다. 거기서도 뉴스가 계속되고 있었다. 귀를 기울였다.

"어젯밤 R호텔에서 살인 사건이 발생했습니다."

하는 아나운서가 있었다.

'R호텔이면 유한일이 투숙하고 있는…….'

하는 상념이 뇌리를 스쳤다. 이어 ──

"사건이 난 곳은 703호실이었습니다."

나는 얼른 그저께 유한일이 써 두고 간 메모지를 집어들었다.

유한일이 투숙하고 있는 방이 703호실이었다.

그런데 아나운서는 다음과 같이 전하고 있었다.

"피살된 사람의 신원은 그의 유류품으로써 밝혀졌습니다. 피살자는 일본인으로서 이름은 이노우에 다다시(井上正), 나이는 마흔 살, 직업은 상사원(商社員). 그저께 밤 여섯 시에 R호텔에 투숙한 사람으로 알려졌습니다. 지갑엔 신분증과 여권만 남아 있고 현금이 한 푼도 없는 것으로 보아 강도를 목적으로 한 살인이 아닌가 합니다. 범인이 누구인지 아직 밝혀지지 않았습니다. 호텔 내의 살인인 만큼 그 신원의 파악과 체포는 시간문제라고 보고 있습니다. 보다 상세한 보도는 다음 뉴스 시간에 하겠습니다."

나는 멍청할 수밖에 없었다.

유한일은 당분간 그 호텔에서 머무를 것이라고 했으니 만일 방을 바꿨을 경우엔 내게 즉시 연락했을 것이었다. 그저께면 그가 나를 찾아온 날이고 오후 여섯 시면 그가 호텔에 들를 만한 시간이었다. 피살자는 이노우에 다다시란 일본인이라고 했는데, 혹시 범인이 피살자의 신원을 캄프라치하기 위해 고의로 일본인의 여권을 거기에다 떨어뜨린 것인지도 몰랐다.

나는 가까스로 정신을 수습하여 R호텔에 전화를 걸어 지배인을 불러냈다.

지배인은 그 전화가 살인 사건에 관계된 것인 줄을 알자

"수사 당국에서 그 사건에 관한 한 일체 외부와 연락하지 말라는 지시가 있었다."

며 대답을 거부했다.

"피살자가 일본인이라고 했는데, 혹시 그것이 잘못이 아닌가 해서 묻는 겁니다. 그 사실만이라도 좋으니."

했으나

"하여간 무슨 대답도 할 수 없다."

고 저편에서 전화를 끊어 버렸다.

나의 불안은 극도에 달했다.

윤숙경의 전화번호를 찾았다. 찾는 건 잘 나타나지 않는 게 나에게 있어서의 일상(日常)이다. 가까스로 번호를 찾아 전화를 걸었다.

벨 소리만 들릴 뿐 받는 사람은 나오지 않았다. 다시 걸었다. 한참만에야 가정부인 성 싶은 여자의 대꾸가 있었다.

"윤숙경 씨 계십니까?"

나는 다급하게 물었다.

"안 계십니다."

어름어름하는 목소리였다.

"아침에 나갔습니까?"

"아닙니다."

"그럼 어저께?"

"모르겠습니다."

"모르겠다니 그게 웬 말이오?"

"모르니까 모른다고 할밖엔요."

"어디 연락할 만한 덴 없소?"

"모릅니다."

"언제 연락한다는 말은?"

"모릅니다."

"언제쯤 돌아올 건가요?"

"모릅니다."

모른다, 모른다고 되풀이하는 대답이 더욱 내 신경을 자극했다. 영화배우하고도 일류에 속하는 여성의 집에서 전화를 그 따위로 받는 사람밖에 없다는 것이 도시 납득이 가질 않았다.

하는 수 없이

"이씨란 소설가로부터 전화가 왔더라고 일러 주시오."

하자 저편의 답은

"어디에 있는지도 모르는데 어떻게 전하겠어요?"

"연락이 오면 그렇게 전하란 말입니다."

하고 나는 송수화기를 팽개치듯 놓아 버렸다.

그러나 가만있을 순 없었다. 윤숙경의 전화번호와 나란히 적혀 있는 권수자의 전화번호가 눈에 띄었다.

다이얼을 돌렸다.

서너 번 벨 소리가 울린 후 언젠가 귀에 익은 노녀의 목소리가 울려 나왔다.

"뉘귀슈?"

"전, 이라고 하는 사람입니다만 권수자 씨 계십니까?"

"없시유."

"어딜 가셨을까요?"

"회사에나 전화를 해 보슈."

"회사에 있을까요?"

권수자의 회사에 전화를 걸기가 거북해서 한 말이다.

"있는지 없는지 내가 어떻게 알갓슈."

"혹시 연락이 있으시면……."

"며칠 동안 연락이 없는데 오늘 연락이 있갓시우?"

"그럼 권수자 씨는 요즘 집에 안 계십니까?"

"나흘인가 사흘 전에 집을 나가곤 소식이 없시우."

흐음, 하는 기분으로 나는 송수화기를 내려놓았다.

다음에 전화를 건 곳은 정금호 씨 사무실이었다. 벨 소리가 울리기가 바쁘게

"와이 케이 (YK) 상사입니다아."

하는 꾀꼬리 소리를 닮은, 아주 예쁜 목소리가 수화기를 통해 이편의 고막을 간지럽게 했다.

"정금호 씨 계십니까?"

"안 계십니다. 댁은 누구시죠?"

"어델 가셨을까요?"

"어제부터 연락이 없습니다. 곧 출근하리라고 생각합니다만."

"혹시 유한일 씨 아십니까?"

"이름은 들었습니다."

"만난 적은?"

"없어요."

"지금 그분이 어디에 있는지, 혹시?"

"모르겠어요."

"정금호 씨가 출근하시거든 소설 쓰는 이가라는 사람이 연락 주십사 하더라고 전해 주세요."

'R호텔 703호. 분명히 유한일이 투숙하고 있는 방인데.'

233

하며 나는 그가 써놓고 간 메모를 자세히 살피는 눈으로 되었다.

R호텔 703호 그리고 전화번호.

아무리 보아도 명백했다. 게다가 그의 필적은 단정했다. 7이란 글자엔 미국식으로 오른쪽 획에 점까지 찍어 놓았으니, 그것이 1일 수도 없고 9일 수도 없는 것이다. 0은 0.1도의 눈으로써서도 1일 수밖에 없고, 3에 이르러서는 두말할 나위가 있을 까닭이 없고……, 이렇게 보니 수(數)를 적는 데 있어서 아라비아 숫자 이상이 없다는 것을 새삼스럽게 깨닫게 된 심정이었다. 一, 二, 三, 十, 十一, 뭔가 어수선하다. Ⅰ, Ⅱ, Ⅲ, Ⅳ 등 로마 숫자도 극단적인 근시안이나 원시안에겐 번거롭게 비친다. 그런데 1, 2, 3, 7 등은 그지없이 단순하고, 명료하고, 글자마다가 어떤 표정(表情)마저 지니고 있지 않은가…….

얼핏하면 이런 터무니없는 상념에 말려드는 게 나의 탈이다.

'이대로 있을 것이 아니라, R호텔로 찾아가 봐야 하는 게 아닌가.'

그때 요란한 팝송으로 시끄럽던 라디오가 일순 조용한 듯하더니

"열 시의 뉴스를 말씀 드리겠습니다."

하는 말을 뱉어 놓았다.

귀를 기울였다.

"R호텔의 살인 사건을 수사 중인 경찰 당국의 발표는 다음과 같습니다. 범인이 사용한 흉기는 예리한 날을 가진 길이 15센티쯤의 칼이며, 그 칼로 일격에 파자마 위로 심장을 찔러 즉사케 한 것으로 보아 침입한 강도는 상당한 전과를 지닌 사람이 아닌가 하는 추측을 가

능케 한다고 합니다. 그 밖에 세 군데 자상(刺傷)이 있는데 그것은 상
대방의 죽음을 결정적으로 하기 위한 보완 수단이었습니다. 사망 추
정 시간은 12시 전후로 보이며 시체 해부 결과 수면제를 비롯한 약
물의 검출은 전연 없었습니다. 통금 시간이 가까운 무렵 그 방에 들
어갈 수 있었다는 사실로 미루어 범인은 피살자와 잘 아는 사이가 아
닌가도 추측할 수 있다고 합니다. 범행에 사용한 흉기는 아직 발견되
지 않고 있습니다. 지금 과학 수사 연구소에서 지문(指紋) 확인을 서
두르고 있으니 범인이 전과자일 경우 수월하게 정체를 파악할 수 있
을 것이지만, 만일 그렇지 못할 경우엔 수사가 상당히 난항(難航)할
것으로 내다보고 있습니다. 여권에 기록된 주소로 일본 대사관을 거
쳐 유족들에게 전보를 쳤다고 합니다. 피살자인 이노우에 씨가 무슨
목적으로 한국에 왔는진 아직 밝혀지지 않고 있습니다. 피살자가 외
국인이란 사실에 더 큰 문제가 있는 것입니다……."

　나는 여권에 있는 사진과 피살자의 얼굴을 면밀하게 대조라도 했
을까 하는 궁금증을 지워 버릴 수가 없었다.

　한편 이스라엘의 정보기관과 깊숙한 관계를 가지고 있는 것 같은
유한일의 사정으로 미루어 그 일본인 여권이란 것도 위조는 아닐망
정 특수한 조건 하에 만들어진 것이 아닌가. 그럴 경우, 한국인의 여
권은 감쪽같이 집어가고, 무슨 목적으로였던가 준비해 놓은 일본 여
권을 남겨 놓은 것이 아닌가 하는 짐작마저 들었다. 나는 안절부절못
하는 기분으로 상처받은 짐승처럼 서재 안을 빙빙 돌았다.

6
흉색(凶色)의 네온

하여간 R호텔에 가 봐야겠다는 마음이 초조했는데 바쁜 원고가 있었다. 무슨 일이 있어도 마감은 지켜야 하는 것이 소설가로서의 최소한의 의무이다.

머리를 식히고 가슴을 진정하기 위해선 음악이 필요했다. 손에 잡히는 대로 드뷔시의 〈목신(牧神)의 오후〉를 전축에 걸었다. 그러나 그 서피스티케이트한 음조는 R호텔703호의 사건이 내 가슴에 일으켜 놓은 파문을 지워 버리지 못했다.

그런 때문에 좀처럼 상(想)이 떠오르지 않아 담배를 두 개비나 계속해서 피워 버렸다. 그래도 어림이 없었다. 뭔가 안심을 얻든지, 까닭의 윤곽이나마 알고 난 연후에야 일이 손에 잡힐 것 같았다. 신문사에 전화를 걸어 보기도 했다. 그런데 신문 기자의 대답에서도 요령을 얻을 수가 없었다. 직접 취재를 하지 않은 문화부 기자로선 당연한 일이었다.

"죽은 사람이 정작 일본인인가 아닌가를 확인만 해도 되겠는데……."

하고 미련스러운 질문을 덧붙였지만

"글쎄요. 취재 기자가 없으니까 물어볼 수도 없네요."

하는 아쉬운 대답이었다.

전축을 끄고 억지로 원고용지 앞에 앉았다. 드디어 괴테, 아니 셰익스피어라도 이런 정황에선 글을 쓰지 못할 것이라고 깨달았다. 유한일이 죽었는지 살았는지도 모르는데 태평하게 글을 꾸밀 수 있을 만큼 나는 비정한 인간이 아니란 자각은 글을 쓰지 못하는 데 대한 자기변명으로썬 썩 잘 된 것이란 느낌도 들었다.

'빨리 R호텔에 갔다 와서 시작해도 무방하지 않을까?'

하는 충동이 일었다.

시각은 오전 열 한 시.

외출 준비를 서둘렀다.

전화벨이 울린 것은 구두를 막 신으려는 참이었다.

"빨리 전화를 받아 봐."

하고 아내에게 소리를 쳤다.

"유한일 씨랍니다."

하는 말에 나는 엉덩방아를 찧을 뻔했다. 안방으로 뛰어들어가 송수화기를 들었다.

"거긴 어디야?"

하는 말부터 먼저 나왔다.

"온양 온천입니다."

태평스러운 유한일의 목소리였다.

"온양이라구?"

"예."

"언제 거길 갔었나?"

"어젭니다. 선생님도 같이 모실까 하고 전화를 걸었더니 안 계셔
서⋯⋯."

"R호텔은 어떻게 된 거야?"

"그렇지 않아도 그 때문에 전화를 한 겁니다."

"이 사람아 난 어떻게 기겁을 했는지, 지금 R호텔로 달려갈 참
이었어."

"죽은 일본사람, 참 안 됐습니다. 미안하다는 생각이 듭니다."

"자네가 미안할 게 뭐 있는가?"

"미안하죠."

"헌데 어떻게 된 건가? 703호에서 언제 옮겼나?"

"선생님 댁에서 돌아온 즉시 워커힐로 옮겼습니다."

"워커힐로?"

"예."

"무슨 예감이라도 있었던 건가?"

"전화로썬 말씀 못 드리겠습니다. 내일 아침 일찍 선생님 댁으로
가겠습니다."

다음날 아침 유한일이 왔다. 온양에서 곧바로 오는 길이라고 했다. 그의 표정과 태도가 침울했다.

그의 말에 의하면 갑자기 R호텔로부터 워커힐로 옮긴 것은 윤숙경의 전화를 받았기 때문이라고 했다.

윤숙경이 유한일을 만나고 싶은데, R호텔은 사람의 눈에 띌 염려가 있으니 워커힐의 빌라로 옮기면 어떠냐고 하더란 것이다.

"게다가 내가 온 줄을 어떻게 알았는지 날 만나고 싶다고 하는 메시지가 세 개나 기다리고 있었어요. 아무래도 R호텔에 있으면 귀찮을 것 같대요. 워커힐에 전화를 했더니 마침 비어 있는 빌라가 있다고 했어요. 그래서 하루치의 룸 차지를 물고 워커힐로 갔어요. 내가 R호텔을 떠난 것이 다섯 시였으니까 그 일본인은 한 시간 후에 도착한 거죠. 죽은 일본인에겐 미안하지만 아찔한 기분입니다."

"아찔한 건 또 뭐구, 자네가 703호에 그냥 있었다고 해서 그런 꼴을 당할 까닭이 있었겠나? 그 일본인을 특히 노린 것인지도 모르는데."

"아닙니다."

"아니라니?"

"그 일본인은 나 대신 죽은 겁니다."

"무슨 근거라도 있나?"

"있습니다."

"어떤 근거가?"

"제 마음에 근거가 있습니다."

"이 사람아."

"틀림없습니다. 범인은 703호실에 제가 있는 줄 알고 침입했고, 그 일본인을 전 줄 알고 죽인 겁니다."

"어떻게 그런 단정을 하나?"

"그렇지 않고서야 무엇 때문에 범인이 하필 그 방에."

"강도질하러 들어간 거지, 달리 목적이 있었겠나?"

"강도는 가장입니다. 강도를 가장한 겁니다."

"그렇다고 해서 자네를 노린 것이라곤 할 수 없지 않은가?"

"강도가 목적이면 다른 방을 노릴 수도 있을 것 아닙니까?"

"703호실이 들어가기 수월했던 거지."

"특히 703호실이 들어가기 수월했을 까닭이 없죠."

"어리석은 일본 사람이 문을 열어 준 게 탈이 아니었겠나?"

"문을 열어 주지 않을 수 없는 수단을 썼거나 잠시 외출한 틈에 미리 그 방에 들어가 있었거나."

"미리 어떻게 들어갈 수 있는가?"

"전문가가 되면 호텔 방문쯤 예사로 엽니다. 그럴 가능성이 있으니까 도어 안에 체인을 다는 것 아닙니까?"

"그렇더라도 자넬 노렸다고는 할 수 없지 않은가? 자넨 그 호텔을 하루 전에 떠났는데."

"그 일본인으로부터 등록 카드는 받았겠지만 룸 차지를 미리 물어 두었으니까 어쩌면 그 일본인을 기장(記帳)하는 것이 하루쯤 늦었을는지도 모르지요."

"라디오 방송으로 그젯밤 여섯 시라고 나와 있던데?"

"사고가 났으니까 챙겨 본 것이겠죠."

"설혹 자네를 노렸다고 치자. 그래도 자네가 그 방에 있었더라면 도어를 열어 주지 않았을지 모르잖아."

"아니지요. 제가 도어를 열게끔 무슨 수단을 부렸든지, 식사하러 나간 동안 미리 들어와 있을 수도 있는 일이니까요."

나는 도무지 납득할 수 없었으나 유한일은 그 일본인이 자기를 대신해서 죽었다는 주장을 굽히지 않았다.

"자넬 죽여야 할 까닭이 뭐냐 말이다."

"까닭은 범인이 알고 있겠지요."

"자넬 노릴 만한 사람이 누구인가를 알고 있나?"

"모르지요."

"자넬 노릴 사람이 있을 것이란 짐작을 해 보았나?"

"그런 짐작은 안 했습니다."

"그런데 어떻게?"

"혹시 나도 모르는 이유로 날 해치려는 사람이 있을지 모르지요."

"그건 너무 신경과민이 아닐까. 하지만 조심하는 건 나쁘지 않지."

유한일은 말문을 닫고 우두커니 바깥 찌푸린 하늘과 잎이 떨어져 앙상한 가지만 남은 뜰을 바라보고 있더니 돌연,

"선생님 이런 시를 아십니까?"

하고 고개를 나에게 돌렸다.

"어떤 신데?"

"한번 들먹여 보죠."

유한일이 담담하게 책 읽는 듯이 들먹인 시는 다음과 같았다.

"악의(惡意)가 만발한 고원(故園)에 장미는 병에 걸렸다. 잎 뒤에 숨겨 둔 가시의 무장도 헛되구나."

"악의가 만발했다는 것은 잡초가 무성하단 말인가?"

"그렇지 않겠습니까?"

"누구의 신가?"

"W. H. 오든의 시라고 기억하는데요."

"나도 오든의 시를 좋아하는데 그 시는 기억에 없고."

"오든의 시가 아닐는지도 모르지요."

건성으로 지껄이고 있는 것 같은 유한일의 음성이고 태도였다.

나는 나대로 생각에 잠겼다.

'유한일은 필연코 짚이는 데가 있어서 그런 말을 한 것일 게다. 만일 유한일의 짐작이 적중한 것이라면 대체 누가 유한일을 해치려고 했을까?'

뇌리에 구용택이란 이름이 떠올랐다.

윤숙경의 마음이 자기로부터 떠난 원인이 유한일에 있다고 치고 그를 죽이려고 하다가 엉뚱한 일본인을 죽인 것일까.

그러다 나는 그 상상을 곧 지워 버렸다. 유한일은 수억 원의 돈을 내어 구용택의 부도 수표를 막아 준 사람이다. 이를테면 은인이다. 뿐만 아니라 구용택은 영화사의 사장으로서 다소나마 사회적인 지위가 있는 사람이고, 장래를 내다보고 사는 의욕적인 인물이다. 그런 사람이 자멸할지 모르는 행동을 어떻게 할 수 있겠는가 말이다.

'차관에 원인이 있는 원한인가? 유한일이 차관에 응해 주지 않았기 때문에 파산한 기업가가 혹시 원한으로……'

이런 상상은 중간에서 도막이 나고 말았다. 명색이 기업가가 그런 짓을 할 까닭이 없는 것이다.

'아무래도 단순한 강도 살인이다.'

이런 생각, 저런 생각으로 나도 침묵하고 있었던 터인데, 유한일의 말로 정신을 차렸다.

"선생님, 전 일본엘 갔다와야 하겠습니다."

"……?"

"아무래도 그 일본사람이 불쌍해요. 가족들을 만나 위로라도 하고 와야겠습니다. 가만있을 수가 없습니다. 그 일본인은 나 대신 죽은 겁니다."

"가족을 만나 뭐라고 할 건가?"

어이가 없어서 한 질문이다.

"미안하다고 사과라도 해야죠."

유한일의 말엔 힘이 없었다.

"쓸데없는 화를 자초하는 셈이 될 텐데."

"만날 형편이 아니면 돈이라도 얼만가 보내도록 하죠, 뭐."

나는 잠잠해 버렸다. 그의 도의심의 발동을 말릴 필요가 없었기 때문이다.

그 침묵 사이로 전화벨이 울렸다. 윤숙경으로부터 온 전화였다.

"선생님, R호텔의 사건 들으셨죠?"

"그래서 어저께 전화를 했더니 집에 없드만."

"잠깐 외출을 했어요"

"잠깐 외출? 집을 나간 지가 그제라고 하던데."

하고 넘겨짚자

"그제 집을 나갔어도 잠깐 외출은 잠깐 외출 아녜요?"

하고 윤숙경은 수줍게 웃었다.

"여게 유한일 군이 와 있는데."

"알고 있어요."

나는 아아, 둘이 같이 온양에 간 것이구나 하고 짐작했다. 만일 윤숙경의 외출을 유한일 때문이라고 알았으면 구용택이 비상수단을 썼을지 모른다는 생각이 들었다.

'질투의 도끼를 멈추게 할 어떠한 힘도 없다. 오셀로의 질투는 감당할 수가 없다. 사나이는 모두가 오셀로다.'

윤숙경은 전화를 유한일에게 바꾸라고 했다. 유한일의 응답으로 윤숙경이 한 말은 짐작할 수가 있었다.

"빌라로 돌아가겠소."

"시간 대중은 할 수 없습니다."

"선생님이 좋으시다면 오늘 밤 같이 식사를 했으면 합니다."

"글쎄 내일은⋯⋯."

"모레쯤 일본으로 갈까 합니다."

"그럴 일이 있어서."

"그건 안 되겠는데요."

나는 그들의 대화를 듣는 것도 안 듣는 것도 아닌 자세로 있으면서 간통의 내음을 맡았다.

불의의 남녀 관계를 간통이라고 한다. 그런데 어느 관계는 간통이란 표현을 꼭 써야만 하는 스캔들이 되고, 어떤 관계는 정사(情事)라고 하는 부드러운 표현일 수밖에 없는 로맨스가 되기도 하는 것인데, 그렇다면 유한일과 윤숙경의 관계는 스캔들일까, 로맨스일까.

내가 이처럼 어떤 저항감을 느끼는 것은 일전에 한 유한일의 말이 기억 속에 있기 때문이었다.

유한일은 분명히 플라토닉이란 말을 썼다. 윤숙경과 자기와의 관계를 플라토닉한 것인 양 풍겼다. 그런데 그들은 R호텔에서 사람의 눈에 뜨인다고 해서 워커힐의 빌라에서 만나고, 같이 온천엘 가고, 그리고서 간통의 내음이 물씬물씬 풍기는 대화를 전화로써 나누고⋯⋯.

구용택의 증오를 이해할 수 있을 것만 같고, 구용택이 유한일의 생명을 노릴 만하다는 마음으로 기울어들었다.

　윤숙경과 유한일의 대화는 아직도 계속되고 있었다. 그 가운덴

　"회사의 직원으로서 어제나 오늘 또는 가까운 시일에 외궁으로 떠난 사람이 있는가, 떠날 사람이 있는가를 알아 봐 주어야겠소……."

　"한국에도 드디어 청부 살인업(請負殺人業)이 등장했는가 보죠?"

　전화를 끊고 돌아서며, 유한일이 한 소리였다.

　"청부 살인업이라니, R호텔의 살인 사건이 청부 살인이란 말인가?"

　"십중팔구 그럴 겁니다."

　"그러니까 누군가가 자네를 없애기 위해 청부 살인업자를 고용했단 말이지?"

　"그렇지요."

　"그럴지 모르지만……."

　"선생님, 나는 꼭 그 살인자를 찾아내고야 말겠습니다."

　"경찰이 서두르고 있지 않은가?"

　"경찰 갖곤 범인을 찾아 낼 수 없을지 모르죠."

　"경찰이 찾아내지 못하는 것을 자네가 찾아내겠다, 이 말인가?"

　"그렇습니다."

　"경찰과 협력해서?"

　"협력할 경우, 협력을 청할 경우도 있겠지만 저 혼자 힘으로 해 볼 작정입니다."

나는 뭐라고 말을 보탤 수가 없었다.

유한일이 계속했다.

"그런 만큼 일본인 살해 사건에 내가 관심을 가지고 있다는 기미를 보여선 안 되는 거죠. 황차 범인이 실상은 나를 노렸다는 것을 눈치 채고 있다는 사실을 상대방에게 알려서도 안 되는 거죠. 그러기 위해서도 난 내일 모레 일본으로 떠날 작정입니다. 내게 대해서 그들이 완전히 방심하도록 말입니다."

"……"

"꼭 잡고야 말 테니 두고 보십시오."

나는 막연히 유한일이 이스라엘의 정보기관과 깊숙한 관계를 지니고 있다는 사실을 상기했다.

"그렇게 하겠다면 일본에 가서 시간 낭비할 필요가 없지 않은가? 그 사이 증거가 없어질 우려도 있구."

"그건 문제가 없습니다. 적당한 사람을 골라 제반 사정을 철저하게 파악해 두도록 조처를 할 테니까요."

"그렇다면 그럴 만한 끄나풀이 국내에도 있단 말인가?"

"전엔 차관 브로커를 했을 무렵 쓰던 사람들이 있습니다. 업체의 내실 조사(內實調査)를 하던 사람들이지요."

"그건 그렇구."

나는 쑥스럽지만 안 할 수 없다고 느껴 다음과 같이 충고를 시작했다.

"윤숙경 씨와의 관계인데 모든 것을 분명히 하는 것이 좋아. 남의 아내와 놀아나고 있다는 소문이라도 퍼지면 어떡허나."

"핫하."

하고 유한일이 크게 웃었다. 그리고 곧 정색을 하더니 말했다.

"선생님 그런 걱정 마십시오. 저번에도 말씀 드렸지 않습니까? 전 절대로 플라토닉한 러브를 고집할 겁니다."

"그러나 빌라에서 만나고 온천에 같이 가고 하면……."

"빌라에서 만났죠. 그러나 단 둘이 만나진 않았습니다. 숙경 씨의 친구를 꼭 데리고 오게 했어요. 온천에도 단 둘이 간 건 아닙니다. 셋이서 갔습니다. 어디다 내놓아도 공명정대하려고 만반의 배려를 했고, 하고 있고, 앞으로도 그럴 겁니다. 나는 그 애비에 그 아들이란 소리를 듣기 싫어서라도, 기생 아들이니까 저렇다는 말을 듣기 싫어서라도 몸가짐엔 각별히 조심하고 있습니다."

한동안 골똘하게 무언가를 생각하고 있는 듯하더니 유한일이 중얼거렸다.

'청부 살인.'

나는 다음 말을 기다렸다.

"드디어 우리 사회에도 청부 살인이 등장한 모양인데."

하고 말을 거기서 끊고 유한일이 일어섰다.

"아무래도 그 일엔 상관하지 않는 게 좋겠어. 경찰에 일임하고 말어."

아까 했던 말을 나는 다시 되풀이했다.

"걱정 마십시오, 선생님."

그 말을 나는 어떻게 알아들어야 할지 몰랐다.

서재의 문을 나서며 유한일이 말했다.

"앞으론 당분간 못 만나 뵐지 모르겠습니다. 급한 용무가 계시거든 정금호 씨에게 연락하시지요."

집 앞에 대기시켜 놓은 자동차에 오르는 그에게

"아무튼 조심을 하게."

하는 말을 던져 주곤 나는 씁쓸한 느낌을 금할 수가 없었다. 이럴 때 천편일률적인 상투어(常套語), 하나마나한 소리밖에 할 수 없는 자신이 쑥스러웠던 것이다.

그날 배달된 석간신문은 R호텔 703호실 사건에 관한 속보(續報)를 다음과 같이 전하고 있었다.

"……죽은 이노우에 씨가 무슨 목적으로 한국에 왔는가는 아직도 알려지지 않았다. 따라서 그가 한국의 누굴 상대할 예정인지 알 수가 없다. 이노우에 씨가 속한 회사의 말로썬 이노우에 씨는 휴가 여행 중이었다고 한다. 과학수사연구소에서의 범인의 지문 검출은 실패한 것으로 알려졌다. 지문을 남기지 않게 조심한 것으로 보아 범인은 상습범으로 판단되는데 지금껏 아무런 단서를 잡지 못하고 있는 모양이다. 호텔 내부에 범인이 있든지 또는 내통한 자가 있을 것으로 보고 목하 예의 수사 중이다……."

아무런 단서도 잡을 수 없다는 게 무슨 까닭인가. 그러나 숙박인이 많고 호텔의 종업원도 상당수가 있는데 어떻게 쥐도 새도 모르게 그런 끔찍한 사건을 저지를 수가 있었을까. 나는 옛날에 읽은 적이 있는 아르센 뤼팽의 얘기를 상기하고, 그 범인이야말로 '뤼팽' 같은 놈이 아닐까, 하는 엉뚱한 생각을 했다.

헌데 청부 살인이란 무엇일까. 청부 살인은 문자 그대로 얼마간의 돈을 받고 특정한 자를 죽이는 그런 살인이다. 이를테면 직업적인 살인자다. 유한일의 말대로 그런 직업이 한국에서 성립할 수 있게 되었다면, 실로 만만찮은 문제가 아닐 수 없었다. 이런 생각 저런 생각을 하고 있는데 권수자로부터 전화가 왔다.

"선생님께서 저에게 전화를 주셨더라며요? 곧 콜백을 했어야 할 것인데 바쁜 일이 생겨 그러질 못했어요. 무슨 일예요? 선생님이 저에게 전화를 다 주시구……."

거리낌없이 흘러나가던 새살이 일단 멎었기에 무슨 말이건 해야 할 판인데, 바른대로 말하는 것은 왠지 꺼려지는 기분이라서

"요즘 어떻게 지내실까, 하고 문안전화를 해 본 것뿐입니다."
하고 얼버무렸다.

"아이구 고마워라. 그런 영광이 없는데요. 선생님이 제게 문안전화를 다 주시구. 그런데 선생님!"

"말씀하세요."

"저어, 선생님 댁에 유한일 씨 찾아가시지 않았던가요?"

"왔습니다."

"언제요?"

"그제도 오구, 오늘도 오구."

"아 그랬어요? 헌데 지금 어디에 주무시고 계시는가요?"

"그걸 물어보는 걸 잊었군. 요전에 왔을 땐 R호텔에 있겠다고 했는데, 아마 그 호텔엔 없는 것 아닐까요?"

"그 호텔에서 발생한 사건, 선생님도 아시죠."

"물론 알죠. 신문과 라디오, 텔레비가 떠들썩했는데 어떻게 모르겠소."

"그 문제에 관해서 혹시 유한일 씨로부터 들은 말이 없으세요?"

"별로 없는데요. 그도 그런 일이 있었군, 하는 정도이지 그 이상의 말은 없었어요."

"그래요오?"

"왜 그러십니까? 유 군이 특히 그 문제에 관심을 가져야 할 그런 게 있습니까?"

"아녜요, 아녜요, 그런 건 아녜요. 다만 그분도 R호텔에 투숙하고 계셨다고 듣고 해본 말예요."

권수자가 R호텔만 들먹이고 703호실까지 들먹이지 않는 게 이상하다고 느꼈다. 그러나 그 느낌을 곧 지워 버렸다. 권수자가 유한일이 703호실에 투숙할 예정이었던 것을 알 까닭이 없는 것이다.

나는 예의상 다음과 같이 말해 보았다.

"짬이 있거든 한 번 놀러 오십시오."

"놀러 가구말구요. 한 번 아니라 귀찮을 정도로 가고 싶긴 해요. 그런데 어디 그런 짬이 있어야죠. 헌데 유한일 씨가 선생님 댁에 가셨을 때 윤숙경 씨도 같이 가셨나요?

"아닙니다. 유 군 혼자입니다."

"그런데 소문은……."

"소문이 어쨌어요?"

"유한일 씨와 윤숙경 씨가 같이……."

"같이 어쨌단 말입니까?"

"어울려 다닌다는 거예요."

"남녀 간이라도 친구로서 지낼 수 있는 게 아닙니까?"

"그럴 수도 있겠죠. 있겠지만 세상의 눈이 어디……."

"권 여사는 전에 윤숙경 씨와 함께 유한일 씨와 이태리 여행을 하신 적이 있지 않았습니까?"

"있었죠."

"그때의 상황으로 미루어 보면 대강 짐작할 수 있을 텐데요. 나는 그 두 사람의 사이는 깨끗하다고 보는데요."

"이태리 여행까진 그랬습니다. 저도 그건 확신을 갖고 말할 수 있죠. 그러나 그 후의 경과에 대해선 자신이 없는데요."

"가장 가까운 친구인 당신이 그래서야 됩니까? 나는 장담합니다. 그들의 사이는 깨끗하다고."

"그런데도 돈을 10억씩이나……."

"유 군을 상식의 차원에서 보려고 해선 안 됩니다. 그에겐 신념이 있습니다."

"선생님은 꼭 그렇게 생각하세요?"

"그렇게 확신합니다."

"그러세요?"

권수자의 말엔 약간 빈정거리는 투가 끼이더니 다시 어조를 바꾸었다.

"저도 한번 유한일 씨를 만났으면 하는데요. 어떻게 선생님이 주선해 주실 수 없을까요?"

"내가 듣기론 그는 곧 한국을 떠난다고 합니다."

"떠나요?"

권수자의 말에 놀람이 묻어 있었다.

"그렇게 들었습니다."

"언제요?"

"내일 아니면 모레. 어쩌면 오늘 밤에 떠날지도 모른다는……."

"그럼 이번엔 만나 뵐 기회가 없겠군요."

약간 풀이 죽은 음성이었다.

"꼭 만나야 할 용무가 있다면 혹시 붙들어 둘 수가 있을지도 모르는데."

하고 나는 권수자를 유도했다.

"꼭 만나야 한다는 건 제 사정이지, 유한일 씨 사정은 아니니까요."

"무슨 사정이오?"

"사실은 저, 전 홍콩에 가서 살고 싶거든요. 조그마한 사업을 하면서요. 꽤 전망이 있는 사업이에요. 그래 혹시 자금을 부탁해 볼까 하구요."

"진작 만나 그런 말을 해 보실 것이지."

"체면이란 것도 있지 않아요? 이태리에서 만났을 때 유 선생께서 말씀이 있었어요. 방불한 사업을 할 경우 자금 원조를 하겠다구요. 그렇지만 어떻게 그런 말을 할 수 있겠어요. 그래 차일피일한 건데 지금 생각해 보니 후회가 되네요."

"요다음 만나거든 말씀하시오, 그럼."

"요다음엔 전 홍콩에 가 있을지 몰라요."

"홍콩엘 가서 성공하시겠다는 건 축복할 만한 일입니다만, 한국을 떠난다고 들으니 섭섭합니다."

"괜히 말씀만."

"아니오, 진심입니다."

"전화로 번거롭게만 해 드려 죄송해요. 윤숙경 씨로부터 연락이 있거든 제가 찾는다고 말씀 좀 전해 주세요."

권수자와의 전화가 끝난 뒤 나는 어리둥절한 기분으로 앉아 있었다.

아까 유한일이 윤숙경과 하는 전화에 구용택의 회사 관계 사람으로 어제 오늘 출국한 사람 또는 곧 출국하려는 사람 그리고 여권 신청을 한 사람을 챙겨 보라고 했는데 무슨 의도로 그런 얘길 했는지 모르지만 지금 당장 그런 사람이 나타나 있지 않은가, 권수자가 말이다.

하여간 유한일에게 알려 두어 나쁠 까닭이 없다는 생각이 들었다.

정금호의 전화번호를 돌렸다. 다행히 정금호가 있었다. 나는 급하게 할 말이 있으니 유한일 군과 연락이 되는 대로 내게 전화하라고 일렀다.

"곧 연락이 될 것입니다. 그렇게 전하겠습니다."

하는 정금호로부터의 회답을 받고 전화를 끊었다. 그리곤 뜨거운 홍차를 한 잔 마시고 억지로 책상 앞에 앉았다. 연재물의 원고를 써야 했기 때문이다.

두 시간 좀 지났을 때였을까.

도어를 노크하는 소리가 있었다.

들어와도 좋다고 했다.

그런데 나타난 것은 윤숙경이었다.

"어떤 일루?"

하면서도 나는 그녀를 반겼다.

"유한일 씨의 심부름으로 왔어요. 선생님께서 급한 용무가 있다고 하셨더라면서요?"

255

"그랬지. 그러나 전화로 해도 될 것을."

"급하고 중대한 문제이면 전화로 할 것이 아니라, 직접 듣고 오라는 얘기였어요."

"아까 유 군이 구용택 씨 회사 관계자로서 출국할 사람을 챙겨 보라고 하던데 알아보았소?"

나는 먼저 이런 질문부터 시작했다.

"알아보았어요."

"그런 사람이 있던가?"

"있었습니다. 정당천이라고 하는 사람이 홍콩 지점장으로 갈 예정으로 여권 신청을 해놓고 있었어요."

"그 사람 어떤 사람인데?"

"아무래도 지점장을 할 만한 사람은 아니니까 이상했어요."

"홍콩 지점장은 중요한 직책인가?"

"영화 회사의 지점장이니 대단할 건 없어요. 그러나 이쪽의 필름을 저쪽에 팔기도 하고 홍콩의 필름을 수입해 오기도 하는 일을 해야 하고, 합작 영화를 만들 경우 인선을 비롯한 갖가지 절충을 해야 하니까요. 다소 능력이 있는 사람이라야 해요."

"정당천인가 하는 사람은 그러니 적임이 아니라, 이 말인가?"

"적임은 아녜요. 하지만 요즘은 회사가 내리막이라서 일이 없긴 해요. 사무실을 지키고 있을 뿐이니까요."

"정당천이란 사람 이 때까지 한 일은 뭔데?"

"정식 사원은 아니었어요. 엑스트라나 모아 주고, 배우들과 깡패 사이에 싸움이 나면 중간에 서서 조정이나 해 주는 그런 사람이에요. 영화 회사의 주변엔 그런 부류들이 많아요. 배우가 되고 싶은데 되질 못하고, 그렇다고 해서 다른 일은 할 수가 없고, 이럭저럭 굴면서 잡일이나 있으면 해 주고 일당이나 받아먹고 사는 그런 치들이죠."

"그럼 별 볼일 없는 사람이군."

"그 가운데서도 정당천은 나은 편이죠. 눈치가 빠르고 적당한 완력도 있고, 정 급하면 배우로서 한 역할 할 수도 있는 사람이죠. 그래서 월급을 주는 건 아니지만 구용택인 월급과 맞먹을 정도의 용돈을 주고 있었던가 봐요."

"그 사람이 홍콩 지점장으로 발탁된 이유는 뭘까?"

"구용택의 기분이겠죠. 나이가 들어 본사에 자리를 만들 순 없고, 그렇다고 인연이 있었던 사람을 떼어 팽개칠 수도 없고, 홍콩 지점이 유명무실하게 되어 있는 김에 선심이나 쓰자는 거겠죠."

"그런 얘길 유한일에게 했수?"

"했죠."

"그랬더니?"

"그저 들어 두었을 뿐 별반 반응이 없던데요."

"그 밖엔 출국할 사람이 없었소?"

"없었어요. 아니 아직 발견되진 않았어요."

"이상한데."

하고 나는 권수자의 이름을 들먹였다.

"그녀도 곧 홍콩으로 갈 거라고 하던데. 그러려면 여권 수속을 하고 있을 것 아닌가, 곧 할 참으로 있는가?"

윤숙경의 표정이 긴장했다.

"권수자는 복수 여권을 가지고 있어요. 그러니 여권 수속이 필요 없죠. 헌데 언제쯤 간다고 하던가요?"

"날짜는 말하지 않았어. 곧 가게 될 것이라고만 말하고……."

무슨 짐작이 가는지 윤숙경이 고개를 끄덕끄덕했다. 그리곤 이런 말을 시작했다.

"며칠 전 구가 내게 돈을 5천만 원만 만들어 달라고 했어요. 뭣에 쓸 거냐고 했더니 권수자의 퇴직금을 주어야겠다는 거예요. 그러면서 여태껏 당신 비서 노릇을 한 사람인데 당신도 가만있진 못할 것 아니냐고 하더면요. 일리가 있는 말이라고 생각했지요. 그러나 아무런 대꾸도 하지 않았어요. 내게 돈이 없는 건 아니지만 그건 유한일 씨의 돈이거든요. 내 이름으로 있지만 그분의 돈을 맡아 있는 거라고 생각하거든요. 과천에 사놓은 땅도 그분의 것으로 전 치고 있어요. 나의 반응이 없자, 구는 5천만 원만 융통해 주면 이혼 서류에 도장을 찍어 주겠다는 거예요."

"그래서 뭐라고 했소?"

"내가 가진 돈도 없거니와 5천만 원을 들여서까지 이혼할 의사가 없다고 했죠."

"그랬더니?"

"과천의 땅 일부를 저당으로 하고 은행에서 돈을 빌리자고 했어요. 그것도 거절을 했더니 절 간통죄로 고발하겠다고 했어요. 너무나 흥분한 바람에 욕설을 마구 퍼부었지요. 그랬더니 그가 뭐라고 했는지 아세요? 증거를 이렇게 잡아 두었으니 보라구요. 몇 장의 사진을 꺼내 보이는데 제가 출연한 옛날 영화의 베드신을 찍은 스틸 사진이었어요. 헌데 그 사진의 남자 배우의 얼굴을 유한일 씨의 얼굴과 바꿔 놓은 거였어요. 이를테면 트릭 사진이죠. 나와 유한일 씨와의 사이엔 절대로 그런 짓이 없었어요. 그런데 그 사진이 만일 법정에나 나가면 어떻게 해요. 유한일 씨의 체면이 어떻게 되겠어요. 우선 전 그런 사진이 있다는 것을 유한일 씨가 알기라도 하면 어떡하나 하고 겁에 질린 겁니다. 구의 얼굴에 침이라도 뱉어 주고 싶었지만, 뒷일이 겁이 나서 그럴 수도 없었구요. 그래 놓고 구는 절 꼬시는 겁니다. 이혼장에 자기 도장만 찍어 놓으면 이런 증거는 아무런 소용도 없게 된다구요. 하는 수 없이 생각해 보겠다고 했지요."

"그래 돈을 구용택에게 줄 참인가?"

"유한일 씨허구 의논을 했습니다. 그분의 말로는 돈을 주는 건 무방하지만 이혼을 전제로 하는 건 안 된다는 거였습니다."

"모든 사실을 얘기했는데두?"

"어찌 그런 사진 얘길까지 다 해요. 돈 얘기와 이혼 얘기만 했지요."

"그래 어떻게 할 거요?"

"유한일 씬 제가 구용택과 이혼하면 다신 절 만나지도 않겠다고 해요. 자기 때문에 하나의 가정이 파괴된다는 건 있을 수 없는 일이라구요. 그러니 선생님이 도와 주셔야겠어요. 제가 구용택과 이혼하는 것은 유한일 씨 때문이 아니라, 부득이한 사정이 있기 때문이란 말씀을 하셔서 유한일 씨를 납득시켜 주세요, 네? 선생님."

유한일 씨의 심정을 알고 있는 만큼 나는 선뜻 대답할 수가 없었다.

윤숙경은 눈물을 흘리기까지 하며 나에게 애원했다.

"숙경 씨 오늘은 이대로 돌아가서, 권수자 씨도 홍콩으로 갈 모양이더라는 얘기만 유한일 씨에게 전하시오. 숙경 씨의 이혼 문제에 관해선 내가 진지하게 생각한 연후에 유한일 군과 의논을 해 보겠소. 유 군의 심정이 여간 괴로운 게 아닌 모양인데 그 점도 감안해야 하지 않겠소?"

"구(具)에게 돈을 줘야 하겠죠?"

윤숙경이 수심에 가득 찬 눈을 들었다.

"글쎄."

나는 뭐라고 대답할 수 없었다.

"돈을 안 주면 당장 고발할 거예요. 그렇게 되면……."

"구라는 인간 어지간히도 비루한 사람이군."

내가 혀를 찼다.

"말 못 해요."

윤숙경이 고개를 숙였다.

"그런 인간이라면."

하고 망설이다가 나는 다음과 같은 말을 했다.

"호락호락 고발하지 못할걸. 고발하면 거게서 끝장이 나는데, 본인에게 이득이 없는 짓을 그런 약삭빠른 인간이 하겠소?"

"망신을 주자는 거겠죠."

"그것은 협박하기 위한 수단일 뿐 목적은 돈에 있을 것 같은데 윤숙경 씰 고발하려면, 자연 이혼도 해야 될 테구…… 한 푼의 돈도 안 되는 그런 짓은 안 할 거요, 내 짐작으로는. 그러니까 여게서 돈을 내놓는다는 건 그자의 술중(術中)에 빠져 드는 것으로 되니까 버티어 보는 것도 나쁘지 않을 것 같은데."

"그러다가 유한일 씨에게 누가 미치게 되면……."

윤숙경의 말소리는 기어드는 듯했다.

아닌 게 아니라 그것도 생각해볼 만한 일이었다. 목적이 돈에 있는 듯싶은 구용택이 결과적으로 한 푼의 이득도 없을 것인데 윤숙경과 유한일을 고발하지 못할 것이란 짐작은 어디까지나 추측에 불과한 것이다. 돈에 대한 욕망보다 질투의 감정이 더 클지도 모르는 일이었다.

"그러나저러나 아무래도 납득하지 못할 점이 있어."

쏘아보는 듯한 눈으로 되며 내가 말했다.

"뭐가 말이에요?"

윤숙경이 다시 고개를 들었다.

"그런 비루한 사람허구 어떻게 결혼을 했느냐 말이오?"

"십 년 전의 일인 걸요."

윤숙경은 얼굴을 붉혔다. 그리고는 몸둘 바를 모르는 눈치였다. 나는 그런 질문을 한 것을 후회했다.

"전 그때 열여덟 살밖에 되지 않았어요. 영화배우가 된다는 데 정신이 붕 떠버린 거지요. 게다가 집이 가난했어요. 어머니 아버지 편하게 사시는 걸 보고 싶었어요. 심청이가 되어야 한다면 심청이 한 짓을 그대로 할 수도 있을 것 같았으니까요……."

하고 이어지는 윤숙경의 말을 들으며 나는 우리나라의 딸들에겐 누구에게나 심청이가 될 수 있는 소질, 아니 소지(素地)를 발견한 느낌이었다.

심청일 닮아도 무방하다고 생각하고 있는 때에, 화려한 영화배우로서의 길이 트일 참이었으니 소녀의 마음이 어떻게 되었겠는가. 납득할 수 없다는 말을 나는 당장 거두어들이고 싶었다.

"……그런데 곧 구를 사랑할 수 없는 사람이라는 것을 알았어요. 확실히 그렇게 느끼게 된 것은 훨씬 후의 일이지만서두요. 뭔가 생각하는 방향이 다른 거예요. 차근차근 공든 탑을 쌓아서 유명해지길 바라지 않고, 유명해지겠다, 성공하겠다고 미리 작정해 놓고 수단을 부리는 거예요. 공을 들여서 탑을 쌓아올리는 것이 아니라 남 보기에 탑을 쌓은 듯 꾸미는 거예요. 전 질렸어요."

공을 들여 탑을 쌓아올리는 것이 아니라, 탑을 쌓은 척 꾸미는 사람이 어찌 구용택 하나뿐이랴. 바로 그것이 현대에 사는 대부분의 사람을 사로잡고 있는 병폐가 아닌가.

어떻게 하건 성공만 하면 그만이 아닌가 하는, 이를테면 성공주의자 가운데 구용택은 그 하나에 불과한 것이다.

그러한 사고방식이라면 구용택의 눈엔 윤숙경이 배신자일 수밖에 없다. 얼굴이 잘나고 총명하다고 해서, 모든 여성이 스타가 될 수 있는 것이 아니다. 스타는 꾸며지는 것이고 만들어지는 것이다. 그보다도 계기가 있어야만 한다. 그렇다면 윤숙경이란 스타는 구용택의 작품이다. 만일 영화배우를 대단한 것으로 칠 수 있는 그들 사회의 논리에 의하면 구용택은 윤숙경을 대단한 여자로 만들어 놓은 셈이다.

그런 여자가 자기의 손아귀에서 벗어나려고 하는데 어떻게 가만있을 수 있겠는가. 애정이 없어도 좋고 별거를 해도 좋으니 법적인 부부 관계만은 지속해야 하겠다는, 일반의 상식으로썬 도무지 이해할 수 없는 생활 방식을 감당하게 되는 것도 그런 사고방식에서 나온 것이 아닐까.

──오늘 윤숙경이 있는 것이 누구의 덕택인데…… 하던 권수자는 결국 구용택의 말을 대변하고 있었던 것이다.

그렇다고 해서 그런 사고방식을 용서할 수 없는 것은 이 세상을 그런 성공주의자들의 뜻대로 맡겨 놓을 수가 없기 때문이다. 세상의 외양(外樣)이 어떻건 끝내 승리하는 것은 진실이다. 보다도 진실을 무시하고 성공만 노리는 자는 이윽고 진실에 보복당하고 만다. 구용택의 성공주의는 지금 윤숙경의 진실에 의해 보복당하고 있다. 한때 유럽 천지를 휩쓸고, 그 시체는 수백만 프랑스인의 환호를 받고 파리에 귀환했지만, 나폴레옹은 평생을 통해 하나의 여자의 진실한 사랑을 얻지 못했다. 그런 점으로도 나폴레옹은 하나의 운명의 상징이다……

걸핏하면 나의 생각은 이렇게 나폴레옹에 귀착한다. 나폴레옹이란 강한 조명에 비춰 놓으면 세상의 대소사(大小事)가 제대로 의미를 띠고 나타나는 때문이기도 하지만, 철저하게 생각해야 할 것을 중간에서 포기하기 위해 나폴레옹을 불러내는 경우가 요즘 부쩍 늘었다. 이러나저러나 버릇인 것은 할 수가 없다.

나는 나대로의 생각을 좇으면서도 윤숙경의 넋두리를 듣지 않은 바는 아니었는데 그것을 전부 기록할 필요는 없다. 요컨대 구용택이란 사람은 목적을 위해선 수단과 방법을 가리지 않는 사람이며, 인간으로서의 진실성은 전연 없다는 결론이었는데 마지막이 또 물음으로 되었다.

"돈을 줘야 할까요?"

"돈, 돈, 돈, 돈이 문제로구먼. 어쩌다 숙경 씨가 돈을 가지고 있으니 생기는 문제가 아니겠소?"

"제 돈도 아닌 걸요."

"그러나저러나 내 한 마디만 하지. 돈을 준다고 해서 해결될 일이 아니고, 안 준다고 해서 편한 일도 아니고, 문제는 앞으로 파란만장할 것 같애. 지금 돈을 주고 안 주고에 신경을 쓸 것이 아니라 문제를 근본부터 해결하는 데 신경을 쓰시오."

금품을 탈취하기 위한 단순한 살인 강도범의 소행, 범인은 아직 미체포…….

이런 상황으로 피살자 이노우에의 유골은 일본으로 돌아갔다. 유골 인수인은 이노우에의 형이었다. 이름은 마코토(眞)라고 했다. 유한일은 이노우에의 유골과 함께 일본으로 건너갔다. 그 유골과 같이 가겠다고 특히 작정한 것은 아닌데 우연히 같은 비행기를 타게 되었다는 것이다.

이것은 다음의 기록과 더불어 훗날 내가 유한일로부터 들은 이야기다.

유한일이 일본으로 간 것은, 자기 대신 죽었을지 모르는 일본인의 유족을 위로하겠다는 센티멘털한 동기로써만은 아니었다. 그가 동경에서 이노우에의 아내, 이노우에의 형, 이노우에가 근무하던 회사의 상사와 동료 등을 통해 확인한 것은 ──

이노우에의 한국행이 초행(初行)이었다는 것. 특별한 출장이 아니고 휴가를 이용해서 여행하는 김에 그 회사가 최근 시제(試製)한 상품의 판로를 개척해 보겠다는 목적 이외엔 아무런 목적이 없었다

는 것. 주한 대사관의 상무 관계(商務關係) 직원의 협력을 구할 참이
어서 미리 만날 예정인 한국인은 없었다는 것. 호화스러운 옷을 입은
것도, 눈에 띌 만한 장신구도 없었으며, 짐이라곤 보스턴백 한 개와
아타셰 케이스 한 개여서 어느 점으로도 평범한 회사원으로밖엔 보
이지 않았을 것이란 사실. 비행기로 서울 도착이 네 시, 호텔에서의
등록이 여섯 시, 피살 추정 시간이 열 한 시경이라고 하면 식사하러
호텔 내의 식당에나 간 일이 있을까 특정한 사람과 만날 시간적 여
유가 없다는 것. 가진 돈이라곤 2천 불의 트래블러즈 체크와 얼만가
의 푼돈밖엔 없었을 것인데, 유품 가운데의 지갑에 트래블러즈 체크
는 그냥 남아 있었다는 것. 술을 좋아하는 편이고 기분파이기도 해서
혹시 호텔 로비 근처에서 관광객 상대의 여자를 만나 같이 들어갔을
가능성은 없지 않다는 것 등.

이러한 사실에서 유한일이 얻은 결론은 첫째 범인은 이노우에라
는 특정 인물을 노린 것이 아닐 거라는 확신이고, 살인까지 각오한
범인이 돈이 있어 뵈지도 않은 이노우에를 특히 노렸을 까닭이 없다
는 확신이었다. 그렇다면 우연히 그렇게 된 것일까.

길을 걷고 있다가 돌연 범의(犯意)를 일으키는 그런 우연은 있다.
우연히 호텔 방문이 열려 있었기 때문에 침입하여 급기야는 사람까
지 죽인 우연도 있을 것이다. 그러나 이러한 우연을 계산에 넣는다는
건 문제를 해결하지 않고 포기하려는 태도다. 그런 까닭에 범죄의 수
사엔 일단 우연이란 걸 배제하고 누구나 납득할 수 있는 인과 관계를

찾아내도록 노력해야 한다.

그렇다면 범인은 703호에 든 사람을 노린 것이라고 추정하지 않을 수 없다. 703호실에 든 누구라도 좋다는 그런 것이 아니고, 703호실에 유한일이 투숙했다고 보고 703호실을 노린 것이다.

이와 같은 대강의 짐작을 확실한 추측으로 굳히기 위한 수속으로써 유한일이 일본에 간 것인데 유한일은 그런 뜻으로썬 성공한 셈이었다. 그는 이노우에의 죽음을 자기 대신 죽은 것으로 확신할 수 있었기 때문이다.

유한일은 R호텔 703호실의 사건을 청부 살인이라고 단정했다.

그 근거는 유한일을 살해할 목적의 범행이었다는 전제가 성립되면, 직접 본인이 살인 행위를 감행할 만한 사람을 유한일이 전연 추측할 수 없다는 데 있었다.

또 하나의 근거는 유한일을 아는 사람이면 그를 강도 목적으로 죽일 까닭이 없다는 데 있었다. 왜냐하면 유한일을 알고 있는 사람은 유한일이 절대로 현금을 가지고 다니지 않는다는 사실을 알 것이기 때문이다. 현금을 가지고 다니지 않을 뿐 아니라 그가 가지고 있는 물건도 대단하지 않다는 것은 그를 아는 사람이면 다 알고 있다. 시계는 30불짜리 타이멕스, 라이터는 10센트짜리 싸구려, 그밖에 가지고 다니는 것이라야 증명서, 볼펜, 손수건 등등이다.

요컨대 유한일을 알고 있는 사람으로선 자기 손으로 죽일 만한 사람이 없다는 것이고, 강도할 생각을 갖지 않을 것이란 사실로써 청부 살인이라고 판단한 것이다.

유한일은 청부 살인일 경우를 상상하고 문제를 설정해 보았다. 첫째 자기와 거래한 사업가들의 면면을 샅샅이 들추었다. 설혹 개인적으로 혐오감을 가졌을 사람이 있을지 몰라도 생명까지 뺏어야 할 만큼 자기를 미워할 사람이 없다는 것을 확인했다. 그 다음은 학생 시절 이래의 교우 관계를 들추어 보았다. 한데 그 어느 누구하고도 사랑에 있어서 삼각관계가 있어 본 적도 없고, 달리 원한을 살 만한 건덕지가 있지도 않았다.

그 다음은 가족 관계였다. 유한일의 공로로 아버지의 업체는 더욱 더 번창하긴 해도 자기 때문에 손해 간 일이 없고 앞으로도 그러리라는 것은 명백한 일이었다. 배다른 형제 가운데 혹시 질시할 사람이 있을지 모르나 아버지의 재산엔 일절 관심두지 않겠다는 태도를 이미 밝혀 놓고 있는 이상, 그런 엄청난 짓을 할 사람은 없었다.

그밖의 가능성도 물론 생각해 보았다. 뜻하지 않게 남의 원한을 산 적은 없었을까. 그러나 아무리 생각해도 그런 일이 있을 것 같지 않았다. 혹시 이곳이 특히 반유대적인 지역이라고 한다면, 이스라엘과 특수한 관계를 맺고 있는 그의 정체를 안 사람이 그런 기도를 했을지 모르지만 한국에 그런 사람이 있을 까닭이 없는 것이다.

그렇다면 간단한 산술 문제가 아닌가.

유한일은 문제의 핵심은 구용택과 그 주변에 있는 것이라고 결론을 지었다. 똑바로 말하면 이러한 직감은 시초부터 있었던 것인데,

그 결론을 굳히기 위해 면밀한 소거법(消去法)을 사용해 본 것뿐이다.

그러나 이러한 결론을 내었다는 것만으로 문제가 해결되는 것은 아니다. 유한일은 1주일쯤 일본 동경에서 머무르다가 한국으로 돌아와선 R호텔에 투숙했다. 703호를 원했으나 이미 손님이 차 있다고 해서 다른 방에서 머무르고 있다가 사흘째 되던 날 703호실에 들었다.

그는 하루 동안 낮과 밤 전부의 시간을 703호실에서 지내면서 방 구석구석을 살피고, 엘리베이터와의 거리, 전화를 연결하는 교환의 동태, 외인과 접촉할 때의 호텔 종업원들의 움직임, 숙박객끼리의 연락법 등을 조사했다. 그의 목적은 범인이 어떤 수단으로 703호실에 들어올 수 있었는가의 갖가지 가능성을 조사하기 위해서였다.

유한일은 R호텔에 머무르면서 703호실이 비길 기다려 강달혁과 임수형과 같이 그 방을 세밀하게 조사했다.

강달혁과 임수형은 유한일이 차관 업무를 활발하게 하고 있었을 무렵의 협력자들이었다. 말하자면 부하라고 할 수 있는데, 전직이 수사 관계를 한 사람들이어서 주의력이 치밀하고 행동이 민첩했다.

유한일과 강달혁, 임수형은 703호실을 살펴보고 전후의 관계로 미루어 다음과 같은 결론을 얻었다.

범인이 미리 방에 들어와 대기하고 있었다는 판단은 성립되지 않는다. 그 까닭은 이노우에는 파자마를 입고 있는 상태로 칼에 찔렸는데, 양복을 파자마로 갈아입을 동안이면 범인이 숨어 있는 사실을 발견하지 않았을 리가 없기 때문이다. 범인이 미리 들어와 있었을 경우 은신하고 있을 만한 곳은 방의 구조로 보아 옷장 이외의 장소는 없다. 그러니 파자마로 바꿔 입자면 반드시 옷장을 열어야 하는 것이다. 화장실에 숨어 있었다고는 추측할 수 없다. 침대 밑도 불가능하다. 커튼으로 몸을 가리기엔 커튼이 너무나 짧다.

범인이 이노우에와 같이 방에 들어왔다고도 상상할 수 있는 경우는 범인이 여자였을 경우뿐이다. 손님을 앉혀 놓고 파자마로 갈아 입었을 까닭이 없기 때문이다. 그러나 살인의 수법으로 보아 범인이 여자일 까닭이 없다. 그러니 범인은 이노우에가 파자마로 갈아입고 난 후에 들어왔다고 추측할 밖에 없다.

정면에서 칼을 세 번이나 찔렸으니 반드시 범인의 옷이나 얼굴에 피가 튀겼을 것이다. 그렇다면 피가 튀겨진 옷을 입고 바깥으로 나갈 순 없었을 것이 아닌가. 만일 범인이 범행 후 바깥으로 나갔다고 하면 옷을 바꿔 입고 피 묻은 옷은 가지고 나가든지, 버리고 가든지 했을 것인데 현장엔 그런 것이 남아 있지도 않았고 처분한 흔적도 없다고 했으니 범인은 호텔 내의 어느 방을 이용했을 것이 확실하다.

범인이 유한일을 노렸다는 가정이 성립된다면, 범인은 유한일의 얼굴을 몰랐을 뿐 아니라 이노우에와도 아는 사이가 아니다.

그런 사람이 밤 열 한 시쯤에 호텔에서 남의 방으로 들어갈 수 있자면 특별한 계교를 사용했을 것이 확실하다. 그 계교가 어떠한 것이었을까.

여기까지의 결론을 내었을 때 강달혁이 다음과 같은 의문을 제기했다.

"특별한 계교라고 하면 전화를 이용한 부분도 있을 터이고 얼마간의 말이 오가기도 했을 텐데, 범인이 유 선생님을 노린 것이라면 상대방의 일본말을 듣고 행동을 중지했을 거란 추측을 할 수 있지 않겠습니까?"

아닌 게 아니라 유한일의 의혹도 그 점에 있었던 것이다. 그래 유한일이

"나도 그 점에 의혹이 없는 바도 아니지만 이렇게도 생각해 보았어. 살인자에게 청부를 줄 때 누구라는 것을 밝히지 않고 무조건 703호에 들어 있는 자를 죽이라고 한 것일 게다. 섣불리 내 이름을 댔다간 청부를 받은 자가 주저할지도 모르지 않는가? 내가 703호실에 있을 것이 확실하니 그렇게 명령한 것이라고 봐."

"그럴지도 모르겠네요."

강달혁이 반쯤 납득한 모양이었다.

"그럴지도 모르는 게 아니라, 그런 게 청부 살인의 특징이 아닐까? 703호실에 있는 사람을 죽이면 되는 거니까 누구란 걸 알 필요도 없는 거지. 그날 저녁 때까지 등록되어 있는 손님이 그동안에 바뀌었으리라곤 상상할 수 없을 테고 말야."

임수형이 자기의 의견을 말했다.

"아무튼 나를 죽이려고 한 청부 살인이란 가정 하에 움직여 볼 수

밖에 없지 않은가?"

하고 유한일이 범행 당일 밤의 투숙자 명부를 내놓으라고 일렀다.

　강달혁과 임수형은 전직 수사관이었던 만큼 경찰의 협력을 얻을 수도 있었고 자기들 나름대로 조사하기도 하여 숙박자에 관한 상세한 기록을 가지고 있었다.

　"우선 7층에 투숙한 자부터 검토해 보자."

고 기록을 폈다.

　그날 밤 7층에 투숙한 자의 수는 39명, 빈 방으로 남은 것이 다섯 개였다.

　빈 방에 관해선 추후 조사해 볼 작정을 하고, 명단을 하나하나 검토하기 시작했다.

　미국인이 7명, 일본인이 11명, 프랑스인이 1명, 독일인이 2명, 스위스인이 2명, 덴마크인 1명, 스웨덴인 1명, 인도네시아인 3명, 오스트레일리아인 2명, 칠레인 2명, 말레이시아인 1명, 인도인 1명, 몽고인 2명, 중국인 2명, 홍콩인 1명으로 되어 있었다.

　"소거법(消去法)으로 나가자."

고 유한일이 연필을 들었다.

　"백인들은 일단 제외하는 것이 좋지 않을까요?"

　강달혁의 말이었다.

　"강 형은 백인 숭배자이군."

하고 유한일이 웃었다.

"백인이 한국에까지 와서 청부 살인을 할 까닭이 있겠습니까?"

강달혁의 말에

"청부 살인의 본거지는 미국인데."

하면서도 유한일은 미국인의 이름 위에 ×표를 했다. 이어 프랑스인, 독일인, 덴마크인, 스웨덴인, 오스트레일리아인의 순서로 지워 나갔다. 칠레인, 말레이시아인, 인도인, 봉고인, 인도네시아인도 지웠다.

남은 것은 일본인, 중국인, 홍콩인 도합 14명, 그 가운데 이노우에가 있으니 13명이 되었는데 그것을 관심의 대상으로 해 볼 수밖에 없었다.

"이 가운데 한국인이 있었더라면 일단 그자가 혐의를 받았을 텐데."

임수형이 이렇게 말하고 자기가 조사한 결과를 보고했다.

"여게 괄호를 쳐 놓은 일본인 여섯 사람은 부부입니다. 그리고 나이도 많구요."

하고 그 위에 ×표를 하곤 나머지 4명의 신원을 설명했다. 두 사람은 50세 이상이고 두 사람은 젊었지만 둘 다 일류 상사의 엘리트 사원이었다. 그래서 일본인은 전부 혐의의 대상에서 벗어났다.

"나머지는 중국인인데요. 대만 대학의 교수들이었습니다."

하고 임수형이 그 이름 위에다가 ×표를 했다.

"그러니까 남은 게 홍콩인이구먼."

강달혁이 중얼거렸다.

"그런데 이 사람도 의심할 필요 없을 것 같애요."

임수형의 말이었다.

"의심할 필요가 없다는 것은?"

유한일이 물었다.

"이 사람은 그날 밤 이 호텔에서 자지 않았으니까요."
하고 임수형은 자기의 수첩을 폈다.

그리고 그 수첩에 적힌 것을 읽었다.

"이름은 왕동문, 나이는 45세, 등록한 시간은 오후 두 시. 숙박료
3일분을 선불. 그런데 R호텔에 숙박한 흔적이 없음."

"그것 이상하지 않은가?"

유한일의 질문이었다.

"숙박료를 선불까지 해놓고 숙박하지 않았다는 것은 이상하지만,
사건과 아무런 관련이 없다는 건 확실하지 않습니까?"

임수형이 이렇게 대답하고 덧붙였다.

"왕동문이란 사람은 등록만 해놓고 나타나지도 않았다고 했습
니다."

"아무튼 이상하군."

"등록을 하자마자 여자를 만난 게 아닙니까? 전부터 관련이 있던
여자를 말입니다."

강달혁의 의견이었다.

"그럼 그 문제는 숙제로 남겨 놓고 다음으로 갑시다. 6층부터 하겠습니까? 8층을 하겠습니까?"

임수형이 숙박자 카드를 뒤적였다.

"아냐. 왕동문이란 사람을 조사해 보자. 이 사건과 관련이 있건 말건 살펴볼 만한 일이라고 생각해."

하고 유한일은 강달혁에겐 출입국 관리국에 가서 왕동문에 관한 동정을 조사하고, 임수형에겐 호텔의 프런트 직원을 통해 좀 더 상세한 것을 알아보라고 지시했다.

두 사람이 나가고 난 뒤 유한일은 정당천에 관한 조사 서류를 꺼냈다. 윤숙경으로부터 정당천이 K영화사의 홍콩 지점장으로 가게 되었다는 정보를 듣고 흥신소에 의뢰해서 조사시킨 기록이었다.

한국의 흥신소는 갖가지의 제약이 있는 탓으로 미국이나 일본처럼 철저한 조사를 하지 못한다. 그런 때문에 정당천에 관한 그 보고 서류도 어수선하기 짝이 없었다.

그런데 유한일의 주목을 끈 것은 정당천의 나이가 왕동문의 나이와 꼭같이 45세라는 사실이고, 정당천의 기왕의 경력 속에 이기붕의 아들이며 이승만 대통령의 양자였던 이강석(李康石)을 둘러싼 젊은 깡패들과 어울려 다녔다는 기록이었다.

영화사에서 한 일은 섭외라고 되어 있었다. 섭외가 무엇을 하는 일인지 구체적인 기술이 없었으나 대강의 짐작은 할 수 있다. 엑스트라를 모은다든지 깡패를 이용할 때라든지 하는 경우 한 역할 하

275

는 그런 것일 게다.

유한일은 그 기록을 암송이라도 할 만큼 되풀이해 읽고 있다가 윤숙경이 구해다 놓은 정당천의 사진을 뚫어지게 응시했다. 이렇다 할, 즉 범죄형이라고 판단할 만한 근거는 없었지만 뭔가 각박한 분위기가 그 얼굴의 언저리에 있었다.

무식한 여자가 보면 혹시 잘생겼다고 느낄 수도 있고, 씩씩하다고 느낄 수도 있는 얼굴. 그러나 그 눈엔 교양의 빛이 없었고 입은 동물적인 인상을 풍기고 있다. 한 마디로 말해 돈을 위해선 어떤 짓이라도 할 수 있으면서, 정상적인 노력은 아예 해 보려고도 안 하는, 게으르고 거만스런 성격이 천성적으로 나타나 있었다.

홍콩인 왕은 유령 인물이었다.

출입국 관리처에서 조사한 바에 의하면 그런 사람은 입국한 적도 출국한 적도 없었다.

경찰이 범행 당일의 R호텔 숙박자를 어떻게 조사했느냐는 사실을 알아보았더니 경찰에서도 그 705호실의 숙박자를 문제로 하고 있었음을 알았다. 그러나 숙박한 흔적이 전연 없다는 것을 확인하곤 문제권 외로 돌려 버리고 있었다.

"이 유령 인물이 문제다."

유한일이 중얼거렸다.

"그 문제성을 지적해서 경찰에 재수사를 의뢰해 볼까요?"

임수형의 의견이었다.

"서투르게 시작하면 미리 범인이 알아차리고 선수를 칠지 모르지. 당분간은 경찰을 자극하지 말고 우리끼리만 서둘러 봅시다."

고 유한일이 잠깐 생각에 잠기는 듯하더니 R호텔에서 철수하고자 했다.

호텔에서 철수하면서 유한일은 강달혁을 시켜 7층의 소제부들을 찾아 후하게 팁을 주고 룸 메이드 가운데 한 사람의 이름을 알아 두되 특히 좋은 인상을 심어 두라고 일렀다. 그리고는 비번일 때를 이용하여 그 룸 메이드와 사귀어 그것을 교두보로 하여 705호실의 동정을 살펴보자는 것이었다.

임수형에겐 프런트를 맡아 있는 사람과 친해지도록 노력하라고 하고

"그날 705호실에 등록한 사람, 그리고 705호실의 키가 그날 사용된 적이 있는가 없는가 알아보도록……."

하라고 일렀다.

R호텔에서 철수한 유한일은 당분간 정금호 씨의 집에 묵기로 했다. 정금호는 기왕 구용택의 부도 수표를 막아 주는 일을 한 적도 있어, 비교적 구용택의 회사 사정을 알고 있었기 때문에 그 회사의 동정을 살피는 역할을 맡고 있었다. 초점은 물론 홍콩 지점장으로 가게 되어 있는 정당천과 구용택이 퇴직금 5천만 원을 주어야 한다고 한 권수자의 행동을 살피는 데 있었다.

그리고 3일 후 유한일이 받은 보고를 간추리면 다음과 같다.

강달혁의 보고 : 703호실의 범행이 있은 바로 이튿날 아침 705호실을 소제한 룸 메이드는 박지연, 우동희 두 아가씨였다. 그들의 말에 의하면 침대 기타의 조도로썬 그 방을 사용한 흔적이 전연 없었는데, 담배 내음이 강하게 서려 있었고, 화장실을 사용한 것 같은 기미를 느꼈다. 그렇다고 해서 포개 놓은 타월, 걸어 놓은 타월 등에 이상이 있었던 것도 아니고, 욕탕이나 세면대 근처에 별다른 점이 있었던 것도 아니다.

룸 메이드의 제 육감 같은 것이 자기들이 소제해 둔 그대로가 아니라고 느꼈을 뿐이다. 긁어 부스럼을 만들 필요가 없다는 생각과 쓸데없는 말을 하지 말라는 호텔 측의 주의가 있었기 때문에 육감으로써 느낀 그런 것은 수사관에게 알리지 않았다.

사건 전날 그 방에 들어가는 사람을 보았느냐는 질문엔, 오후 늦은 시간에 있었던 일은 알 수 없다는 대답이었다. 오후 다섯 시가 되면 당번 몇을 남겨 두고 룸 메이드는 모두 퇴근하게 되어 있다고 했다. 뿐만 아니라 룸 메이드는 호텔 복도를 걷고 있는 사람에겐 되도록 관심을 두지 않는 버릇을 가꾸고 있다고도 했다.

임수형의 보고 : 705호실에 홍콩인 왕의 이름으로 등록을 한 시간은 오후 세 시였습니다. 어떤 사람이 등록했는가를 물었더니 좀처럼 생각이 안 나는 모양으로 모두 고개를 갸웃하고 있더군요. 하는 수 없이 직접 카드를 받았다는 사람, 이호길이란 이름이었는데 그 사

람이 퇴근하길 기다려 근처의 술집에 갔었죠. 술을 마시며 무리하지 말고 생각해 보라고 했지요. 이호길의 말은 너무나 많은 사람을 상대하기 때문에 바로 어제 있었던 일도 어리벙벙하다는 거였습니다. 당연한 일이죠. 술을 마시며 서로 친숙한 기분이 되었을 때 돌연 이호길이 생각이 났다는 겁니다. 홍콩인 왕의 이름으로 등록한 사람은 30세 안팎으로 보이는 여자였다는 겁니다. 대리로 왔다고 하며, 숙박비를 선불하겠다는 말이 잇따라서 있었기 때문에 카드에 적은 기재 사항은 건성으로 보고 키를 내주었다는 겁니다. 물론 숙박비를 받았다는 확인이 있고 난 연후에, 키를 준 겁니다. 호텔에서 등록을 시키는 이유는 갖가지 필요에 의한 것이겠지만, 숙박료를 떼이지 않기 위한 이유가 제일 크기 때문에 숙박료를 선불한다는 조건이면 까다롭지 않게 취급하는 모양입니다. 대리로 등록하는 것이니 짐이 있을 까닭도 없구, 벨맨이 방에까지 따라갈 필요도 없구 키만 내주곤 별로 챙기지도 않았고, 챙길 필요도 또한 없었다는 겁니다. 경찰 조사엔 어떻게 응했냐고 물었더니 아까 말한 대로 기억이 어리벙벙해서 그저 그런 사람이 나타나서 등록했다고만 말했다는 겁니다. 그뿐입니다.

"외국인이면 여권 번호 같은 것이 필요했을 텐데."

유한일이 물었다.

"적당하게 기입했죠. 전화 연락을 받고 등록한다고 했으니 그만한 요식 행위는 대리인이 할 수 있을 거라고 프런트의 종업원도 생각했을 것 아니겠습니까?"

임수형이 자기의 짐작을 말했다.

"그 이호길인가 하는 자를 의심해 볼 만한 점은 없었던가?"
하고 강달혁이 말을 끼웠다.

"자칫 했으면 그날 밤 703호실에 자게 되었을지 모르는 사람이
친구여서 그 사건에 흥미가 있는 것이라고 전제하고 묻기도 한 것이
지만, 자신에게 불리할지도 모르는 얘기를 애써 생각해 내기까지 한
사람을 의심할 수 있겠어?"
하고 임수형이 웃었다.

"여자라! 여자가 끼였다?"

유한일이 중얼거렸다.

"그 여자를 찾을 수만 있으면 뭔가 단서를 얻을 수가 있겠군."

강달혁의 말이었다.

"여자는 다만 그런 식으로 방을 차지하고 키만 가져오라는 부탁
을 받았을지 모르지. 궁극의 의도는 모르고 말야."

이것은 임수형의 의견이었다.

"그렇다면 청부를 준 사람, 청부를 맡은 사람, 그 사람의 심부름을
한 여자, 줄잡아 3인의 범인이 있는 셈으로 되는군."

강달혁의 이 말에 임수형이 웃었다.

"왜 웃어?"

강달혁이 임수형을 쏘아봤다.

"그 포즈가 셜록 홈즈를 닮아서 웃었어."

임수형이 깔깔거리며 한 대꾸였다.

그로부터 며칠 후 ——

정금호에게 들어온 정보에, 정당천이 D로에 있는 '라성'이란 바에 얼만가의 투자를 해놓고 매일 밤 한 번 쯤은 그 '라성'에 들른다는 것이 있었다.

이어 정당천의 여권이 내렸다는 보고가 있었다.

그 밖엔 별로 진전이 없었다.

유한일이 강달혁과 임수형에게

"화학 실험을 해야겠다."

는 알쏭달쏭한 말을 했다.

"화학 실험이 뭡니까?"

임수형이 물었다.

"어떤 물질의 성질을 알아내기 위한 화학 실험 말이오."

하고 유한일은 정당천을 상대로 넘겨짚어 보자는 뜻이라며 대략의 계획을 설명했다.

"그 계획을 언제 하기로 합니까?"

강달혁이 물었다.

"내일 밤."

이라고 대답하고 유한일은 강과 임에게 그 계획을 위한 사전 준비를 하라고 일렀다.

그들이 나가고 난 뒤 유한일이 전화로 윤숙경이 나타날 때까지 소파에 깊게 기대앉아 눈을 감았다. 유한일이 즐기는 명상의 시간이라기보다 공상의 시간이었다. 사실 유한일에겐 하고 싶은 일도 많았고 가보고 싶은 곳도 많았다.

'이런 일만 없었더라면 지금 나는 실크 로드를 탐험하고 있을지 모르는데.'

그에겐 중공이건 소련이건 아프리카이건 어디라도 갈 수 있는 여권이 준비되어 있었다. 돈이 좋다는 것은 세계 어디라도 갈 수 있는 비용이 있다는 것보다 필요한 국적(國籍)을 살 수 있다는 이유 때문이기도 한 것이다.

한 시간을 기다리지 않아 윤숙경이 왔다. 검은 후드가 달린 검은 수달피코트를 입고 있었는데 후드에 눈자락이 몇 개 묻어 있었다.

"눈이 와요?"

인사 대신 한 유한일의 말이었다.

"꽤 많이 올 것 같아요."

하고 윤숙경이 코트를 벗었다. 검은 드레스 위에 진주 목걸이가 눈부셨다.

"오늘은 온통 흑일색이군요."

"눈이 희니까요."

윤숙경이 생긋 웃었다.

"하얀 눈 위를 검은 의상의 여인이 걷는다. 기막힌 정경이 되겠군."

"이런 날씨엔 산장(山莊)에 있어야 하는데."

"누가 말리나요?"

"한국에서 설경은 어디가 좋을까?"

"아마 태백산이 좋을 거예요."

"그럼 태백산에나 가 볼까?"

"온천이 있는 어느 곳, 그런 데가 없을까?"

"설경을 즐기기 위해 온천장을 찾는다면 백암온천도 좋을 텐데."

"동해의 백암온천?"

"그래요. 동해의 백암온천."

윤숙경의 눈이 빛났다.

"날 데리고 가는 거죠?"

유한일이 애매하게 웃으며 상체를 일으켜 앉았다.

"온천에 가기 전에 해야 할 일이 있소. 좀 앉으시구려."

유한일이 담배를 피워 물었다.

"R호텔 703호실의 바로 건넌방이 705호실이었소. 범행이 있던 날 밤, 그 방에 투숙하게 되어 있던 사람은 홍콩인 왕이란 사람이었는데 조사해 본 결과 그건 유령이란 걸 알았소."

"유령?"

하고 윤숙경이 놀란 얼굴이 되었다.

유한일이 대강의 설명을 하고 나서

"그런데 그 방을 예약하러 와서 대신 등록한 사람이 삼십 안팎의 여자였다고 해요."

하고 권수자의 사진을 입수할 수 없겠냐고 물었다.

"권수자의 사진은 뭣하게요. 대신 등록한 여자가 권수자였던가요?"

"한번 알아보려고 하는 거요. 사진이 있으면 프런트에 있던 사람에게 물어볼 참이지."

"권수자의 사진이야 제 집에도 몇 장은 있을 테지만 설마……"

"권수자 씬 호텔 방의 예약을 하고 키를 가지고 나오는 역할만 했는지 모르지. 그 방을 어떻게 사용할 것인지까진 모르고 말이오."

"권수자라고 속단하지 마세요."

윤숙경이 얼굴을 찌푸렸다.

"일단 의심을 해보는 거지. 속단은 안 해. 그리구……"

"그리구?"

"내일 오전이라도 좋고, 오후라도 좋은데 권수자 씰 당신 집으로 오게 할 수 없을까?"

"오게 할 수 있죠. 그런데 뭣하게요?"

"권수자 씨가 당신 집에 나타날 시간만 미리 알려 줘요. 권수자 씬 모르게 말요."

"뭣할 건데요?"

"일단 당신에게 전화를 걸어 권수자 씰 바꿔 달라고 하는 사람이 있을 테니까 권수자 씨에게 송수화기를 넘겨주고 그 후의 동정만 관찰하면 돼요."

"누가 전화를 할 건데요?"

"그건 알 필요가 없어요. 권수자 씨의 그때의 반응이 문제일 뿐이오."

"요컨대 권수자 씰 의심하고 있는 것 아녜요?"

"그렇지."

"그 근거는?"

"구용택 씨가 갑자기 권수자 씨에게 돈 5천만 원을 줘야겠다는 사실이지. 구용택 씬 자기의 경제 사정도 넉넉하지 못한 사람 아뇨? 그런 사람이 하필 회사가 위급한 시기에 퇴직금으로 권수자 씨에게 5천만 원이나 지불하겠다는 게 이상하지 않소."

"이상하긴 해요. 구용택은 결코 인심이 좋은 사람이 아니니까요. 그러나 그 사실을 그 사건에 결부시킨다는 건 지나치지 않을까 해요. 권수자는 다른 사건으로 구용택을 협박하고 있을지 몰라요."

"협박? 권수자가?"

"그 여자는 수틀리면 협박이건 뭐건 할 수 있는 여자예요. 게다가 구용택은 협박당할 재료를 상당히 많이 가지고 있을 테니까요."

"예를 들면?"

"탈세, 보석 밀수, 마약 밀수, 그 밖에 배우 지망생을 농락한 사건……."

"그런 짓을 했수?"

"그런 짓을 할 때의 협력자가 곧 권수자였으니까 권수자가 마음을 먹었다고만 하면 협박할 거예요. 구용택이 부도 수표를 냈을 적에 권수자가 허겁지겁한 것도 까닭이 있어요."

"그 까닭이 뭔데요?"

"구용택이 망해 버리면 모처럼 쥐고 있는 협박 재료가 돈으로 되지 않을 것 아네요?"

"말하자면 재원 확보상 서둘렀다, 그 말씀이군."

"간단하게 말하면 그렇죠."

"그렇다면."

하고 유한일이 내심 고개를 끄덕였다.

"그렇다면 어쨌단 말예요?"

"권수자가 R호텔에 나타나서 705호실을 예약했을 것이란 가정이 사실이 될지 모른다는 겁니다."

"그 대신 권수자는 약은 여자예요. 자기를 파멸시킬지 모르는 짓을 할 그런 여자가 아네요."

"홍콩인 왕의 이름으로 호텔에 가서 대신 등록하는 일이 자신을 망칠지 모르는 일이라곤 생각하지 않을 것 아니겠소? 만일 권수자가 뒤에 그 일의 자초지종을 알았다고 해도 스스로 발설할 사람은 아닐 테구."

"구용택이 시킨 짓이라면 권수자 말고도 많은 여자가 있어요."

"권수자만큼 믿을 수 있는 여자가 또 있을까?"

"그건 알 수 없죠."

"하여간 한번 해 보는 거니까, 내일 권수자를 당신 집에 데려다만 놓으세요."

"알겠어요."

하고 윤숙경이 한동안 생각하는 표정이더니 물었다.

"유 선생님은 이번의 사건을 구용택이 배후에서 조종한 거라고 가정하고 계시는 모양인데요. 그 가정이 빗나가면 어떻게 하죠?"

"밑져야 본전 아닙니까? 만일 나의 가정이 빗나갔다고 단정이 되면 이 사건의 추궁은 거기서 다 끝납니다. 나를 죽이기 위한 청부 살인이 아니었다는 결론을 얻을 수 있게 되는 셈이니까요. 뿐만 아니라 내 가정이 무너지면 이 사건은 오리무중으로 되는 겁니다. 현재의 나의 가정은 그러지 않고서는 이 사건을 납득하지 못하는 데 근거를 둔 겁니다. 확실한 이유, 구체적인 이유 없이 살인을 할 까닭이 없는 거니까요."

"단순한 강도 살인이란 것도 있잖겠어요?"

"물론 있지. 그러나 이 사건은 단순한 강도 살인이 아니오."

"헌데 권수자가 우리들이 자기를 의심하고 있다는 사실을 짐작하면 어떻게 되죠?"

"그럴 걱정은 없습니다. 교묘히 할 테니까."

"만일 유 선생님의 가정이 사실로 되는 것이라면 구용택이란 사람, 무서운 사람이군요."

"……."

"그런 사람하고 같이 10년을 살았다고 생각하니 소름이 끼쳐요."

"……."

"먼 데로 가고 싶군요."

"이 일이 일단락되면 안데스 산맥에라도 가 봅시다."

"안데스 산맥?"

"콘도라 파세의 전설이 양귀비꽃처럼 피어 있는 안데스의 산 속, 인디오들과 술을 나눠 먹고, 빌카밤바에 가서 장생술(長生術)을 배우고……."

유한일이 시를 읊듯 했다. 윤숙경이 먼 눈빛으로 되었다.

창밖엔 함박눈이 내리고 있었다.

"오늘 밤 어디 춤추러 가시지 않을래요?"

윤숙경이 중얼거렸다.

"살인자들의 마음을 편하게 해주기 위해 춤추러 가자는 거요?" 하고 유한일이 웃었다.

"살인자들 때문에 우리가 부자유하게 지낼 까닭이 없잖아요."

유한일이 답하지 않았다.

창밖엔 함박눈이 내리고 방 안엔 침묵이 흘렀다.

"선생님, 구용택과 제가 이혼하면 선생님은 절 만나 주지 않겠다는 그 마음 아직도 그대로예요?"

한참 만에 침묵을 깨뜨린 윤숙경의 말이었다.

유한일이 대답하지 않았다.

"그런 사람에게 절 붙여 뒤야 하는 이유가 뭐예요? 그걸 전 알고 싶어요."

"나 때문에, 아니 내가 남의 이혼 이유가 되기 싫다는 것뿐이오."

시선을 창밖의 함박눈에 쏟은 채 유한일이 한 말이었다.

"선생님 때문에 이혼하려는 건 아녜요."

"그렇다면 마음대로 하시구려."

"선생님이 절 만나 주시지 않겠다니."

"그게 뭐 구애될 것이나 되우?"

"선생님을 만나지 못하게 된다면 전 살아갈 보람이 없는 걸요."

"……."

"선생님, 정직하게 말씀해 주세요. 제가 구용택과 이혼하면 선생님과 결혼하자고 덤빌까 봐 그러시는 거죠?"

"……."

"선생님과 결혼하자는 말, 절대로 입 밖에 내지 않을래요."

"모든 것을 숙경 씨가 알아서 하세요. 이혼하는 건 숙경 씨의 자유 의사로써 결정할 문제가 아닙니까? 간섭하지 않겠어요. 간섭할 근거도 없구요. 그러나 내 마음은 그 이혼에 반대라는 것만 알아 두시오."

"이혼한 후에 나와 교제할 수 없다는 이유가 뭐지요?"

"……."

"미스 램스도프 때문인가요?"

"……"

"그렇죠? 미스 램스도프 때문이죠?"

"미스 램스도프의 이름은 꺼내지 않는 것이 좋을 텐데."
하고 유한일이 웃었다.

"왜요?"

윤숙경이 추궁했다.

"미스 램스도프는 천사(天使)요. 아마 누구하고도 결혼하지 않을
겁니다."

"미스 램스도프가 누구하고도 결혼하지 않을 테니까 선생님도 결
혼하지 않겠다는 건가요?"

"그렇게 사람의 마음을 따지고 들어선 안 되오. 나는 윤숙경 씨와
친구로서 지낼 수 있는 것을 한량없는 행복이라고 생각하고 있소."

"그렇다면 이혼한 후로도……."

"그건 안 됩니다. 지금 윤숙경 씨는 남의 부인이니까 내가 우정을
유지할 수 있는 겁니다. 윤숙경 씨가 남의 부인이 아니게 되면 전 우
정을 유지할 수 없다는 건 내가 내 마음을 잘 알고 있기 때문입니다."

윤숙경은 그 말을 통해서 유한일의 마음을 읽었다. 그 이상 말을
보낼 수도 없었다.

"어느 산장에나 가서 눈을 구경하며 술이나 한잔 합시다."

유한일이 코트를 입었다.

그 이튿날 아침 윤숙경으로부터 유한일에게 전화가 걸려 왔다.

"권수자 씨가 오늘 오후 한 시에 저의 집으로 오게 돼 있어요."

"OK, 그런데 어떻게 해서 권수자 씨가 윤숙경 씨 댁에 있는 걸 알았는질 말해야 할 테니까 그 사전 지식을 만들어줘요."

"회사에서 이리로 오겠다고 했으니까 회사에 전화를 해 보고 윤숙경의 집으로 갔더라고 들었다면 될 것 아녜요?"

"OK."

정각 한 시에 권수자가 윤숙경의 집으로 왔다.

"회사를 그만둔다며?"

이렇게 들은 윤숙경의 질문에

"영화 회사도 내리막이구, 숙경 씨의 신임도 잃었구, 붙어 있을 마음이 있어야지."

하는 권수자의 대답이었다.

"구 사장이 내게 돈을 5천만 원 구해 달라고 해서 까닭을 물었더니 권수자 씨에게 퇴직금을 주겠다지 않아?"

"결국 숙경 씨가 내게 되었군요."

"의리로 봐서도 내가 내야 할 것 아냐?"

"그 말 하려고 날 오라고 했수?"

"조금만 기다려 달라는 말을 하기 위해서였지."

"얼마나 기다리면 될까요?"

"얼마 기다리고 안 기다리고 하는 문제가 아니라 이왕 돈을 드릴 바엔 직접 권수자 씨에게 주고 싶어서 그것도 논의할 겸."

"나에게 직접 주세요."

권수자의 얼굴이 환하게 밝아졌다.

"그런데 조건이 있어."

"조건? 뭔데요?"

"구 사장의 말이 내가 5천만 원을 내기만 하면 합의이혼서에 도장을 찍어 주겠다고 했어. 돈을 당신에게 직접 건네는 데도 그 도장을 받을 수 있을까? 그 확약만 해주면 날짜를 정해 공증인 사무실에 가서 돈과 이혼 승낙서를 맞바꾸면 하는데."

"돈 5천만 원으로 이혼 승낙서에 구 사장이 도장을 찍을까?"

도무지 믿어지지 않는다는 권수자의 표정이었다.

"그건 본인이 한 말이니까, 권수자 씨가 적당히 구슬리면 어려운 일이 아닐 거예요."

"그러나……."

하고 권수자는 생각하는 얼굴이 되었다. 권수자가 고개를 떨구고 생각하고 있는 모습을 싸늘한 눈초리로 내려다보며 윤숙경이 물었다.

"홍콩엘 가서 사업을 하겠다는 얘기던데 대강 무슨 사업을 할 작정예요?"

"보따리장수들의 브로커나 하는 정도지 내가 무슨 재간으로 사업을 하겠어요."

"언제쯤 출발인데요?"

"돈이 돼야 가죠."

"5천만 원을 받아야 한다 그거군요."

"결론은 그거지."

"사정이 그렇다면 빨리 서둘러요. 이혼 승낙서만 받아 오면 언제 이건 돈을 드릴 테니까요. 구 사장 만나서 그렇게 말하세요."

"그 문제엔 관여하고 싶지 않은데요. 돈은 구 사장으로부터 받으면 되니까요."

윤숙경이 말을 하려는데 전화벨이 울렸다. 본능적으로 시계를 보았다.

1시 25분. 윤숙경이 송수화기를 집어들었다.

"여보세요."

하는 텁텁한 소리가 있었다. 유한일의 목소리는 아니었다.

"윤숙경 씨 댁이죠?"

"예."

"거기 혹시 권수자 씨가 가 있지 않습니까?"

윤숙경이 송화기 쪽을 막고

"수자 씰 찾는 전환데 어떻게 하지?"

"날 찾는 전화?"

"응."

"남자? 여자?"

"남자."

"누군가, 물어줘요. 누굴까?"

윤숙경이 송화기를 열었다.

"누구라고 전할까요?"

"홍콩에서 온 사람이라고 하면 알 겁니다."

하는 텁텁한 소리였다.

"홍콩에서 온 사람이라는데."

하고 수자에게 눈짓을 했다.

권수자가 송수화기를 건네받았다.

"누구시죠?"

권수자가 물었다. 윤숙경이 조금 비켜선 자리에서 권수자를 관찰하는 눈으로 되었다. 저 편의 소리는 들리지 않았다.

"뭐라구요?"

조금 있더니 권수자는

"나, 나, 나는 그런 것 몰라요."

하고 더듬었다. 저 편의 말이 있었다.

"모른대두요. 몰라요, 몰라. 절대로 몰라."

권수자는 와들와들 떨고 있었다. 이어

"그런데 간 적 없어요. 그런 일도 없구요. 그런 사람 몰라요."

다시 저 편에서 무슨 말이 있었던 모양으로

"모른다니까요. 헌데 내가 여기 있는 줄은 어떻게 알았어요? ……
사흘 전부터 찾았다구요? ……뭣 때문예요……회사에서 말하더라구요?······ 나는 그런 사람 몰라요."

하곤 송수화기를 집어던지듯 놓아 버리고 소파에 푹석 주저앉았다. 그리고는 숨을 고르기 위해 심호흡을 했다. 조금 짬을 두고 숙경이 물었다.

"무슨 전환데 그래?"

"······."

"이상도 해라."

권수자의 얼굴은 창백했다.

"무슨 전화야 대관절."

숙경이 싸늘하게 물었다.

"별게 아니야, 잘못 알고 건 전화야."

권수자는 어마지두 답했다.

"이상한 일도 다 있지. 당신이 우리 집에 있는 걸 어떻게 알고 전화를 걸었을까?"

"회사에 물었대. 그래서 내가 여기 있는 걸 알았대요."

"당신 우리 집에 온다고 했어?"

"숙경 씨 집엘 오는데 숨길 필요가 뭐 있어."

숙경이 궁금해서 못 견디겠다는 표정으로 물었다.

"도대체 무슨 전화야?"

"뚱딴지같은 전화야, 뭐가 뭔지 모르겠어."

"홍콩에서 왔다던데 그건 사실인가?"

"알게 뭐야."

"전연 맥을 짚을 수도 없었어요?"

"없어요."

"이상한 전환데?"

전화가 온 후로 권수자는 정신이 없는가 보았다. 횡설수설 무슨 소릴 하고 있더니 급한 일이 생각났다면서 허둥지둥 떠나 버렸다.

그날 밤 ──

유한일은 강달혁과 같이 바 '라성'의 스탠드에 앉아 위스키를 마시고 있었다. 열 시쯤 되어 사나이가 들어섰다.

"저겁니다."

강달혁이 가만히 속삭였다. 저거란 정당천을 가리킨 말이다.

정당천은 전화기 가까운 자리를 골라 앉아 웨이터에게 물었다.

"어디 전화 온 데 없더냐?"

"없었어요."

하고 웨이터가 그 앞에 재떨이를 갖다 놓았다. 왼손을 호주머니에 넣더니 담배 케이스를 꺼냈다. 금빛으로 도금한 번쩍번쩍 하는 담배 케이스였다. 왼손 약지에 굵다란 반지가 끼워 있었다. 담배 케이스를 열더니 담배를 꺼냈다. 케이스 자체가 라이터이기도 했다. 찰칵 하며 담배에 불을 붙였다. 담배를 끼운 손, 그 팔목에 롤렉스로 보이는 시계가 나타났다.

'담배 케이스, 라이터가 달린 금도금한 반지, 롤렉스 시계……'

그쯤 갖춰지면 속악(俗惡)의 표본일 수 있는 것이다. 유한일이 속으로 웃었다.

정당천의 옆에 와 앉은 사나이가 있었다. 나이는 정당천과 같은 또래. 딱 바라진 어깨 하며 동작으로 보아 주먹깨나 쓴다는 물패이다. 그런 자는 보통 그 외형으로 한몫 보자는 것인데 실지로 싸움이 되면 형편없이 약하다. 어설프게 재는 체격일수록 급소(急所)가 많은 것이다.

레코드 소리와 소음 소리가 섞여 있는데도 그들의 대화는 들렸다.

"홍콩엘 가게 되었다는데 언제쯤 갈 거야?"

한 것은 어깨가 바라진 사나이.

"글쎄 한 1주일쯤 기다려야 할 것 같애."

한 것은 정당천.

"구 사장도 요즘엔 돈이 잘 안 돌아가는 모양이지?"

"언젠 구 사장헌테 돈이 있었나 뭐? 윤숙경의 돈을 쓴 거지."

"생각하면 윤숙경도 불쌍하지. 스타로서의 절정기를 지냈는데, 번 돈은 구가 다 써버리구."

"그러나 윤숙경은 걱정 없어. 엄청난 부자가 파트롱으로 붙은 모양이니까."

"참 그런 소문이 있던데, 그거 참말인가?"

"참말이지 않구."

"누구야, 그 파트롱이."

"미국에서 돈을 벌어 온 사람이라는데 알고 보니 유 재벌의 첩에서 낳은 자식이래."

"그럼 약간 노는 데 소질이 있는 놈이겠군."

"그렇지도 않다는 얘기야. 윤숙경과의 일말곤 뜬소문이 별로 없어."

"사정이 그렇게 되었다면 구 사장이 윤숙경에게 채일 만하군."

"채이고 있을 구용택인가? 어떻게 생겨 먹은 구용택이라구."

다음은 귓속말이 되어 버려 잘 들리지 않았다.

유한일이 시계를 보았다.

10시 30분.

이때 전화벨이 울렸다.

카운터의 아가씨가

"정 사장님."

하고 불렀다. 정당천은 앉은 채로 송수화기를 들었다.

"그렇소, 내가 정당천입니다만."

"홍콩?"

정당천의 소리가 높아졌다.

이어 정당천이

"홍콩의 왕? 언제 왔는데요."

하고 조급하게 묻더니

"몰라요, 난. 그런 사람 몰라요."

하고 완강하게 부인하는 말을 했다.

단속적으로 들린 정당천의 말은 다음과 같았다.

"난 몰라요."

"도대체 당신은 누구요?"

"홍콩에서 온 사람인데 누구냔 말이오?"

"왕의 친구란 말 갖고 어떻게 내가 알겠소."

"모릅니다, 절대로 모릅니다."

"만나자구요?"

"시간이 없어요."

"모르는데 만나 뭣을 할 겁니까?"

"그건 댁의 사정이구요, 나는 나는……."

"무슨 소릴. 아무튼 나는 몰라요."

정당천은 징그러운 물체라도 만진 것처럼 송수화기를 놓았다. 손수건을 꺼내 땀을 닦았다. 담배에 불을 붙이더니 곧 비벼 꺼 버리곤 다시 새 개비에 불을 붙였다. 그리고 거칠게 소리쳤다.

"드라이진을 더블로 한 잔 줘."

"무슨 전환데 그래?"

어깨가 바라진 사나이가 물었다.

정당천이 뭐라고 하는 것 같았지만, 유한일과 강달혁이 들을 수가 없었다.

이때 깡마른 체구의 키가 작은 사나이가 정당천 옆으로 다가서는 것을 유한일이 보았다.

"아, 왔군."

하고 정당천은 그 사나이를 오른편에 앉히고 그 사나이를 대신해서 바텐더에게 술을 시켰다.

"스카치 스트레이트로 더블."

그리고는 열심히 무언가를 설득하고 있는 모양이더니 호주머니를 털고 있었다. 만 원 지폐로 서너 장이나 되었을까? 사나이는 그것을 정당천에게 도로 밀어놓았으나 정당천은 그걸 집어 열심히 무슨 소릴 지껄이며 지폐를 그 사나이의 포켓에 넣었다.

유한일이 그 깡마른 사나이의 얼굴을 보려고 애썼지만 사이에 있는 것이 방해가 되어 보이질 않았다. 그 대신 사나이가 한 마디도 안 한다는 사실과 정당천이 애써 그 사나이의 기분을 상하지 않게 하려고 애쓰고 있다는 사실은 알 수가 있었다.

유한일이 강달혁에게

"이 집 아가씨를 하나 꼬셔 봐. 되도록 오래 있은 아이. 그리고 이제 들어온, 저 깡마른 사람을 미행이라도 해서 정체를 알아보도록 해요."

하고 속삭이곤 일어서서 바깥으로 나왔다.

뭔가가 잡힌 듯한 기분이었다.

유한일은 자기의 가정이 적중해 가고 있다는 사실에 흐뭇하면서도 설명할 수 없는 쓸쓸한 기분이 되었다.

10미터쯤 걸어 나와 바가 즐비한 그 거리 전체를 조망할 수 있는 위치에 섰다.

"아저씨, 재미나는 데 있어요. 안 가실래요?"

하고 나비 넥타이를 맨 소년과 청년의 중간층으로 보이는 사나이가 말을 걸어 왔지만 들은 척 만 척 했다.

'유 재벌이 첩에서 낳은 아들.'

이란 말이 귓전에 남아 있었다. 그런 마음의 탓이었을까, 그 일대의 바의 네온들이 전부 흉색(凶色)으로 보였다.

"흉색의 네온."

유한일이 나직이 중얼거려 보았다.

7

곤충들의 대수(代數)

강달혁과 임수형이 바 '라성'의 단골손님이 되었다. 유한일이 그들에게 넉넉히 유흥비를 제공하고 나서

"남의 눈에 뜨일 정도로 화려하게 돈을 써서도 안 되고 저 사나인 쩨쩨하다고 뒷말을 들을 정도로 인색해서도 안 되오. 아가씨들에게 신뢰를 받을 정도, 어디까지나 건실한 사람으로 보여야 하며, 인정을 느끼게 할 정도로 행세하시오……"

하며 약간의 참고 의견을 말했다.

"그렇게 말씀하시면 부처님 앞에 설법하는 거로 되는 겁니다."

하고 임수형이 웃었다. 동감이라는 듯 강달혁도 미소를 띠었다. 수사 기관 요원으로서의 그들의 과거를 은근히 비춘 셈이다. 그래도 유한일이

"절대로 상대방에게 물어서 무엇인가를 받아 내려곤 하지 마십시오. 한 달 동안 좋은 단골손님 행세를 하고 있으면 자연 알게 될 일이 있을 테니까요."

하곤 덧붙였다.

"우린 범인이 누군가를 알면 되는 것이지 붙들 작정은 아니니까요."

그들은 유한일의 말뜻을 알았다.

이렇게 대강의 얘기를 해놓곤 유한일이 내일 미국으로 갔다가 한 달쯤 후에 오겠다고 했다.

유한일이 미국으로 떠나기에 앞서 나를 찾아와 한 얘기를 대강 간추리면 이상과 같이 되는 것인데,

"그렇다면 범인이 누구라는 것은 대강 짐작할 수 있단 말이 아닌가?"

하는 내 질문에 그는 이렇게 답했다.

"수월하게 풀릴 까닭이 없는 문제가 너무 수월하게 풀릴 듯할 땐, 다시 한 번 문제를 검토해 봐야 하는 겁니다. 그래서 한 달 동안의 여유를 두기로 한 거지요. 범인만 나오면 된다는 그런 문제가 아니니까요."

"아무튼 사건의 윤곽은 잡혔다는 얘기가 아닌가?"

"사실은 그 윤곽도 희미합니다."

"권수자의 사진을 그 프런트 맨에게 보였나?"

"아직은 보이지 말라고 했습니다."

"왜?"

"사진이란 건 원래가 애매한 겁니다. 상당한 시일이 지났으니 그

프런트 맨의 기억도 흐릿해졌을 거구요."

"그렇더라두."

"섣불리 그것을 보였다가 이 여자가 그 여자다, 하는 증언을 받기라도 하면, 그 증언에 사로잡히게 되고, 반대일 경우에도 그렇습니다. 이러나저러나 확실치 않은 증언에 사로잡혀 놓으면 다음 단계의 수사에 지장이 있는 겁니다. 그런 때문에 우선 다른 증거를 수집해야죠. 경찰처럼 범인의 검거에 제 목적이 있는 것이 아니고 어떻게 해서 그런 범죄가 이루어졌나 하는 배경 사정, 그 원인, 관여한 인간들의 수와 이름, 그리고 그들의 인간관계 등을 세세히 알고 싶은 겁니다."

"범죄 심리학의 연구 재료를 얻겠다는 얘긴가?"

"그런 것만도 아니지요. 범죄 사회학까지 영역이 넓혀질지 모릅니다."

유한일은 담담하게 이런 말을 하고 있는 것이었으나 나는 그의 속셈을 짐작할 수 없어 약간 초조했다. 하지만 따지고 들 만큼 호기심이 강했던 것도 아니라서 덤덤히 앉아 있었다. 그러자

"라성이라고 하는 그 바 말입니다."

하고 조금 망설이더니 유한일이 이런 말을 했다.

"라성이라면 로스앤젤레스가 아닙니까? 하나의 도시의 이름, 그 이름을 고향의 이름으로 하고 애착하는 수백만의 사람들이 있을 텐데 그 도시의 이름을 예사로 따 와서 범죄의 소굴이나 다름이 없는

바의 이름으로 한다는 것은 흔히 있을 수 있는 일이겠지만 석연한 기
분으론 될 수 없어요."

나는 뭐라고 할 만큼 생각해 본 적이 없었던 일이라서

"글쎄."

하고 그의 다음 말을 기다렸다.

"서양의 지명이나 인명을 한자화(漢字化)한 것 가운덴 기막힌 것
이 있어요. 라성이란 것도 그 중의 하나지만 에쿠아도르의 수도 퀴토
(키토)를 귀도(貴都)라고 하거든요. 그리고 산호세란 데가 있지 않습
니까? 샌프란시스코 근처에……."

"산호세를 어떻게 쓰는데?"

"산하(山河)라고 씁니다. 산하! 옛날 그곳엔 중국인의 노무자가
끌려 와서 노예 같은 상황으로 철도 공사에 종사했는데 그들이 고향
에 편지를 쓸 때 어머니 전 지금 산하라는 곳에 있습니다, 하고 썼을
것이 아니겠어요?"

"산하!"

하고 나는 마음속으로 발음해 보았다. 유한일의 얘기가 뜻밖에
파세틱하다고 느낄 만큼 감동이 있었다. 개돼지나 다름없는 취급을
받으면서 혹사당하고 있는 노동자가 막사(幕舍)의 칸델라 불 밑에 웅
크리고 앉아 편지를 쓰고 있는 광경이 눈앞에 훤히 나타나는 기분
이었던 것이다.

── 어머니 전 지금 산하(山河)라는 곳에 있습니다.

그런 편지가 과연 있었던 것인지 알 수가 없다. 그 당시 끌려 간 중국인 노동자들은 대부분 무식한 사람들이었을 테니 편지조차 쓸 수 없었을 것이었다. 그런 만큼 더욱 애처롭다. 그들은 가슴 속에 피눈물로 편지를 새겼을 것이 아닌가.

—— 어머니 전 산하라는 곳에 있습니다.

하고. 아무튼 유한일의 화술엔 독특한 분위기가 있다는 것을 나는 새삼스럽게 알았다.

"한 달 동안이나 떠나 있으면 모처럼 알아 낸 것도 흐지부지되지 않을까?"

체면치레로 내가 물은 말이다.

"아닙니다. 제가 이 자리에서 빠져 버려야 합니다. 그러나 사방에다 제 귀(耳)를 달아 두었으니까, 사건이 제풀에 설명을 하고 나설 겁니다. 말하자면 방법을 바꾼 겁니다."

"방법을 바꾸다니?"

"처음엔 악착같이 놈들의 행적을 추적할 작정이었죠. 그런데 그럴 필요가 없다고 느낀 겁니다. 어차피 하나의 가설(假說)을 설정해 놓고 그 가설을 증명할 목적이니까, 그 가설은 어느 정도의 시간과 관찰력을 마련하기만 하면 증명이 되든지 한갓 가설에 지나지 않았다로 되든지 할 테니까요. 그리고 그 가설이 성립되지 않았을 경우엔, 그것은 신문지상에 일상적으로 보도되는 범죄에 불과한 거니까 제가 관여할 필요성이 없게 되는 것 아니겠습니까? 그래서 악착같이 추적하는 방법을 피하고 천천히 관찰하는 방법을 택한 겁니다. 관찰할 대상을 겨우 발견했다는 것으로 일단락 지은 셈이지요."

"그 정도로 해놓고 미국에 가서 쉬겠다는 말인가?"

"쉬다니요. 어림도 없습니다. 이번 일 때문에 밀린 일이 산더미 같습니다."

"무슨 일이 산더미 같은가?"

"그 가운데 힘들긴 하겠지만 상당히 재미가 있는 프로젝트도 있습니다."

"그게 뭔데?"

"아직은 밝힐 단계가 아닙니다. 언젠가는 말씀 드리죠. 선생님의 좋은 소설 재료가 될 겁니다."

"대강의 윤곽만이라도 알고 싶군."

"우간다에 관한 일입니다."

"우간다? 이디 아민의 우간다?"

"그렇습니다."

"그 나라에서 무엇을 하겠다는 말인가?"

"예."

"그것은 이스라엘과 무슨 관계가 있는 일인가?"

"……."

"설마 배후에서 쿠데타를 조종하는 일은 아니겠지?"

우간다란 말이 나오는 바람에 갑자기 호기심이 일어, 이런 말 저런 말로 유도 심문을 시도했지만 유한일은 웃음을 머금은 채 대답하지 않았다.

강달혁과 임수형이 '라성'의 단골손님이 되었다는 것은 이미 말한 그대로다. 강달혁은 유미(由美)란 아가씨를 사귀게 되었고 임수형은 미선(美仙)이란 아가씨를 사귀게 되었다.

유한일이 미국을 떠나고 1주일쯤 지난 어느 날의 오후, 정금호의 사무실에서

"여자란 도리가 없는 거지."

하고 임수형이 밑도 끝도 없는 말을 꺼냈다.

"그것 무슨 말이냐?"

고 강달혁이 되물었다.

"서방질을 하는 버릇이 있는 여자는 남편의 감시가 아무리 심하고, 형벌이 아무리 가혹해도 그 버릇을 버리지 못하는 모양이라."

고 전제를 하고 임수형이 얘기를 시작했다.

"미선이 얘긴데 말야. 벼르다가 어젯밤 변두리 호텔로 데리고 갔는데 한사코 불을 끄라는 거라. 도리가 있나 뭐, 불을 껐지."

"이것 공짜로 들을 순 없는 얘기군."

하고 정금호가 서류를 뒤지고 있다가 말고 응접 탁자 둘레에 와서 앉았다.

"어른 앞에서 어디?"

임수형이 겸연쩍다는 듯 입을 다물려고 하다가

"그래 어떻게 됐단 말야."

하는 강달혁의 성화에 못 이겨 계속했다.

"불은 껐지만 달빛이 밝았거든. 깜짝 놀랐어, 여자의 배 위에 뱀이 엉겨 붙어 있는 거야."

"뱀이?"

"정신없더구만, 얼른 전등을 켰지. 여자가 시트로 몸을 가리길래, 뱀이 있더라고 했더니 여자의 말이 그건 뱀이 아니고 흉터라는 거야. 이왕 본 거니까 좀 더 자세히 보자고 했지. 한참 반대를 한 끝에 시트를 벗었는데 징그러워. 목덜미 바로 밑에서부터 아랫배 그곳 직전까지 사선(斜線)으로 그어진 칼자국이 유착한 흉터였어……."

임수형이 꼬치꼬치 물은 결과 알아 낸 사실은 그 여자의, 이를테면 기둥서방이 여자와 딴 남자가 잠자리를 했대서 칼질을 한 것이라고 했다. 그래서 임수형은 그 남자와 지금도 관계를 계속하고 있느냐고 물었더니 그렇더라는 대답이었다고 한다.

"그럼 당신이 나와 같이 있는 걸 들키면 어떻게 되겠느냐고 물었지. 당장 죽일 거라고 하더면."

임수형의 이 말에 강달혁이

"그렇다면 목숨을 건 밀회였다, 이 말 아닌가?"

하고 웃었다.

"웃을 문제가 아냐. 그렇게 지독한 놈에게 걸려들어 빠져 나오지도 못하는 정상이 가련하기도 했지만, 한편 징그러운 생각도 들었어. 여자가 지닌 업(業) 같은 게 연상되기도 하구 말야."

"기둥서방이 누구라든?"

"그건 아직 묻지 않았어. 유 사장의 분부가 있은 탓도 있었지만 왠지 겁이 나드만. 그건 그렇구 칼질 하나 잘했더면. 조금만 깊었더라면 내장이 상하는 거야. 헌데 내장이 상하지 않을 만큼 4, 50cm 가깝게 칼질을 했으니까 말야."

"결국 어젯밤은 놀라기만 하고 불발로 끝냈다, 이건가?"

"도리가 있나, 뭐. 그러나 수확은 있었어. 그 여자의 기둥서방이 누군인가를 알아내기만 하면 진일보하는 셈으로 되니까."

강달혁이 사귀고 있는 유미는 '라성'을 시작한 5년 전부터 있었던 아가씨였다. 그 동안 이른바 살림을 한답시고 들어앉은 적이 두 번쯤 있었으나 두 번 다 석 달을 넘기질 못했다. 이를테면 '사랑에 속고 돈에 우는' 전형적인 화류계 여성이라고 할 수 있는데도 아직 순진한 데가 남아 있었다. 얼굴이나 맵시는 중지상(中之上)쯤이라고 할까.

피차 어색함이 없었을 때 강달혁이 물었다.

"나이는 몇이지?"

"서른하나지만 스물아홉쯤으로 해 둡시다."

하는 유머러스한 대답도 할 줄 알았다.

유한일이 말 따라 서둘러 묻지 않아도 라성에 관한 얘기, 라성에 드나드는 사람의 얘기를 심심찮게 들을 수가 있었다.

정당천은 얼마 전까지 라성 마담의 기둥서방 노릇을 하다가 요즘은 물러선 모양이라고 했다. 마담이 가발 무역으로 한창 세월이 좋은 어느 회사의 전무와 정분이 나는 바람에 부득이 물러섰는데, 그런 때문도 있어 마담은 지금도 그를 얼마간의 호의로써 대하고 있고 동업자란 명목을 살리기 위해 수입의 1할쯤을 제공하고 있다는 얘기였다…….

어깨가 딱 바라진 사나이의 이름은 배동원이라고 하고 근처의 체육 도장에 드나들며 얼만가의 용돈을 얻어 쓰는 건달인데 깡패로선 기질이 좋은 편이란 얘기였고…….

채찍처럼 생긴 여윈 사나이는 심수동인데 하는 일은 없고, 미선의 등에 업혀 사는 사나이라고 했다.

'그럼 미선에게 칼질을 했다는, 그 기둥서방인가?'

하고 물어보고픈 생각이 목구멍까지 차올랐지만 강달혁은 들은 척만 척 해 두었다. 그 까닭은 라성에 드나드는 사람, 또는 라성에 관계되는 사람들에겐 일체 관심이 없는 것처럼 꾸며야 했기 때문이다.

유미의 말에 의하면 구용택도 가끔 드나든다는 것이었고, 2, 3년 전엔 윤숙경이 동료 배우들과 빈번히 놀러 오기도 했기 때문에 그 덕택으로 라성의 인기를 올렸다고도 했다.

그런데 강달혁이 자주 라성에 드나들면서 느낀 것은 미선의 기둥서방, 심수동인 사흘에 한 번꼴로 나타날 뿐인데 그때마다 정당천을 만난다는 사실이고, 정당천이 심수동을 만나기만 하면 언제나 호주머니를 털어 얼만가의 돈을 주면서도 깨지기 쉬운 유리그릇을 대하듯 안절부절못한다는 사실이었다.

어느 날 밤, 스탠드가 잘 보이는 박스에 앉아 스탠드 앞에 앉은 정당천과 심수동을 강달혁과 임수형이 관찰하고 있었는데, 정당천이 뭐라고 하자 심수동이 자기 앞에 놓인 잔을 들어 정당천의 얼굴을 향해 던졌다. 순간의 일이었다. 무슨 일이 나나 하고 보았다. 그러나 아무 일도 없었다. 정당천은 손수건으로 얼굴을 닦았을 뿐이고 심수동은 말없이 바깥으로 휭 나가버렸다. 강달혁처럼 그곳을 주목하고 있었던 사람이 아니면 아무 일도 없었던 것으로 될 것이었다.

라성을 나와 다른 곳으로 옮기며 강달혁이 '컬대가 큰 놈이 쬐그만한 놈으로부터 공공연하게 모욕을 받았는데도 가만있는 까닭이 뭘까'하고 중얼거렸다.

"유 사장 말씀대로 사건이 제풀에 설명을 시작하는 것 아닐까?"

임수형의 말이었다.

유한일의 의견에 구애될 것 없이 구용택과의 이혼을 단행해야겠다고 윤숙경은 마음을 다졌다. 그래서 권수자로부터 무슨 소식이 있길 기다리고 있는데 나타나기는커녕 연락도 없었다.

권수자의 집에 전화를 몇 번인가 걸어 보았지만 없다는 대답이고 회사로 해 보아도 권수자의 행방에 관해 요량을 얻을 수가 없었다. 5천만 원이란 돈이 개재되었으니, 권수자로선 서두를 만도 한 일인데……하고 윤숙경이 이상하다는 느낌을 가졌다. 그러던 차, 구용택으로부터 전화가 걸려 왔다. 그 전화가 구의 전화인 줄을 알자 윤숙경은 등에 소름이 끼쳤다.

"당신이우?"

하는 말소리조차 징그러웠다.

"내게 전화하지 마세요."

불현 중 거친 소리가 되어 버렸다.

"헛허."

능글맞은 웃음소릴 내더니

"돈을 줄 거냐, 안 줄 거냐 그것만 명백하게 해요."

하고 구용택이 위협조로 나왔다.

"권수자 씨에게 조건을 말해 났으니 그대로만 해서 권수자를 보내세요."

"완전히 거래식이로구먼."

구용택은 돌연 말투를 부드럽게 바꾸더니 애원하기 시작했다.

"나라고 해서 나와 살기 싫다는 여자를 붙들고 늘어질 까닭이 없지 않소? 이래도 구용택은 남자요. 그러니 그 문제는 조금 뒤로 미루고 우선 그 돈이나 융통해 주시구려. 내 어음과 바꿉시다."

"그 돈 권수자에게 줄 거라고 했죠?"

"그렇다니까."

"권수자에게 줄 돈 갖고 그처럼 서두를 필요 없지 않아요. 이혼 수

313

속은 하루면 될 텐데요."

"여자 팔아먹은 돈으로 직원 퇴직금 주긴 기분 상 싫다 이건데, 그런 기분쯤도 이해하지 못할까?"

"나는 당신에 관해선 앞으로 굳이 이해하지 않을 작정으로 있어요."

"뭐라구?"

"돈 안 내면 여편네 스캔들을 폭로하겠다고 협박하는 사람의 어떤 점을 이해하란 말예요."

"장난이란 것도 있는 거야, 장난."

"영화의 스틸 사진으로 여편네의 스캔들을 조작하는 노릇도 장난인가요?"

"……"

말이 막히듯 잠잠했다. 윤숙경이

"권수자를 통해 제시한 조건을 그대로 이행하지 않으면 돈 한 푼도 낼 수 없어요."

하고 송수화기를 찰가닥 끊어 버렸다. 잇따라 벨 소리가 울렸다. 들어 보나마나 구용택의 전화임이 틀림없었다. 그냥 내버려 두었다.

가만있으면 구용택이 집으로 들이닥칠 것 같은 예감이 들었다. 윤숙경이 코트를 걸치고 밖으로 나와 운전사를 불렀다. 운전사는 담 하나를 사이에 둔 이웃에 살고 있었다.

'오랜만에 통일로 쪽으로 드라이브를 할까, 이 선생 댁으로 가

볼까.'

망설이고 있을 때 초인종이 울렸다. 찔끔했다. 권수자의 목소리가 들렸다.

"도대체 어떻게 된 일이유?"

짜증스런 표정으로 당황감을 감추고 윤숙경은 권수자를 데리고 다시 방 안으로 들어왔다. 권수자가 일종의 흥분 상태에 있다는 것을 윤숙경이 곧 알아차렸다.

"내가 몇 번이나 전화를 했는지 아세요?"

"미안해요. 집이나 회사에 붙어 있지 않았어요."

"그래도 콜 백쯤 할 줄 알아야지."

"지금 제정신이 아녜요."

"왜?"

"공연히 바쁘네요."

"홍콩 갈 준비 때문에?"

"말이 났으니 말이지, 큰일났어요. 홍콩엘 갈 결정은 해놓고 준비가 안 되니까 말요."

"준비래야 돈 준비 아뇨?"

"그렇죠."

"그렇다면 일전에 내가 하자는 대로 서두르지 않구."

"구 사장이 그런 조건 들을 것 같애요?"

그때 전화벨이 울렸다.

권수자의 움찔하는 표정이 이상할 정도였다. 윤숙경이 송수화기를 집어 들자 권수자가 손을 저었다. 자기를 찾거든 없다고 하라는 시늉이었다.

전화는 정금호로부터 온 것이었다.

"들려 드릴 재미나는 얘기가 있어요. 어디로 나오시렵니까? 제가 댁으로 방문할까요?"

윤숙경이 나가겠다고 하고 시간과 장소를 정하곤 전화기를 놓고 물었다.

"수자 씨가 내 집에 온다는 걸 누가 알아요?"

"아뇨."

"그런데 왜 그러지?"

"쓸데없는 전화가 나 가는 데마다 쫓아오는 바람에 신경질이 날 지경이에요."

"쓸데없는 전화?"

"그래요."

"얼마 전에 우리 집에서 수자 씨가 받고 기분 나빠하던 그런 전화?"

"대강 그래요."

윤숙경은 그것이 어떤 전환가를 알고 있다. '왕동문 씨가 당신을 찾는다. R호텔의 방을 잡아 주어 감사하다. 그 감사의 뜻으로 식사 대접을 하고 싶은데……' 등으로 꾸며져 있는 전화인 것이다.

"관계없는 전화이면 그렇게 신경 쓸 필요가 있나요?"

그러자 권수자가 뱉듯이 말했다.

"문제는 구 사장이야."

"구 사장이 문제라구? 뭔데."

"빨리 돈을 주지 않으니까 그런 귀찮은 전화도 받게 된단 말예요. 그래서 숙경 씨, 의논하러 왔어요."

"……."

"구 사장과 상관말구 나에게 천만 원을 줄 수 없어요?"

"……."

"바빠서 그래요."

"바쁘면 내 시키는 대로 하세요."

"시간이 없어요."

"구 사장을 조르세요, 그럼."

"그러고 있을 여유가 없다니까요."

"왜 그러지? 권수자 씨, 누구에게 쫓기는 사람처럼."

그 말에 권수자가 아차 하는 표정이 되었을 때 또 전화벨이 울렸다. 권수자가 또 찔끔했다. 아까처럼 손을 저었다. 윤숙경이 송수화기를 집어들었다.

"거기 권수자 씨 계시는지요?"

전화통에서 흘러나온 말이었다.

윤숙경이 송화기를 막고 수자에게

317

"이 전화 당신한테 온 건데 어떡하지?"

하고 물었다.

"없다고 해줘요, 없다구요."

권수자의 눈이 애원하는 빛으로 되었다.

"권수자 씬 여기 없습니다만."

윤숙경이 차분히 말했다.

"있는 줄 알고 걸었는데 왜 그러십니까?"

윤숙경은 그것이 임수형의 목소리라는 것을 곧 알아차렸다. 그러나 권수자가 있는 앞에서 아는 척 할 수가 없어서

"그것 실례되는 말인 줄 모르고 하는 거예요?"

하고 일부러 퉁명스럽게 꾸몄다. 그 기분 알았다는 듯 저 편에서 전화기의 말소리가 옆에까지 울려가도록 소리를 높였다.

"하여간 난 알고 전화를 하는 겁니다. 권수자 씨가 꼭 전화를 받기 싫다고 하시면 왕동문 씨를 위해 R호텔의 방을 잡아 준 호의에 대한 감사를 경찰을 통해 표명할 수밖에 없다고 전해 주십시오. 앞으로 일주일 여유를 드릴 테니 그 동안 잘 생각해 보라고 하십시오. 우리도 경찰까지 개재시켜 번거롭게 하긴 싫지만 계속 전화마저 받지 않으려고 피하면 어떻게 할 수 없이 경찰에 의뢰할 수밖에 없다는 사실을 똑똑히 알려 주시오. 실례했습니다."

전화는 여기서 끝났다.

"전화 소리 들었죠?"

하고 윤숙경이 권수자를 돌아봤다.

권수자의 얼굴이 백짓장처럼 되어 있었다. 윤숙경이 심각한 표정을 꾸미고 권수자를 응시했다. 그리고 물었다.

"수자 씨 어떻게 된 거요? 왕동문이니 R호텔이니."

"난 전연 모르는 소리야."

수자의 목소리는 떨리고 있었다.

"전연 모르는 일에 겁먹을 것 없잖아요."

"누가 겁을 먹어요? 귀찮다는 얘기지."

"꼭 그렇다면 경찰에 신고해요. 아무런 까닭 없이 엉뚱한 전화 때문에 신경 쓸 것 없잖아요?"

"……."

"내가 대신 신고해 줄까요? 친한 경찰관에게 부탁하면 친절하게 돌봐 줄 거예요."

하고 윤숙경이 전화기에 손을 뻗었다.

"안 돼요, 그건."

권수자가 다급하게 말했다.

"그 따위 터무니없는 전화를 걸어오는 놈을 그냥 둬 둔단 말예요?"

윤숙경이 발끈하는 투로 꾸몄다.

"괜한 일로 경찰이 오너라 가거라 하는 것 난 싫어요."

"권수자 씨답지 않은 말씀을 하는구료. 다소 번거롭더라도 그 따위 인간들을 그냥 내버려 둘 순 없는 거예요."

"그러나 어떻게 해요. 나는 곧 홍콩으로 가야 하는데 그런 일을 경찰에 부탁하면 시일이 천연될 것 아녜요?"

"홍콩으로 갈 준비도 안 되었다면서?"

"그러니까 부탁하고 있지 않아요. 돈 천만 원만 달라구."

"……."

"숙경 씬 나에게 그만한 호의도 베풀어 줄 수 없나요?"

"난 여태껏 수자 씨에겐 한다고 했는데."

아닌 게 아니라 윤숙경은 회사에서 나오는 월급 이외에 언제나 후한 대접을 권수자에게 해 왔던 것이다.

"누가 그걸 모르나요? 그러니 이번 한 번만 봐 줘요, 숙경 씨."

권수자가 울먹이는 소리를 내었다.

"좋아요, 그럼 내가 묻는 말에 똑똑히 대답해 주세요."

하고 윤숙경이 자세를 고쳐 앉았다.

"나는 원래 호기심이 강한 여자예요. 수자 씬 그걸 아시죠? 그래서 묻는 거예요."

하고 숙경이 전제를 두었다.

수자의 눈이 불안하게 흐렸다.

"별게 아니고 아까 전화 애긴데, 그 전화가 전연 엉뚱하단 말인가요?"

"전연 엉뚱해요."

"왕동문인가 뭔가 하는 사람 전연 몰라요?"

"몰라요."

"R호텔허구 무슨 관련이 있는 것 같은 얘기던데 그것도 전연 터무니없는 일인가요?"

"그래요."

"그럼 좋아요."

윤숙경이 단호한 투로 이렇게 말하자, 권수자의 표정이 '…?…' 하는 기분으로 바뀌었다.

윤숙경은 캐비닛을 열고 백만 원 액면의 보증수표 석장을 꺼내 권수자 앞에 놓으면서 말했다.

"지금 내가 가지고 있는 건 이것뿐이니 이걸로 우선 홍콩 갈 사전 준비나 하세요. 나머지 7백만 원은 3일 후에 드릴게요."

"고마워요, 숙경 씨."

하고 권수자가 수표를 핸드백에 넣고 일어섰다. 일어선 권수자에게 윤숙경이 또박또박 말했다.

"친구의 딱한 사정을 보고만 있을 수 없어요. 수자 씬 가만 계세요. 아까 전화를 걸어 온 자의 정체를 내가 알아내어 혼을 내줄 테니까요."

권수자의 서 있는 모습이 화석(化石)처럼 되었다. 그러나 그 화석의 입에서 새어 나온 말은 ——

"어떻게……."

"말은 안 했지만 며칠 전 놈들이 자기들의 전화번호를 알려 왔어요. 수자 씨에게 전해 그리로 전화를 해 달라는 거였어요. 수자 씨가 혹시 곤란할 지경에 빠져 들지 않을까 해서 덮어 두었던 것인데, 이제 수자 씨로부터 전연 관련이 없다는 얘길 들었으니 난 안심하고 행동할 수 있어요."

"……."

"놈들과 만날 참예요. 미리 경찰과 연락을 해놓구요."

"숙경 씨, 그건 안 돼요."

수자의 얼굴이 창백했다.

"왜 안 된다는 거지? 당신은 전연 모르는 일이라면서."

"그러나 경찰이 일을 종결할 때까진 내가 홍콩엘 가지 못할 것 아녜요?"

"그건 걱정 말아요. 터무니없는 전화를 걸어 온 놈들만 문제로 하고 수자 씬 절대로 경찰에 가지 않도록 내가 조처할 테니까요. 당신은 아무런 관련도 갖지 않았다는 것을 그자들도 알고 있을 테니까 문제없어요. 내게 맡겨 둬요."

"꼭 그렇게 하겠다면 내가 떠나고 난 뒤에나 하세요."

"그런 걱정을 말래두요. 수자 씨에게 누가 미치도록은 안 할 테니까."

"그러나……."

"물론 내가 행동한다고 해도 다소의 사전 준비는 있어야 할 테니까 당장 오늘 내일 시작할 건 아니지만……그렇지 모레쯤이나…….”

마지막의 말은 윤숙경이 자기 자신에게 다지는 것처럼 투를 바꿨다. 권수자는 멍청히 숙경을 바라보고 있더니 애원하는 얼굴이 되었다.

“숙경 씨 부탁이에요. 이 일엔 참견하지 마세요.”

“이상도 해라. 수자 씨 왜 그러죠?”

윤숙경이 불쾌한 표정으로 꾸몄다.

“나 때문에 번거로운 일에 말려드는 게 미안해서 그래요.”

수자는 다시 소파에 앉았다.

“번거로울 것도 없어요. 그자들을 만나 경찰에 인계해 주면 그만일 텐데요 뭐. 그리고 다소 번거롭기로서니 친구를 위해 그만한 일쯤은…….”

“부탁이에요. 이 일에 참견하지 마세요, 숙경 씨.”

수자는 자기의 손을 뻗어 숙경의 손을 잡으려고 했다. 숙경은 수자의 손을 자연스럽게 피하고

“이 일은 등한히 할 수 없는 문제예요. 들으니까 외국에서는 전화를 통한 협박이 많은가 봐요. 그것도 일종의 폭행 아녜요? 일종의 가택 침입이구요. 그런 일을 고발하고 방지하는 데 협력하는 것이 시민의 의무라고 생각해요. 그러니 수자 씨완 관련 없이 내 마음대로 행동하고 싶다, 이 말예요.”

하고 차분히 말을 했다.

그렇게 하는 것이 현재와 같은 처지에 놓은 권수자를 더욱 초조하게 한다는 것을 윤숙경은 영화의 연기에서 어느덧 터득하고 있었던 것이다.

자기는 애원하고 윤숙경은 버티고 하고 있는 동안, 권수자는 결정적인 위험을 느낀 모양이었다.

"윤숙경 씨."

하고, 어느 때 어느 경우에 보였던 싸늘한 태도와 표정이 되었다. 숙경은 잠자코 말을 기다렸다.

"왕동문도 R호텔도 나완 아무런 관련도 없어요. 그것만은 확실해요. 그러나 이게 경찰 문제가 되면 입장이 난처하게 될 사람이 있을 거예요. 그게 누군진 말하지 않겠어요. 다만 윤숙경 씨와 매우 가까운 곳에 있는 사람이라고만 알아 두어요. 그래서 이 일엔 참견 말라고 하는 거예요."

윤숙경이 멍청히 권수자를 쳐다봤다. 어이가 없는 심정이었다. 권수자가 말을 보탰다.

"전화하는 사람의 말투를 봐서 밀수꾼들의 암투(暗鬪)인 것 같은데 그런 일에 말려들어 좋은 게 뭐 있겠소. 밀수꾼들의 약점을 노리고 뜯어먹겠다 이건데, 그들을 경찰에 넘겨 놓으면 그들의 입에서 무슨 말이 나올지 모르지 않아요. 경찰을 들먹이면서도 1주일이나 여유를 주겠다고 하는 걸 보니까 틀림없이 똥파리들예요. 밀수도 하고 남의 밀수를 트집잡아 얼마씩 얻어먹는 족속이 틀림없어요."

윤숙경은 일순 그럴 수도 있겠구나, 하는 생각이 들었다. 왕동문이란 인물은 밀수를 하는데 필요한 인물 아니면 무슨 사기를 위한 가공인물일지도 몰랐다. 705호실을 잡은 것도 단순한 우연일지 모르고……

'그렇다면,'

하고 윤숙경이 생각했다.

'유한일의 가정은 전부 빗나간 것이다.'

그런데다 권수자의 동작이나 말로 보아 703호실의 살인 사건엔 전연 마음을 쓰고 있지 않은 것 같았다.

"수자 씨가 전연 관계하지 않은 일이라면 왜 그들은 그처럼 집요한 전화를 하죠? 똥도 없는데 똥파리가 꿇을 까닭이 없잖아요?"

"까닭은 있지."

하고 한숨을 쉬며 권수자가 덧붙였다.

"내가 하경미를 시켰거든요."

하경미는 미인 대회에서 2등인가, 3등인가 한 만큼 얼굴과 체격이 그런대로 볼 만한 아가씨였다. 구용택의 발탁으로 두어 번 영화에 출현한 적이 있었으나 반응이 탐탁하질 않아 영화사 내부 일을 돕고 있었다. 구용택과의 육체관계가 있는 것이 확실했지만, 윤숙경은 그런 문제엔 신경을 쓰고 있지 않았다.

구용택이 권수자에게 시킨 일을, 권수자가 하경미에게 시켰다는 얘기다. 충분히 있을 수 있는 일이었다.

"그래 수자 씬 왕동문이란 사람을 만나 본 적이 있수?"

"말만 들었지 만나 본 적은 없어요. 홍콩에서 이름난 무역상이 래요."

"그럼 하경미는 만났겠네요."

"그건 모르지. 하나 구 사장이……"

그 말뜻은 자기의 정부(情婦)를 남의 앞에 내놓겠느냐 하는 함축 일 것이었다.

'그렇다면 권수자는 왕동문이 가공인물이란 사실까지 모르고 있 구나. 그런데 왜, 그 전화에 그렇게 겁을 낼까?'

그 대답은 아무튼 무슨 비밀이 있는 것 같다는 모호한 것일밖에 없었다.

"그러니까 이 일에 말려들지 말아요."

하는 못을 박아 놓고 권수자가 떠났다.

수자를 보내 놓고 나서 피로를 느꼈다. 잠시 침대 위에 누웠다 가 일어나서 치장을 했다. 정금호와 만날 시간이 가까웠던 것이다.

정금호의 사무실을 찾았다. 사환을 보내 버리고 그 사무실엔 정 금호 본인과 강달혁, 임수형 셋이 앉아 있었다.

윤숙경이 좌정을 하자, 임수형이 싱글벙글하며 물었다.

"윤 여사님, 아까 전화를 할 때 그 권수자란 여자의 반응이 어떻 습디까?"

윤숙경은 전후의 모양을 세밀하게 얘기하고 나서

"유한일 씨의 추측이 어긋난 것 아닌가 해요."

하는 자기의 의견을 말했다.

"어긋난 것 아닙니다."

강달혁이 만면에 웃음을 띠었다. 그리고는 다음과 같이 말을 했다.

"유 선생님은 사업가로도 일류이지만 탐정가(探偵家)로서도 일류가 아닌가 합니다. 판단이 세밀하고 방법이 적절하거든요. 요전번 우리에게 이런 말을 하셨습니다. 놈들이 한 짓이 내 추측대로라면 그건 곤충(昆蟲)들의 대수(代數)이다. X를 단계적으로 A·B·C·D 이쯤 나눠 놓고 처음 단계의 A만 포착해 놓곤, 다음엔 그 A가 B를 자동적으로 찾아내게 하도록 이편에서 작용만 하면 B·C·D는 저절로 풀린다는 거였습니다. 이를테면 놈들의 곤충적 대수(昆蟲的 代數)를 인간의 대수로써 압도해 버린다, 이겁니다. 그런데 그게 그대로 되었거든요."

"무슨 말씀이죠? 권수자는 왕동문이란 사람이 가공인물인 줄도 모르던데요."

"그야 그럴 겁니다."

"무슨 밀수에 관계된 일이라고만 생각하고 있는 모양이던데."

"그것도 사실일 겁니다."

하고 강달혁이 덧붙였다.

"난 수사관 노릇을 수년 해 온 사람이지만 유 선생님의 수사적 지혜엔 정말 탄복했습니다."

하고 임수형이 싱글벙글했다. 정금호는 웃음을 머금고 있었다.

　"범인이 누구란 걸 알았단 말예요?"

　"3분의 2쯤 알았지요."

한 것은 임수형,

　"완전히 안 거나 다름이 없지."

한 것은 강달혁.

　그러나 눈에 보이는 확증이 있어야 하는데 그 확증은 곧 나타날 것이라고 했다.

　"누군데요?"

　윤숙경이 조바심이 났다.

　"서두르지 마십시오. 차근차근 얘기를 하지요."

하고 강달혁이 시작했다 ──

　강달혁과 임수형은 매일처럼 라성에 드나들었다. 어느덧 소장 실업가로서의 신뢰를 호스티스로부터 받게 되었다. 술값은 언제나 외상이고 팁은 리즈너블하게 주었다.

　'돈을 헤프게 쓰면 일시적인 환심을 살 수 있을지 모르나 인간으로서의 신뢰를 얻지 못한다.'

는 유한일의 지시에 따른 행동이었다.

　그렇게 든든한 단골 행세를 하고 있으니 묻지 않아도 라성에 드나드는 손님, 라성의 사정을 환하게 알게 되었다.

　정당천, 배동원, 심수동 등의 신상을 구체적으로 알게 되었다. 그

가운데서도 흥미 있는 인물은 심수동이었다.

심수동은 어릴 적부터 곡마단에 따라다녔다. 그의 장기는 수리검(手裏劍)을 던지는 것이었다. 어릴 때는 표적의 중앙에 서서 주위에 수리검을 꽂는 검사의 상대역을 하다가 장성한 후론 자기가 검사가 된 것이다. 한 치의 잘못만 있어도 상대역의 생명에 위험이 되는 것이어서 그 수련은 실로 엄격하기 짝이 없었다. 10년을 무사하게 지내오다가 심수동은 남도 지방의 어느 소읍의 공연 때 상대역이던 아내에게 수리검을 잘못 던져 죽였다. 그는 심문에서나 재판에서 일관하여 묵비권을 행사했다. 재판관은 아내의 죽음에 충격을 받은 것으로 보고 정상을 자량하여 15년의 징역을 선고했다. 그의 복역 태도가 모범이었던 모양으로 10년 남짓 징역을 살고 석방되었다.

이런 사실을 알고 계속 심수동의 거동을 살피는 한편, 유한일의 지시대로 정당천과 권수자에게 전화를 걸었다. 전화를 거는 역할은 임수형이 맡았다. 그는 자유자재로 성색(聲色)을 바꿀 수가 있었기 때문이다.

정당천이 라성에 나타난 것을 보고 임수형은 근처의 공중전화를 이용해서 전화를 걸었다. 주로 왕동문과 R호텔의 705호실을 들먹여 적당히 말을 꾸미는 전화인데 그 전화가 정당천에게 적잖게 충격을 주는 것을 확인했다.

그 전화가 있고 나면 거의 반드시 정당천은 구용택을 전화에 불러내어 뭔가 불평하는 전화를 걸었다. 그런데 정당천은 심수동이 나타나기만 하면 무슨 큰 죄를 지은 사람모양 쩔쩔매었다.

5일 전부터의 일이었다. 정당천이 라성에 나타나지 않았다. 연속 사흘을 나타나지 않자, 심수동이 바텐더에게 물었다.

정당천의 소식을 묻는 모양이었다. 홍콩이란 말이 바텐더의 입에서 나온 듯했다. 그러자 심수동이 눈앞에 있는 맥주병으로 정면의 술 진열대를 치곤 호통했다.

"그게 참말이냐?"

"안 나오니까 그런 줄 알고 있을 뿐이지 확실히 모릅니다."

하는 바텐더의 대답이 있자, 심수동이 후다닥 바깥으로 뛰어나갔다.

섣불리 뒤를 쫓는 것은 남의 눈에 띨 염려가 있을뿐더러 호스티스의 의심을 살 위험도 있었다.

강달혁과 임수형은 심수동을 뒤쫓는 대신 수리검사(手裏劍師) 심수동의 생애에 흥미를 느낀 듯 가장하고

"참으로 기막힌 인생인데. 내 친구인 소설가에게 그 얘길 들려 줘 소설이나 영화로 만들었으면 그 모델 값을 톡톡히 내겠다."

하는 식으로 말을 이끌었다.

"그것 참 좋겠다."

는 호스티스들의 찬성이 있었다. 그때 미선이 물었다.

"모델 값은 얼마나 내죠?"

"그 심씨가 응해 주기만 하면 백만 원까진 내겠다."

고 강달혁이 장담했다.

백만 원이란 액수를 듣자, 미선이 당장에라도 주선해 보겠다고 했다. 그리고는 미선이

"얼마 안 있으면 조그마한 아파트를 살 수 있을 거라고 하더니 그게 잘 안 되는 모양이라서 신경이 곤두서 있는 것 같애요. 그래서 오늘 밤도……."

하고 말끝을 흐렸다.

그런 문제엔 흥미가 없는 척하고 강달혁이

"언제쯤 만나 뵐 수 있을까?"

하고 물었다.

"본인이 승낙만 한다면야 언제든지 좋겠죠."

하기에 이튿날 점심때 라성에서 만나기로 했다.

그 이튿날 강달혁이 심수동을 만났다. 라성 앞의 화식집 이층 방에서 단 둘이 만난 것은 임수형이 단 하룻밤의, 그것도 별볼일없이 끝났지만 미선을 꼬셔냈다는 죄책감이 있었기 때문이다.

심수동은 강달혁의 제안에 순순히 응하겠다고 해놓곤, 요즘 좀 복잡한 일이 있으니 1주일 후쯤에 시작하자고 했다. 강달혁은 고맙다고 하고 우선 받아 두라며 50만 원의 보증수표를 건네주었다.

"돈 때문에 내 과거를 얘기하려는 것이 아니고, 하두 한이 많아 자청해서라도 얘기하려는 것인데 돈이 웬 말이냐."

면서도 심수동은 기쁘기 한량없는 모양이었다. 아마 그런 목돈을 손에 쥐어 본 지가 평생 처음이 아니었을까 하는 짐작이 들기조차

했다.

기분이 좋으니 자연 말이 많아졌다.

"세상엔 믿을 사람이 정말 적어요."

하고 자기의 비참한 처지에 관해 넋두리를 늘어놓기도 했다.

"참 어젯밤엔 대단히 흥분하신 것 같던데요."

강달혁이 넌지시 말을 끼웠다.

"그놈 나쁜 놈입니다."

하고 불이 붙은 듯 흥분하려 하더니 억지로 참았다. 강달혁은 좀 파
고들고 싶은 유혹을 억지로 참고

"만일 경제적으로 곤란한 일이 있으면 언제든지 말씀하세요. 큰
돈은 할 수 없지만 십만 원, 이십만 원 정도의 돈은 언제이건 마련
해 드리겠소."

하고 환심을 사두었다.

"선생님 같은 분이 이 세상에 있다는 건 정말 상상도 못 했쉐다."

맥주잔을 쥔 심수동의 손이 떨리고 있었다.

"무슨 말씀을."

강달혁이 이렇게 겸사(謙辭)를 하자,

"일주일입니다. 일주일만 지나면."

하고 심수동이 눈물을 흘렸다.

"대강 이상이 어제까지의 얘깁니다."

하고 강달혁이

"술이라도 한 잔 있었으면 좋겠다."

며 웃었다.

"갑시다. 제가 한 턱 내죠."

윤숙경이 일어섰다.

"그럼 오늘 밤은 스타와 함께로 되는 건가?"

하고 임수형이 흥겨워했다.

"이렇게 어울려 있는 것을 그들이 알면 좋지 않을 텐데."

정금호가 나이를 먹은 사람다운 우려를 표명했다.

"걱정 마세요."

하고 윤숙경이 덧붙였다.

"창밖으로 한강이 보이는 한적한 곳이 있어요. 손님은 한 패밖에 받지 않는."

그리고는 전화를 걸었다.

"지금 비어 있대요. 내 먼저 그곳에 가 있을 테니까 뒤따라오세요."

윤숙경은 테이블 위의 메모지에 지도를 그리고 주소를 써서 강달혁에게 보였다.

서울엔 이상한 곳도 많다는 감회를 새롭게 하게 하는 그러한 집이었다. 한남동에서 옥수동으로 가는 중간 지대의 벼랑 위에 서 있는 그 집은, 바깥에선 쉽게 분간할 수 없을 정도로 파묻혀 있는데 일단 그 집의 이층으로 올라가지만 하면 한강을 중심으로 한 일대의 경관을 한눈에 모을 수가 있었다.

그런데다 그날 밤은 십삼야(十三夜)쯤의 겨울달이 교교하게 중천에서 빛나고 있었다. 모든 음향이 사라지고 달빛만이 차갑게 비치고 있는 그 풍경은 윤숙경의 표현을 빌면 '얼어붙은 로맨티시즘'인 것이다.

남자 종업원이라곤 하나도 보이지 않고 에이프런을 두른 중년 여자가 발소리도 없이 드나들며 음식을 날랐다. 그런데 그 안주라는 것이 또한 묘했다. 삶은 전복을 알맞은 연도(軟度)로 말려 놓은 것, 게로 만든 수프, 훈제로 된 돼지고기의 얇은 육편(肉片), 생강과 마늘을 곁들인 아롱사태의 찜, 상추와 캐비지와 아스파라거스로 어우른 야채 등.

"돼지고기가 이처럼 맛이 있을 줄은 미처 몰랐다."
는 강달혁.

"전복이 이런 요리로 될 수 있다는 것은 대발견."
이란 임수형.

술은 브랜디 전문이라고 했다.

"도대체 이건 무슨 식 요리라고 합니까?"

정금호가 물었다.

"멕시코 스페인식? 스페인 멕시코식? 대강 그런 걸 거예요. 거기다 한국인의 구미를 짐작한……."

"아무튼 놀랐습니다. 이런 요리를 내는 집이 있다는 건."

하는 강달혁의 말을 받아

"이렇게 여기서 마시고 먹고 하면 돈이 얼마나 듭니까?"

하고 임수형이 물었다.

"이 집은 장사하는 집이 아녜요."

윤숙경이 장난스럽게 말했다.

"장사하는 집이 아니라면?"

임수형이 윤숙경의 설명을 기다렸다.

"이 집은 성의를 다해 손님을 대접하구, 손님은 성의를 다해 답례를 하구, 그렇고 그런 거죠 뭐. 대강 하룻밤 이렇게 먹으면 이 집 한 달치의 생활비는 부담해 줄 요량을 해야 할 거예요."

윤숙경은 그 집의 주인이 멕시코의 유카탄 반도에서 정착해 사는 한국 이민의 삼세(三世)인, 금년 육순(六旬)을 넘긴 노녀(老女)라고 했다.

망향병(望鄕病)으로 죽었다고 해도 과언이 아닌 할아버지의 뜻을 이을 양으로 몇 해 전 한국으로 돌아왔는데, 그 음식 솜씨가 하도 좋기에 몇몇 사람들이 의논해서 한 달에 한두 번 이용하기로 하고 노녀의 생활비를 부담하고 있다는 얘기였다.

"아들딸은 없나요?"

강달혁의 질문이었다.

"지금 멕시코에서 살고 있다고 해요. 가끔 다녀가기도 한답니다."

"영화계의 사람들이 드나드는 곳 아닙니까?"

정금호가 물었다.

"영화계 사람으로 이 집을 알고 있는 건 아마 나 하나뿐일 겁니다."

윤숙경이 안심하라는 듯 웃고 말했다.

"혹시, 이 집 주인을 유한일 사장이 데리고 온 것 아닙니까?"

정금호의 말이었다.

"그렇게 꼬치꼬치 파고들 필요 없잖아요."

하며 윤숙경이 정금호의 짐작을 긍정하는 결과가 되었다.

"앞으로 우리만이 와도 될까요?"

한 것은 임수형.

"한 달치 생활비를 댈 마음의 준비가 있수?"

한 것은 강달혁.

"필요가 있을 경우엔 저에게 연락을 하세요. 제가 아그레망을 받아들일 테니까요."

"아가씨는 없나요?"

강달혁이 용기를 내어 물었다.

"비품(備品)으로서의 아가씨는 없을 거예요. 아가씨가 필요하면 데리고 오면 될 것 아녜요?"

"이런 데서 브랜디를 마시고 있으니 억지로라도 점잖게 되는 기분인데요."

하고 임수형이 단숨에 자기 앞의 브랜디 잔을 비웠다.

"임 형 어쩔라고 그러시우?"

강달혁이 말했다.

"말 마슈. 목숨을 건졌다 싶으니 정신없이 취해보고 싶습니다."

임수형의 이 말뜻을 알 것 같아 모두들 웃었다.

심수동이 아내를 죽인 것은 그의 아내가 곡마단 단장과 밀통을 했기 때문이었다. 심수동은 아내를 죽이고 난 뒤 곡마단 단장도 죽이려 했으나 재빨리 눈치를 챈 단장이 어디론가 피신해 버려 그 난(難)을 면했다. 심수동은 15년의 형기가 끝나자 그 곡마단 단장을 찾아 나섰다. 죽이기 위해서였다. 그런데 곡마단 단장은 죽고 없었다.

—— 내 여편네허구 밀통한 놈만이 아니라, 누구이건 남의 여편네와 밀통한 놈이면 모조리 죽여 없애고 싶다고 심수동이 말하더라는 얘기를 강달혁으로부터 전해 듣고 임수형이 속으로 전율(戰慄)했다는 것이다.

"임 형의 그 심정 알 만하기도 하지만 가만있다가 갑작스레 발작을 하니까 놀랐다, 이거요."

강달혁이 벙글벙글 웃었다.

"자다가도 벌떡 깰 지경이오. 심수동이란 사람 눈썹 하나 까딱하지 않고 사람을 죽일 수 있을 거야. 엇 무서워."

임수형이 부르르 떠는 듯한 제스처를 썼지만 막상 꾸며 보는 동작만은 아닐 것이었다.

얘기는 다시 R호텔 703호실 사건으로 돌아갔다.

강달혁과 임수형은 심수동을 하수인(下手人)으로 보고, 정당천은 구용택이 그 배후의 인물이라고 판단했다.

그리고 권수자와 하경미는 사건의 진상을 모르고 있는 것이 틀림없다고 추측했다. 그러나 윤숙경은 밀수 사건일 것이라고 한 권수자의 말에도 진실이 있을 것이 아닌가 하는 의혹을 말쑥이 불식할 순 없었다.

"정당천이 돈을 주겠다고 해놓고 돈을 주지 않으니까 심수동이 격분하고 있는 거야. 정당천이 심수동에게 돈을 줘야 할 조건, 또는 이유가 어디에 있겠는가 말이오. 구용택으로부터 돈이 나와야 심수동에게 돈을 건넬 수가 있을 텐데, 그게 그렇게 안 되니 정당천이 지금 궁지에 몰려 있는 거요."

강달혁의 이 말엔 임수형도 동의했다. 윤숙경은 돈 천만 원만 내면 이혼 서류에 도장을 찍어 주겠다고까지 한 구용택의 절박한 처지를 강달혁의 설명으로써 이해할 수 있을 것 같았지만, 그들의 행동을 703호실의 살인 사건에 결부시키는 것은 오비이락(烏飛梨落)이 아닐까 하는 생각을 지워 버릴 수 없었다.

"그러나 신중을 기할 필요가 있습니다. 좀 더 상황을 지켜봅시다."

언제나와 마찬가지로 정금호가 신중론을 폈다.

"그러나저러나 유 사장이 돌아오셔야 결판을 낼 건데, 언제쯤 돌아오실 예정이랍디까?"

강달혁이 정금호에게 물었다.

"유 사장의 목적은 설혹 진범을 알았다고 해도 체포하는 데 있는
것은 아닌 모양이니 서두르지 않을 겁니다. 떠나실 때 한 달쯤이라고
하셨으니까 곧 돌아오시겠죠."

이런 말 저런 말끝에 '라성'이란 바가 화제에 올랐다. 라성의 형
옥이란 아가씨는 다섯 사내를 한꺼번에 처리하고 있다는 강달혁의
얘기여서, 정금호가

"숙녀 앞에서 하는 화제로선 점잖지 못한데."
하고 윤숙경의 눈치를 살폈다.

"숙녀라고 해도 윤 여사는 의젓한 사회인 아닙니까? 그런 일쯤은
알아 두셔야 할 겁니다."

강달혁이 겸연쩍어하며 말했다.

"그녀를 둘러싼 다섯의 사나이. 영화의 제목으로선 꽤 괜찮겠는
데요."

임수형의 말이다.

"아닌 게 아니라 재미있을 것 같군. 다섯 사나이를 요리하는 솜씨
볼 만할 거야. 그러자면 시나리오 라이터가 형옥에게 월사금을 바치
고 배워야 할 걸."
하는 강달혁의 말.

"하여간 상상력만 갖곤 안 될 거라."
하는 임수형의 말.

"얼마나 매력이 있는 여자길래 다섯 사나이를 걸머지고 있을까?"

하는 정금호의 말.

"제가 짐작하기론 매력 제로의 여자일 거예요. 한 사나이의 사랑도 받지 못하니까 그런 꼴이 되는 거예요. 욕구 불만 아니겠어요? 세상에서 가장 불쌍한 여자가 그런 여자 아닐까요?"

"윤 여사의 말씀이 옳습니다. 전연 매력이란 없는 여자지요."

강달혁의 말이 있자 임수형이

"그러나 영화 제목으로선 팔아먹을 수 있잖을까? 그 여자를 둘러싼 다섯의 사나이, 윤 여사 어떻습니까?"

그 이튿날 윤숙경은 권수자가 홍콩으로 떠났다는 사실을 알았다.

며칠을 더 기다려 7백만 원을 마저 받지 않고 서둘러 떠났다는 사실에 윤숙경은 권수자가 절박한 심정이었다는 것을 추측할 수가 있었다.

'그 이유가 뭘까?'

권수자는 하경미의 이름을 들먹였지만 그것은 윤숙경이 하경미와 접촉하길 싫어하는 사실을 알기 때문의 수단이 아닐까 싶었다. 아무튼 하경미를 살펴볼 필요가 있다고 생각했다.

윤숙경이 정금호에게 전화를 걸어 강달혁에게 연락해 달라고 부탁했다. 강달혁으로부터 전화가 있은 것은 그날 밤 열한 시가 넘어서였다.

"밤중에 실례가 되지 않을까 했습니다만."

하고 강달혁이 정중하게 말했다.

윤숙경은 하경미의 이름과 전화번호를 일러 주곤 말을 보탰다.

"권수자의 말론 하경미가 왕동문의 방을 잡았다고 하는데 그 사실 여부를 알아보시오."

"알겠습니다."

한 뒤에 강달혁의 말이 있었다.

"정당천도 오늘 오후 홍콩으로 떠났답니다."

"그래요?"

"내 추측으론 심수동의 성화에 못 이겨 피해 버린 것이 아닌가 합니다만, 심수동이 오늘 약속 장소에 나오질 않았습니다. 만나기로 굳게 약속을 했을 뿐 아니라 돈을 더 주겠다고까지 했는데요. 라성의 미선 씨도 심수동이 어딜 갔는지 모르겠다는 겁니다."

"혹시 정당천과 같이 홍콩으로 간 것은 아닐까요?"

"심수동이 여권이 있을 까닭이 있습니까?"

"그렇군요."

그러나 심수동 관계는 흥미가 없는 얘기라서 윤숙경은

"하경미의 건 잘 살펴보세요."

하는 부탁을 되풀이해 놓고 전화를 끊었다.

정당천이 홍콩으로 간 것을 보니 구용택에게 돈이 생긴 것이로구나 하는 짐작도 들었다. 구용택이 돈이 생긴 것이라면 권수자의 출국(出國)도 당연한 귀결이랄 수도 있는 것이다.

그런데 그 이튿날 아침 구용택으로부터 전화가 왔다.

"명륜동 집을 팔아 버리는 게 어떨까?"

하는 내용이었다.

명륜동 집이란 윤숙경이 현재의 집으로 이사 오기까지 구용택과 같이 살았던 집이다. 명의는 윤숙경 앞으로 되어 있었다. 윤숙경은 구용택의 말이 있기 전에 그 집을 복덕방에 내놓고 있었다.

"은행 빚을 안고 1억 5천만 원을 주겠다는 사람이 나왔어."

구용택은 그 집을 담보로 해서 1억 원 가까운 돈을 은행으로부터 빌려 쓰고 있었다.

"결국 내가 1억 원 가량 손해를 봐야 된다는 얘기로구먼요."

"은행 빚을 못 갚으면 차압을 당할 판인데 그렇게라도 해야 할 것 아냐?"

"도리가 없겠죠. 그러나 그 집 판 돈을 넘어다볼 생각은 마세요."

"아무튼 T호텔의 커피점으로 오늘 한 시까지 나와요. 계약을 해야 할 테니까."

대리인을 보내겠다고 할까 하다가

"나가겠어요."

하고 송수화기를 놓았다.

상담(商談)은 간단히 끝나 계약 보증금으로 천만 원을 그 자리에서, 중도금 4천만 원은 반 달 후에, 잔금 1억 원은 2월 15일에 지불하기로 한 계약을 체결하기로 했다.

계약서 작성은 대서소(代書所)에서 하기로 했다. 입회인으로 구용택이 참석했는데 구용택이 서류 작성을 거드는 척하면서 윤숙경의 인감을 백지에 슬쩍 찍어 놓는 것을 미처 알지 못했다. 윤숙경은 원래 그런 일에 둔한 성미였다.

하기야 윤숙경이 그 사실을 적발하고 물었어도 구용택이 할 말은 준비되어 있었을 것이었다. 대서소 사람에게 일을 맡기려면 백지 위임장 하나쯤은 필요하다는 것과, 돈은 직접 본인이 받을 텐데 무슨 걱정이 있느냐는 등 적당히 얼버무렸을 것이다. 경우에 따라선 적당한 문건(文件)을 입하 변명의 수단으로 삼았을지 모른다.

아무튼 윤숙경은 그 집을 팔아 버린 것이 이빨을 빼버린 것만큼이나 속이 시원했다. 구용택과 같이 살았던 당시의 불쾌한 기억이 묻어 있는 집, 다시 들어가 살 까닭이 없는 집이었기 때문이다.

1억 원을 구용택의 빚에 몰리기도 해서 집을 판 돈은 한 푼도 어림없다고 생각하긴 했으나 다시 추근거리지 못하게 할 심산(心算)도 있는 바이라서 윤숙경은 계약 보증금으로 받은 4천만 원 가운데서 반을 떼어 구용택에게 내밀었다.

구용택은 부신 듯 윤숙경을 보고 있더니 그것을 받아 호주머니에 쑤셔 넣었다. 입언저리에 냉소가 돋아나 있었다.

고맙단 소린 못할망정 그 냉소가 무어냐고 쏘아 주고 싶었지만, 그렇게 해서 말이 오가는 행위를 만들기가 싫어 꿀꺽 삼켰다.

"어디 가서 차나 한잔 안 하겠어?"

대서소를 나서며 구용택이 한 말이다.

"T호텔에서 금방 마시지 않았소."

하고 대기시켜 놓고 있던 자동차를 탔다.

"긴하게 할 말이 있는데."

구용택이 자동차를 타려는 시늉을 했다. 윤숙경은 도어 안쪽의
버튼을 눌러 도어가 열리지 않게 해놓고

"앞으로 얘기할 필요가 있을 때엔 변호사를 시켜야 할 거예요."

하는 싸늘한 말을 남기고 운전사더러 출발하라고 했다.

미끄러져 나가는 자동차를 보고 있는 구용택의 얼굴엔 아까와 같
은 냉소가 번져 있었다.

윤숙경은 그 길로 정금호의 사무실로 갔다. 거기에 강달혁과 임
수형이 모여 있었다.

강달혁이 윤숙경이 들어가자 후닥닥 일어서서

"아까부터 전화를 몇 번이나 했는데 어디 가 계셨습니까?"

하고 반겼다.

"왜요? 무슨 바쁜 일이라도 생겼나요?"

"심수동이 시체로 발견되었습니다."

"어디서요?"

"천호대교의 교각에 걸려 있는 것을 얼음 타고 있던 아이들이 발
견한 겁니다."

"어머나!"

"등 뒤에서 칼로 찔러 다리 아래로 던져 버린 것이 어쩌다 교각에

걸려 버린 거죠. 곧 석간이 나올 테니 상세한 기사가 있겠죠."

아무리 각박한 세상이기로서니 그처럼 사람을 수월하게 죽일 수 있어서야, 말이 안 된다.

그러나 심수동이 R호텔 703호실의 일본인을 죽인 자라면, 자기의 행위에 대한 보복을 받은 셈이니까 동정의 여지가 없다고 하겠으나 그를 죽인 놈의 악랄함은 철저한 추궁을 받아야 하는 것이다. 그런데 그 범인이 누굴까?

강달혁은 일단 정당천을 의심해 보았다. 하지만 정당천은 그 살인 사건이 있기 하루 전에 홍콩으로 가 버렸다. 말하자면 충분한 알리바이가 서 있다. 그런데다 강도(强盜)할 목적으로 한 살인은 아닐 것이니 원한에 맺힌 행위라고 추측할 수밖에 없는데 그렇다면 그런 대담한 보복을 할 수 있을 정도로 심수동에게 원한을 품고 있었던 자가 도대체 누구였겠는가.

경찰의 수사를 근거로 한 그리고 얼마간의 추측을 곁들인 신문 기사는 이미 다른 장소에서 죽이곤 그 시체를 교통이 번잡한 다리의 맹점을 이용하여 버린 것이라고 되어 있었다.

강달혁과 임수형이 택시를 타고 밤 열 시쯤에 그 다리를 지나 보았다. 보초가 이편과 저편에 서 있었으나 다리의 한가운데에까진 감시의 눈이 미치지 못한다는 것을 알았다. 그리고 가로등과 가로등 사이의 거리가 멀어 그 중간쯤엔 어둠의 포킷이 생기고 있었다.

통금 시간 이전이면 자동차의 왕래가 심하지만 그것도 교통 신호대가 다리 이편과 저편에 있는 터라, 자동차의 통행이 일순이나마 단절될 경우가 있을 것이었다. 시체를 병자처럼 가장해서 자동차에 싣고 다리 중앙의 가로등이 미치지 못하는 지점에 강 쪽으로 바짝 대어 정차해 놓곤 자동차에 고장이 난 것처럼 서성거리고 있다가 자동차의 통행이 뚝 끊어진 순간을 이용해서 시체를 투기(投棄)해 버리고 감쪽같이 도망칠 수 있다는 사실을 강달혁과 임수형은 확인했다.

"상당히 대담한 놈들이군. 맹점(盲點)과 사각(死角)을 이용한 범죄 전문가들의 짓이다."

강달혁의 의견이었다.

"강 형의 말이 옳은 것 같애. 살인이야 어디서 했건 시체를 그런 데다 버리는 짓은 전문가가 아니고선 할 수 없는 일이거든. 그런 계획을 세울 순 있겠지만 결행할 용기를 낼 순 없을 거라. 범죄에 익숙하지 못한 자는."

임수형이 이렇게 말하다가

"그러나 놈들에겐 오산(誤算)이 있었어."

하고 범인들은 강이 얼어붙어 있다는 사실을 깜박 잊고 있었던 모양이라고 했다. 그리고 덧붙였다.

"강을 바다처럼 생각했는지도 모르지."

임수형의 그 말이 강달혁에게 아이디어를 주었다.

"밀수 하수인들의 소행 아닐까? 그들의 동작은 민첩하거든. 감시의 눈을 뚫고 밀수품을 운반하고, 더러는 바다에 던지기도 하구 조그마한 시간차를 이용할 줄도 알구 말야."

강달혁은 한동안 인천에서 밀수꾼들을 수사하는 직무를 맡고 있었던 적이 있었다. 밀수꾼들은 화물 한 박스를 살리기 위해서라면 예사로 살인도 불사하는 족속이다. 게다가 대담하고 민첩하기도 했다. 강달혁은 심수동의 살해에 밀수꾼들의 수법을 보았다.

경찰도 심수동의 과거에 밀수 행동대로서 일했다는 사실을 찾아내어, 그런 방면으로 수사 각도를 돌리고 있는 모양이었지만 범인은 의연 오리무중이었다.

강달혁은 밀수꾼들을 하수인으로 이용했을진 모르나, 심수동 피살의 진상은 다음과 같을 것이라고 추측했다.

정당천이 얼만가의 돈을 주겠다는 약속으로 심수동으로 하여금 R호텔 703호실의 손님을 죽이도록 했다. 그런데 돈이 마련되지 않았다. 심수동의 협박이 날이 갈수록 격력의 도(度)를 더했다. 정당천이 언제 맞아죽을지 모르는 공포마저 느끼게 되었다. 동시에 정당천은 그 사건을 눈치챈 듯한 사람들이 있다는 것을 느끼게 되었다. 최악의 경우를 예상하고 홍콩행 여권까지 준비해 두었던 터라 그는 신변의 위험을 느껴 홍콩으로 도망쳤다. 그러기 전에 기왕 밀수에 종사했던 몇 사람에게 얼만가의 돈을 주기도 하고 사후에 많은 돈을 주겠다는 약속으로 심수동을 죽이게 했다. 그들 밀수꾼들은 돈이 생긴다면 못 할 짓이 없다. 질풍노도의 바다를 5톤짜리 배로 건너는 모험마저 하는 사람들이다. 그런데 비하면 심수동을 처치하는 것 같은 문제는 애들 장난이나 마찬가지다.

강달혁의 얘기를 듣고 있더니 임수형이

"그럴 듯해."

하면서도 묘하게 웃었다.

"그 웃음이 이상한데."

강달혁이 불쾌한 얼굴을 했다.

"너무 술술 풀려 버리니까 실감이 안 나지 않소?"

임수형의 말이었다.

"유 사장 말 따라 곤충(昆蟲)들의 대수(代數)를 사람이 푸는 건데 어려울 게 뭐 있겠소."

"그러나 강 형, 밀수꾼들이 돈이 생기는 일이라고 하면 어떤 모험이라도 한다고 하지만 푼돈을 받고 사람을 죽이는 일을 하겠소?"

"많은 돈을 주겠다고 약속했겠지."

"누가 약속을 했단 말요, 약속한 사람은 정당천 아뇨? 정당천이면 밑천이 뻔한 사람인데 그 사람이 돈을 주겠다고 사람을 죽일까요? 라성에 출입한 경험에 의하면 그 집에 있는 사람치고 정당천을 신뢰하고 있는 사람은 하나도 없습니다. 심지어 호스티스들까지두요."

"미리 상당한 돈을 놈들에게 주었는지도 모르지."

"강 형의 추측대로라면 정당천에게 그만한 돈이 생겼을 경우, 곧바로 심수동에게 주어 무마할 생각을 않겠수?"

"심수동에게 약속한 액수엔 미달했겠지."

"설혹 약속한 금액의 반, 또는 3분의 1만 있었더라도 심수동을 죽일 생각보다는 그를 무마할 생각을 한 것이 당연하지 않겠습니까?"

"그렇게 듣고 보니까."

하고 강달혁이 머리를 긁적긁적했다.

"내 생각으론 정당천이 말 듣고 심수동을 죽일 사람은 이 서울 천지엔 있을 것 같지 않아요."

임수형의 단언이 지나친 것 같았으나 일리가 없는 바도 아니었다.

"그러나 세상일엔 납득이 안 가는 일이 한두 가지가 아니지 않소. 임 형의 짐작대로 세상이 돌아갈 바에야 도대체 이런 일이 있기라도 하겠소. 안 그래요?"

강달혁은 끝내 자기의 짐작에 고집하고 싶은 것이다.

심수동을 살해한 범인을 경찰이 체포한 것은 사건이 있은 지 십여 일 후의 일이다.

단서는 사건이 있은 다음날에 들어온 택시의 도난 신고에 있었다. 경찰은 택시를 훔친 놈들이 심수동을 살해한 놈이 아닐까 추측하고 우선 도난당한 택시의 행방을 찾았다.

택시를 도난당한 시간과 심수동이 살해되었다고 추정된 시간 사이에 관련이 있다고 생각할 수 있었기 때문이다. 택시는 서울에서 K읍으로 가는 국도에서 약 5킬로미터 가량 들어간 소로(小路) 옆 골짜기에 처박혀 있었다. 경찰은 차체의 이곳저곳을 뒤져 면밀한 지문 채취를 했다. 그러나 그 지문 채취로썬 이렇다 할 수확을 거두지 못했는데 발에 밟힌 채 반쯤 부서져 있는 성냥통을 시트 밑에서 집어낸 것이 결정적인 수확이었다. 그 성냥은 C로에 있는 모 음식점의 광고 성냥이었던 것이다.

성냥통 하나로 범인의 단서를 잡았다고 하면 거짓말 같은 우연이 되겠는데 그러한 거짓말 같은 우연이 수사에 도움이 되는 경우는 뜻밖에도 많다.

복잡한 과정을 생략하고 결론부터 말하면, 그 성냥은 1년 전에 만든 것이었고 그러니 1년 전에 소비되어 지금은 흔적을 찾기조차 힘든 물건이었다.

그것이 현재 쓰여졌다는 사실에 착안한 하 형사(河刑事)의 추리는 훌륭했다. 하 형사는 그 성냥을 만들었을 당시의 종업원의 하나가 대량으로 집에 갖다 두었을 경우를 상정해 보았다.

하 형사의 탐색은 거기서부터 시작했다. 주인의 말로 성냥을 만 개 만들었다는 것이며, 50통씩 포장이 된 것은 2백 개인데 덤으로 두세 뭉치가 있었을는지 모르겠다고 했다.

형사는 그 가운데 두어 뭉치쯤 집에 갖다 둔 사람이 없을까 하고 성냥을 만들었을 때 있었던 종업원들을 체크하기 시작했다. 그때부터 현재까지 있는 종업원은 주방에서 일하는 세 사람과 작부 둘뿐이었다. 그런데 주방장을 빼곤 모두 그 집에서 기거하고 있는 사람들이라 탐색할 필요가 없었는데, 기왕에 있었던 종업원들의 소재를 살피고 있던 중 관철동의 모 술집으로 옮겼다는 반금옥이란 여자의 이름이 형사의 인상에 남았다. 이것이야말로 인스피레이션, 즉 영감(靈感)이라고나 할 수밖에 없다.

하 형사는 주소를 알아 두었다가 어느 날 아침 여덟 시쯤 반금옥이 세 들어 있는 방을 찾아갔다. 그때까지도 반금옥은 어떤 사나이와 함께 잠자고 있었다. 방을 뒤져 볼 필요도 없었다. 방 한 쪽에 찬장이 있었는데 그 한 구석에 C로의 그 음식점의 광고 성냥이 몇 십 개 포개져 있었다.

하 형사는 무심결에 한 것처럼 성냥을 집어들고

"이건 광고 성냥인데 왜 이렇게 둬 두었느냐?"

고 물었다.

"예쁘지 않아요?"

반금옥의 대답이었다.

"예쁘다면 가만둬 둘 일이지 지금도 사용하는 모양인데……."

형사가 넌지시 물었다.

"라이터의 가스가 떨어지면 저 양반이……."

하고 반금옥은 파자마 바람으로 부스스 눈을 껌벅거리고 있는 사나이를 가리켰다. 그것을 계기로 형사는

"같이 좀 서(署)로 갑시다."

하고 사나이를 일으켜 세웠다.

"내가 왜 서로 가요?"

사나이는 볼멘소릴 했다.

삼십 안팎의 곱살스럽게 생긴, 술집의 작부들이 먹여 살려 줄 만한 미남형의 사나이다. 도무지 범죄형이랄 순 없다.

"협력하는 셈치고 갑시다."

하 형사의 말은 부드러웠다.

"내가 왜 협력을 해요?"

"여보시오."

하 형사의 말이 약간 거칠어졌다.

"당신도 대한민국의 국민이죠?"

"……"

"대한민국의 국민이면 대한민국의 치안에 협력해 주어야 할 것 아뇨?"

"그러나 까닭도 없이……."

"까닭은 차차 알게 되겠지."

"까닭을 알아야 가겠소."

"서에 가 보면 까닭을 알 수 있게 된다니까."

"나는 그런 것 싫어요."

"싫어도 같이 좀 가야 하겠는데."

"영장 없인 체포할 수 없는 것 아뇨?"

"범인이라고 추측되어야 체포를 하건 영장을 발부하건 할 것 아뇨. 나는 당신을 범인이라고는 아직 생각하지 않으니까 영장을 가지고 올 생각을 하지 않았소. 체포할 생각도 없구요."

"나는 못 가겠소."

"그건 댁의 사정일 테고 나는 꼭 데리고 가야 하겠소."

"무슨 조건으로?"

"경찰에 협력해 달라는 조건이지."

"나는 그런 협력 못 해요."

"그럼 꼭 쇠고랑을 차고 끌려가야만 하겠소?"

하 형사는 수갑을 꺼냈다.

"죄 없는 사람에게 수갑을 채울 수 있소?"

"우리는 꼭 당신의 협력이 필요한데 당신은 반대를 하니 도리가 없지 않소. 억지로라도 협력을 시켜야 하겠소."

"내게도 국민으로서 기본권이 있소."

"기본권 좋아하시는군. 헌데 내겐 경찰권이 있소."

"국민의 기본권을 유린하면 어떻게 되는지 아시오?"

"그런 걸 다 알면 난 변호사 노릇을 할 텐데, 그걸 몰라서 형사 노릇을 하고 있지."

하고 하 형사는 사나이의 팔에 수갑을 채웠다.

"왜 이래요?"

사나이가 악을 썼다.

"국민의 기본권을 유린하면 어떻게 되는진 몰라도 난 책임을 질 줄은 알아. 경찰은 협력을 필요로 하는데 시민이 한사코 거절할 경우엔 이런 무리도 안 할 수가 없지. 자, 갑시다."

"못 가요."

사나이는 문지방에 발을 대고 버텼다.

"이젠 자신이 생겼어."

하고 하 형사는 힘껏 사나이를 낚아챘다. 방 밖으로 사나이는 끌려 나왔다.

"신이나 신으시지. 대한민국의 치안을 맡고 있는 곳으로 굳이 가기 싫어하는 자는 범법자임이 틀림없을 테니까."

반금옥이 벌벌 떨며 항의했다.

"죄 없는 사람을 왜 잡아가요?"

"좋게 모시려니까 말을 듣지 않으니 잡아갈 수밖에."

하고 바깥에 대기하고 있던 순경을 불러 경찰서에서 명령이 있을 때까지 이 방 안의 물건에 손을 대지 못하도록 이르고, 하 형사는 동행해 온 송 형사에게 사나이를 넘겼다.

하 형사는 사나이를 보호실에 넣어 두고 젊은 형사와 동반하여 반금옥의 방으로 돌아왔다.

한편 송 형사는 도난 신고를 한 택시와 차주와 운전사를 불렀다.

샅샅이 반금옥의 방을 뒤졌지만 이렇다 할 물건이 나타나지 않았는데, 경대 옆에 놓여 있는 백 속에서 20만 원 액면의 보증수표를 발견했다.

"이 수표를 어떻게 입수했느냐?"

고 하 형사가 물었다.

반금옥이 우물쭈물 대답을 못 했다.

"보증수표라고 하는 것은 은행에 가서 조사를 하면, 그 근본을 환히 알 수 있는 거요. 누구로부터 받았는지 말을 해 봐요."

하 형사가 다시 따지고 묻자

"손님으로부터 받은 거예요."

하고 반금옥이 어물어물했다.

"손님의 이름은?"

"몰라요."

"이름도 모르는 손님이 이런 수표를 줘?"

"……."

"바른 대로 대라니까."

하고 하 형사는 그 자리에서 20만 원 보증수표의 보관증을 써서 반금옥 앞에 밀어놓고 수표를 접어 호주머니에 넣었다. 반금옥이 발끈했다.

"그걸 왜 가지고 가시죠?"

"은행에 가서 알아보고 탈이 없는 거면 돌려 드릴 테니 걱정 마슈."

"남의 돈을 함부로 그럴 수 있나요?"

"돈이기에 앞서 무슨 증거가 될 수 있을지 모르니까요."

해놓고 택시 도난이 있었던 날 밤의 사나이의 동정을 물었다. 사나이의 이름은 인동식(印東植)이라고 했다.

"열흘 전의 일을 내가 어떻게 알아유."

반금옥이 토라진 투로 말했다.

하 형사는 그 날짜와 요일을 대고는

"그날 밤 인동식이 집으로 돌아왔더냐?"

고 물었다.

"나헌텐 가끔 와요. 그러니 대중을 잡을 수 없어요."

"그럼 인동식의 집은 어딘데?"

"몰라요. 답십리 근처에 있다고만 들었어요."

하 형사는 그래도 하루하루 거슬러 올라가며 따져, 택시 도난이 있었던 날은 인동식이 반금옥의 집에 오지 않았다는 것을 확인할 수 있었다. 마침 그날은 집 주인의 생일이어서 주인집을 찾아온 친척 가운데 두 여자가 방이 비좁아 반금옥의 방에서 잔 사실이 알려졌기 때문이다.

반금옥의 집에서 나온 하 형사는 그 길로 은행으로 갔다. 보증수표를 대장과 대조한 결과 그 수표를 끊어 간 사람을 쉽게 알 수 있었다. 5백만 원을 10만 원, 20만 원, 50만 원씩으로 나눠 끊은 것 가운데의 한 장이었던 것이다. 액수가 많은 데다가 그 은행의 통장에서 인출한 것이고 통장의 소유자가 그 은행의 고객이었던 때문도 있었다.

보증수표를 끊은 사람의 이름은 정금호. 은행에서 정금호에게 전화로 연락했다. 정금호는 사무실에 있었다.

하 형사는 곧바로 정금호의 사무실로 찾아갔다. 정금호는 치밀한 성격의 소유자인 탓으로 자기가 끊어 온 보증수표의 번호를 일일이 기록해 두고 있었다. 그 일람표 가운데 반금옥의 집에서 발견한 수표의 번호가 있었다.

"그처럼 일이 척척 들어맞은 일은 형사 생활 20년 동안에 처음 있은 일이죠."

한 것은 훗날 하 형사가 한 술회이다.

하 형사가 물었다.

"이 수표는 누구에게 준 겁니까?"

정금호는 생각할 필요도 없었다. 일람표에 수표를 준 대상자도 기록해 놓고 있었기 때문이다.

"강달혁 씨에게 준 겁니다. 바로 이 수표를 끊은 이튿날 강 씨에게 백만 원을 건넨 적이 있는데 그 가운데 포함된 수표입니다."

"강달혁 씨를 만날 수 없을까요?"

"곧 이리로 올 겁니다."

하고 정금호는 시계를 보았다. 열 한 시 15분이었다. 강달혁과 임수형인 언제나 열한 시에서 열두 시까지의 사이 정금호의 사무실에 일단 얼굴을 내밀게 되어 있었다.

기다리는 동안에도 하 형사는 쉬지 않았다. 정금호 사무실의 전화를 빌어 송 형사를 불러내어

"인동식의 집이 답십리 근처에 있는 모양인데 그 주소를 확인하고 그리로 가서 철저한 가택 수색을 해 보라."

고 일렀다.

"그대로 하겠소. 그런데 택시의 차주나 기사는 인동식을 전연 모르는 모양이오. 그날 일을 빨리 끝내고 주차장에 차를 두었다가 도난당했다고 하거든요."

하는 송 형사의 말이 돌아왔다.

그리고도 몇 군데 더 전화를 하고 있는데 강달혁이 들어왔다.

하 형사가 질문과 함께 내놓은 수표를 들여다보고 깜짝 놀라는 소리를 냈다.

"이건 심수동에게 내가 준 건데요. 그러니까 그가 바로 살해된 바로 전날. 헌데 이게 어디서 나왔죠?"

강달혁의 이 말은 하 형사를 흥분시켰다.

"이게 심수동에게 준 수표라구요?"

하 형사의 말이 들떴다.

"그렇다니까요."

강달혁의 대답도 들떠 있었다.

"이 수표를 심수동에게 준 까닭이 뭡니까?"

하고 하 형사가 물었다.

"잠깐 듣기에 그의 경력이 너무나 기구해서요. 소설의 재료가 되지 않을까 한 거죠. 내 친구에 소설가가 하나 있거든요. 그래서 이를테면 자료(資料) 값으로 지불한 거죠."

하고 강달혁은 R호텔 사건엔 언급하지 않았다. 유한일의 충고에 따른 것이었다.

"그럼 틀림없군."

하 형사가 일어섰다.

"도대체 어떻게 된 거요?"

강달혁이 만류했다.

"차차 밝혀지겠지요. 지금은 수사 도중이라서 뭐라고 말할 수 없습니다. 실례했습니다."

하고 나가려는 하 형사를 강달혁이 붙들었다.

"이 수표를 가지고 있는 자가 누굽니까?"

"관철동 대폿집의 여자 집에서 발견한 겁니다. 혹시 심수동이 외입한 값으로 준 건지 모르죠."

이렇게만 말을 던져 놓고 하 형사는 가 버렸다.

강달혁과 정금호는 궁금하기 짝이 없었다. 그때 임수형이 들어왔다. 세 사람은 하 형사가 다녀간 일을 두고 별의별 추측을 하기 시작했다.

20만 원 액면의 그 보증수표는 강달혁이 심수동에게 건네준 수표 가운데의 하나임이 틀림없었다. 그 수표가 인동식의, 정확하게 말하면 반금옥의 방에서 발견된 것이다. 게다가 반금옥의 방에 쌓여 있는 음식점 광고 성냥, 이미 소비되어 버리고 다른 곳에선 찾아 볼 수 없는 성냥이 버려진 택시 안에서 발견되기도 했다.

그만한 물증 같으면 영장을 청구하는 조건으로선 충분했다. 하 형사는 영장 신청의 수속을 밟는 동시에 인동식을 심문하기 시작했다.

다음은 심문의 과정이다.

문 : 그날 밤 누구누구와 같이 행동했나?

답 : 그날 밤이라니. 그게 무슨 말예유?

문 : 택시를 훔친 날 밤 얘기야. 바른대로 대. 다 알고 있어.

답 : 택시 훔친 일 없어요.

문 : 이 녀석이.

답 : 말씀 삼가시오.

이런 문답이 두세 번 거듭되었다. 인동식은 딱 잡아뗐다. 하 형사의 손이 몇 번 들먹거렸는지 모른다. 그러나 하 형사도 참고 ──

문 : 이 보증수표는 어디에서 났지?

하며 수표를 제시했으나

답 : 몰라요.

문 : 모르는 게 어떻게 그 방에 있었지?

답 : 금옥에게나 물어 봐유. 난 몰라요.

문 : 너 참말로 이러기야?

답 : 모르는 걸 모른다고 하는 게 나빠요?

문 : 이 녀석아, 네가 아무리 나쁜 놈이기로서니 네가 지은 죄를
     여편네에게 뒤집어씌우려 해? 비겁한 녀석. 바른대로 말해.
     이 수표는 누구한테서 나왔어?

답 : 몰라요 난. 반금옥에게나 물어보슈.

문 : 비겁한 놈!

답 : 모르는 걸 모른다고 하는 게 비겁하다면, 천하의 비겁하지 않은 놈 없겠시다.

문 : 비겁한 데다 뻔뻔스럽기까지 하군.

답 : 예, 약간 뻔뻔스러운 것은 나 자신 인정해요. 뻔뻔스럽지 않고서야 술집에 나가는 계집 등에 얹혀 살겠수?

문 : 이 녀석아. 비록 죄를 지었어도 뉘우치는 마음쯤은 있어야 하는 거다.

답 : 나는 매일 뉘우치고 있쉬다. 그렇다고 해서 짓지 않은 죄까지 뉘우쳐야 할 까닭은 없다고 보는데요.

문 : 악질이군.

답 : 죄 없는 사람 끌고 와서 이 녀석 저 녀석 하고 욕지거리 하는 사람이 악질인가, 모르는 걸 모른다고 하는 게 악질인가? 두고 봅시다.

이 때 처음으로 하 형사는 인동식의 빰을 쳤다. 그리고 ——

문 : 이놈아. 네가 아무리 똑똑히 굴어도 도마 위의 고기다. 빠져 나가질 못해. 순순히 자백하고 관대한 처분을 기다리는 게 나을 거다. 그 수표 어디서 났어?

답 : 빰이나 또 때리시구려. 나는 맞아 가면서까지 당신과 대화할 필요를 느끼지 않으니까요.

문 : 이 녀석이 정말!

하고 하 형사는 인동식의 멱살을 잡았다가 놓았다.

답 : 죽이건 살리건 마음대로 해요. 당신 말 따라 나는 도마 위의 고기요. 도마 위의 고기가 무슨 말을 한답디까?

하고 인동식을 입을 다물어 버렸다.

'만만찮은 놈이군.'

하 형사는 혀를 찼다.

인동식을 유치장으로 보내고 보호실에서 반금옥을 데리고 왔다.

하 형사는 반금옥에게 의자를 권해 놓고 마주 앉으며 상냥하게 시작했다.

"20만 원짜리 보증수표를 누구헌테 받았는지 인동식이 말하지 않습디까?"

"보증수표? 내 방에 있던 것 말인가요?"

반금옥이 되물었다.

"그렇지."

하고 하 형사는 담배를 꺼내 물고 담뱃갑을 반금옥에게 내밀며 피우라고 했다.

"난 담배 안 피워요."

하고 고개를 돌리며 반금옥이 말했다.

"그 수표는 내 수표지 그 사람 수표가 아녜요."

하 형사의 분격이 와락 치밀어올랐다.

"그러지 말아요, 아가씨. 알고 묻는데 왜 그래?"

하며 담배연기를 금옥의 얼굴을 향해 뿜었다.

"알고 있다면서 엉뚱한 소릴 하기예요?"

반금옥이 능글능글했다.

"바른대로 말해 봐."

하 형사의 말이 거칠어졌다.

"그 수표는 내 수표예요."

반금옥이 단호했다.

"누구헌테서 받은 거지?"

"술 마시러 오는 사람으로부터 받았죠."

"그게 글쎄 누군데?"

"술 마시러 오는 손님을 일일이 알아야 하나요?"

"모르는 사람이 20만 원짜리 수표를 줘?"

"술값으로 받은 거예요."

"당신 집 술값이 20만 원이나 올라갈 수 있어?"

"수표 받고 거스름돈을 주었죠."

"그런데 왜 네가 이걸 가지고 있어."

"내 돈으로 거슬러 준 거니까 내가 가지고 있죠."

"네게 그런 돈이 있었나?"

"사람 깔보지 말아요. 쥐구멍에도 볕들 날 있다는 말 모르는 개비여."

"문자 쓰지 말구 바른대로 얘기나 해. 바른대로 얘기하면 나갈 수 있어. 그 대신 횡설수설하면 너도 쇠고랑을 차야 한다, 이 말야. 알았나?"

하 형사가 무서운 표정을 지었다. 그러나 반금옥은 어디로 부는 바람인가 하는 얼굴을 하고 있었다.

"이년놈들 맛을 좀 보아야 하겠구나."

하고 하 형사는 구석에 세워 두었던 나뭇조각을 들고 와서 책상 위를 쾅, 쳤다.

"이 양반이 왜 그래여. 배지 않은 애 떨어지겠구먼."

반금옥이 힐끔 하 형사를 노려봤다.

"그럼 말해 봐. 누구헌테서 받았는지."

"기억이 삼삼하다니까요."

"보증수표 20만 원짜리 내밀고 대폿집에서 술 마신 사람을 기억하지 못하겠다는 거야? 그것도 세월이 지난 지 오래된 일도 아닌데."

"술 마시고 보증수표 내미는 사람이 한둘인 줄 아세요? 손님이 백 명이면 여남은 명은 돼요."

"그것 참말이야?"

박봉 생활의 하 형사에겐 뜻밖인 얘기였다. 반금옥이 쌀쌀하게 뱉었다.

"거짓말인 성싶으면 오늘 밤에라도 우리 집에 와 봐유."

심수동을 거친 게 분명한 보증수표. 도난당한 택시에서 주운 광고 성냥. 이만하면 단서가 잡힌 거나 마찬가지라고 생각했던 하 형사는 인동식과 반금옥의 능글능글한 태도에 기가 질리고 말았다. 비상수단을 써 볼까 하는 충동이 문득문득 일었지만 그럴 수 있는 세상이 아닌 것이다. 그런데다 하 형사는 원래 고문을 즐기는 편도 아니었다.

하 형사는 송 형사의 협력을 얻어 반금옥을 철야 심문할 작정을 했다. 반금옥이 누군가로부터 자기가 받은 것이라고 주장하는 한, 그 수표 문제를 두고 인동식을 다그쳐 본들 아무런 소용이 없을 것이기 때문이다.

하 형사와 송 형사는 번갈아 가며, 때론 위협도 하고 때론 타이르는 투로 갖가지 방편을 써서 서둘렀지만 요약하면,

"그 수표를 누구헌테서 받았느냐?"

"기억이 잘 나질 않아요."

"한번 조용히 생각해 내 봐요."

"아무리 생각해도 기억이 희미한 걸 어떡해요."

하는 따위의 문답을 넘어서질 못했다.

심문이란 것은 받는 사람도 물론 지칠 노릇이거니와, 하는 사람도 이에 못지않게 지치는 작업이다.

밤중을 지나 다른 형사에게 잠깐 맡겨 두고 하 형사와 송 형사는 휴게실로 돌아왔다. 송 형사의 말이 있었다.

"그 여자가 거짓말을 하고 있다는 방향으로만 취급할 것이 아

니라, 그 여자가 참말을 하고 있다고 치고 각도를 바꿔 보면 어때?"

"아냐, 그년의 그 능글능글한 태도를 봐. 산전수전 다 겪은 년이야. 분명히 거짓말을 하고 있어."

하 형사의 단언이었다.

"그렇다면 거짓말을 하는 덴 이유가 있어야 할 것 아닌가?"

"두말할 것 없이 사내놈을 감쌀 요량인 거지."

"헌데 설사 인동식에게 20만 원 보증수표가 생겼을 경우, 그걸 계집에게 선뜻 넘겨주었을까? 계집 등에 업혀 사는 놈팽이가 말야."

"가끔 사내로서의 호기도 부려 보고 싶은 거야, 놈팽인. 그리고 이 핑계 저 핑계 꾸며선 그 돈 도루 빼낼 수단을 부릴 거니까 잠깐 동안 맡겨 두는 경우는 있지 않겠나?"

"그렇긴 해. 그렇긴 하지만."

하고 송 형사는 이런 제안을 했다.

"그 수표가 심수동의 손에서 나온 건 사실 아닌가? 심수동이 누구에게 주었을지도 모른다, 이거야. 그러니까 내일 심수동과 같이 살던 여자를 찾아가 강달혁으로부터 받은 돈을 어떻게 썼는질 한번 살펴보는 게 어떨까? 거게 무슨 단서가 있을지도 모르잖아? 물론 반금옥과 인동식의 수사는 그냥 계속하구."

솔깃한 말이었다.

"한번 그런 각도로 해 보자."

고 하 형사가 동의했다.

취조실로 돌아온 하 형사는 반금옥을 보호실로 보내기에 앞서

"천상 당신과 나와는 이곳에서 같이 늙어야 하겠다. 시답잖은 20만 원 보증수표 하나로 이 고생이라니, 거짓말로 세상을 건넬 순 없어. 경찰을 너무 호락호락하게 봐서도 안 되구. 어때 우리 쇼부 하자." 고 타일렀으나 반금옥은 토라진 표정으로 말이 없었다.

형사의 경우만이 아니라, 누구이건 일단 얻어 놓은 심증(心證)을 포기하기란 그다지 쉬운 일이 아니다.

도난당한 택시에서 발견한 음식점의, 1년 전의 광고 성냥이 인동식의 정부 반금옥의 집에 있었다는 것, 동시에 심수동의 손으로 건너갔다고 확증할 수 있는 수표가 반금옥의 백 속에서 나왔다는 사실은 우연의 일치라고 보기엔 너무나 명백한 부합(符合)이 아닌가. 그러니 하 형사가 이 부합에서 인동식을 범인이라고 예상할 수 있는 심증을 얻었다고 해도 결코 무리가 아닌 것이다.

그런데 인동식의 부인은 완강하고, 반금옥의 태도 역시 마찬가지였다. 반금옥은 초면인 사람으로부터 술값으로 그 수표를 받아 틀림없는 보증수표라는 것을 확인하고 그것을 거슬러 주었다는 주장을 끝내 굽히질 않았던 것이다.

"얼마를 거슬러 주었지? 아니 거스름돈이 얼마였지?"

"십삼만 원인가 되었을 거예요."

"그런 돈이 어딨었나?"

"그날 마침 곗돈 탄 것이 내게 있었어요."

"곗돈?"

"그래요."

"어떤 계야."

"친구들끼리 하는 계예요."

"얼마짜리."

"30만 원짜리예요."

"같이 계를 한 친구들을 들먹일 수 있나?"

"있어요."

하고 반금옥은 같은 술집에 있는 몇 사람의 이름을 들먹였다.

　곧 조사를 해 본 결과 그런 계가 있었다는 것도 사실이었고, 그날 반금옥이 곗돈을 탔다는 것도 사실이었다. 그렇다고 해도 수표를 반금옥이 거슬러 주었다는 것이 의심스러웠다. 그 점을 물었더니 며칠 전의 일인데도 기억이 분명하지 않은 양으로 고개를 갸웃거리고 있다가 주인이 겨우 생각났다는 듯이

　"그런 일이 있었던 것 같애요. 20만 원짜리 보증수표를 바꾸어 달라는 말이 있기에 금고를 챙겨 보았더니 조금 모자라는 것 같았어요. 정 안 되면 이웃에 가서라도 바꿔 줄 요량을 했지만 아직 초저녁이라서 그만한 돈이 없다고 했는데 그 뒤의 일은 모르겠어요."

라고 말했다.

　그리고 끈덕지게 다른 종업원들에게 물었는데 종업원의 하나가 그 수표를 반금옥이 바꿔 주는 것 같더란 얘기를 했다. 하 형사가 물

었다.

"수표를 내놓는 사람이 어떤 사람이던가?"

"자세히 보진 못했어요. 아니 보긴 했는데 자세한 기억이 나질
않아요."

하는 종업원의 말에

"전연 처음으로 본 손님이던가?"

하고 하 형사가 고쳐 물었다.

"글쎄요, 아무튼 자주 드나드는 손님은 아니었어요."

"반금옥과 잘 아는 사람으로 보이던가?"

"글쎄요, 그것두."

"잘 아니까 수표를 바꿔 준 것 아냐?"

"술값 받을 욕심으로 그럴 수도 있잖아요? 곗돈 받은 것도 있고
했으니까. 틀림없는 보증수표라면 말예요."

하 형사는 큰 고기를 놓친 낚시꾼 같은 기분으로 되었다.

'놈들이 미리미리 짜놓은 수작은 아닐 테구······.'

하 형사는 인동식을 물고 늘어질 수밖에 없었다. 그런데 인동식
이란 녀석은 여간 야멸찬 게 아니었다. 뺨 한 대 얻어맞은 감으로 묵
비권을 행사하고 있는 터였다.

반금옥의 대폿집에서 돌아오는 길로 인동식을 취조실에 불러 놓
곤 하 형사는 포켓으로부터 광고 성냥을 꺼냈다.

"이것 알지?"

인동식은 힐끗 그 성냥갑을 보곤 시선을 다른 데로 돌렸다.

"이 성냥갑 안면이 있지?"

하 형사가 다시 한 번 말했다.

인동식이 묵묵부답이었다.

하 형사는 손을 인동식의 멱살로 뻗었다.

인동식의 표정이 일그러졌다. 증오에 찬 눈빛이었다.

"이 녀석아 꼭 그럴 테야? 네가 이놈아, 말하지 않는다고 네 죄가 없어질 것 같아?"

하고 멱살을 흔들었다.

"마음대로 하시구려. 당신 말 따라 나는 도마 위의 고기니까."

그리고는 다시 입을 다물어 버리는 인동식에게 하 형사는 타이르는 어조로 바꿨다.

"빨리 끝을 내야 할 것 아닌가? 네게 혐의가 없다는 것을 밝히기 위해서도 내가 묻는 말에 순순히 대답해야 할 것 아닌가?"

"……"

"우선 네 알리바이라도 성립시켜야 할 것 아닌가?"

"……"

"잠자코 있다는 건 네 죄를 승인하는 결과로 되는 거야. 네가 무혐의라면 그날 밤의 알리바이라도 말해 봐."

"……"

"이 녀석이."

하고 한 대 쥐어박으려다가 말고 하 형사는 훌쩍 취조실을 나와 송 형사에게 눈짓을 했다. 송 형사가 교대로 취조실에 들어갔다.

"인동식. 순순하게 묻는 말에 대답을 해요. 말을 해야 석방을 하든 무슨 해결을 지을 것 아닌가?"

"괜히 사람을 붙들어다 놓고 해결은 또 무슨 해결이오?"

"결과야 어떻게 될지 모르지만 넌 혐의를 받을 만한 처지에 있어."

"그건 댁의 사정이구요. 나한테 그런 것 없어요."

"그렇다면 그렇다고 말을 해야 할 것 아닌가?"

"지금 말하고 있지 않아요? 내겐 아무런 혐의를 받을 만한 짓이 없다구요. 그런데 무슨 말을 또 하라는 거요."

"하 형사의 질문에 고분고분 응하란 말이다."

"천만에요. 난 뺨을 맞아 가며 먹살을 잡혀 가며 대화하긴 싫어요."

"그건 네가 반항적으로 나오니까 하 형사가……."

"아무 죄도 없는 사람을 쇠고랑을 채워 여게까지 끌고 오는데 반항적으로 안 될 사람 있겠어요? 내 죄는 목하 실직하고 있다는 죄밖에 없소. 대폿집 여자의 등에 업혀 살고 있다는 죄밖에 없소. 그 죄로 내가 이런 꼴을 당해야 하나요?"

송 형사도 슬그머니 화가 났다.

"그러다가 네 죄가 밝혀지면 어떻게 하려고 뻔뻔스럽게 굴어?"

"흥."

하고 인동식이 콧방귀를 뀌었다.

"내 죄를 한 번 만들어 보시오, 그럼."

몽둥이 찜질이라도 해야만 무슨 까닭이 나든 말든 할 지경이었는데도 하 형사가 그렇게 못 한 것은 성격 때문이기도 했고, 한편 자신이 없어져 가기 때문이기도 했다. 보증수표 20만 원의 내력이 밝혀지고 보니 남은 물증(物證)이란 도난당한 택시 속에서 주운 광고 성냥과 반금옥의 방에 있는 광고 성냥과의 연관뿐이다.

그런데 그 성냥 문제는 인동식의 완강한 묵비권에 걸려 한 치, 반 치도 움직이지 못한 채 남아 있는 형편이었다. 드디어 인동식의 심문은 송 형사가 맡기로 되었다. 인동식의 구류가 닷새째 접어드는 날, 송 형사가 심문을 시작했다.

"죄가 있으면 있는 대로, 억울하면 억울한 대로 사건은 밝혀져야 할 것이니 협력해 주는 셈치고 신사적으로 나가자. 네가 석방되기 위해서도 조서는 작성되어야 할 것 아닌가?"

"담배나 한 대 주슈."

인동식의 말이 부드럽게 나왔다. 송 형사는 담배를 건네주고 라이터로 불까지 붙여 주었다.

송 : 이 성냥이 문제다. 이 성냥이 어떻게 해서 그 택시 속에 있었을까?

인 : 하 형사나 당신이나 자꾸만 그 성냥을 가지고 야단인데 그것과 나와 무슨 관계가 있단 말요.

송 : 이 성냥과 네 방에 있는 성냥과 닮아 있으니까 하는 소리 아 닌가?

인 : 그 성냥이 한 통 두 통만 만들어진 것이 아닐 텐데, 왜 하필 나허구 관련을 시켜야 하는지 알 수가 없군요.

송 : 그렇다면 이 문제는 보류해 두고 그날 밤, 네가 어디 어디에 있었는지 말해 봐라.

인 : 그날 밤이라니 어떤 날 밤을 말하는 겁니까?

송 : 12월 7일 밤이다.

인 : 그날 밤이 어쨌단 말입니까?

송 : 그날 밤 심수동이란 사람이 죽었고, 택시 도난 사건이 있었다.

인 : 그럼, 그 사건과 나와 관련이 있단 말입니까?

송 : 그렇다.

인동식은 어처구니가 없다는 듯 웃었다.

송 : 그러니까 그날 밤에 있었던 일을 소상하게 말해 보란 말이다.

인 : 하두 오래된 일이 돼 나서.

송 : 이 사람아, 불과 1주일 전의 일이다. 1주일 전의 일이 오래 된 일이야?

인 : 어젯일도 잊어버리는 수가 있는데, 1주일 전이면 꽤 오래된 것 아닙니까?

송 : 잔말 말고 잘 생각해 봐.

인동식은 한참을 생각하고 있더니

"그날은."

하고 얼굴을 흐렸다.

"그날 어쨌단 말이냐?"

고 송 형사가 재촉했다.

"친구들과 인천엘 갔었습니다."

"인천에?"

"예."

"누구누구와 같이 갔나?"

인동식이 난처한 표정이 되었다.

"누구야, 말을 해."

"그건 저……."

하고 머리를 긁적긁적하더니

"곤란한데요."

했다.

"곤란하더라도 말해 줘야겠어. 그날 인천에 간 것이 확실하면 네 알리바이는 성립되는 거다."

송 형사는 인동식을 쏘아보며 말했다.

"박희정이란 친구허구. 김중태란 친구허구……."

인동식이 마지못한 듯 이렇게 말을 꺼냈다.

송 : 세 사람이 인천엘 갔단 말야?

인 : 예.

송 : 인천이라도 넓지 않나. 인천 어디에 갔었어?

인 : 여관에 갔습니다.

송 : 여관 이름은?

인 : 생각이 나질 않는데요.

송 : 어디쯤 있는진 알 것 아닌가?

인 : 송도 근처입니다.

송 : 그때 그 여관에서 잤나?

인 : 예.

송 : 숙박계는 냈었겠지?

인 : 적당히 썼을 겁니다.

송 : 적당히 쓰다니 그것 무슨 소린고?

인 : 이름을 바꿔 갖고 적당히…….

송 : 그래 무슨 이름으로 바꿨어.

인 : 박희정이가 대신해서 썼어요. 뭐라고 썼는지 기억이 없네요.

송 : 주민등록번호는?

인 : 그것도 가짜로 썼습니다.

송 : 여관에서 대조하지 않던가?

인 : 여관에선 박희정이가 써준 대로 그냥 받았어요.

송 : 그렇다고 하고, 인천에 뭣하러 갔어?

인 : 그냥 놀러요.

송 : 그냥 놀려고 인천까지 가?

인 : 어쩌다 그렇게 되어 버렸습니다.

송 : 그래 인천에서 자고만 왔단 말인가?

인 : 술을 마셨습니다.

송 : 서울로 돌아온 건 언제야?

인 : 그 이튿날 점심때쯤입니다.

송 : 세 사람 같이 돌아왔나?

인 : 나만 먼저 돌아왔습니다.

송 : 친구들은 거게 남구?

인 : 예.

송 : 그 박희정과 김중태는 지금 어디 있나?

인 : 모르겠습니다.

송 : 그들의 집은 알 테지.

인 : 모릅니다.

송 : 친구의 집을 몰라?

인 : 모릅니다.

송 : 집도 모르고 어떻게 만나나?

인 : 다방에서 만나요.

송 : 어느 다방?

인동식이 머뭇거렸다.

송 : 얼른 말해 봐.

인 : 청풍 다방입니다.

송 : 그 다방 어디 있어?

인 : 동대문 근처에 있습니다.

송 : 동대문도 넓지 않느냐. 어디쯤인지 구체적으로 말해 봐.

인 : 창신동 근처입니다.

송 형사는 종이와 볼펜을 넘겨주며 지도를 그리라고 했다. 인동식이 지도를 그렸다. 그 지도를 받아 들고 송 형사는 신문을 계속했다.

송 : 인천엔 뭣 하러 갔으며 무엇을 했는질 소상하게 말해 보라.

인 : 그저 술 마시고 놀려고 갔다니까요.

송 : 조사해 보면 다 알게 될 게 아닌가? 미리 솔직하게 말하는 게 유리할 거다. 말해 봐.

인 : 술 마시고 놀았다는 것밖엔 아무 일도…….

그러나 송 형사는 인동식이 인천에 간 것이 사실이라면 거기서 무슨 일이 있었을 것이라고 짐작했다. 인동식을 유치장으로 돌려보내고 송 형사는 하 형사를 찾으러 나갔다.

그 무렵 하 형사는 심수동의 아내 미선과 대좌하고 있었다.

살아 있을 때는 지긋지긋하다는 생각이 없지 않았던 모양이지만, 심수동이 막상 그런 꼴로 죽고 보니 가련하기 짝이 없어 미선은 라성에도 나가지 않고 집에 처박혀 있었다. 그러던 차, 하 형사가 찾아온 것이다.

물론 하 형사와는 초면이 아니었다. 사건 후 몇 번인가 만나 심수동의 주변 사정을 알린 바 있었다.

"이번에 찾아온 것은……."

하고 하 형사가 보증수표 얘기를 꺼내곤 물었다.

"심 씨가 그 무렵 가지고 있었던 돈이 얼마나 됩니까?"

"내가 알기론 강 사장님이란 사람으로부터 받은 50만 원밖에 없었는데, 그것도 거의 다 쓰고 별로 남아 있지 않았다고 생각하는데요."

미선의 대답이었다.

"그 돈을 어디 어디에 썼는가를 대강 아시오?"

"알죠."

"그걸 말해 보시오."

"그이가 강 사장님으로부터 받은 것은 20만 원짜리 보증수표 한 장, 10만 원짜리 보증수표 석 장, 도합 50만 원이었습니다. 그 가운데서 20만 원짜리 수표는 빚을 갚을 거라며 자기의 호주머니에 챙겨 넣고, 10만 원짜리 수표 석 장은 날 주면서 그 가운데 5만 원만 자기의 용돈으로 달라고 하던데요. 그래 수표 한 장을 쌀집에서 거슬러 5만 원을 그이에게 주었습니다."

"20만 원은 빚을 갚겠다고 했다는데 심 씨가 빚을 진 사람이 누굽니까?"

"잘은 모르지만 오랫동안 수입이 없이 살았으니까, 신세를 진 사람이 더러 있을 겁니다. 그런 사람 가운데의 하나겠죠."

"누구 누군가 이름을 들먹일 순 없소?"

미선이 몇 사람의 이름을 들었다. 하 형사는 그 사람들의 이름을 수첩에 적어 넣고 또 물었다.

"그 20만 원을 누구에게 주었을 것이다, 하는 짐작은 없소?"

"글쎄요."

하고 미선은 생각하는 눈치였으나 짐작이 가지 않는 모양이었다.

"누구에게도 주지 않고 본인이 가지고 있었을지도 모르죠?"

역시 미선은

"글쎄요."

할 뿐이었다.

"그 점을 잘 생각해 보시오. 심 씨가 그 돈을 누구에게 주었는가, 주지 않고 가지고 있었는가에 따라 의미가 크게 달라집니다."

미선이 납득이 안 간다는 표정이어서 하 형사가 설명했다.

"그 보증수표를 심 씨가 누구에겐가 준 것이라면 별루 문제될 게 없습니다. 그런데 만일 누구에게도 주지 않고 본인이 가지고 있었다고 하면 그 수표를 관철동 대폿집에서 바꾼 자가 범인으로 되는 겁니다."

"그렇겠군요."

하고 미선이 고개를 끄덕이긴 했으나 보태는 말은 없었다.

"계속 생각을 해 보시오."

하고 일어서면서 하 형사는 열려 있는 찬장의 한구석에 C로에 있는 음식점의 광고 성냥이 몇 개 쌓여 있는 것을 보았다. 도난당한 택시에서 주운 바로 그 성냥.

"이 성냥은 어떻게 된 겁니까?"

하 형사가 그 가운데의 하나를 집어들고 물었다.

"그 집은 그이의 단골집이었어요. 언젠가 그이가 한 뭉치 얻어다가 놓은 거예요."

"그럼 심 씨는 항상 이 성냥을 썼나요?"

"가끔 썼죠."

그렇다면 택시 안에 있던 성냥은 심수동의 호주머니에서 흘러내린 것인지도 모른다는 생각이 일었다. 그 짐작대로라면 인동식의 체포는 헛다리를 짚은 것이었다. 하 형사는 돌연 허전함을 느꼈다.

"심 씨의 단골집이면 당신의 단골집이기도 했겠군요."

"그렇다고도 할 수 있죠. 그러나 우리가 같이 그 집에 간 적은 없어요."

"실례했소. 그 수표에 관해 생각나는 게 있거든 연락해 주시오." 하고 집을 나서려다가 미끄러지는 말로 물었다.

"그럼 반금옥이란 아가씨를 알겠구먼요."

"알죠. 그 집에 있었으니까요. 헌데 그 여자 지금 어디에 있나요?" 미선이 되물었다.

"관철동 대폿집에 있는데 심 씨가 가지고 있던 수표가 그 여자 백 속에 있더라, 이거요."

"반금옥의 백 속에 그 수표가?" 하며 미선의 얼굴에 핏기가 가셨다.

"왜 그러십니까?"

"아닙니다. 하두 이상해서요."

"심수동 씨가 반금옥에게 그 수표를 주었을 경우도 있지 않을까?"

"그러지는 않았을 겁니다."

"왜 그렇게 단정합니까?"

"그이는 반금옥을 사람 같은 년이 아니라고 미워하고 있었어요."

"남자가 여자를 미워하는 덴 갖가지 이유가 있을 텐데."

"아닙니다. 그이가 반금옥인가 하는 여자를 미워하는 건, 흔히 남녀 간에 있을 수 있는 그런 문제가 아니었어요. 그이는 비참하게 살긴 했지만 여자의 부정을 보면 참지 못하는 버릇이 있었어요. 반금옥이 두 남자를 한꺼번에 끌어들인 일이 있었던 모양입니다. 단순히 그 이유로 미워한 겁니다. 그이의 미움 때문에 반금옥이 그 집에 못 있게 된 거거든요."

"그런 반금옥의 백에 그 수표가 있었으니 이상하지 않습니까?"

"그러네요."

"순전한 우연일는지 모르지. 그 여자의 말로는 그 여자가 나가는 대폿집에 술 마시러 온 사람이 거슬러 달라고 해서 거슬러 주었다는 거였으니까요."

미선은 뭔가를 열심히 생각해 내려는 표정으로 되었다. 그러나

"뭔가 힌트가 없소?"

하는 하 형사의 질문엔 대답할 것이 없는 듯 쓸쓸하게 웃기만 했다.

우울한 얼굴을 하고 경찰서로 돌아온 하 형사를 기다리고 있는 것은 또 우울한 사실이었다. 송 형사가 다음과 같이 말했던 것이다.

"인동식의 말을 반쯤 믿는다고 해도 그의 알리바이는 완전해. 우선 그자의 알리바이부터 챙길 걸 그랬어."

"알리바이구 뭐구, 그자가 묵비권을 쓰는 바람에 어떻게 할 수가 있었나?"

하면서 하 형사는 자기의 실수를 도난당한 택시 속에서 주운 성냥에 사로잡힌 탓이라고 혀를 찼으나, 그 성냥에 사로잡힌 마음을 청산해 버릴 순 없었다.

심수동의 살해 사건이 있고, 택시의 도난 사건이 있었던 날 밤의 인동식의 알리바이는 완벽하게 증명되었다. 그와 동시에 인동식과 그 일당의 파렴치한 죄상이 드러나 인동식 사건은 별도의 전개를 보이게 되었다. 그런 까닭에 인동식에 대한 영장 집행은 별건 체포(別件逮捕)의 형식으로 그대로 효력을 가지게 되었다.

인동식, 박희정, 김중태 3인조는 순진한 처녀들, 즉 여직공, 여차장, 여고생들을 유인해서 강간, 윤간을 하기도 하고 처녀들의 나체, 또는 교접(交接)의 장면을 찍어 음화(淫畵)로 만들어 팔기도 하고, 그 사진을 미끼로 협박하고 공갈하여 금품을 갈취하는 것을 상습으로 해 온 자들이었다.

그들에게 공통적인 것은 모두가 미남형에 속해 있다는 점이다. 얼굴이 잘나고 맵시가 좋은 남자가 접근하면 무식한 여자들은 대개 빨려들어 가는가 보았다.

　필요에 따라 그들은 대학생을 가장하기도 하고, 회사원을 가장하기도 하고, 신문기자 또는 방송국의 직원을 가장하기도 하여 점찍어 놓은 여성에게 교묘한 수단으로 접근하는 것이다.

　이러한 단서를 잡은 것은 인동식을 끌고 간 인천 송도의 S여관에서였다. 인동식이 여관의 이름을 끝까지 자공(自供)하지 않았기 때문에 부득이 하 형사와 송 형사는 인동식을 인천으로까지 끌고 가지 않을 수 없었던 것인데 그 근처에 가서야, 저 여관이라고 가리킨 데가 S여관이었다.

　여관의 밀실에 인동식을 끌어다 놓곤 종업원을 불렀다. 여관 종업원들은 단번에 인동식을 알아보았다. 12월 7일의 숙박자 명부에 기입된 이름은 물론 변성명이었지만 인동식 일당이 그날 그 여관에 온 것만은 틀림이 없었다.

　"이 사람과 다른 두 사람, 즉 세 사람만 왔었소?"
하고 송 형사가 물었다.

　종업원들의 대답이 없었다.

　"왜 대답이 없느냐?"
고 송 형사가 다그치자

　"여자들도 셋 있었습니다."
하고 대답이 나왔다.

　송 형사는 숙박인 명부에 여자들의 이름을 찾아내려고 했으나

"여자들의 이름은 거게 없습니다."

하고 지배인이 어름어름 답했다.

"그럼 당신들이 알선한 여자들인가?"

"아닙니다. 손님들이 데리고 온 여자들이었습니다."

"어떤 여자들이었나?"

송 형사가 인동식에게 물었다.

"전철 안에서 알게 된 여자들이었어요."

아무렇지 않게 인동식이 말했다.

"전철 안에서 알게 된 여자가 아니라 그 여자들 때문에 여게까지 온 것 아닌가?"

하는 송 형사의 말에 인동식은

"이렇건 저렇건 그게 무슨 상관입니까? 12월 7일 밤에 우리가 이곳에 있었다는 사실만 증명되면 그만 아닙니까?"

하고 투덜거렸다.

"그렇지도 않아. 너라는 인간을 알기 위해선 좀 더 소상하게 조사를 해야 하겠어."

이때 하 형사는 송 형사에게 눈짓을 해놓곤 지배인을 데리고 바깥으로 나갔다. 인동식의 얼굴에 살큼 불안한 그림자가 스치는 것을 송 형사는 놓치지 않았다.

"여관업을 하고 있으면 속이 상하는 경우가 많습니다."

하고 40세 가까운 지배인이 한 얘기는 대강 다음과 같았다.

인동식과 그의 두 친구는 한 달에 한 번꼴로 나타나는데 올 때는 꼭 여자를 셋 데리고 왔다. 그런데 그 여자들은 언제나 다른 여자이고 같은 여자를 두 번 데리고 오는 일은 전연 없었다.

올 때마다 사진 기재(寫眞機材)를 가지고 왔지만 옥외에서 사진을 찍는 경우는 보질 못했다. 방 안에서 하는 짓은 짐작이 되지만, 어떻게 노는진 볼 수가 없었다. 심부름 하는 아이들에게 후한 팁을 주는 모양으로 종업원들 사이에 나쁜 평이 일진 않았다.

"당신들 숙박부를 적을 때 주민등록증과 대조하지 않소?"

하 형사의 질문이었는데 지배인은

"대조를 해야 하지만 대강은 손님이 써 주는 대로 받아 두고 말지요."

하고 죄송스럽다는 표정을 지었다.

"헌데 어때요. 그들이 데리고 오는 여자들의 인상이 창부, 또는 술집에 나가는 그런 종류 아니었소?"

"천만에요. 대개 순진해 보이는 처녀들이었습니다. 어떨 땐 깜짝 놀랄 만한 아가씨들도 있었습니다."

"나이는 어느 정도였소?"

"보통 스물한두 살? 그보다 젊은 애도 있지 않았나 해요."

"젊은 사내들이 올 때마다 다른 여자들을 데리고 온다는 것은 풍기 문란에 속하는 건데……."

"그렇다고 해서 어떻게 합니까? 일일이 경찰에 신고할 수도 없구요. 아닌 게 아니라 요즘 처녀들의 행실은 참으로 개탄할 만한 상황입니다."

그리고는 인동식 등에 관해서만이 아니라 일반 남녀관계에 언급하며, 별의별 일이 다 있다고 했다.

"대강 어떤 건데요?"

"할머니라고 불러야 할 여자가 20대의 사나이를 데리고 올 경우도 있구요."

"또?"

"그 반대되는 경우도 있구요."

"또?"

"사장 부인이 남편의 운전사와 놀아나는 경우, 상사의 부인이 남편의 부하들과 놀아나는 경우, 전철이나 버스에서 알았다는 정도로 한두 시간 불장난을 하는 경우, 천태만상이죠. 그런 걸 보고 있으면 여자들이란 도무지 신용할 수 없다는 생각이 들기도 합니다."

"남자는 어떻구?"

"남자야 뭐."

"헌 갓 쓰고 똥 누는 것도 예사다, 이 말인가요?"

"그렇죠 뭐."

"남자가 나쁜 겁니다. 여자들을 탓할 것 없어요."

하 형사의 이 말엔 뜻밖인 모양으로

"난 그렇게 생각하지 않습니다."

고 지배인이 웃었다.

"그 이유가 뭐요?"

"여자가 유혹을 바라고 있으니까 남자가 여자를 유혹하는 것 아니겠습니까? 돈이 있는 사람일 경우 여자가 남자보다 훨씬 문란하다는 것을 여관업을 하고 있으면 알게 됩니다."

이 밖에도 지배인은, 세상의 뒷거리에 정통하고 있다는 자신을 가지고 있는 하 형사를 깜짝 놀라게 하는 갖가지 얘기를 털어놓았다.

하 형사보다는 훨씬 성격이 너그러운 송 형사가 인천엘 다녀온 후엔 인동식에게 대한 태도는 가혹하게 변했다.

별건 체포(別件逮捕)의 형식을 취해서라도 인동식 등의 파렴치한 죄상을 철저하게 추궁해 보자고 한 것도 송 형사였다. 하 형사의 관심은 심수동의 살해범 수색에 쏠려 있었지만 송 형사의 주장에 동조하지 않을 수 없었다. 그런 때문에 심수동 사건의 수사에 노력하고 있으면서도 인동식 사건을 추궁했다.

박희정과 김중태를 입건하고 그들의 가택을 수색한 것은 인천엘 갔다온 날로부터 사흘 후의 일이다. 박희정의 캐비닛에서 다량의 음화(淫畵)를 발견했다. 음화에 등장한 여자들은 갖가지였는데 남자들은 세 사람밖에 안 된다는 것을 곧 알 수 있었다는 것은 남자들의 얼굴을 전부 가려 놓거나 얼굴을 찍지 않게 배려하고 있었지만, 나체로 되어 있는 체격으로써 일목요연했다.

말하자면 그들은 그들 자신이 교대로 모델이 되어 수천 종의 음화를 만들어 내고 있었다. 더러는 꽤 크게 확대해 놓은 것도 있었다.

음화와 함께 압수된 장부엔 그들이 유혹한 여자들의 주소와 명단이 있었다. 그것으로써 그들이 유혹한 여자가 백수십 명에 이른다는 것을 알 수 있었는데 그들이 이용한 여관은 인천의 S여관뿐만 아니라 시내 수 개소였다.

"미남형이긴 하나 조금 주의 깊게 보면, 모두들 천하고 불쾌한 얼굴들인데 어째서 처녀들이 그들의 수법에 넘어가는질 알 수가 없다."
고 송 형사가 개탄했다.

"세 놈이 불과 3년 동안에 1백 70여 명의 처녀를 농락했다고 하면, 이건 문제가 크다. 그 따위 짓 하는 놈들이 이놈들 3인조 말고도 상당수가 있을 것 아닌가? 바야흐로 처녀의 위기 시대라고 할 수가 있는데?"
하곤 하 형사는

"그러나 전 세계의 풍조가 그 모양이라니까 내버려두지 도리가 있나. 처녀 스스로가 스스로를 지켜야 할 일 아닌가? 경찰까지 개재할 문제는 아녀. 그런데 어느 사람이 쓴 책을 보니까 여자가 무식할수록 미남형의 남자를 좋아한다고 하더먼."
하며 웃었다.

"이놈들을 혼을 내줘야 하는데 풍기 문란 외설의 죄는 경범죄이니 이게 될 말인가?"
하고 송 형사가 투덜거렸다. 자기가 자기를 지키지 못하는 여자들을

법률인들 어떻게 할 수 없는 것 아닌가 하면서도 하 형사는

"좀 더 증거를 모아서 악질 상습범이란 사실을 명시하면 만만찮은 벌을 줄 수 있을 것이라."

고 송 형사를 격려했다.

그런 의도로써 사건 처리를 서두르지 않고 끌고 있었는데, 그 동안 심수동 사건에 관한 유력한 단서를 잡았다.

하 형사가 미선의 집에서 적어 온 사람들을 하나하나 추궁해 나가는 가운데 설상수란 자가 반금옥의 기왕의 정부(情夫)란 사실을 캐낸 것이다.

하 형사는 송 형사에게 부탁했다.

"인동식이 설상수란 자를 알고 있는가 어떤가를 좀 알아 줘. 묻는 도중 설상수가 반금옥의 애인이었다는 사실을 슬쩍 비치기도 하면서 말야."

정글엔 갖가지 동물이 있게 마련이다. 그 동물들의 생태는 천태만상이다. 그런 뜻에서 하나의 도시를 정글에 비유할 만하다. 별의별 동물이 별의별 생태로써 살고 있다.

이와 같은 인식(認識)이 누구보다도 날카롭고 풍부한 사람이 경찰관, 특히 형사라고 할 수 있다. 그들은 해저를 살피는 잠수부처럼 도시의 밑바닥을 샅샅이 뒤져야 한다. 인생의 음지(陰地)에서 발생하는 모든 일에 통효해야 한다. 말하자면 그들은 인간의 병리(病理), 사회의 병리에 관한 전문가인 것이다.

물론 송 형사가 그 예외일 까닭이 없다. 그런데도 인동식 일파의 사건을 조사하는 과정에서 송 형사는 새삼스럽게 놀랐다. 무지각한 여자를 꾀어, 여자들을 미끼로 생활 수단을 꾸려 나가는 사나이는 옛날에도 있었고, 그 수단이 종류가 다양하다는 것을 모르는 바 아니었지만, 인동식 일파들처럼 치사스럽고 교묘하게 여자를 농락하여 돈을 만든 놈들은 일찍이 본 적이 없었다. 얼굴이 보이지 않도록 꾸미긴 했지만 자기 자신이 성행위(性行爲) 하는 장면을 사진에 찍어 그걸 팔아먹는 행위 자체도 치사스럽거니와, 그렇게 이용한 여자들을 끝끝내 짜먹는 끈덕진 수법에 이르러서는 아연실색할밖에 없었다.

그러나 그 방면의 수사는 일단 중지하고 송 형사는 반금옥이 가지고 있는 수표에 관한 심문을 시작해야만 했다. 자연, 설이란 자가 심문의 초점이 되었다. 반금옥이 가지고 있는 20만 원의 수표가 설의 손을 거친 것이라면 심수동 살해범을 찾는 수사에 있어서 하나의 전기(轉機)가 될 것이었다.

"반금옥이란 여자, 백여우야, 백여우. 절대로 바른 말을 할 것 같지 않아. 그러니 인동식을 조져 봐. 무슨 단서가 나올지 모르니. 그 녀석 나와는 비위를 상해 놔서 내가 하긴 힘들 것 같애."
하고 하 형사가 송 형사에게 부탁한 일이기도 했다.

송 형사는 인동식을 불러 놓고 우선 담배부터 권했다. 그리고는 타일렀다.

"인동식 내 말 잘 들어. 네가 한 짓 말야, 우리의 생각에 달려 있어. 풍속을 해치는 죄목부터 시작해서 유괴죄, 폭행죄, 공갈협박죄 등등으로 몰면 10년 징역을 살릴 수가 있어. 그러나 우리가 개전의 정을 인정해서 동정적으로 나가면 경범죄로 취급할 수도 있단 말야. 알겠나?"

"그래서 나더러 어쩌라는 말이우?"

인동식은 탁상에 내놓은 송 형사의 담뱃갑에서 다시 담배를 꺼내 피우고 있던 담배의 불을 옮기면서 퉁명스럽게 내뱉었다.

"내 묻는 말에 순순히 대답을 하란 말야. 좋은 말을 쓰자면 우리 수사에 협조를 해달라, 이 말이다."

"묻는 대로 대답 안 한 게 어딨어유?"

"오늘의 심문은 반금옥이 가지고 있는 20만 원짜리 수표에 관한 것이다."

"나는 모른다고 하잖았습니까?"

인동식이 신경질을 냈다.

"그 수표가 자네와 관계가 없다는 것은 잘 알았다. 그 점 하 형사도 미안하게 생각하고 있더라."

하고 송 형사는 담배를 피워 물었다.

송 형사의 인동식에 대한 심문은 다음과 같이 진행되었다.

송 : 자네 설상수란 사람 알지?

인 : 설상수요? 그자가 어쨌단 말입니까?

송 : 아느냐, 모르느냐, 그것부터 대답해.

인 : 몰라요.

송 : 참으로 몰라?

인 : 모른다니까요.

송 : 자네 애인, 반금옥의 옛날 남편이라던가, 애인이라던가?

인 : ······.

송 : 이상한 일이로군.

인 : 뭣이 이상합니까?

송 : 지금도 반금옥과 관계가 있는 모양이던데? 혹시 만난 적이
　　 없나?

인 : 지금도 관계가 있다구요?

송 : 난 그렇게 들었어.

인 : 절대로 그런 일 없어요.

송 : 어떻게 그처럼 단정할 수 있지?

인 : ······.

송 : 세상에 믿을 것 못 되는 게 여자란 걸 몰라? 수십 명 여자를
　　 농락해 본 자네가 더 잘 알 건데······.

인 : 몰라요, 난.

송 : 하기야 여편네 서방질하는 걸 온 동리가 다 알고 있는데도 남
　　 편만 모른다는 얘기가 있긴 하지.

인 : ······.

송 : 사실이 그렇다면 입장이 거꾸로 된 셈 아닌가? 옛날엔 설상

수가 반금옥의 기둥서방이었고 자넨 사잇서방이었는데, 요

즘은 자네가 기둥서방이고 설상수는 사잇서방…….

인 : 사건에 대한 취조만 하면 될 것 아닙니까? 무슨 까닭으로 날

모욕하죠?

송 : 모욕하려는 게 아니라, 사실 여부를 묻고 있는 게 아닌가? 지

금은 분명히 자네가 반금옥의 기둥서방 아닌가? 그런데 반

금옥이 설상수와 여전히 그런 관계를 가지고 있다면 그가 사

잇서방이 되는 게 아닌가?

인 : 그런 일이 사건과 무슨 관계가 있는 거죠?

송 : 관계가 있지.

인 : 무슨 관곕니까?

송 : 흥분하지 말게. 설상수와 반금옥의 관계가 어떤 것인가 하는

게 중대 문제로 되어 있어.

인 : 난 반금옥의 기둥서방 아니오.

송 : 기둥서방이 아니면 여전히 사잇서방인가?

인 : 불쾌한 소리 하지도 말아요. 유치장에 있는 것도 뭣한데 사람

의 가슴을 뒤집어 놓기요?

송 : 나는 사실을 말하고 있는 거라니까.

인 : 무슨 증거라도 있어요?

송 : 있지. 있으니까 하는 얘기 아닌가.

인 : …….

송 : 반금옥이 20만 원 액면의 보증수표를 가지고 있었지?

인 : ……

송 : 하 형사가 괜히 오해를 해 가지고 한동안 자넬 괴롭혔지만,
알고 보니 그럴 문제가 아니었어.

인 : ……

송 : 그 수표는 반금옥이 설상수로부터 받은 수표였어.

인 : 그럴 리 없어요.

송 : 어떻게 그런 단정을 하지?

인 : 그건 분명히 반금옥이 곗돈 탄 것 갖고 바꿔준 겁니다. 내
가 알아요.

송 : 그렇다면 반금옥이 현금을 설상수에게 준 거겠지. 그저 받은
것이 아니구 말야.

인 : 절대로 그럴 리 없어요.

송 : 네가 무슨 소릴 해도 그 수표는 설가에게서 나온 거야. 말하
자면 반금옥과 설가는 계속 관계가 있었던 거라. 반금옥이 그
수표를 그냥 받았다고 해도 이상하고 현금으로 바꿔 주었다
고 해도 이상하고, 그렇지 않아? 특수한 사정이 없고서야 뭐
때문에 20만 원이나 되는 돈을 설가가 주었겠어. 뭔가 친밀
한 관계가 아니고서야 설가와 반금옥이 수표를 바꿔 주고 어
쩌고 하겠어. 보증수표 갖고 현금 바꾸는 건 어디서라도 할
수 있을 텐데 말이다.

설가의 이름이 거듭되자 그것이 인동식의 신경을 심히 자극한 모양이었다. 인동식의 얼굴이 벌겋게 달아올랐다.

송 : 함부로 여자를 농락하는 자네도 자네 계집이 다른 남자와 놀아나고 있다고 들으니까 흥분이 되는 모양이지?

인 : 내가 어째서 흥분해요?

송 : 지금 흥분하고 있지 않나.

인 : 난 흥분 안 해요. 술집에 다니는 여자란 그렇고 그런 거지 하고 생각하면 그만인 걸요.

송 : 여하튼 함부루 여자를 농락하는 버릇은 좋지 못해. 보복은 있는 거다. 어느 때 무슨 꼴로도 보복은 있고 마는 거다. 네가 속인 무수한 여자들의 원념(怨念)이 그냥 사라져 버릴 것 같애?

인 : ……

송 : 이번에 네가 걸려든 것도 네가 속인 여자들의 원망 때문이라고 할 수도 있어. 넌 터무니없이 걸려들었다고 생각했지? 그래 기세가 등등했지? 그런데 엉뚱하게도 네 행동이 폭로되고 말았지 않나. 사람이란 죄 짓곤 못 사는 거다. 완전 범죄? 그런 건 이 세상에 없어. 설혹 붙들리지 않더라도 죽을 때까진 그 죄의 보상을 다 해야 되게 돼 있어. 괜한 설교가 되어 버렸구나. 헌데 설상수를 아느냐 모르느냐?

인 : 그자가 그 수표를 반금옥에게 주었다고 하면 어떻게 되는 겁니까?

395

송 : 어떻게 되다니?

인 : 그자가 범인이 되는 것 아닙니까?

송 : 범인이 되다니. 범인이면 범인이지 범인이 된다는 말은 옳지 않아.

인 : 범인으로 지목할 수 있느냐고 묻고 있는 겁니다.

송 : 범인일 수도 있고, 아닐 수도 있지. 그러나저러나 그 수표는 살해된 심수동이 가지고 있던 수표이며, 심수동이 그 수표를 갖게 된 것이 살해되기 하룬가 이틀 전의 일이었으니까 어떻게 해서라도 설가를 찾아내야 한다, 이거다.

인 : 다른 사람 손으로 건너갔다가 반금옥의 손으로 왔다고는 추측할 수 없는가요?

송 : 시간상으로 그렇게 될 순 없어. 게다가 설가가 반금옥이 C로의 음식점에 있었을 시절의 애인이었다는 사실이 나타났거든.

인 : 그런데 왜 그자를 체포하지 않지요?

송 : 있는 델 알 수가 없으니 체포구 뭐구 할 수가 있나.

인 : 그자의 집이 마장동에 있다고 들었는데요.

송 : 그런 걸 왜 모른다고 했지?

인 : 참말 난 몰라요. 이름을 듣기만 했을 뿐입니다. 마장동 설 사장이라고 하는 소릴 들었다뿐입니다.

심수동이 살해된 사건의 수사 결과를 기다리고 있던 강달혁과 임수형은 얼마 있지 않아 하 형사로부터 다음과 같은 이야기를 들었다.

설상수는 전과자 명부엔 없었다. 그리고 주소를 알 길도 없었다. 인동식으로부터 들은 얘기, 즉 마장동에 집이 있다고 하더란 말만을 근거로 마장동의 동사무소를 다 뒤졌지만 주민등록을 한 흔적이 없었다.

하 형사는 다시 미선을 찾아가서 설상수와 어울려 다니던 사람들의 이름을 확인하고 그들을 찾아내려고 했으나 역시 허사였다. 하는 수 없이 반금옥의 심문을 강행할 수밖에 없었는데, 얻은 수확은 설가의 고향이 경상도라는 사실과 몇 개의 별명을 가지고 있다는 사실, 그저 설 사장이라고 불리었을 뿐 직업이 뭐라는 것조차 정확하게 알 수 없다는 사실뿐이었다.

그러던 차 부도수표를 내고 해외로 도피할 가능성이 있는 사람의 수사를 하느라고 출입국자를 조사할 일이 생겨 겸사겸사로 설상수란 이름을 찾아보았더니 심수동 살해 사건이 있은 3일 후 부산에서 출국한 사람들의 명단에 설상동이란 이름이 있었다. 설상수와 설상동은 물론 다른 이름이지만 설 씨란 성이 희성인데다가 상수, 상동으로 '상'자가 같은 데서 힌트 삼아 조사를 해 봤다.

먼저 여권과에 가서 여권 대장에 붙은 사진을 복사했다. 복사한 사진을 갖고 미선에게 보였더니 그것이 바로 설상수였다. 반금옥도 그 사진을 설의 사진이라고 인정했다. 인동식도 그런 인상의 사

나이를 얼핏 본 적이 있다고 증언했다. 본적과 주소도 알게 되고 밀
수 조직의 일원이란 것도 알았으나 본인이 국외로 도망해 버린 지
금에 있어선

"닭 쫓던 개 모양이 되어 버렸다."
고 하 형사는 투덜거렸다.

"행선지가 어디로 되어 있습디까?"
강달혁이 물었다.

"홍콩으로 되어 있던데요."
홍콩이란 말에 귀가 번쩍해서 강달혁이 다시 물었다.

"어떤 명목입디까?"

"홍콩의 향양 상사란 회사의 초청으로 시장 조사 차 간 것으로 되
어 있던데요."
하 형사가 수첩을 들여다보며 말했다.

"수출에 도움이 된다 싶으면 어중이떠중이 다 보내는 통에 범인
의 도피가 수월해진 것 아닙니까?"
하는 임수형의 말에, 아닌 게 아니라 그런 폐단이 있다면서 하 형사
가 개탄했다.

"헌데 향양 상사라고만 되어 있습디까? 초청자가 말입니다."
강달혁이 묻자 하 형사가 다시 수첩을 꺼내더니

"대표 이름이 있습니다. 왕동문이라고 되어 있네요."
했다.

"왕동문?"

강달혁과 임수형이 꼭같이 놀랐다.

"왜 그렇게 놀라십니까?"

하 형사의 질문이었다.

"아닙니다. 비슷한 이름을 들은 적이 있어서요."

하고 강달혁이 얼버무렸다. K호텔 703호실 사건에 관해서 알아낸 사실은 일절 외부 사람에게 알리지 말라는 유한일의 엄한 명령이었던 것이다. 이로써 곤충들의 대수는 풀린 셈으로 되었다.

"이로써 문제의 인물들은 모두 홍콩에 모인 셈이군."

하 형사가 돌아가고 난 후 강달혁이 중얼거린 말이다.

"아무튼 유 사장의 말 따라 곤충들의 대수는 풀린 것이 아닌가?"

임수형이 이렇게 말해 놓곤

"그러나 대수가 풀렸다뿐이지 생색이란 전연 없으니 원."

하고 주먹으로 허공을 치는 시늉을 했다.

"심수동이 없어졌으니 안심하고 미선 씨와 랑데부라도 하시지."

강달혁이 빈정거렸다.

"말 말아요. 생각만 해도 끔찍해."

임수형이 몸을 벌벌 떨어 보였다.

그들이 풀었다는 곤충들의 대수는 다음과 같다.

703호실의 일본인을 죽인 자는 심수동. 돈을 주겠다고 심수동에게 살인 청부를 맡긴 사람은 정당천. 홍콩 지사장으로 임명하겠다는 미끼로 정당천을 사주한 건 구용택. 구용택은 지사장이란 감투 이외에 상당한 금액을 주겠다고 정당천을 꾀었을지도 모른다. 정당천은 약속한 돈을 심수동에게 건네지 못해 곤란한 입장에 몰리자, 설상수를 시켜 심수동을 죽이게 했다. 설상수에게도 돈을 주겠다고 했든지, 미리 주었든지, 했을 것인데 그 액수는 당초 심수동에게 약속한 돈보다는 훨씬 적었을 것이다. 그 까닭은 심수동을 죽이긴 호텔에 있는 사람 죽이는 것보다 훨씬 수월하기 때문이다.

이 줄거리로써 추측할 수 있는 것은 구용택이 상당한 재산을 홍콩에 도피시켜 놓고 있을 것이란 사실이고, 왕동문이란 사람을 이용해서 구용택과 그 일파가 수월하게 홍콩에 드나들 수 있게 해 놓았다는 사실이다.

요컨대 이 사건을 통해 유한일을 없애려고 하는 의도가 있었다는 사실은 확인된 셈인데 '과연 이자들을 방치해 두어야 하는가?'가 문제의 초점으로 될 수밖에 없었다. 심수동을 죽인 혐의자가 홍콩으로 떠났다는 사실을 적어 정금호가 유한일에게 편지를 보냈다.

그 편지를 받은 즉시 정금호에게 유한일로부터 전화가 왔다.

"앞으론 그 사건에 관한 조사를 완전히 단절하시오. 그 사건에 관해 알아낸 사실은 일절 타언(他言)하지 마시오."

라는 내용이었다.

윤숙경에게 온 전화의 내용은

"한국으로 돌아가는 시기가 다소 늦어질 것 같은데 아마 내년 3월쯤으로 되지 않을까 하오. 나는 내일 아프리카의 우간다로 갑니다. 그러니 당분간은 연락이 끊어질 것으로 아오. 연락이 없다고 해서 걱정하지 마십시오. 명년 3월에 만나 할 얘깃거리를 몽땅 장만할 예정이오. 나림 선생께 안부 전해 주시오."

그런데 뒤에 안 일이지만 유한일은 그 전화가 있은 이튿날 우간다로 간 것이 아니라 홍콩으로 떠났다.

"유한일 사장이 보통 사람이야? 무슨 요량이 있을 테지."
하고 강달혁이 아무런 생색도 없이 일이 끝났다고 투덜거린 임수형을 보고 말했듯 유한일은 만만찮은 각오를 하고 홍콩으로 향한 것이다. 그러나 이건 너무 앞지른 얘기가 된다.

미완의 극 1

초판 1쇄 인쇄 _ 2021년 9월 25일
초판 1쇄 발행 _ 2021년 9월 30일

지은이 _ 이병주
펴낸곳 _ 바이북스
펴낸이 _ 윤옥초
책임 편집 _ 김태윤
책임 디자인 _ 이민영

ISBN _ 979-11-5877-260-4 03810

등록 _ 2005. 7. 12 | 제 313-2005-000148호

서울시 영등포구 선유로49길 23 아이에스비즈타워2차 1005호
편집 02)333-0812 | 마케팅 02)333-9918 | 팩스 02)333-9960
이메일 postmaster@bybooks.co.kr
홈페이지 www.bybooks.co.kr

미래를 함께 꿈꿀 작가님의 참신한 아이디어나 원고를 기다립니다.
이메일로 접수한 원고는 검토 후 연락드리겠습니다.